D1735124

LE RUBAN NOIR
DE LADY BERESFORD

et autres histoires inquiétantes

DU MÊME AUTEUR

ROMANS HISTORIQUES

La Nuit du sérail, Orban, 1982.
La Femme sacrée, Orban, 1984 (et Pocket).
Le Palais des larmes, Orban, 1988 (et Pocket).
Le Dernier Sultan, Orban, 1991 (et Pocket).
La Bouboulina, Plon, 1993 (et Pocket).
L'Impératrice des adieux, Plon, 1998 (et Pocket).
La Nuit blanche de Saint-Pétersbourg, XO Éditions, 2000
(et Pocket)
(prix « Grand Véfour » d'Histoire).
La Conjuration de Jeanne, XO Éditions, 2002 (et Pocket).

RÉCITS

Ces femmes de l'au-delà, Plon, 1995.
Mémoires insolites, XO Éditions, 2004.

ESSAIS

Ma sœur l'Histoire, ne vois-tu rien venir ?,
Julliard, 1970 (prix Cazes).
La Crète, épave de l'Atlantide, Julliard, 1971.
L'Ogre. Quand Napoléon faisait trembler l'Europe,
Orban, 1978,
nouvelle édition en 1986.

BIOGRAPHIES

Andronic ou les Aventures d'un empereur d'Orient,
Orban, 1976.
Louis XIV : l'envers du soleil, Orban, 1979 (et Pocket),
nouvelle édition chez Plon en 1986

ALBUMS ILLUSTRÉS

Joyaux des Couronnes d'Europe, Orban, 1983.
Grèce, Nathan, 1986.
Nicolas et Alexandra, l'album de famille, Perrin, 1992.
Portraits et Séduction, Le Chêne, 1992.
Imperial Palaces of Russia, Tauris, 1992.
Henri, comte de Paris, mon album de famille, Perrin, 1996.

MICHEL DE GRÈCE

LE RUBAN NOIR DE LADY BERESFORD

et autres histoires inquiétantes

LE GRAND LIVRE DU MOIS

© XO Éditions, Paris, 2005
ISBN : 978-2-286-01747-7

From M. to M.

Pour Micky,
en hommage à un demi-siècle
de rires, de complicité, de tendresse

Le Ruban noir de lady Beresford

Sᴵʀ Mᴀʀᴋᴜs Bᴇʀᴇsꜰᴏʀᴅ profitait de la vie. Ce matin-là, à l'heure du *breakfast*, il choisissait parmi les nombreux plats offerts à sa gourmandise. Sur la table d'acajou l'attendaient les gazettes venues de Londres, qu'il parcourait avec plaisir. Il faisait presque chaud, le soleil pénétrait par les grandes baies ouvertes de la vaste pièce délicatement lambrissée. Sir Markus se sentait fier de Gill Hall, le château qu'il avait édifié quelques années plus tôt et qui réunissait tous les conforts, tous les raffinements à la mode en ce début du XVIIIᵉ siècle. Dédaignant les jardins inspirés par la France ou l'Italie, le parc, dit à l'anglaise, offrait les perspectives les plus poétiques et les plus naturelles, inventées par des paysagistes talentueux. Sir Markus était heureux en ménage, populaire dans le comté, riche, tout lui réussissait. Un seul regret le tenaillait : sa femme qu'il aimait tendrement ne lui avait donné jusqu'ici que deux filles, or depuis des années il espérait qu'elle y ajouterait l'héritier auquel il pourrait transmettre son titre et son domaine.

À ce moment, lady Beresford fit son entrée dans la salle à manger. Dix ans de mariage n'avaient pas entamé l'admiration que sir Markus éprouvait pour elle : grande, l'allure superbe, la démarche souple, elle avait un port de déesse. Ses yeux verts étirés, son petit nez à peine retroussé, sa bouche mutine et sa splendide chevelure châtain en faisaient une beauté renommée. C'était aussi une femme courageuse et volontaire.

Cependant, ce matin-là, sir Markus vit immédiatement que quelque chose n'allait pas. Elle paraissait troublée, presque effrayée. Il prit anxieusement des nouvelles de sa santé, elle l'assura qu'elle se portait bien. Il insista : un événement imprévu serait-il survenu, qui l'inquiétait? Elle fit un effort pour reprendre son empire sur elle-même :

— Non, tout va parfaitement bien.

Lady Beresford s'assit à côté de son mari et tendit la main pour prendre la théière d'argent gravée aux armes de la famille. Son poignet émergea ainsi de sa vaste manche de soie vert pâle. Sir Markus remarqua qu'elle y avait noué un large ruban noir, qu'elle ne portait pas la veille au soir.

— Vous êtes-vous blessé le poignet? L'avez-vous tordu?

— Rien de tout cela ne m'est arrivé...

Elle hésita un instant, parut songeuse, puis prit sa décision :

— Permettez-moi de vous prier de ne pas me demander pourquoi je le porte. Jamais plus vous ne me verrez sans ce ruban. Si la cause était de votre ressort, je n'hésiterais pas à vous l'expliquer, mais ça n'est pas le cas. Depuis que nous sommes mariés, je ne vous ai jamais refusé la moindre requête ni hésité à répondre à vos questions. Mais sur ce ruban, je vous supplie de me pardonner, je ne peux rien dire.

Sir Markus n'insista pas.

Le silence s'établit dans la salle à manger. Sir Markus remarqua que, contrairement à son habitude, sa femme touchait à peine au copieux petit déjeuner, et il lui sembla tout à coup que la matinée n'était plus aussi ensoleillée que quelques instants plus tôt. Il n'osait rien dire, picorant dans son assiette, portant les yeux sur sa gazette, incapable de la lire. Sa femme agita la sonnette d'argent. Un valet apparut.

— La poste est-elle arrivée?

— Non, Milady.

Lady Beresford eut un geste d'impatience. Quelques minutes se passèrent pendant lesquelles elle ne fit que tremper ses lèvres dans sa tasse à demi vide. De nouveau, elle sonna. Le même valet se présenta.

— La poste?

— Pas encore, Milady.

Sir Markus ne put contenir sa curiosité :

— Attendez-vous des lettres importantes pour que vous vous montriez si anxieuse de l'arrivée de la poste ?

— Effectivement, murmura-t-elle d'un air grave. Effectivement, j'attends une lettre qui m'annoncera que lord Tyron est mort. Et qu'il est mort mardi dernier à quatre heures du matin.

Lord Tyron était le propre frère de lady Beresford. Très tôt orphelins de père et de mère, le malheur les avait rapprochés. Un lien puissant les attachait l'un à l'autre, que le mariage de lady Beresford n'avait pas distendu. Ils se rendaient fréquemment visite, restaient constamment en contact l'un avec l'autre. Au-delà de l'affection, il existait entre eux une puissante et insolite complicité dont sir Markus avait l'élégance de ne pas se montrer jaloux. Pour l'heure, il fixa sa femme en ruminant la stupéfiante déclaration qu'elle venait de lui faire.

— Je ne vous savais pas superstitieuse… Avez-vous fait la nuit dernière quelque mauvais rêve, pour m'annoncer aujourd'hui un tel malheur ?

À cet instant, le valet entra dans la salle et posa devant sa maîtresse une grande enveloppe bordée de noir.

— Il est mort ! s'exclama-t-elle. Comme je m'y attendais.

Elle ne fit pas un geste pour prendre l'enveloppe, comme si elle n'en connaissait que trop le contenu. Ce fut son mari qui l'ouvrit à sa place. La lettre provenait de l'intendant de lord Tyron. En quelques lignes, celui-ci avait le regret d'annoncer que son maître était mort le précédent mardi à quatre heures du matin – exactement au jour et à l'heure avancés par lady Beresford. Celle-ci, perdue dans ses pensées, semblait indifférente au malheur qui s'était abattu sur elle. Son mari, connaissant l'attachement qui l'avait liée à son frère, voulut la consoler et l'aider à surmonter son chagrin.

— Ne vous alarmez surtout pas, mon ami, répliqua-t-elle. Je me sens curieusement beaucoup mieux que je ne l'étais depuis un certain temps…

Elle se tut un moment, avant de poursuivre :

— Je vais vous confier quelque chose qui, je n'en doute pas, vous fera un profond plaisir. Je peux vous assurer sans qu'il y ait le moindre doute possible que je suis de nouveau enceinte, et cette fois d'un garçon.

Markus, qui voyait enfin son rêve se réaliser, oublia le décès de lord Tyron pour se féliciter de cette merveilleuse nouvelle qui comblait son plus ardent désir et qui effaçait des années entières d'attente. Il exprima sa joie avec sincérité, puis osa une question :

— Mais comment le savez-vous, Madame ? Que vous soyez enceinte, je le comprends, mais que ce soit d'un garçon…

— Ne cherchez pas à deviner ni à comprendre. Contentez-vous de savoir que bientôt vous aurez l'héritier tant attendu.

Ainsi qu'elle l'avait annoncé, lady Beresford accouchait quelques mois plus tard d'un fils qui reçut le prénom de son père. Le couple vécut alors dans le bonheur et la sérénité, néanmoins lady Beresford arborait toujours à son poignet le ruban noir, et parfois elle restait songeuse, perdue dans ses pensées. Sir Markus, comblé par la naissance d'un héritier, n'en profita pas longtemps. Ce fils n'avait que quatre ans lorsque son père mourut brusquement d'une maladie foudroyante. Il expira dans les bras de sa femme bien-aimée. C'était en 1731. Le temps du deuil révolu, lady Beresford, au lieu de reprendre l'existence d'une dame du monde, s'enferma dans son château. Jamais plus elle ne reçut qui que ce fût dans cette demeure pourtant créée pour les réceptions. Elle licencia une bonne partie de son personnel et vécut repliée sur elle-même, en la seule compagnie de ses trois enfants.

Elle ne communiquait plus qu'avec une seule personne, son amie d'enfance, lady Betty Cobb. Celle-ci ne comprenait pas cette volonté de solitude. Chaque fois qu'elle lui rendait visite, elle lui répétait que, jeune et jolie, il lui serait très facile de retrouver un excellent mari et que, même pour ses enfants, la présence d'un homme serait salutaire.

— Jamais je ne me remarierai ! lui rétorquait lady Beresford.

12

Une fois, lady Betty Cobb insista un peu plus que d'habitude, et lady Beresford perdit son sang-froid :

— Vous voulez donc ma mort ?

— Comment ! En quoi le fait de vous souhaiter un nouveau mari équivaut-il à désirer votre mort ? Le mariage ne tue pas, que je sache…

— Betty, Betty, vous ne pouvez pas savoir, mais pour moi un nouveau mariage me rapprocherait inéluctablement de la mort.

L'amie Betty dut se contenter de cette étrange déclaration.

Malgré tout, le goût de la solitude avait ses limites. Lady Beresford se rendait parfois au village voisin du château. Elle y fit la connaissance d'un pasteur d'âge respectable, chez qui elle puisait réconfort et compagnie. Elle prit plaisir à venir boire le thé et goûter aux scones de sa femme. Les Gorges – tel était le nom du clergyman – avaient un fils. Le jeune Gorges était à l'époque un adolescent, mais il grandit vite. Alors qu'elle le voyait chaque jour ou presque sans faire attention à lui, un jour lady Beresford le regarda d'un œil neuf : il était devenu un très beau jeune homme. Dans l'instant, elle en tomba éperdument amoureuse. Chaque jour, chaque visite aux Gorges devint un combat qu'elle menait pour dominer sa passion et la cacher. « Je ne peux pas, je ne dois pas », répétait-elle avec une volonté de plus en plus affaiblie.

Elle savait que le jeune Gorges avait plusieurs fois supplié ses parents de lui permettre de s'engager dans l'armée. Ceux-ci finirent par céder. Le jeune homme écrivit au commandant de la région et fut accepté dans les forces armées. Elle apprit qu'il devait incessamment partir pour rejoindre sa première affectation. Elle en éprouva à la fois du désespoir – à savoir qu'elle ne le reverrait peut-être jamais – et du soulagement à la perspective de ne plus avoir constamment devant elle l'objet d'une passion qu'elle ne pouvait assouvir.

Un après-midi, lady Beresford se trouvait dans la bibliothèque du château, tâchant de se concentrer sur la lecture d'un roman récemment publié, lorsqu'un valet lui annonça que le jeune Mr Gorges était venu lui faire ses adieux. Son départ était fixé au lendemain, elle se dit qu'elle ne risquait plus beaucoup à le recevoir. Elle se barda de résolutions et le fit introduire.

Il entra donc dans la bibliothèque, et le valet referma la porte sur lui. Lady Beresford trouva assez d'empire sur elle-même pour lui adresser quelques banalités sur un ton quasi hautain. Le jeune homme, abandonnant soudain toute retenue, s'agenouilla devant elle.

— Je suis malheureux, et vous en êtes la seule cause ! Depuis longtemps je vous aime à la folie, je n'ai que vous en tête et dans mon cœur.. Je veux vous épouser !

En une seconde, lady Beresford sentit fondre une résistance qui avait duré de longs mois.

— Je vois, dit-elle d'une voix tremblante, qu'il est impossible de contredire son destin. Je le sais depuis longtemps, vous serez ma Némésis…

Laissant parler les sentiments qu'elle avait si longtemps et si douloureusement contenus, elle releva le jeune homme, pour tomber dans ses bras. Elle étancha ainsi sa soif d'amour, tout en restant mystérieusement mélancolique.

Bientôt les bans furent publiés. L'annonce d'un mariage aussi disproportionné par l'âge, par le rang, par la fortune, causa une consternation dans le comté. Tout le monde prédit que lady Beresford serait malheureuse. Elle passa outre, toute à sa passion. La cérémonie se déroula dans la plus stricte intimité. À peine se trouva-t-il légitimement uni à cette femme si belle et si distante, si longtemps désirée, que le jeune marié révéla sa vraie nature, celle d'un débauché et d'un complexé qui ne supportait pas la supériorité de son épouse. Alors qu'il lui devait tout, il se mit à la traiter avec brutalité, avec violence, se plaisant à l'humilier en paradant avec des maîtresses voyantes. Cette femme, naguère si ferme et si fière, supporta ces mauvais traitements sans mot dire.

Elle lui donna tout de même deux filles. Puis il advint, les mois passant, que la mesure fut comble et qu'elle n'eut plus la force de souffrir ce qu'il lui faisait endurer. Elle exigea une séparation, qu'elle obtint sans difficulté. Le mari disparut. Tout le monde en éprouva le plus profond soulagement… sauf elle, qui continuait à l'aimer. Elle se replia sur elle-même et elle vécut donc avec ses cinq enfants, les trois de feu sir Markus et les deux filles de Mr Gorges, à Gill Hall, dans une solitude de plus en plus crépusculaire.

Elle maintenait le contact avec la seule Betty Cobb, la fidèle confidente. Celle-ci se voyait invitée à chaque anniversaire de lady Beresford. Un jour, au bout de plusieurs années, en arrivant au château, elle trouva cette dernière habitée par une singulière anxiété qui se mêlait à une sorte d'appréhension joyeuse. Habituée aux bizarreries de son amie, elle ne lui posa pas de question. Le jour anniversaire se passa sans cérémonie – lady Beresford n'en voulait aucune. Le lendemain cependant, lady Beresford parut à Betty rayonnante et surtout infiniment soulagée.

— J'ai enfin quarante-sept ans! Si vous saviez combien j'ai attendu ce jour! Je suis désormais libre… J'ai décidé que le temps était venu de pardonner à mon mari.

Lady Cobb protesta. Pourquoi ressortir de l'oubli où on l'avait justement jeté ce bon à rien qui avait fait son malheur? Mais elle savait qu'il était inutile d'insister, car lady Beresford avait toujours fait ce qu'elle avait voulu, sans écouter qui que ce soit.

Par la suite, Betty Cobb, impuissante et désapprobatrice, apprit que son amie avait entrepris des recherches pour retrouver l'ancien époux. Elle avait réussi: elle était entrée en contact avec lui, l'avait convoqué à Gill Hall, lui avait pardonné. Peutêtre après tout n'avait-elle pas eu tort, puisque celui-ci afficha le plus profond remords pour son attitude passée.

Un rapprochement entre les deux époux s'ensuivit, avec pour résultat que lady Beresford se retrouva enceinte pour la sixième fois – ce qui passa dans la région pour un prodige chez une femme qui approchait de la cinquantaine. Le temps venu, lady Beresford donna naissance à un fils. L'accouchement fut pénible, non seulement physiquement mais aussi moralement. Elle s'en remettait avec difficulté. Au bout de plusieurs semaines, elle gardait encore le lit, lorsque tomba son anniversaire.

Elle décida de le fêter avec plus d'éclat qu'elle ne l'avait jamais fait depuis la mort de sir Markus. Elle invita non seulement lady Betty Cobb mais plusieurs autres amis qu'elle n'avait pas vus depuis des années. Ceux-ci, curieux de renouer avec cette fameuse beauté qui avait entre-temps connu une existence plutôt agitée, accoururent, et Gill Hall retrouva l'animation et les fastes d'antan, le temps d'une fête. Le mari, après s'être réjoui avec ostentation de la naissance de son fils et avoir entouré sa femme de sollicitude, avait saisi le douteux prétexte d'un voyage d'affaires pour quitter Gill Hall et disparaître à nouveau. Lady Beresford ne s'en soucia pas. Son amour pour lui s'était fatigué. D'autre part, elle était tout heureuse de retrouver des connaissances si longtemps perdues et d'être entourée de ses six enfants, dont le dernier reposait dans son berceau.

Le soir, un grand dîner avait été prévu. Lady Beresford avait décidé qu'elle y assisterait coûte que coûte, malgré les objurgations de la Faculté qui voulait la forcer à garder la chambre. Pour être encore plus en forme, elle avait cependant accepté de rester au lit pendant la journée et de recevoir dans sa ruelle quelques élus, en particulier un vieux clergyman qui l'avait baptisée et qu'elle avait invité pour la soirée.

Ce clergyman habitait désormais au loin mais n'avait pas hésité à faire le voyage pour être auprès de la fille de sa vieille amie, la douairière lady Tyron, morte depuis de nombreuses années. Il arriva vers midi au château et, sur l'instruction de lady Beresford, fut aussitôt introduit dans sa chambre. Elle reposait sur sa couche, emmitouflée dans une couverture de damas rouge. Elle semblait encore mal remise de l'accouchement, mais le regard vif de ses yeux verts, le rose de ses joues annonçaient qu'elle était d'une parfaite humeur.

Le vieux prêtre s'approcha en boitant quelque peu, puis s'assit dans un fauteuil près du lit à baldaquin.

— Comment vous portez-vous, ma chère enfant ?

— Fort bien, mon père, mieux que jamais, même... Je veux que vous restiez avec moi toute la journée et toute la soirée pour que nous fêtions ensemble mes quarante-huit ans !

— Que non pas, Milady ! répliqua le clergyman. Vous vous trompez. Votre mère, la bien regrettée lady Tyron, et moi avons eu de nombreuses disputes à propos de votre âge. Et j'ai mis beaucoup de temps à prouver que j'avais raison... Hélas, elle n'est plus parmi nous pour m'entendre, car c'est tout récemment que je suis tombé sur les preuves que je cherchais. La semaine dernière, pour préciser, je séjournais dans la paroisse où vous êtes née, non loin du château de vos parents. Je suis allé compulser le registre où sont consignés les naissances, les mariages, les baptêmes et les morts, et j'ai découvert sans l'ombre d'un doute que vous êtes plus jeune que vous ne le pensez. Car aujourd'hui vous n'avez pas quarante-huit ans, mais quarante-sept. Félicitez-vous d'avoir gagné une année !

Le clergyman, stupéfait, la vit pâlir et se décomposer. Elle put à peine articuler :

— Oh non, je n'ai rien gagné ! Vous venez de signer mon arrêt de mort... Et je dois vous demander de quitter ma chambre, car j'ai plusieurs choses fort importantes à régler avant de quitter ce monde.

La stupéfaction du clergyman se mua en peur panique. Agitant ses bras comme un oiseau effarouché battrait des ailes, il se leva si brusquement qu'il renversa presque son fauteuil avant de quitter la pièce. Lady Beresford sonna sa femme de chambre et lui enjoignit de faire venir dans l'instant son amie lady Cobb, ainsi que son fils Markus qu'elle avait eu de son premier mari.

L'agitation inexplicable de lady Beresford se répandit dans toute la demeure et sa réplique au clergyman se répétait d'étage en étage... Aussi, nombreux furent les amis, les domestiques qui se pressèrent dans sa chambre. Tous se demandaient ce qu'elle avait voulu dire en déclarant : «Vous venez de signer mon arrêt de mort!» Elle reposait, inerte, les yeux clos. Lorsque son amie et son fils l'eurent rejointe, elle pria dans un murmure les autres de quitter la pièce. La porte se referma, et elle se mit à parler avec une animation singulière :

— J'ai quelque chose, un secret étroitement gardé, que je dois vous confier à tous les deux avant de mourir, ce qui ne saurait tarder. Vous, chère lady Betty, vous connaissiez l'affection étroite qui me liait à mon frère, lord Tyron. Nous avons été éduqués sous le même toit et dans les mêmes principes opposés au christianisme, ceux du déisme[1] que nous avait inculqués notre tuteur à la mort de nos parents. Puis celui-ci a disparu à son tour et nous avons été confiés à un second tuteur, lequel a tâché de nous persuader de l'erreur de cette croyance. Ses arguments, bien qu'insuffisants pour nous convaincre, nous laissèrent partagés entre ces deux religions. Dans cette profonde perplexité où nous nous trouvions, mon frère et moi, nous nous sommes promis que le premier des deux qui mourrait, si le Très Haut le lui permettait, apparaîtrait à l'autre pour lui révéler qui, du christianisme ou du déisme, était la mieux acceptée par Lui. Une nuit, alors que sir Markus et moi étions au lit, je me réveillai brusquement pour découvrir mon frère assis à mon chevet. Sir Markus ne se rendit compte de rien.

«— Pour l'amour de Dieu, dis-je, par quel moyen et dans quel but êtes-vous venu à cette heure tardive ?

«— Avez-vous oublié notre promesse ? répondit mon frère. Je suis mort mardi dernier à quatre heures du matin, et il m'a été permis de vous apparaître afin de vous assurer que la religion révélée est la seule vraie religion. Le déisme a tort, le christianisme a raison. Suivez la voie du christianisme pour assurer votre salut éternel, vous en aurez besoin. Je suis par ailleurs autorisé à vous dévoiler votre avenir : je vous informe donc que vous êtes enceinte d'un garçon qui, un jour, ainsi qu'il a été décidé Là-haut, épousera ma propre fille. Peu d'années après la naissance de votre fils, sir Markus mourra. Vous vous

_____
1. Le déisme, en vogue au XVIIIe siècle, prône en effet le culte de la raison.

marierez de nouveau, et votre second mari vous rendra malheureuse. Il vous donnera deux filles, et ensuite un fils dont les couches provoqueront votre mort, laquelle aura lieu dans votre quarante-septième année.

« — Juste Ciel ! m'exclamai-je. Puis-je empêcher cela ?

« — Sans aucun doute, vous le pouvez, répliqua mon frère. Vous êtes libre et vous pouvez tout prévenir en résistant à la tentation de ce second mariage, mais vos passions sont fortes. Jusqu'ici, vous n'avez pas connu d'épreuves et vous ne connaissez donc pas leur pouvoir. Il ne m'est pas permis de vous en dire plus...

« — Puis-je vous demander, mon frère, si vous êtes heureux ?

« — En aurait-il été autrement, répliqua-t-il, que je n'aurais pas eu l'autorisation de vous apparaître.

« — J'en conclus donc que vous êtes heureux ?

« Pour toute réponse, il sourit.

« — Mais comment, lorsque le matin viendra, comment me persuaderai-je que votre apparition a été réelle et n'a pas été un simple effet de mon imagination ?

« — La nouvelle de ma mort, quand vous l'apprendrez, ne sera-t-elle pas suffisante pour vous convaincre ?

« — Non. J'aurai pu avoir un rêve prémonitoire... Je souhaite avoir une preuve plus forte.

« — Vous l'aurez, affirma-t-il.

« Aussitôt, levant sa main, il attrapa les rideaux de velours rouge sombre de mon lit et les fit passer par le crochet de fer suspendu au plafond qui tient le baldaquin.

« — Maintenant vous ne pouvez vous tromper, car aucun mortel ne saurait effectuer ce que je viens de réussir !

« — Certes, mais en dormant nous sommes parfois habités par une force bien supérieure à celle que nous avons lorsque nous sommes éveillés. Ainsi, cher frère, endormie, je l'aurais pu faire, et donc le doute m'habitera demain matin.

« Alors il me dit :

« — Vous avez un livre de poche ici, dans le tiroir de votre table de nuit, dans lequel je vais écrire. Vous connaissez mon écriture ?

« — Bien sûr !

« Il prit un crayon et écrivit quelques lignes sur une des pages du livre. Pendant qu'il s'appliquait, j'inventai encore une objection :

« — Cependant, demain matin je pourrais me méfier ! Éveillée, je ne saurais imiter votre écriture, mais si je dors il n'est pas impossible que j'y parvienne…

« — Vous êtes une croyante difficile ! Bon. Je ne devrais pas vous toucher, car cela vous laissera des marques irréparables, mais vous êtes une femme courageuse. Tendez votre main.

« Je m'exécutai. Il prit mon poignet dans sa main, qui était froide comme du marbre. Et brusquement mes tendons ainsi que mes nerfs se rétrécirent comme s'ils avaient été brûlés.

« — Maintenant, me conjura-t-il, ne laissez œil de mortel se poser sur votre poignet. Le voir dans cet état serait un sacrilège…

« Il se tut, et je contemplai mon poignet qui portait les terribles marques. Lorsque je levai la tête et me tournai vers lui, il avait disparu. Pendant tout le temps où nous avions dialogué, j'étais restée calme, mais sans sa présence je me sentis remplie de terreur. Une sueur glaciale m'envahit. Je tâchai, mais en vain, de réveiller mon mari. Son sommeil était resté si épais pendant toute cette scène que j'y vis là aussi une intention, une manifestation. Je restai étendue, en proie à une douleur sans nom. Puis j'éclatai en sanglots, ce qui me soulagea.

« Le matin venu, sir Markus se leva et s'habilla comme d'habitude. Je fis semblant de dormir, espérant qu'il ne découvrirait pas mon état, espérant surtout qu'il ne remarquerait pas les rideaux du lit passés dans le crochet du baldaquin. Je finis même par tomber dans un demi-sommeil agité. Lorsque je m'éveillai, sir Markus, ayant terminé sa toilette, était descendu dans la salle à manger.

« Je me levai à mon tour, je me vêtis et me rendis dans la galerie voisine de nos appartements. J'y trouvai un très long balai, de ceux qu'on utilise dans les maisons de campagne pour nettoyer les corniches des plafonds. Avec ce balai, et non sans difficulté, je fis retomber les rideaux de mon lit. Je m'étais dit que si mon mari ou mes domestiques les trouvaient dans la position où les avait mis le fantôme de mon frère, cela aurait suscité une curiosité et des questions que je voulais éviter à tout prix. Descendue ensuite dans mon bureau, j'enfermai mon livre de poche à clé. Enfin je pris un morceau de ruban noir que j'attachai autour de mon poignet afin de cacher les terribles marques laissées par la main de mon frère.

« Lorsque j'entrai dans la salle à manger, sir Markus remarqua ma nervosité et s'inquiéta pour moi. Je l'assurai que tout allait bien, mais je lui annonçai la mort de mon frère et le suppliai de ne me poser aucune question sur le ruban noir attaché à mon poignet. Avec sa bonté habituelle, il accepta. Depuis ce jour, et pendant des décennies jusqu'à aujourd'hui, ce ruban ne m'a pas quittée et personne au monde n'a vu mon poignet. »

Lady Beresford s'adressa alors au jeune Markus :

— Vous, mon fils, comme il m'avait été prédit, je vous ai mis au monde et peu après votre quatrième anniversaire votre père regretté mourut dans mes bras. Après ce triste événement, je pris la décision de quitter la société et de passer le reste de ma vie dans la solitude. J'y voyais le seul moyen d'échapper à la suite des terribles prédictions de mon frère. Seulement, il est difficile de rester dans une parfaite réclusion. J'ai fait la connaissance à cette époque d'un pasteur habitant dans les environs avec sa famille, et j'étais loin d'imaginer les conséquences fatales que ce lien aurait… Pouvais-je deviner que le fils de ce pasteur, alors adolescent, était l'instrument que le destin avait choisi pour me détruire ? Un jour, ma passion flamba pour lui, et j'essayai tous les moyens pour la dompter…

« Je pensais avoir réussi lorsque, un soir, ma détermination se brisa et je plongeai dans cet abîme que pendant si longtemps j'avais réussi à éviter. Je consentis à cette union en sachant que je courais à ma perte. Mon frère avait raison, je ne fus pas heureuse… Après notre séparation, mon mari m'écrivit sans cesse pour me supplier de lui pardonner. Je refusai, de peur de retomber enceinte et de mourir en couches, ainsi qu'il était prédit. C'est alors que je commis une erreur fatale : mon frère m'ayant annoncé que je mourrais dans ma quarante-septième année, lorsque je la crus révolue, je me sentis sauvée ! Il me parut donc possible de pardonner à mon mari, je lui ouvris les bras, je tombai enceinte, notre fils naquit... et c'est aujourd'hui seulement que je découvre que je n'ai pas quarante-huit ans comme j'en étais persuadée, mais quarante-sept...

« Lorsque je serai partie, et puisque l'obligation de cacher mon poignet disparaîtra avec moi, je souhaite que vous, lady Betty, mon amie, vous défassiez le ruban noir qui le couvre afin que, devant cette preuve irréfutable, vous puissiez témoigner de la vérité de ce que je vous ai raconté. »

Lady Beresford s'arrêta de parler, épuisée par l'effort et bouleversée. Puis, ayant repris son souffle, elle ajouta d'une voix faible :

— Mon dernier espoir, c'est que vous, mon fils, épousiez un jour la fille de mon frère, ainsi que celui-ci me l'a prédit. Et maintenant, laissez-moi. Je vais tenter de dormir.

Betty Cobb et Markus se retirèrent doucement. Ils envoyèrent les cameristes dans la chambre de lady Beresford en leur recommandant d'observer attentivement leur maîtresse, et de les prévenir si son état s'aggravait. Ils rejoignirent les invités regroupés dans le salon, partagés entre l'espoir et l'angoisse. Le vieux clergyman qui, sans le vouloir, avait condamné à mort – selon ses propres paroles – lady Beresford, restait prostré dans un coin, incapable de bouger. Une heure s'écoula. Tous, le cœur battant, attendaient en silence.

Soudain, une sonnette se fit entendre, qui résonna fortement dans toute la maison. Betty et Markus coururent dans l'escalier. Arrivés à la porte de la chambre de lady Beresford, ils entendirent une femme de chambre crier :

— Ô mon Dieu, elle est morte ! Ma maîtresse est morte !

Lady Cobb prit aussitôt les choses en main. Elle ordonna à tous les présents de quitter la chambre mortuaire. Elle et Markus s'agenouillèrent auprès du lit où reposait le cadavre, puis Betty, après avoir prié un long moment, prit la main de la morte, dénoua le ruban noir et, comme Markus, elle put constater que le poignet de la morte était effectivement déformé, ses nerfs et ses tendons s'étant rétractés comme s'ils avaient été brûlés par un fer rouge.

Quelques années plus tard, Markus, arrivé en âge de se marier, épousa la fille de lord Tyron comme celui-ci l'avait annoncé et comme sa mère l'avait souhaité. Quant à lady Cobb, elle garda toujours auprès d'elle le livre de poche sur lequel le fantôme avait écrit la nuit de son apparition, ainsi que le ruban noir qui pendant tant d'années avait recouvert le poignet de lady Beresford. Elle laissa aussi une narration écrite de cette histoire, telle qu'elle lui avait été contée par sa défunte amie.

L'Infante tragique

L OUISE était d'une grande beauté, extrêmement intelligente, et possédait de plus une forte personnalité. Elle était aussi sentimentale et incurablement romantique. Elle croyait à l'amour. Mais elle était née archiduchesse d'Autriche, et par devoir elle avait dû épouser l'homme choisi par sa famille, le prince héritier de Saxe, qui lui faisait enfant après enfant. Son mari et elle n'avaient rien en commun. Elle étouffait dans cette Cour impitoyablement protocolaire, où les conventions avaient force de loi et où l'ennui régnait en maître absolu.

Un beau jour de 1903, elle en eut tellement assez qu'elle abandonna mari, enfants, couronne, devoirs et obligations pour s'enfuir avec l'homme qu'elle aimait, le musicien Enrico Toselli. À cette époque, ce genre d'audace était si inconcevable que le scandale fut effarant. Non seulement sa famille et sa belle-famille mais tout le monde monarchique européen se dressèrent contre Louise, la vouant à la pire damnation terrestre. Il lui fallut supporter tant d'avanies, d'humiliations, franchir tant d'obstacles pour pouvoir vivre son rêve, qu'elle s'accorda une autre transgression : elle parla... Elle raconta d'abord clairement tout ce qu'on lui avait fait subir, puis, remontant dans le passé, ressuscita de sombres histoires familiales que les siens eussent préféré voir enterrées à tout jamais.

C'est ainsi qu'elle révéla pour la première fois la vérité sur l'une de ses lointaines arrière-tantes, qui avait vécu un siècle et demi avant elle.

Lorsqu'en 1759 l'infante Isabelle de Parme, dite Isabellita, atteint ses dix-huit ans, c'est à n'en pas douter l'une des princesses les plus accomplies d'Europe. Grande, admirablement faite, le visage à l'ovale parfait orné de grands yeux bruns et de longs cheveux noirs, la peau très blanche et des mains aux longs doigts d'artiste, elle attire tous les hommes. De belles princesses, il y en a d'autres en Europe, mais d'aussi douées, d'aussi cultivées qu'Isabellita sont une rareté. Car en un siècle où rois et grands seigneurs se soucient généralement peu d'apprendre et où les femmes intellectuelles font exception, Isabellita, déjà dotée d'une belle voix et de talent pour composer des mélodies ou pour peindre de ravissantes aquarelles, se sent surtout poussée vers l'écriture. Sa beauté fait partout dire qu'elle est un lys, mais c'est un lys pensant. Elle ne griffonne pas des petits romans, à dix-sept ans elle a déjà achevé ses *Commentaires politiques et militaires*, témoignage d'un esprit puissant.

On peut se demander d'où elle tient tant de qualités. Certainement pas de ses parents. Son père, don Philippe de Bourbon, infant d'Espagne et duc de Parme, ressemble à un cheval efflanqué, avec de surcroît une épaule plus haute que l'autre et un air plutôt abêti. Adoré de sa mère Élisabeth Farnèse, il n'est en fait jamais complètement sorti de l'enfance. Ses deux passions exclusives sont les vêtements, dont il a une collection extravagante, et la chasse, à laquelle il consacre le plus clair de son temps. Quant au gouvernement de ses États, il l'abandonne à ses Premiers ministres.

À dix-neuf ans, on a marié Philippe pour des raisons politiques à Élisabeth de France, la fille aînée du roi Louis XV, une grassouillette aussi dénuée d'élégance et de charme que sa mère. Mais à la différence de Marie Leszczyńska, épouse soumise, Madame Élisabeth intrigue, elle s'agite, se démène. Elle trouve que le duché de Parme, sur lequel elle règne, fait un peu province comparé à la France. Elle rêve de posséder un royaume digne d'elle et, en attendant, saisit le moindre prétexte pour s'aérer à Versailles. On murmure que, déçue par son mari (il y a de quoi), elle en profite pour s'y consoler dans les bras de robustes amants. Avant leur mariage, le duché de Parme était aux mains de l'Espagne, pays d'origine de l'infant. Madrid dictait ce que Parme devait faire. Depuis que don Philippe a épousé la fille de France, Versailles a pris le relais. On a importé à Parme le style français, les modes françaises, les lettres, les arts... et les ministres français.

Désormais, M. Dutillot gouverne le duché. Ce libéral a aboli l'Inquisition, institution espagnole, à la grande joie des Parmesans. Cet érudit a encouragé l'Académie des beaux-arts, la Pinacothèque, la Bibliothèque palatine, l'Imprimerie nationale, les fouilles archéologiques; on se hasarde même à dire que Parme pourrait être une «petite Athènes».

En ce milieu, la charmante Isabellita s'épanouit. Néanmoins, ses parents sont conscients que leur duché n'a rien d'un État indépendant, et qu'il ne possède aucune importance politique sinon, de temps à autre, une importance stratégique. Soumis tantôt à Madrid, tantôt à Versailles, ou plutôt soumis aux deux ensemble, ils ne sont des souverains que sur le papier. Puisque leurs parents respectifs se refusent à leur donner des trônes plus dignes d'eux, il ne leur reste qu'à contracter pour leurs enfants des alliances tellement brillantes qu'automatiquement elles hausseront par là même leur statut.

Leurs yeux se tournent vers leur aînée, Isabelle. Ils la détaillent, ils l'évaluent et concluent qu'elle est devenue le parfait produit à mettre sur le marché matrimonial des royautés européennes. D'emblée, le duc et la duchesse de Parme visent haut, très haut, rien de moins que l'archiduc Joseph d'Autriche, fils aîné de l'impératrice Marie-Thérèse, destiné à hériter un jour du Saint Empire romain germanique, de l'Autriche, des royaumes de Hongrie, de Bohême et d'innombrables autres couronnes. Les négociations secrètes engagées, Madame Élisabeth, jugeant qu'elle a fait un bon travail, s'accorde de nouvelles vacances et repart pour Versailles. Dès son arrivée en France, elle tombe malade. Elle n'en suit pas moins de loin les négociations matrimoniales. À sa surprise extasiée, don Philippe lui apprend que l'Autriche accepte Isabellita. Le duché de Parme a beau être insignifiant, le duc est fils du roi d'Espagne, la duchesse, fille du roi de France, ce qui semble à l'impératrice Marie-Thérèse des raisons suffisantes pour marier son héritier à la Parmesane.

Reste à mettre au courant l'intéressée. En l'absence de sa mère toujours à Versailles, la tâche revient à son père. Celui-ci est naturellement convaincu qu'Isabellita n'élèvera aucun obstacle. Les princesses se savent dès l'enfance destinées à faire des mariages politiques, de plus la perspective de devenir un jour impératrice et reine de nombreux royaumes la comblera sans aucun doute... Il aurait cependant dû se méfier et s'intéresser aux travaux de sa fille. Celle-ci en effet achève un ouvrage intitulé *Le Sort des princesses*, où, entre autres, son père pourrait lire :

« *La consolation que la femme la plus misérable peut espérer dans sa cabane, une princesse ne saurait la trouver au sein de sa famille. Dans le monde brillant où elle doit vivre, elle n'a ni connaissances ni amis. Elle doit quitter sa famille et son foyer. Et pourquoi ? Pour appartenir à un homme qu'elle ne connaît pas, pour entrer dans une famille qui la reçoit avec jalousie, pour devenir la victime de la politique malheureuse d'un ministre qui espère de ce mariage une alliance éternelle, en réalité combien fragile...* » Ce qui ne laisse pas prévoir une soumission absolue aux exigences matrimoniales de son père !

En cette période hivernale, la cour de Parme a quitté le délicieux château de Colorno, dont tous raffolent, pour réintégrer en ville l'immense et sinistre palais de la Pilota. Ce bâtiment qui part sans ordre dans toutes les directions est le produit de plusieurs époques ; il reste inachevé, à commencer par les façades de brique crue qu'on n'a pas eu le temps ou l'argent de recouvrir de marbre. Malgré des salles magnifiques, malgré le théâtre – un des plus beaux d'Europe –, le palais garde quelque chose de désordonné et de désagréable. Isabellita le déteste, et reste la plupart du temps enfermée dans son *studiolo*. Cette survivance de la Renaissance est un cabinet exigu mais somptueusement décoré, où les grands hommes se retirent pour lire et écrire. L'infante qui méprise les frivolités s'y sent plus à l'aise que dans un boudoir.

Le duc son père, en pénétrant dans le *studiolo*, la trouve penchée sur son écritoire en train de composer quelque traité. Brutal et insensible comme les hommes peu intelligents, il lui annonce tout de go qu'elle est promise au futur empereur des Romains, futur roi de Hongrie et de Bohême. Il abandonne pour une fois son expression lasse pour esquisser un sourire niais... et Isabellita éclate en sanglots. Un instant, son père croit que c'est l'émotion. Mais très vite il constate qu'Isabellita est en proie à un chagrin profond. Décontenancé, il se hasarde à la questionner, mais elle refuse de répondre. Il tape du pied, exige qu'elle parle, et les sanglots redoublent avec des accents de désespoir.

— Je te donne quelques jours pour te reprendre, donner ta réponse, et accepter bien sûr! hurle le duc avant de sortir en claquant la porte.

Restée seule, Isabellita cesse de pleurer, incapable de bouger, de réagir, tant elle est découragée. Cela devait pourtant arriver un jour, se dit-elle, mais elle était parvenue peu à peu à se convaincre du contraire. Devenir impératrice et reine n'est vraiment pas son souci, car elle est amoureuse. Amoureuse en secret, mais follement!

Louise de Saxe, qui vers 1930 raconte l'histoire de son ancêtre Isabellita, ne nous a pas donné le nom du séducteur. Peut-être l'ignorait-elle? Elle indique seulement qu'il était espagnol. Ce gentilhomme appartenait certainement à une des familles castillanes qui avaient mis la main sur le duché de Parme avant que don Felipe n'épousât la Française. On peut supposer que l'amoureux d'Isabellita était jeune, beau et ardent en amour. Isabellita et lui se connaissaient depuis l'enfance. Puis un jour, ils s'étaient regardés, avaient pris conscience qu'ils avaient grandi, et étaient tombés éperdument amoureux l'un de l'autre.

Louise de Saxe précise que l'idylle prit feu dans la résidence d'été de Colorno. Le vaste château carré surmonté à chaque angle d'une tour n'était pas particulièrement gracieux, mais agréable à habiter et pourvu de tous les conforts de l'époque. C'était surtout son parc, vaste, délicieusement fleuri et ombragé, rafraîchi par de multiples fontaines, qui en faisait le charme…

Toutes les nuits de cet été incandescent, Isabellita et son amoureux s'y rencontrent. Elle réussit à quitter ses appartements sans être vue, à sortir du château et à le rejoindre à l'ombre d'une charmille. Peut-être s'enhardit-il à grimper sur les branches des glycines séculaires collées à la paroi de la demeure pour atteindre le balcon d'Isabellita, et de là à entrer dans sa chambre ? Ils consacrent leurs nuits à la volupté et leurs jours à s'écrire. Ils s'envoient des lettres d'amour, des poèmes, probablement y ajoute-t-elle quelque essai de sa composition, qu'ils se transmettent par l'entremise de Nicoletta, la camériste préférée d'Isabellita. L'un et l'autre sont persuadés que leur amour durera à jamais. Ils refusent de reconnaître que la différence de leurs rangs le rend impossible.

Le départ de Colorno et le retour à Parme ont exacerbé cet amour en les séparant. Isabellita, en effet, a retrouvé son austère vie d'étude. Il lui est pratiquement impossible de voir son amant au palais de la Pilota où elle est trop étroitement surveillée. Reste la correspondance… Ils font des plans d'avenir, et envisagent sûrement de s'enfuir pour se marier clandestinement dans un État voisin. Peut-être même ont-ils arrêté une date ? Ainsi seraient-ils enfin l'un à l'autre pour toute leur vie.

Après la visite de son père, Isabellita s'empresse de le prévenir par un billet que porte sa camériste. Son angoisse n'a fait que renforcer sa détermination et elle propose d'accélérer leur plan de fuite et de profiter de la première occasion pour le mettre à exécution. Mais des événements viennent faire diversion. Noël approche… Là-bas, à Versailles, dans le palais de son père le roi Louis XV, la mère d'Isabellita a été atteinte de la variole. Les courriers arrivent plusieurs fois par jour à Parme. Madame Élisabeth est malade… est très malade… dans un état désespéré… Madame Élisabeth est morte. Isabellita n'était pas très attachée à sa mère, qui ne lui avait jamais manifesté une grande affection. Elle est touchée par sa disparition, mais elle y voit aussi un répit dans sa terrible situation. La mort de la souveraine, les requiems qui se succèdent dans la cathédrale de Parme, le deuil de cour puis l'arrivée de la nouvelle année agitent suffisamment le palais pour que le duc n'évoque plus les fiançailles avec l'archiduc devant sa fille. Les semaines passent, et avec la foi de l'inconscience Isabellita reprend espoir. Peut-être a-t-il oublié son projet?

Le printemps revient et la Cour se transporte de nouveau à Colorno. Isabellita peut revoir son amant. Ils s'aiment avec une fougue accrue par l'idée d'avoir échappé au danger. Ils ne parlent plus de fuir et passent toutes leurs nuits ensemble dans la chambre d'Isabellita ou dans les jardins enténébrés. Le bonheur qu'ils goûtent leur suffit. Seule Nicoletta la cameriste est au courant de cette double vie : princesse la journée, amoureuse la nuit.

Mais à dix-huit ans, il est difficile de cacher ses sentiments. Aussi imagine-t-elle bien que ses autres cameristes sont au courant, ainsi que son unique sœur qui grandit auprès d'elle. Dix ans la séparent de la petite Maria-Louisa[1]. Bien que celle-ci ne soit encore qu'une enfant, Isabellita, malgré son caractère généreux qui la fait aimer et être aimée de tous, se méfie d'elle. Les yeux noirs de la petite étincellent d'orgueil, et si elle n'est pas belle, déjà se dessine en elle un caractère d'enfer. Elle est capable de tout, et c'est une peste. Il arrive à Isabellita de trembler à l'idée que Maria-Louisa aille raconter à leur père ce qu'elle peut avoir surpris.

Quelques mois plus tard, alors que la Cour réside toujours à Colorno, sa dame d'honneur, tremblante d'excitation, lui annonce qu'une ambassade est arrivée de Vienne et qu'en ce moment même l'ambassadeur est reçu par le duc de Parme, son

---

1. Maria-Louisa, en épousant plus tard Charles IV, deviendra la plus terrible des reines d'Espagne, la maîtresse de Godoy, et le modèle de Goya.

auguste père. Isabellita a l'impression que son cœur s'arrête. Elle a pourtant assez d'empire sur elle-même pour ne pas montrer ses sentiments. Peu après, son père en personne entre dans ses appartements pour lui apprendre que l'impératrice Marie-Thérèse demande officiellement sa main pour son fils et héritier l'archiduc Joseph. Bien entendu, il a accepté... et il guette la réaction de sa fille. Peut-être s'attend-il comme la dernière fois à des pleurs, des protestations ? Isabellita ne réagit pas, ne répond pas. Le duc semble étonné, mais se garde bien d'insister. Prenant son silence pour un acquiescement, il se retire au plus vite.

Isabellita, pendant cette période, a tout de même eu la sagesse d'envisager une telle éventualité. Aussi se précipite-t-elle sur son écritoire pour rédiger un plan de fuite détaillé à l'intention de son amant, qu'elle confie dans l'instant à Nicoletta.

Esprit organisé, elle a pensé à tout. Le jeune homme préparerait les chevaux pour la nuit suivante. Il viendrait la chercher dans les jardins de Colorno à deux heures du matin, l'attendrait sous le grand arbre le plus proche du balcon d'Isabellita, avec un déguisement de paysanne pour elle. Il leur faudrait quitter au plus vite le duché – ce ne serait pas long vu son exiguïté, la frontière se trouvant assez proche. Ils ne s'arrêteraient ni dans les États du pape ni dans le duché de Modène ou celui de Ferrare, trop alliés à Parme et qui pourraient les extrader. Sous leurs déguisements, ils fonceraient jusqu'à Venise, la sérénissime République se montrant généralement beaucoup plus indulgente envers les exilés et les réfugiés de toutes sortes. Dans cet abri, ils vivraient leur amour en toute liberté. Isabellita emporterait ses bijoux, ce qui leur permettrait de se débrouiller les premiers temps. Ensuite, ils aviseraient...

Dans la soirée, Isabellita reçoit la réponse de son amant : jamais au grand jamais il ne consentirait à perdre sa bien-aimée, mais celle-ci devait admettre au préalable les dangers de l'entreprise... S'ils étaient découverts, pour elle ce serait l'internement dans un couvent, pour lui la prison à vie sinon la décapitation. Lui-même se tenait prêt à prendre les risques nécessaires et se trouverait au rendez-vous donné.

Isabellita ne dort pas cette nuit-là. La journée du lendemain s'écoule, interminable, à croire que les heures n'avancent pas et que les horloges se sont arrêtées. Dans son excitation, elle laisse échapper devant ses caméristes et même devant la petite Maria-Louisa des allusions à ce qu'elle projette. Le soir enfin tombé, elle s'habille avec un soin particulier pour ce qu'elle croit être son dernier dîner de famille. La Cour, déjà peu sophistiquée et pas du tout guindée à Parme, est carrément décontractée à la campagne. Le protocole y est simplifié, le nombre de courtisans réduit. Isabellita a choisi d'honorer la mode française avec une robe à paniers de taffetas rose brodé d'argent. Elle arbore des diamants qu'elle a hérités de sa mère – qu'elle compte emporter le moment venu. Elle est plus resplendissante que jamais. « Un lys, c'est un lys ! s'extasient les invités. L'archiduc a bien de la chance ! Quelle impératrice magnifique fera notre Isabellita… »

Laissant son père et les courtisans à leur partie de whist, elle se retire tôt. Sa chambre qu'elle s'empresse de rejoindre est ornée de fresques pimpantes représentant des danses antiques. De simples rideaux de mousseline sont accrochés aux fenêtres et au baldaquin du lit. Elle observe distraitement ce décor qu'elle va quitter pour toujours pendant que ses caméristes la déshabillent. Elle se met au lit, leur souhaite la bonne nuit avant qu'elles éteignent les bougies et se retirent. Dès la porte refermée, elle se relève et en tenue de nuit court à son balcon.

Elle sait qu'il lui faut attendre : elle a fixé le rendez-vous à deux heures du matin par précaution supplémentaire. À cette heure avancée, toute la Cour est couchée et le château entier endormi. La journée a été particulièrement lourde, et cette touffeur subsiste. Il n'y a pas de lune mais toutes les étoiles sont au rendez-vous. L'air est complètement figé, pas une feuille ne bouge, pas un bruit non plus dans les jardins où alternent les taches claires des gazons éclairés par la luminosité de la nuit et les espaces obscurs sous les grands arbres.

Une foule de moustiques virevoltent autour d'elle mais elle n'en a cure, dans quatre heures, dans trois heures, dans une heure commencera son avenir. Elle ne doute pas de la réussite de leur projet, elle s'imagine déjà à Venise où ils connaîtront à deux le bonheur auquel ils aspirent depuis tant de mois. Vingt fois, trente fois au cours de la dernière heure, elle a regardé l'heure sur la ravissante montre en or et émail que lui ont offerte ses parents. Deux heures moins le quart : elle n'a plus qu'un quart d'heure à attendre...

Brusquement, elle entend un hurlement. Un cri de surprise, de souffrance. Elle reste figée, folle d'inquiétude, ne sachant que faire. Quelques minutes plus tard, un second cri lui parvient, beaucoup plus étouffé, plus faible. Elle n'hésite plus. Relevant sa longue chemise de nuit, elle escalade son balcon et descend en s'accrochant aux branches des glycines que si souvent son amant a escaladées pour la rejoindre. Elle est égratignée, griffée par les branches, mais elle atteint le sol sans trop d'encombre. Elle court dans la direction où elle a cru entendre les cris, et au milieu d'une allée de sable elle aperçoit une forme immobile. Elle se précipite : c'est son amant, qui perd son sang par de nombreuses blessures. Sa main agrippe les vêtements de paysanne qu'il devait lui remettre. Elle reste là, penchée sur lui, souffrant trop pour savoir ce qu'elle fait. Il ouvre les yeux, la reconnaît, murmure avec difficulté :

— Deux hommes... Ils m'attendaient... ils m'ont poignardé...

L'effort est trop violent. Il referme les yeux avec une grimace de douleur. Puis il les ouvre de nouveau, fixant son regard de mourant sur elle :

— Dans trois... tu...

Et il expire. Elle tombe évanouie.

L'alerte a été donnée. Des gardes, torche au poing, courent dans les allées du parc. Ils trouvent Isabellita, toujours inconsciente, ses vêtements de nuit tachés de sang. Délicatement, ils la ramènent au château et la portent dans sa chambre. Quelques secondes après, elle émerge de son évanouissement, incroyablement lucide. Elle a été trahie, cela ne fait aucun doute ! Mais par qui ? Sa sœur, la perfide Maria-Louisa ? Tout de même, elle est un peu jeune pour un tel forfait... Nicoletta, sa caমériste préférée, en qui elle a mis toute sa confiance ? Ou alors une autre camériste qui aurait surpris quelque chose ? À quoi bon chercher le responsable... Son amant est mort, mais Dieu merci, elle le rejoindra très vite !

« *Dans trois... tu...* » lui a-t-il dit dans son dernier souffle. Trois heures, certainement... Isabellita attend. Trois heures s'écoulent. Rien ne se passe.

À l'heure de son réveil officiel, sa dame d'honneur entre dans sa chambre, affolée, dépassée par les événements, et redoutant plus que tout le duc. Or le duc a ordonné que sa fille reçoive le matin même l'ambassadeur de l'impératrice Marie-Thérèse venu lui apporter l'anneau de ses fiançailles avec l'archiduc Joseph.

En réponse, d'une voix tranchante, Isabellita lui intime :

— Dites au duc mon père que je souhaite le voir le plus vite possible.

Don Philippe entre peu après dans la chambre. Il a déjà endossé sa tenue de gala pour recevoir l'ambassadeur de l'impératrice. Sur son costume rouge brodé d'or, il porte le grand cordon du Saint-Esprit et au cou la Toison d'or. Isabellita le regarde droit dans les yeux :

— Vous voulez vraiment me forcer à accepter cette union, Monseigneur ?

— Oui, répond-il, je le veux. Désormais votre amant ne nous créera plus d'ennui et, en tant que votre père, je peux disposer de vous comme je le souhaite !

Elle avait ainsi confirmation que le duc en personne avait ordonné l'assassinat. Mais cela, comme la demande en mariage, n'a plus aucune importance.

« *Dans trois... tu...* »... dans trois jours la mort les aura réunis ! Elle se lève donc, revêt la grande tenue de cour – une robe ample à volants et ruches assortie d'immenses paniers, allongée d'une traîne de plusieurs mètres qui glisse par vagues tout au long de la salle principale du palais de la Pilota et se replie au pied d'un trône voisin de celui de son père. Elle a refusé de mettre de la poudre sur son visage, selon l'usage de l'époque. Le visage blême, crispé, jamais peut-être elle n'a été aussi impressionnante ! L'ambassadeur, un prince du Saint Empire, est introduit et devant toute la cour offre l'anneau de fiançailles envoyé par l'archiduc à Isabellita. Trois jours passent... et rien ne se produit. La cour de Parme s'occupe fiévreusement d'organiser le mariage par procuration, mais la future mariée reste totalement indifférente à la fièvre mondaine qui l'entoure et dont elle est le principal objet.

« *Dans trois... tu...* » Elle peut bien accepter de se marier puisque, de toute façon, dans trois semaines, la mort lui aura permis de rejoindre l'homme qu'elle aime. La cérémonie se déroule dans la magnifique cathédrale romane de Parme. L'ambassadeur de l'impératrice Marie-Thérèse représente le marié. Au cortège dans les rues de la ville succèdent bal au palais, carrousel, feu d'artifice et autres festivités d'usage. Trois semaines s'écoulent, Isabellita, décontenancée, doit admettre qu'elle est en bonne santé... Et la cour de Vienne réclame la nouvelle archiduchesse. À Parme, on ne s'occupe plus que d'emballer les innombrables effets et objets qui constituent sa dot et qui s'empilent dans des centaines de caisses. Bientôt Isabellita rencontrera l'archiduc son mari devant Dieu et les hommes. Cela ne lui fait ni chaud ni froid.

« *Dans trois... tu...* » Elle est sûre maintenant que dans trois mois son amoureux viendra la chercher pour l'emmener avec lui dans l'au-delà. Isabellita part tranquillement pour Vienne, à la tête d'un cortège interminable. « Ce n'est plus un lys, c'est un soleil ! » pensent les Parmesans éblouis et tristes de voir s'éloigner leur infante... Mémorable est l'entrée solennelle de l'archiduchesse héritière de l'Empire dans sa nouvelle capitale. Tout Vienne, riches, pauvres, hommes, femmes confondus, se trouve aux fenêtres ou dans les rues. Deux rangs de soldats en armes s'alignent sur le parcours, et, aux carrefours, des dragons à cheval montent la garde pendant que jouent les orchestres. Les régiments de l'empereur ouvrent la marche. Cent vingt magnifiques carrosses suivent, escortés de laquais en livrée de gala. Isabellita a pris place dans une voiture d'or et de glaces tiré par huit chevaux. La foule admire sans retenue sa beauté.

Le carrosse s'arrête dans la cour de la Hofburg, le palais impérial. Isabellita s'incline en une profonde révérence aux pieds de sa belle-mère l'impératrice, la personnalité politique la plus remarquable de l'époque. Puis elle est présentée aux nombreux enfants, ses nouveaux beaux-frères et belles-sœurs. À peine remarque-t-elle parmi eux une ravissante petite fille, qui se prénomme Marie-Antoinette...

Elle est menée directement à l'église du palais. Elle s'avance, majestueuse, dans la nef. Les officiels regroupés dans le sanctuaire sont éblouis par sa taille altière, ses yeux noirs, par la masse savamment coiffée de ses cheveux sombres sur laquelle étincelle un diadème de pierreries. Elle porte avec élégance une robe de lamé argent qui s'étage en superbes paniers, à longue traîne de satin brodé. Devant l'autel, un homme l'attend, son mari, l'archiduc Joseph. Elle le dévisage avec curiosité : il n'est pas vraiment laid, mais ses yeux globuleux et son long nez ne le rendent pas particulièrement attirant.

Le soir tombé, Vienne scintille de trois cent mille lampions accrochés jusqu'au quatrième étage des habitations. Dans la cour du palais, près de deux mille cierges de cire blanche sont allumés, sans compter les torches et les flambeaux. La musique, les cris de joie et les danses envahissent la ville jusqu'à étouffer la voix des canons qui tonnent sans répit sur les bastions. La nuit est déjà fort avancée lorsque les carrosses de la Cour emmènent les mariés vers la résidence d'été de la famille impériale, le palais de Schönbrunn. Isabellita et Joseph se retrouvent seuls l'un en face de l'autre.

L'archiduc avait été un enfant précoce, et son éducation, quoique soignée, avait été mauvaise dans la mesure où on lui avait tout appris à la fois sans le moindre discernement. Cet homme remarquablement intelligent, qui frôlait même le génie politique, était un grand timide, surtout avec les femmes. Sa mère ne l'ayant pas tenu au courant des négociations matrimoniales dont il avait été l'objet, il avait fait preuve d'une certaine irritation en l'apprenant, puis l'angoisse l'avait saisi. N'avait-il pas avoué à un ami, quelques jours avant sa rencontre avec Isabellita :

— Je me sens très inquiet… Je crains plus le mariage que d'aller au combat… La seule pensée d'avoir à faire tout cela me déplaît.

« Tout cela », c'était faire l'amour avec Isabellita. Car Joseph, à dix-neuf ans, était encore vierge. Et la beauté même de son épouse l'affolait.

Elle se sent froide comme une morte en sursis. Tout en contemplant par une fenêtre de la chambre nuptiale le vaste parc éclairé par la lune, elle ne peut s'empêcher de se souvenir d'une autre nuit où elle s'était tenue à une autre fenêtre pour attendre l'homme de sa vie.

Joseph s'approche d'elle, et la prend dans ses bras. Elle le regarde fixement avant de lui confier :

— Monseigneur, je serai très bonne avec vous et je ferai tous les efforts possibles pour être une parfaite épouse. Mais il faut que vous sachiez que je suis condamnée à mourir avant trois mois.

Alors seulement elle s'abandonne à ses étreintes maladroites.

Trois mois passent, Isabellita ne meurt point.

Marie-Thérèse « associe au trône » son héritier, qui devient Joseph II. Sa femme reçoit le titre impérial et accomplit admirablement son métier. Elle tient parfaitement son rang dans les cérémonies de la Cour et sait ajouter à la dignité requise bonne grâce et chaleur humaine. Aussi est-elle infiniment populaire, à la Cour mais aussi auprès du peuple. Elle entretient par ailleurs les meilleures relations avec sa redoutable belle-mère ainsi qu'avec les nombreux membres de la famille impériale, en particulier avec ses belles-sœurs. Mais personne cependant ne l'aime autant que son mari. Ce militariste obnubilé des choses de la guerre, cet intellectuel introverti, cet homme sec et rude est tombé fou amoureux de sa femme !

Elle, de son côté, le respecte, l'honore, ne se refuse jamais à lui, sans éprouver pour autant le moindre amour. C'est donc sans amour qu'elle se retrouve enceinte. Une fille naît. Mais l'enfant, au lieu de rapprocher les époux, les éloigne. L'empereur « associé » est de plus en plus débordé de travail, et les soirées sont consacrées aux réceptions de la Cour. Aussi Joseph et Isabellita ne se retrouvent-ils seuls que dans leur vaste lit à baldaquin. Heureusement pour lui, l'obscurité l'empêche de voir le visage de sa femme, car il y aurait lu le désespoir, le dégoût.

Elle ne pense qu'à la mort, dont pour elle la douceur se confond avec la douceur de l'amour inaccessible. « S'il était permis de se suicider, ne cesse-t-elle de se dire, je le ferais sans hésitation. Peut-être Dieu aura-t-il pitié de moi et m'appellera-t-il bientôt auprès de lui ? » Elle est certaine qu'un jour ou l'autre Dieu exaucera son vœu et que son amant viendra la chercher. L'esprit occupé de cet au-delà auquel elle aspire, elle écrit ses *Méditations chrétiennes*. Car elle n'a pas abandonné la plume, trouvant dans la musique, dans la lecture, mais surtout dans l'écriture, les seuls adoucissements à sa souffrance.

Jamais une parole ou un geste ne trahissent ce qu'elle endure chaque jour… Sauf une fois. Elle assiste avec sa belle-famille à la première d'un nouvel opéra de Gluck, le compositeur préféré des Habsbourg. Et tout à coup, une scène ressemblant trop à sa propre histoire provoque un choc, elle tombe évanouie sur le sol de la grande loge impériale et sombre plusieurs heures dans une sorte de coma.

Bientôt, elle est de nouveau enceinte. Les médecins s'inquiètent, à cause de sa constitution devenue fragile. Ils avertissent le mari, qui s'alarme à son tour, ainsi que l'impératrice Marie-Thérèse. Tout le monde se fait du souci pour la grossesse d'Isabellita… sauf elle. Au contraire, elle semble chaque jour plus radieuse. Personne ne comprend ce changement, puisqu'elle est la seule à savoir qu'approche le troisième anniversaire de la mort de celui qu'elle aime toujours. À la fin de sa grossesse, elle s'installe dans la résidence d'été de Schönbrunn. Après un accouchement particulièrement long et difficile, elle donne naissance à une seconde fille, qui ne vivra pas.

Malgré les recommandations de ces mêmes médecins qui exigent un repos absolu, elle se lève au bout de quelques jours et souhaite souper en tête à tête avec son époux dans le salon de leur appartement. La pièce est accueillante, avec ses boiseries rococo blanc et or, ses lustres de cristal et ses meubles de laque. Jamais Isabellita n'a été plus resplendissante, pense Joseph en la voyant apparaître souriante et presque joyeuse. Il vibre littéralement de passion, mais son amour l'aveugle au point qu'il ne remarque pas son attitude réservée et donc n'essaie pas d'en démêler les causes.

Cet homme simple, un peu rustre et inexpérimenté, n'est jamais parvenu à exprimer ce qu'il ressent pour cette femme mélancolique, aussi mystérieuse que le parc doucement éclairé par la dernière lueur du jour. Ne sachant trop quoi dire, il choisit la musique, l'un des rares moyens d'expression qui les réunissent. Il se met au piano, elle prend son violon. Bientôt les mélodies de Haydn ou de Mozart les emportent.

Pendant le souper qui suit, elle ne cesse de surveiller la fenêtre qui donne sur le parc, comme si elle attendait quelque chose ou quelqu'un. Soudain, son regard se fige. Elle se lève et, sans donner aucune explication, sans se retourner, elle ouvre la haute baie vitrée et sort par la terrasse. Étonné, Joseph la laisse faire. Puis se levant à son tour, il la suit à une certaine distance. Isabellita avance dans l'allée comme une somnambule, traverse une pelouse illuminée par la lune, comme si elle allait à la rencontre de quelqu'un… que lui-même ne voit pas. Effectivement, elle hâte le pas, puis tend les bras dans un geste d'une indicible tendresse. Alors elle s'écroule dans l'herbe, inerte.

Joseph appelle à l'aide, on la transporte aussitôt dans sa

chambre. Elle est mourante. Les médecins, la famille impériale accourent. L'impératrice au désespoir a cette étrange réflexion :

— Je l'aime trop pour ne pas la perdre... Sa mort sera un sacrifice exigé par le Ciel.

Quant à Joseph, sans verser une larme mais en proie à un chagrin sans fond, il caresse le visage de sa femme tordu par la douleur. Isabellita ne tarde pas à voir son vœu enfin exaucé : elle meurt.

Le communiqué de la Cour annonce que la jeune impératrice est décédée à cause de complications post-natales. Personne ne saura qu'elle était morte le jour anniversaire de l'assassinat de son amant.

« *Dans trois... tu...* » Il avait voulu dire trois ans. Et il avait tenu parole. Il était venu la chercher. Jamais fantôme ne fut mieux accueilli...

La première fille qu'Isabellita avait donnée à Joseph ne tarda pas à mourir à son tour. Celui-ci, par devoir dynastique, se remaria, mais n'eut pas d'autre enfant. Toute sa vie, il resta inconsolable de la perte d'Isabelle, victime innocente de l'amour qui tue.

Deux Anglaises à Trianon

Miss Moberly et miss Jourdain sont deux vieilles demoiselles britanniques, pur produit de l'ère victorienne. Miss Moberly a un visage plutôt carré, les traits inexpressifs, un physique banal, le contraire de miss Jourdain dont les traits sont plus allongés, avec un sourire énigmatique et une expression indéchiffrable. Miss Jourdain – dix-huit ans de moins que miss Moberly – est la légèreté même, bavarde et gaie ; alors que miss Moberly est si réservée, si timide, si modeste qu'elle pouvait paraître « aussi ennuyeuse qu'un homme ! », affirmera plus tard une de ses nièces, ajoutant :

— Elles formaient un couple d'amies vraiment bizarre... Je me demande bien ce qu'elles pouvaient avoir en commun, elles paraissaient si mal accordées...

Toutes deux sont issues du milieu ecclésiastique, toutes deux ont été attirées par l'enseignement.

Miss Moberly a cinquante-cinq ans et miss Jourdain trente-sept lorsqu'elles se rencontrent, et, pour combattre leur solitude, elles deviennent intimes et ne se quittent plus. C'est donc ensemble qu'elles décident de passer des vacances à Paris. Elles trouvent à se loger dans un appartement du boulevard Raspail. Elles y arrivent à la mi-juillet 1901 par un été qui s'annonce particulièrement lourd et chaud. Chaque jour, elles font le tour des musées et des expositions.

Au bout de trois semaines, elles ont pratiquement épuisé

tout ce que la capitale peut leur offrir comme monuments. Elles ont alors l'idée de faire une excursion à Versailles, déjà à cette époque un haut lieu du tourisme. Elles sont absolument enchantées d'échapper pour la journée à leur appartement, certes confortable, mais un peu exigu. Ce 10 août, elles ont pris un solide petit déjeuner britannique, le bien-aimé *breakfast*, puis, sagement, elles ont chaussé les fameuses *sensible shoes* des Anglais qui leur permettront de marcher longuement.

Elles ont pris le train à la gare Saint-Lazare jusqu'à Versailles. D'un pas ferme, elles sont montées à l'assaut du gigantesque château. Plutôt longue s'est révélée la visite guidée... Plusieurs fois, miss Moberly s'est surprise à rêvasser à l'une ou l'autre fenêtre, elle aurait tant envie de se promener dehors plutôt que d'écouter les explications du préposé. Mais ce grand parc à la française, si différent de ceux auxquels elle est habituée en Angleterre, la déroute par sa froideur. Elle feuillette distraitement son *Baedeker* et découvre que, tout près du château, s'élèvent les deux Trianon, le Grand et le Petit, et surtout elle apprend qu'ils sont gratifiés d'un jardin anglais, son rêve ! Non loin de là se niche le hameau édifié par Marie-Antoinette, où elle se retirait pour oublier le poids de sa position et se délasser loin de la Cour. Se délasser, c'est bien ce dont miss Moberly a le plus besoin en ce moment... Aussi propose-t-elle à son amie, la visite du château enfin achevée, de se rendre au Petit Trianon pour voir le jardin anglais.

Il faut tout de même être bon marcheur pour couvrir en peu de temps à pied la distance entre le château de Versailles et Trianon. Mais les deux Anglaises sont solides, et l'idée de la récompense qui les attend les galvanise : des frondaisons rafraîchissantes, des prairies accueillantes, des ruisseaux capricieux, tout ce à quoi elles sont habituées, tout ce qu'elles aiment, et le contraire de l'ennuyeux parc qu'elles traversent présentement !

Elles sont aussi curieuses de découvrir le souvenir de Marie-Antoinette. Elles ne sont pas particulièrement versées en histoire, surtout en histoire étrangère, mais le sort de l'infortunée et célèbre reine les émeut. Cette femme jeune et belle avait eu pour seul tort de trop aimer s'amuser – mais n'était-ce pas de son âge ? Elle avait voulu échapper à l'écrasant fardeau de la couronne et elle avait inventé le refuge agreste du Trianon. Puis avait soufflé une effroyable tempête dont elle n'était en rien la véritable responsable, cette Révolution qui avait déraciné un régime millénaire. Après tant d'incidents dramatiques et sanglants, elle avait fini en prison. Elle avait vu son mari, le roi Louis XVI, partir pour l'échafaud, elle avait été traînée au tribunal pour un procès où son propre fils, un gamin de onze ans, bien endoctriné par les révolutionnaires et par eux imbibé d'alcool, l'avait accusée d'inimaginables horreurs. Deux jours plus tard, elle avait été publiquement guillotinée. À cette évocation, les deux Anglaises frémissent.

Armées de la carte dépliante de leur guide, elles se dirigent vers le Grand Canal, le dépassent, prennent à droite, longent un autre canal, aperçoivent les murs rose et blanc du Grand Trianon. Ce jour-là, le ciel un peu couvert voile le soleil et filtre ses rayons. La légère brise qui souffle stimule les deux femmes. Le sous-bois qui s'ouvre devant elles les attire. Elles se sentent merveilleusement bien, et augurent que leur promenade sera un enchantement.

Bientôt elles atteignent une grande allée ombragée, qui les mènera directement au Petit Trianon, but de leur expédition. Mais inexplicablement, malgré l'examen minutieux du plan du *Baedeker*, elles ne l'empruntent pas. Elles traversent l'allée et continuent tout droit. Elles auraient pu demander leur chemin, se dit miss Moberly, à cette femme qui agite une nappe blanche par la fenêtre d'un bâtiment tout proche... Toutefois, miss Jourdain ne fait même pas semblant de vouloir s'arrêter et poursuit son chemin avec résolution. Aussi miss Moberly est-elle persuadée que son amie sait parfaitement où elle va. Et les deux femmes avancent, en parlant de l'Angleterre et de leurs amies communes qu'elles ont laissées à Oxford.

Elles aperçoivent bientôt sur leur droite des bâtiments, probablement une ferme mais qui semble déserte, avec des outils, en particulier une charrue, qui traînent ici ou là. Elles inspectent les lieux : personne, pas un bruit. Juste une impression de tristesse… Elles progressent néanmoins, même si miss Jourdain commence à penser qu'elles se sont probablement perdues. Elles parviennent à une sorte de carrefour, d'où partent trois sentiers. Lequel prendre ? Heureusement, elles aperçoivent sur le sentier du milieu deux hommes – probablement des jardiniers car ils ont posé une brouette à côté d'eux. Cependant, leur longue veste vert-de-gris et leur tricorne ne correspondent pas à la tenue de cette profession. Peut-être sont-ils des fonctionnaires ? Miss Jourdain les interpelle et leur demande quel est le chemin pour aller au Petit Trianon.

— Continuez tout droit, répondent les deux hommes presque machinalement et sans leur prêter attention.

Du coup, miss Jourdain répète sa question. Elle obtient la même réponse. Elles n'ont plus qu'à poursuivre leur chemin.

Soudain, miss Moberly se sent envahie par une angoisse violente et totalement incompréhensible. Elle veut secouer ce poids qui l'accable tout à coup, mais n'y parvient pas. Elle ne se sent pourtant pas fatiguée, sa promenade devrait la ravir… Sa première préoccupation est de cacher à son amie cet état qui l'accable mais, malgré ses efforts, cette sensation de douleur sourde s'appesantit de plus en plus en elle. Heureusement, miss Jourdain ne s'aperçoit de rien, tout occupée à admirer le paysage. Voici justement que sur sa droite, elle découvre une mignonne maisonnette précédée d'un escalier de pierre.

Une femme et une fillette se tiennent sur le seuil. Miss Jourdain est étonnée de les voir porter des foulards blancs enfoncés dans le corsage – ce qui n'est absolument plus à la mode ! La fillette, qui peut avoir treize ou quatorze ans, a laissé sa jupe descendre jusqu'aux chevilles – curieux à son âge… La femme est coiffée d'un bonnet blanc, certainement acheté au décrochez-moi-ça ! Elle tend une cruche à la fillette… Miss Jourdain lance un regard de côté à miss Moberly, qui semble perdue dans ses pensées et n'a visiblement aperçu ni la femme ni la fillette. En continuant d'avancer, miss Jourdain se laisse gagner elle aussi par l'atmosphère de mélancolie et d'abandon qui règne sur ces lieux. Elle marche maintenant telle une somnambule. Et comme miss Moberly, elle n'en dit rien.

Tout à coup, le sentier qu'elles suivent s'arrête. Il est coupé par un autre chemin qui part perpendiculairement des deux côtés. En face d'elles, un bois. Entre les troncs, elles repèrent un kiosque rond à colonnes, du même genre que ceux qui accueillent un orchestre municipal dans les jardins publics. Contrairement à ce qu'elles connaissent en Angleterre, le kiosque n'est pas entouré de gazon bien entretenu mais plutôt d'herbes folles et de feuilles mortes. Le bois semble à miss Moberly singulièrement touffu, les arbres qui entourent le kiosque sont sans relief et sans vie, «telle une broderie sur une tapisserie», pense-t-elle. Elle remarque qu'il n'y a aucun jeu de lumière ni d'ombre, et que la brise qui les avait caressées au début de leur promenade n'agite pas les feuilles. Le calme intense qui règne là, loin d'être apaisant, devient carrément inquiétant.

Un homme est là, assis de dos sur les marches du kiosque, enveloppé dans une cape et coiffé d'un chapeau à large bord. Alors que les deux femmes se rapprochent, il se tourne lentement et pose sur elles un regard distrait. Son aspect repoussant les frappe : il a le teint sombre, mais surtout son visage est profondément marqué par la petite vérole. Son expression désagréable, méchante, «odieuse», se dit miss Moberly, les rebute. Les deux femmes éprouvent une invincible répugnance à s'approcher de lui. Pas question de lui demander leur chemin !

— Vers où doit-on aller à présent? chuchote miss Moberly d'une voix légèrement tremblante.

— À droite, répond sans hésiter miss Jourdain, qui perçoit le soupir de soulagement de son amie.

Car à gauche, c'eût été passer tout à côté de l'homme au visage vérolé, et cela, ni l'une ni l'autre ne peuvent s'y résoudre !... Reste à savoir si c'est vraiment à droite qu'il faut aller, se demande miss Jourdain qui n'est pas très sûre d'elle.

Elle n'a pas le temps de réfléchir à ce dilemme car, au même moment, les deux femmes entendent quelqu'un courir derrière elles. Elles se réjouissent à la perspective de pouvoir enfin se renseigner, et surtout de n'être plus seules avec cet homme assis qui continue de les observer avec son drôle de regard. D'un seul geste elles se retournent : il n'y a personne ! Mais un individu se tient à leurs côtés, comme s'il avait spontanément jailli de nulle part. Probablement ont-elles été trompées par le son et venait-il d'une autre direction... Peut-être était-il caché par les arbustes et les buissons et ne l'ont-elles pas vu approcher ?

— Mesdames ! Mesdames ! crie-t-il d'une voix essoufflée par sa course.

Pendant qu'il reprend son souffle, miss Moberly le détaille. Soulagée de ne plus être seule avec l'homme inquiétant du kiosque, elle se prend à admirer les qualités physiques du nouveau venu : il est grand, il paraît noble, avec de grands yeux sombres et des cheveux noirs bouclés. Sa beauté et sa mine semblent appartenir à un portrait ancien, comme sa tenue d'ailleurs, semblable à celle de l'homme au visage vérolé : chapeau au large rebord et longue cape qu'il a rejetée sur son épaule, dont un pan vole encore. Miss Jourdain remarque qu'il porte des souliers à boucles... Il semble épuisé, comme s'il avait fait une longue course, et son teint animé témoigne de l'effort qu'il vient de fournir.

— Mesdames ! Mesdames ! répète-t-il sur un ton particulièrement excité, il ne *fout* pas passer par là !

Il tend le bras vers la droite :

— Par ici... Passez par la maison.

Les deux femmes ont remarqué cet accent curieux qu'elles ne parviennent pas à identifier. Cet accent et l'agitation du jeune homme ont de quoi surprendre, au point que miss Moberly pose sur lui un regard inquisiteur. Leurs yeux se croisent : il a comme un geste de recul et laisse flotter sur ses lèvres un curieux petit sourire.

Miss Moberly et miss Jourdain ne demandent pas leur reste. Elles sont si heureuses d'avoir trouvé la bonne direction, d'échapper à ce lieu lugubre et à ce personnage toujours assis sur les marches du kiosque qu'elles empruntent résolument le sentier de droite, celui d'ailleurs où leur instinct leur avait dit tout à l'heure de s'engager ! Miss Moberly a envie de remercier l'aimable et beau jeune homme... hélas, il a disparu. Il a dû reprendre sa course puisqu'elle entend ses pas précipités. Sa course invisible les frôle, puis le bruit s'arrête brusquement.

Miss Moberly ne cherche plus à comprendre, d'autant qu'elles atteignent après quelques minutes un endroit enchanteur – et tellement anglais d'aspect ! – qui les ravit. Elles franchissent un pont étroit et rustique qui enjambe un minuscule ruisseau. Presque à portée de la main, un filet d'eau tombe en cascade sur une jolie berge verdoyante où de grandes fougères poussent entre des pierres savamment disposées. L'eau court entre les plantes jusqu'à un petit étang ombragé qui miroite un peu plus loin. Le chemin qu'elles poursuivent les mène bientôt sous le couvert de grands arbres. Leurs branches forment un dais si épais qu'en dessous règne l'obscurité. Si rapprochés sont les troncs qu'elles tombent sur une jolie maison de campagne sans qu'elles aient pu se douter de sa proximité. Elles réalisent qu'elles se trouvent devant le Petit Trianon.

En s'approchant du bâtiment, miss Moberly aperçoit une dame assise qui tient à bout de bras une feuille de papier, comme pour examiner le dessin qu'elle vient d'achever. Probablement exécutait-elle une étude d'arbres car elle est assise en face d'eux et il n'y a visiblement rien d'autre à dessiner... Lorsque les deux Anglaises passent près d'elle, la dame se retourne à demi vers elles et les dévisage, ce qui permet à miss Moberly de l'observer. Elle n'est plus toute jeune, mais elle est encore belle. Elle a posé un large chapeau de soleil blanc sur son épaisse chevelure blonde qui bouffe autour de son front. Elle porte une robe d'été courte, à la taille basse et à la jupe très ample. Certainement une touriste comme elles-mêmes, se dit l'Anglaise. Mais où donc a-t-elle déniché cette tenue tellement démodée ?

Étrangement, miss Moberly, loin d'être ravie de cette présence qui devrait être rassurante, se sent oppressée. Elle a hâte de finir cette promenade... Miss Jourdain, quant à elle, ne s'est pas arrêtée auprès de la dame, à laquelle miss Moberly jette maintenant un dernier regard. Pourquoi ce fichu vert pâle posé sur ses épaules l'intrigue-t-elle tant ?

Les deux Anglaises ont monté les marches de la terrasse qui longe le Petit Trianon. Les portes-fenêtres sont toutes fermées, elles cherchent donc une entrée quand elles entendent une porte s'ouvrir à l'autre bout de la terrasse. En sort un homme qui la claque derrière lui, si brusquement qu'il les fait sursauter. Il s'approche d'elles et, bien qu'il ne porte pas de livrée, miss Moberly décide à son air effronté qu'il doit s'agir d'un domestique. Elles expliquent leur problème, le jeune homme les prie de le suivre et leur montre le chemin à travers le « jardin français » qui les mène directement à la cour d'Honneur. Arrivées là, elles n'ont plus qu'à attendre sagement la prochaine visite guidée.

Bientôt apparaît toute une noce, le marié, la mariée avec leurs parents et leurs amis. Ils ont décidé comme elles d'explorer la demeure de l'infortunée reine. Le guide se matérialise et les emmène à travers les petits salons. Les deux Anglaises restent en queue du groupe, entendant à peine les explications de leur mentor. Néanmoins, elles ont retrouvé leur entrain, sans doute communiqué par la présence inattendue et joyeuse du cortège nuptial...

La visite ne dure pas longtemps, car le Petit Trianon est effectivement exigu. À la sortie dans la cour d'Honneur, les deux amies attrapent un fiacre qui attend les touristes et se font conduire à l'hôtel des Réservoirs à Versailles, où elles commandent un thé anglais bien gagné.

Une semaine s'écoule, pendant laquelle les deux Anglaises n'échangent pas un mot à propos de leur escapade versaillaise. Elles continuent de faire du tourisme avec ce qu'il leur reste à découvrir. Un matin, dans le salon du petit appartement du boulevard Raspail, miss Jourdain est en train de lire pendant que miss Moberly, assise à leur bureau commun, écrit aux siens pour raconter leur séjour en France. Elle en arrive à la fameuse visite de Versailles et des Trianon, et le sentiment d'irréalité et d'anxiété qu'elle a éprouvé ce jour-là lui revient aussitôt à l'esprit. Elle pose sa plume et, d'une voix toute timide, demande à son amie :

— Pensez-vous que le Petit Trianon soit hanté ?

— Oui, je le pense.

— Pendant notre visite, où avez-vous eu cette impression ?

— Dans le jardin, là où nous avons rencontré les deux hommes en cape verte que nous avons pris pour des jardiniers… D'ailleurs, pas seulement là…

Miss Jourdain décrit alors ce qu'elle avait ressenti à ce moment-là et qu'elle avait tenté de dissimuler. Miss Moberly sursaute et confesse avoir éprouvé la même sensation. Là-dessus, elles évoquent l'étrange apparition du séduisant jeune homme, la façon théâtrale dont il avait surgi et dont il s'était adressé à elles, son habillement aussi… Pourquoi s'était-il drapé dans une chaude cape au milieu d'un après-midi d'août ? Tout aussi inexplicable avait été sa disparition suivie du bruit de pas sans qu'elles aient pu voir le coureur. Pourquoi, avant même qu'elles se soient adressées à lui, leur avait-il indiqué avec insistance le chemin à suivre ? Et l'autre homme, alors ? Celui au visage marqué par la petite vérole, assis sur les marches du kiosque ? Miss Jourdain avoue qu'elle a eu très peur. Miss Moberly aussi, qui ajoute :

— Vous savez ce qui m'est passé par la tête ? J'étais certaine que les deux hommes, celui assis sur les marches du kiosque et le beau jeune homme surgi inexplicablement auprès de nous, voulaient se battre en duel et qu'ils attendaient le moment où nous serions parties pour commencer…

Le silence retombe et miss Moberly reprend sa lettre à sa famille : « *Toutes les deux pensons que le Petit Trianon est hanté…* »

Pendant un certain temps, les deux femmes n'aborderont plus le sujet. D'ailleurs, elles ne tardent pas à revenir en Angleterre et reprennent leur travail dans leurs écoles respectives. Elles restent cependant en contact étroit et, trois mois plus tard, miss Jourdain vient passer le week-end chez miss Moberly à Oxford.

Le soir d'un dimanche de novembre soigneusement rempli à ne rien faire, alors que les deux femmes devisent autour du feu de charbon de leur salon, le sujet du Trianon – qui a occupé leurs pensées plus qu'elles ne voudraient le reconnaître – revient sur le tapis. Miss Moberly attaque :

— Pourquoi n'avons-nous pas demandé notre chemin à la dame au grand chapeau qui dessinait près du Petit Trianon ?

— Je n'ai pas vu cette dame, répond miss Jourdain.

— Mais comment ! Nous l'avons vue alors que nous atteignions le monument : elle était assise et regardait son dessin. Elle s'est retournée pour nous observer...

— Je vous affirme, miss Moberly, qu'il n'y avait personne à cet endroit.

— Mais il est impossible que vous ne l'ayez pas vue ! Nous marchions côte à côte, nous nous sommes dirigées presque droit sur elle, elle tenait une feuille de papier à la main...

— Je vous jure que je n'ai vu personne !

— Il y a décidément trop de mystères dans cette histoire. Je me demande à quel point vous et moi avons vu les mêmes choses. Pourquoi, miss Jourdain, ne pas écrire chacune le récit de notre visite ?

— Tout à fait d'accord, miss Moberly. Mais nous devrions aussi nous documenter beaucoup plus sur les lieux, sur l'histoire de cette époque.

Revenue à Watford dans la petite école qu'elle dirige, miss Jourdain demande à la Française qui enseigne avec elle si elle a jamais entendu dire que le Trianon était hanté.

— Mais bien sûr, ma bonne miss Jourdain ! Beaucoup de visiteurs ont vu la reine Marie-Antoinette dans le jardin derrière le Petit Trianon. Elle porte toujours un large chapeau de soleil et elle apparaît rituellement un certain jour d'août.

Miss Jourdain s'empresse d'écrire à miss Moberly : «*Je me demande si la jolie dame que vous avez aperçue et que je n'ai pas vue n'était pas Marie-Antoinette ? Et si ce n'était pas le jour précis où elle a coutume d'apparaître...* » Dans la foulée, elle annonce à son amie qu'elle a l'intention de passer les vacances de Noël à Paris, habitant de nouveau l'appartement du boulevard Raspail où elles ont séjourné.

Par un jour froid et humide de janvier 1902, miss Jourdain revient seule sur les lieux qu'elles ont parcourus ensemble l'an précédent. Cette fois, elle se rend directement au Petit Trianon, et elle explore le Hameau de la reine. Elle emprunte une allée et arrive au temple de l'Amour, dans lequel elle ne reconnaît absolument pas le kiosque de ses souvenirs. Mais lorsqu'elle franchit le petit pont qu'elle avait tant aimé, elle se trouve replongée dans l'étrange sensation d'angoisse qui l'avait accablée. Pourtant, tout a changé, ce qui accentue d'autant son désarroi.

Elle écrit le soir même à son amie, insistant sur le fait qu'elle a trouvé l'endroit méconnaissable. Miss Moberly refuse de la croire : « *Comment est-ce Dieu possible ? Vous avez simplement dû vous égarer comme la première fois !* » Cependant elle est troublée, elle décide d'aller vérifier à son tour. Il lui faudra attendre deux ans pour avoir l'occasion de revenir au Trianon, soit en 1904. Comme miss Jourdain, elle ne peut que constater l'inimaginable : la topographie des lieux est réellement modifiée.

D'un commun accord, les deux femmes décident de découvrir la vérité. Chacune de leur côté, elles se précipitent dans les bibliothèques, dévalisent les bouquinistes à la recherche d'ouvrages rares sur le sujet, se plongent dans les grimoires, se penchent sur les anciennes cartes, sur les dessins topographiques, scrutent les aquarelles, interrogent les experts, mais aussi laissent parler la chance...

Comme ce soir, par exemple, où elles vont applaudir à la Comédie-Française une représentation du *Barbier de Séville*. Sur scène, les alguazils, les gardes espagnols, portent exactement la même tenue (uniforme vert et tricorne) que les deux hommes qu'elles avaient pris pour des jardiniers... Comment est-ce possible ? La Bibliothèque nationale consultée leur répond bientôt que la Comédie-Française a hérité du Théâtre privé de la Cour d'avant la Révolution, ainsi que d'anciennes livrées royales portées par des officiers subalternes. Celles des alguazils du *Barbier de Séville* étaient en fait les uniformes des gardes suisses qui veillaient sur la reine Marie-Antoinette quand elle se trouvait à Trianon.

Autre découverte : au début de leur périple dans l'étrange, miss Jourdain avait vu à droite une maisonnette avec une dame et une fillette. Elle avait été très étonnée que miss Moberly ne leur demandât pas leur chemin. Et pour cause… Miss Moberly n'avait vu ni la mère ni la fille. Au cours d'une des nombreuses visites que leurs recherches les amènent à faire, elles retrouvent l'endroit exact mais pas la bâtisse. Or une carte de 1783 leur apprend que la maisonnette a bel et bien existé ! Mais qui donc pouvaient être la femme et la fillette ? La fillette, elles l'identifient rapidement : c'était la petite Marion dont les parents travaillaient au château et qui, effectivement, avait habité la petite maison, depuis détruite. En poussant leurs recherches, elles apprennent même son âge : elle avait alors quatorze ans.

Comme la maisonnette de Marion, le kiosque s'est lui aussi volatilisé. Miss Jourdain tombe pourtant sur un document sans signature ni date, un devis pour une de ces «ruines» tellement à la mode au XVIIIe siècle, celle-ci constituée de sept colonnes avec un toit en dôme : exactement semblable à leur «kiosque». Quant à l'homme au visage marqué assis sur les marches, qui leur avait fait tellement peur, elles cherchent longuement parmi les familiers de Marie-Antoinette, et finalement tombent sur le comte de Vaudreuil. Ce créole au teint plutôt foncé, que tous ses contemporains décrivaient comme lourdement atteint par la petite vérole, appartenait au cercle des intimes de la reine. Il avait tant d'influence sur elle qu'il l'avait persuadée, malgré l'opposition de Louis XVI, de faire jouer la pièce subversive du *Mariage de Figaro*. Cette erreur inspirée par ce faux ami avait discrédité un peu plus Marie-Antoinette.

Énigmatique demeurait cependant l'homme qui avait jailli

d'un bâtiment voisin du Petit Trianon pour leur indiquer le chemin de la cour d'Honneur, ne souhaitant visiblement pas qu'elles restent sur la terrasse… Elles retrouvent la porte qu'il avait claquée, mais elle est désormais couverte de toiles d'araignée, munie de barres et de chaînes, à demi pourrie et hors d'usage. Un vieux guide auquel elles s'adressent leur confirme :

— Je suis ici depuis toujours, et cette porte était condamnée bien avant que je n'entre en service. En fait, elle n'a pas été ouverte depuis le temps du roi Louis XVI.

Elles en sont réduites aux conjectures sur l'identité du pseudo-domestique.

Quant à la dame au large chapeau qui, assise non loin du Petit Trianon, semblait dessiner les arbres, les deux Anglaises la soupçonnaient depuis le début d'*être* Marie-Antoinette. Seulement miss Moberly, qui avait été la seule à la voir, ne la reconnaissait sur aucun de ses portraits. Les nombreuses effigies de la reine, en particulier celles dues au talent de Mme Vigée-Lebrun, ne lui rappelaient pas le visage de cette femme qui l'avait fixée un long moment. Dans ces ravissantes peintures, le visage n'était pas assez carré, le nez trop aquilin n'était pas assez long. Or, un jour, les deux amies feuillettent un ouvrage de Desjardins intitulé *Le Petit Trianon*. Une illustration leur montre un portrait rarement reproduit de la reine par Wertmüller, un peintre allemand. « Voici la dame que j'ai vue ! s'exclame miss Moberly, cela ne fait aucun doute ! » Effectivement, ce portrait diffère considérablement des autres. Le tableau qu'elles viennent de découvrir avait été à l'époque fort mal accueilli par la critique. On l'avait trouvé froid, sans majesté, sans grâce. Pourtant, au dire de Mme Campan, femme de chambre de Marie-Antoinette, il était de loin le seul portrait ressemblant à son illustre modèle…

Les deux Anglaises ont donc réussi à élucider presque tous les mystères de leur visite à Trianon, sauf celui du beau jeune homme aux cheveux bouclés noirs et aux grands yeux sombres qui avait surgi à leur côté au moment où elles étaient terrorisées par l'homme du kiosque, et qui, sans qu'elles lui aient rien demandé, leur avait indiqué le chemin en leur intimant de « passer par la maison ». L'explication, elles la trouvent une fois de plus dans leurs lectures, précisément dans la description de la scène dramatique du 5 octobre 1789.

La Bastille est déjà prise, la Révolution commencée. Marie-Antoinette, inquiète et triste, a voulu se retirer dans la paix verdoyante, la sérénité fleurie de son bien-aimé Trianon. Là, entourée de ceux qu'elle aime, elle oublie ses angoisses. Elle ignore qu'un immense cortège de manifestants a quitté Paris et se dirige vers Versailles pour les ramener de force dans la capitale, elle, le roi et leurs enfants. Dans le silence de son refuge, seulement coupé par le chant des oiseaux et le murmure des ruisseaux, elle ne se doute pas qu'une menace terrifiante approche. Néanmoins, le calme de cette scène idyllique est interrompu : un messager – peut-être un page – arrive du château avec un billet du comte de Saint-Priest, ministre de la Maison du Roi. En quelques lignes, il met la reine au courant. La foule va bientôt investir le château, la reine est priée de rejoindre immédiatement son époux. Marie-Antoinette se lève brusquement et décide de rentrer à pied par le plus court chemin. Mais le page l'arrête : « Que Votre Majesté retourne plutôt au Petit Trianon… Une voiture l'y attend qui l'emmènera en quelques minutes au château. »

« Passez par la maison ! Passez par la maison ! » répétait-il : exactement ce que miss Moberly et miss Jourdain ont entendu !

En recoupant leurs informations, en additionnant les détails, les Anglaises se persuadent que, durant leur visite en 1901, elles avaient revécu ce qui s'y était passé le 5 octobre 1789. Tout concordait : les lieux d'abord, les personnages, les tenues, les scènes auxquelles elles avaient assisté. Seulement voilà, elles avaient visité le Trianon non pas le 5 octobre, jour anniversaire du départ de Marie-Antoinette, mais le 10 août… Que s'était-il donc passé le 10 août ? Rien moins que la chute de la monarchie, le 10 août 1792. Depuis leur départ forcé de Versailles, le roi, la reine et leurs enfants étaient restés pratiquement enfermés aux Tuileries. Puis il y avait eu la fuite à

Varennes, l'arrestation de la famille royale, leur retour honteux et tragique à Paris.

Le 10 août, les insurgés, une fois encore, s'étaient mis en mouvement et avaient donné l'assaut au palais des Tuileries. Louis XVI avait ordonné aux gardes suisses de ne pas tirer, ce qui leur avait valu d'être tous massacrés. Le roi et sa famille avaient échappé par miracle à ces scènes de carnage et avaient réussi, défendus par une poignée de fidèles, à aller se placer sous la protection de l'Assemblée législative qui siégeait au Manège, voisin du palais. On les avait placés dans la minuscule loge du logographe. Ils y étaient restés pendant des heures, entassés les uns sur les autres, dans la fatigue, l'angoisse, la chaleur, alors que sous leurs yeux les députés discutaient de leur sort et qu'à petite distance leur résidence était pillée, souillée, ensanglantée.

Pour miss Moberly et miss Jourdain, il est évident qu'à ce moment-là Marie-Antoinette s'était réfugiée par la pensée dans son Trianon et les heures heureuses qu'elle y avait passées. Persuadée qu'elle ne le reverrait jamais, elle s'était probablement fixée sur les derniers moments où elle y avait connu la paix. Si vivace devait être sa vision des lieux, si intense sa mélancolie de les avoir perdus à tout jamais qu'elle avait – selon les deux Anglaises – imprégné le Petit Trianon et son parc de ses souvenirs avivés par l'intensité dramatique de cette journée du 10 août. Elles avaient donc tout simplement voyagé dans la mémoire de Marie-Antoinette…

L'Accoucheur de Rosette

E N 1962, Abdel Youssouf revint au pays, c'est-à-dire en Égypte. Il avait passé les six dernières années en Angleterre, étudiant la gynécologie à l'école médicale de Winchester. À l'époque, rarissimes étaient les étudiants égyptiens qui recevaient l'autorisation d'étudier à l'étranger. On craignait en effet qu'ils ne se laissent contaminer par des idées subversives. Tout aussi rares étaient d'ailleurs les Égyptiens de n'importe quel âge et de n'importe quelle classe qui avaient la possibilité de quitter leur pays, même brièvement. Les visas de sortie ne s'accordaient que pour des circonstances exceptionnelles, et les voyageurs n'avaient pas le droit d'emporter la moindre devise. En fait, les frontières de l'Égypte étaient hermétiquement scellées et les Égyptiens vivaient en vase clos, sinon en cage. Ainsi l'exigeait leur maître, plus absolu que ne l'avait été aucun pharaon, le colonel Gamal Abdel Nasser.

Le privilège inouï dont avait bénéficié Abdel de pouvoir étudier en Angleterre, il le devait à son père. Gamal Youssouf était en effet un ami d'enfance et un compagnon des premiers jours de Nasser. Il venait d'Assiout, comme ce dernier. Ils étaient entrés ensemble dans l'armée et s'étaient plusieurs fois retrouvés en garnison dans les mêmes lieux. Depuis toujours, Gamal Youssouf subissait l'ascendant incontestable, irrésistible, de l'autre Gamal. Aussi s'était-il laissé gagner par ses discours révolutionnaires et nationalistes. Comme des millions d'Égyptiens nés dans les couches populaires, il avait connu la pauvreté, l'humiliation. Or, son ami lui promettait de renverser la monarchie corrompue et de mettre fin à la tyrannie des riches. L'argent bientôt appartiendrait à tous les Égyptiens, et en premier à lui, Gamal Youssouf…

Il était entré avec les autres dans le complot, avait participé aux réunions secrètes qui le mettaient sur pied. Il avait rencontré le général Néguib, maître nominal de la conspiration, mais il avait compris que son ami Nasser en était la cheville ouvrière. Au jour et à l'heure dits, ou plutôt une nuit, avec ses complices que lui-même avait sélectionnés, il s'était rendu maître de la caserne où il servait, arrêtant les officiers monarchistes et gagnant les soldats par des proclamations incendiaires. Puis, à la tête de ses chars, il s'était emparé de la station de radio de la ville. À la vérité, ça n'avait pas été difficile, et la résistance – si jamais il y en avait eu – s'était rapidement diluée. Entouré de fidèles en treillis armés jusqu'aux dents, il avait lui-même lu à la radio de sa province le communiqué annonçant la chute de la monarchie, le départ du roi Farouk, l'arrivée au pouvoir de la junte militaire et la proclamation de la République.

Les récompenses avaient suivi… Comme il était fidèle mais pas très malin, il s'était vu attribuer des postes peu essentiels, mais au moins lucratifs. Il s'était toujours retrouvé au premier rang sans beaucoup de pouvoir, sauf celui de faire fortune. Aussi ne s'occupait-il pas de porter des jugements. Il savait que son ami Nasser, loin de supprimer la pauvreté, avait, avec ses complices, mis l'Égypte en coupe réglée. Ils avaient spolié, exilé, emprisonné les anciens riches pour mieux prendre leur place. Ils avaient institué un régime de terreur, bien pire que celui qui existait du temps de la monarchie. Ce n'étaient qu'arrestations arbitraires, détentions illégales, camps de prisonniers, souvent tortures, souvent aussi exécutions sommaires par pendaison ou fusillade.

Le général Gamal Youssouf n'était pas un mauvais homme. Discrètement, très discrètement, il aidait ceux qu'il pouvait, ceux dont il entendait la détresse. Il intervenait pour libérer l'un, pour obtenir un visa à un autre, tout en continuant à applaudir bruyamment son ami d'enfance et à exécuter à la lettre ses instructions. Car il lui était reconnaissant. Il appréciait chaque jour le privilège d'être monté à la capitale et d'occuper désormais un vaste appartement qui naguère avait appartenu à un pacha.

Il avait essayé de faire de son épouse, Yasmina, une dame. Bien avant les événements, il avait sagement épousé une cousine que lui avait trouvée sa famille, une très jeune fille, jolie malgré une tendance à l'embonpoint. Il la couvrait désormais de robes de brocart comme en produisait la haute couture égyptienne et de bijoux rachetés à de grandes familles tombées dans la misère. Il lui avait même offert un manteau de vison, sans se demander quand sa femme pourrait le porter dans un pays où il fait si chaud ! Il remarqua cependant qu'elle restait intimidée par les splendeurs où il l'avait transportée. La richesse n'avait pas transformé la paysanne d'Assiout, elle restait gauche, silencieuse et empruntée lors des réceptions que son mari offrait aux autres apparatchiks du régime. Aussi tout l'espoir du général s'était-il concentré sur leur fils, un garçon intelligent, éveillé, naturellement raffiné, auquel il avait donné le second prénom de Nasser, Abdel. Il lui avait obtenu l'inenvisageable : le droit de partir à l'étranger pour y suivre des études avec assez d'argent pour vivre confortablement en Angleterre.

Abdel Youssouf n'ignorait pas qu'il bénéficiait d'un régime de faveur inouï. Il était consciencieux et avait voulu par son travail se rendre digne de ce que son père avait fait pour lui. Il avait été l'élève le plus assidu et surtout le plus brillant, passant tous ses examens haut la main. Ses professeurs avaient vite décelé son aptitude exceptionnelle et l'avaient adjuré de ne pas retourner en Égypte ses études finies, mais plutôt de s'installer en Angleterre où ils lui promettaient une magnifique carrière en gynécologie.

Vingt fois, cent fois au cours de ses années d'études, Abdel s'était demandé s'il devait suivre leurs conseils. Il était tenté de rester dans ce pays si ouvert, si moderne comparé à l'Égypte, mais il savait qu'il aurait causé un immense chagrin à ses parents en se coupant d'eux. Sensible, il avait également perçu la hauteur que les Anglais, sans bien s'en rendre compte, gardaient vis-à-vis de lui. Il comprenait qu'il la devait à sa peau foncée, à sa nationalité. Et il lui déplaisait d'être traité comme un inférieur... Enfin, il restait profondément attaché à son pays, malgré ses défauts, ses faiblesses, malgré l'abominable régime qui le garrottait. Car à l'instar de tant d'enfants d'apparatchiks, Abdel était le premier à critiquer durement les excès de Nasser. Quoi qu'il en soit, au terme de ses études et après l'obtention de ses diplômes, ce fut l'Égypte et non l'Angleterre qu'Abdel Youssouf choisit.

Ses parents éclatèrent de joie et de fierté en revoyant le diplômé. Bien qu'il eût trop de dignité naturelle pour céder au snobisme britannique qui contamine nombre d'étrangers venus habiter l'Angleterre, il fut tout de même effaré du niveau où était restée l'Égypte. Il fallait vraiment chercher pour découvrir des traces de civilisation ou simplement de bien-vivre dans une capitale désordonnée, poussiéreuse, surpeuplée, bruyante et misérable. Il commença pourtant à trouver des vertus au Caire lorsqu'il apprit qu'il était nommé à Rosette. Tous les étudiants en médecine, lorsqu'ils finissaient leurs études et avant de commencer à exercer, devaient – selon les nouvelles lois sociales – obligatoirement effectuer un stage en province. Le général Gamal Youssouf n'avait pu éviter cette corvée à son fils. Peut-être était-il moins en faveur qu'autrefois, peut-être ses collègues, qui n'avaient pas envoyé leur fils à l'étranger et le jalousaient, avaient-ils glissé un mot dans l'oreille du maître ? Le général, malgré ses efforts, n'avait même pas pu faire nommer son fils dans leur ville natale d'Assiout !

Abdel Youssouf avait vingt-cinq ans lorsqu'il découvrit Rosette – en arabe : Rachid. La ville comptait beaucoup de siècles et de traces du passé, dont cette fameuse pierre de Rosette, découverte en 1799, qui permit à Champollion de déchiffrer les hiéroglyphes. Située sur l'une des branches du Nil, à une dizaine de kilomètres de son embouchure, Rosette avait été longtemps le port le plus important d'Égypte, d'où une immense prospérité – qu'elle avait perdue dès qu'Alexandrie et son port avaient pris le relais. Depuis le XIXᵉ siècle, elle ne faisait plus que péricliter. Malgré son passé prestigieux, c'était un trou, et tous ceux qui étaient forcés d'y habiter gémissaient.

Abdel Youssouf se présenta à l'hôpital de la ville pour y prendre son travail. Bien que construit quelques années plus tôt seulement, les murs se lézardaient déjà. Les médicaments et le matériel médical faisaient défaut. Quant aux instruments de gynécologie, ils dataient certainement du siècle dernier. On manquait de tout sauf de bonne volonté. La gentillesse, la générosité des médecins, des infirmières faisaient oublier les lacunes du système. La plupart d'entre eux vivaient dans des taudis qui firent honte à Abdel. Mais leur joie de vivre, leur dévouement masquaient cette misère. Il trouva facilement à se loger. L'immeuble, situé dans un des quartiers neufs de la ville, était triste, laid, construit en matériaux pauvres, et imitait le style soviétique que le colonel Nasser appréciait tant.

Cependant, grâce aux relations de son père, il y obtint un vaste appartement de quatre pièces pour lui tout seul – privilège que beaucoup lui envièrent. Il eut ainsi assez de place pour exercer à domicile, car, pour arrondir ses fins de mois, il « fit » du privé. Très vite, la clientèle se pressa à sa porte. Les patientes faisaient la queue chez lui parce qu'il était un médecin remarquable, comme l'avaient décelé ses professeurs, et parce que son charme, sa finesse le rendaient populaire auprès des dames.

Par contraste, la pénurie régnait dans ses contacts personnels. Ses sorties avec les autres jeunes médecins se limitaient à discuter des moyens de resquiller et à parler football ou femmes. À propos de ces dernières, c'était le black-out. Dans une société de province demeurée étriquée, conservatrice malgré la révolution et les changements, les jeunes filles demeuraient inabordables. Quant aux courtisanes, chez qui ses camarades l'avaient emmené une ou deux fois, elles avaient atteint un âge canonique. Abdel regrettait les Anglaises avec qui il avait eu des aventures brèves mais exaltantes. Ses seules consolations étaient le whisky et les films porno, strictement interdits sur le marché, introduits à prix d'or et en contrebande par les apparatchiks.

Restait le club. Cette institution, où naguère se réunissaient les notables, datait de la monarchie, mais avait bien changé depuis. Le décor tout d'abord : ses salles n'étaient plus jamais entretenues, ses plus beaux meubles avaient été volés et remplacés par des tables et des chaises en Formica. Les quelques serviteurs en smoking élimé et luisant demeuraient assoupis dans les coins même quand on les appelait. Quant à la clientèle, les puissants du régime remplaçaient désormais les pachas : le chef de la police, le maire, le juge, le directeur des douanes… qui accueillirent avec empressement et multiplièrent les invitations à l'adresse du fils d'un des grands du régime, sans savoir – car les nouvelles voyageaient lentement jusqu'à Rosette –, sans savoir que ce dernier était en semi-disgrâce.

Toutefois, le fils de l'ami d'enfance du Maître les déconcertait. Maigre et élancé, le visage fin et expressif, courtois, réservé, s'exprimant dans un arabe quasi littéraire, il évoquait pour ces piliers du nassérisme l'ancien régime. Abdel fit pourtant des efforts : il accepta de jouer avec eux au trictrac, il but de l'arak, fuma des cigarettes de fabrication locale. Mais bientôt, l'ennui lui fit espacer ses visites. Il préférait passer ses soirées seul chez lui à lire, s'échappant ainsi du minuscule univers où il était condamné à vivre pour voyager à travers les continents, les siècles, les civilisations, les idées. À moins que, exténué par sa journée de travail, les livres ne lui tombent des mains pour laisser place à un sommeil bien mérité.

Ses fonctions d'accoucheur l'ayant habitué à être réveillé en pleine nuit, il ne s'étonna pas d'entendre de discrets frappements à sa porte et bondit hors de son lit. Il regarda l'heure : il était minuit passé. Il ouvrit et reconnut un domestique à sa tenue traditionnelle : une sorte de djellaba en satinette à fines raies fermée sur le devant par des lacets. L'homme le pria de le suivre car sa maîtresse était sur le point d'accoucher. Abdel comprit aussitôt qu'il s'agissait d'un puissant du régime, car par les temps qui couraient, avoir un domestique était une exception réservée à la nouvelle classe dirigeante. Le domestique lui assura qu'il n'était pas besoin de prendre un fiacre – d'ailleurs, à cette heure tardive, il n'y en avait plus – et qu'on pouvait très bien aller à pied puisque la maison de sa maîtresse n'était pas éloignée. Néanmoins, Abdel s'étonna de devoir quitter les nouveaux quartiers pour entrer dans la vieille ville.

À son arrivée à Rosette, il avait tenté de l'explorer. Il avait pénétré dans un labyrinthe de ruelles sombres et sales, bordé de palais aux murs de briques apparentes surmontés de beaux moucharabiehs en encorbellement. Il avait consciencieusement tâché de trouver les mosquées Doumaqsis, Zaghloul, el-Abbasi, dont il avait lu les noms dans de vieux guides d'avant-guerre. Le vieux Caire, plus familier pour lui, était aussi un labyrinthe, autrement compliqué, autrement vaste, mais combien chaleureux, avec cette foule qui circulait jour et nuit dans ses ruelles. Au Caire aussi, la vieille ville était mal entretenue et les palais menacés de tomber en ruine, mais la vie y subsistait partout. À Rosette, les nantis avaient déserté les vieux quartiers et les plus pauvres hésitaient à s'y installer. Un voile de saleté et des monceaux d'immondices cachaient désormais les admirables monuments des siècles maures, et surtout donnaient au quartier un aspect quelque peu sinistre, sinon inquiétant. Autant dire qu'Abdel n'était pas enchanté d'être forcé d'y pénétrer la nuit.

« Mais ce domestique m'a menti, ce n'est pas du tout aussi près qu'il l'a dit », pensa-t-il alors qu'il suivait ce dernier depuis plus d'une heure. Il se mit même à le soupçonner de vouloir brouiller les pistes tant il le faisait obliquer. Ensommeillé, fatigué, il n'avait même pas la force de protester et ne demanda plus quand on allait arriver.

— Nous y voilà, monsieur ! s'exclama soudain son guide.

Ils étaient arrivés devant un mur aveugle, uniquement percé d'une porte très haute en bois épais. Au-dessus s'étageaient trois niveaux de moucharabiehs protégeant les fenêtres brillamment éclairées. La porte s'ouvrit, et Abdel Youssouf sursauta de surprise en pénétrant dans l'intérieur le plus somptueux qu'il ait vu de sa vie. Les sols de marbre étaient recouverts de tapis anciens, les sofas bas tendus de brocarts multicolores ; sur les coffres incrustés de nacre s'alignaient de très hauts chandeliers en bronze admirablement astiqués, d'immenses lustres en cristal de Bohême rouge ou vert aux multiples ampoules dispensaient une lumière magique.

Le contraste entre le luxe chaleureux de cette demeure et la rue sombre, inquiétante, déserte, rassura Abdel. Plusieurs domestiques, qui semblaient l'attendre, s'inclinèrent devant lui et le menèrent dans un grand salon attenant, encore plus somptueusement meublé si cela était concevable. Accrochés aux murs, des velours de Brousse rouge, or et argent, aux extraordinaires motifs, reconstituaient un Orient de légende.

Au beau milieu de la pièce se tenait, debout, un vieillard, grand, maigre, à la barbe blanche. Il portait une djellaba noire aux amples manches. C'était le maître de maison qui s'avança vers Abdel pour le saluer. Certainement un cheik, un homme de foi et de savoir, se dit le jeune médecin. Et encore plus un favori du Raïs[1] pour maintenir un tel train. Cependant, il s'étonna qu'un palais de l'ancienne ville fût encore occupé par un homme riche et puissant. Surpris aussi de n'avoir jamais rencontré auparavant le cheik au club, où certainement celui-ci devait se rendre puisque c'était le seul rendez-vous de notables de la ville. Le vieil homme frappa des mains et les domestiques entrèrent, apportant les instruments indispensables à l'hospitalité orientale. Le café, très fort, était servi dans une minuscule tasse de porcelaine sans anse, tenue par un zarf, sorte de support en or incrusté de pierres précieuses. L'accompagnaient de l'eau servie dans un verre de cristal ancien incrusté d'or et des sucreries présentées dans des assiettes d'or.

Avec une courtoisie à l'ancienne, le cheik demanda à Abdel des nouvelles de sa santé, de sa famille, de son travail. Troublé, presque gêné par ces égards auxquels il n'était pas habitué, le jeune homme se voulut professionnel et demanda à voir sa

---

1. « Le Chef », surnom donné par ses fidèles à Nasser.

patiente au plus vite. Le cheik inclina la tête silencieusement, puis, sans se presser, l'emmena. Ils montèrent un escalier aux larges degrés de marbre, empruntèrent une très longue galerie ouverte qui donnait sur un patio. Abdel entendit des fontaines murmurer. Ils atteignirent la dernière pièce, qui était visiblement la chambre conjugale, plus vaste, plus magnifique que toutes les autres, où abondaient les marbres multicolores, les brocarts, les meubles incrustés de bronze doré, les tapis à grands ramages. De très hautes torchères en verre bleu et or y donnaient une lumière tamisée.

Sur le grand lit, entourée de caméristes empressées et affolées, une jeune femme, l'épouse, gémissait de douleur. Abdel remarqua aussitôt qu'elle était très belle. Sous l'œil attentionné et anxieux de l'époux, il se mit au travail. Repris par sa conscience professionnelle, il oublia aussitôt ce qui l'entourait pour se concentrer sur la mise au monde d'un nouvel être. L'époux serrait la main de l'épouse, qui poussait des hurlements. Deux caméristes la maintenaient avec une efficacité qui étonna Abdel. Doucement, il donnait aux autres caméristes qui s'étaient mises sous ses ordres ses instructions, qu'elles exécutaient rapidement, silencieusement. Abdel se sentit véritablement soutenu dans son travail. Heureusement, l'accouchement ne fut pas très long et ne présenta aucune complication. Au bout d'une heure, l'enfant était né, un fils. La joie des parents récompensa Abdel de son effort, comme chaque fois qu'il accouchait. Ils laissèrent la jeune mère se reposer sous la garde de ses caméristes.

Toute la maisonnée – et il y en avait, des domestiques ! – était réunie au rez-de-chaussée pour féliciter le cheik. Déjà on apportait vers eux des plateaux chargés de boissons réconfortantes et de nourritures délectables. Le cheik pria Abdel de se servir et voulut le faire participer à l'effusion générale. Abdel, qui avait envie de se coucher, remercia aimablement mais déclina. L'époux, qui s'inquiétait des suites de l'accouchement, demanda s'il n'y avait pas un moyen d'empêcher sa femme d'éprouver des douleurs.

— Je vais vous rédiger une ordonnance pour des calmants légers que vous lui administrerez si elle souffre, le rassura Abdel.

Il sortit de son portefeuille son papier à en-tête, y griffonna la prescription des calmants, le signa et le tendit à l'époux. Aussitôt celui-ci fit un geste et le domestique qui était allé chercher Abdel se matérialisa.

— Il va vous raccompagner, dit le maître de maison.

Il était maintenant près de quatre heures du matin, Abdel n'avait qu'une envie, retrouver son lit. Il salua rapidement le cheik, jeta un dernier coup d'œil sur le stupéfiant décor et sur les domestiques alignés, puis sortit pour retrouver la rue ténébreuse, déserte et silencieuse. À la suite du domestique, il reprit le chemin en sens inverse. Lorsqu'il atteignit les nouveaux quartiers, l'aube commençait à poindre, répandant une lumière diffuse et grise dans les avenues. Parvenu chez lui, il n'eut même pas la force de se déshabiller et tomba comme une masse sur son lit, déjà endormi.

Abdel Youssouf n'était pas très frais lorsqu'il arriva quelques heures plus tard à l'hôpital pour prendre son service. Heureusement, le travail ne fut pas très astreignant ce matin-là, et il eut tout le temps de se remémorer sa nuit. Il repassait en mémoire sa traversée de la vieille ville, sa découverte de l'extraordinaire palais du cheik, et le cheik lui-même, si digne, si noble, un vrai tenant des vieilles traditions, ainsi que sa femme belle et jeune, endormie sur son lit d'accouchée. La somptuosité de leur demeure l'avait profondément impressionné. Pour posséder un tel palais, pour avoir à son service tant de domestiques, il fallait, se répétait Abdel, être très riche et du dernier bien avec le régime.

Toutefois, quelque chose l'intriguait : le cheik, dans son allure, dans son style, dans sa personnalité, ne correspondait en rien aux apparatchiks du nassérisme. Il y avait chez ce noble vieillard, comme dans le luxe l'entourant, un côté suranné parfaitement absent du nouveau régime et de ceux qui l'incarnaient. Il n'imaginait pas ce grand seigneur en compagnie des maîtres de l'heure, frustes, incultes et sans manières. Abdel se promit, dès sa première visite au club, de s'enquérir de l'identité du cheik, et...

— ... c'est trop fort ! Il ne m'a pas payé !

Abdel était naturellement généreux. Il lui arrivait souvent de refuser l'argent que lui tendait un père visiblement démuni, ou de ne pas rappeler à un autre qu'il avait « oublié » de le régler. Mais dans le cas de ce cheik, il n'était pas question de passer l'éponge ! Seulement, il n'avait ni nom ni adresse.

— Tant pis, j'irai lui réclamer mon dû.

Oui, mais comment retrouver la maison ? Déjà la vieille ville constituait un labyrinthe désespérant, et la nuit précédente, Abdel avait soupçonné le domestique d'avoir voulu l'égarer en choisissant l'itinéraire le plus compliqué. L'égarer, mais dans quel but ? Pour qu'il ne retrouve jamais le palais du cheik et qu'il ne vienne pas réclamer son dû ? Cela semblait invraisemblable. Voilà qui épaississait l'énigme qu'Abdel devinait autour de ce personnage. Ces mystères commencèrent à l'agacer.

— Coûte que coûte, je retrouverai cette maison !

Son service à l'hôpital s'acheva comme tous les jours à trois heures de l'après-midi. Il oublia de déjeuner pour courir dans la vieille ville. Effectivement, il était fort difficile de s'y reconnaître, même à la lumière du soleil. D'autant que les mêmes rues, de jour ou de nuit, revêtaient un aspect totalement différent. L'impression de cité enchantée qu'il avait perçue la nuit précédente avait disparu pour faire place à une réalité beaucoup plus sordide : la décadence des bâtiments était apparente, des tas de détritus surgissaient de partout, la puanteur des ordures jamais ramassées frappées par la chaleur devenait insupportable. De plus, en cette heure de sieste, il n'y avait pratiquement personne dans les rues.

Néanmoins, Abdel parvint à retrouver son chemin. Un minaret de forme particulière, un sibyl[1] ornementé, un turbé[2] plus

---

1. Fontaine construite avec des deniers privés.
2. Tombeau en forme de bâtiment à dôme.

imposant que les autres, des moucharabiehs plus élevés que ceux des autres palais furent les jalons de sa mémoire. Il lui fallut tout de même plus de trois heures pour accomplir le trajet qu'il avait parcouru en une heure la nuit dernière.

Il éprouva un profond soulagement, et en même temps une bizarre et incompréhensible appréhension, lorsqu'il reconnut le mur aveugle percé de la haute porte en bois. Il tira la sonnette et entendit une cloche sonner à l'intérieur. Cependant, personne n'ouvrit. Il la tira à plusieurs reprises, il frappa à la porte : pas de réponse. Aucun son, aucun mouvement ne venait de l'intérieur. Peut-être qu'en cette heure de sieste tout le monde dormait profondément ? Abdel s'acharna, il n'avait aucune envie de refaire ce parcours, et l'incorrection du cheik mauvais payeur avait fini par l'exaspérer. Il s'acharna sur la porte avec la force d'un bûcheron, quitte à réveiller tout le quartier ! Rien ne bougea dans le palais. En revanche, dans les maisons alentour, des fenêtres s'ouvrirent. À l'une d'elles apparut le visage perplexe d'un vieillard qui regarda fixement Abdel.

— Qui habite ici ? lui demanda celui-ci en lui montrant le palais.

Le vieillard ne répondit pas et continua de le fixer d'un regard bizarre.

— Mais enfin, personne ne peut me dire qui habite cette maison ?

Une autre voix que celle du vieillard lui répondit, une voix cassée de vieille femme qui le regardait elle aussi derrière ses volets à demi fermés :

— Mais, mon bon monsieur, cette maison n'est plus habitée depuis cinquante ans !

Abdel en resta cloué sur place. Avait-il été l'objet d'une mascarade ? Des inconnus avaient-ils imaginé tout ce spectacle pour l'abuser ? Mais qui et pourquoi ? Il avait bien trouvé une femme en train d'accoucher et il l'avait bel et bien aidée à mettre au monde un petit garçon. Ce n'était pas de la comédie ! Avait-il été abusé par une secte se livrant à quelque rite étrange et ténébreux auquel on l'avait fait participer contre sa volonté ?

Il s'adressa à la vieille femme :

— Est-ce que par hasard on loue cette maison pour des fêtes ?

— Personne ne s'y aventurerait, assura-t-elle. La maison a mauvaise réputation dans le quartier. On la dit hantée.

Abdel s'entêta. Peut-être, malgré tout, des inconnus avaient-ils pénétré dans cette maison pour des raisons qui lui échappaient ?

— Hier soir, reprit-il, n'y a-t-il pas eu une fête dans cet endroit ?

— Ni hier soir ni aucun soir, affirma cette fois-ci le vieillard qui n'avait cessé de l'observer. Cette maison est morte à jamais.

Abdel ne voulut pas laisser voir son trouble. Il se tenait debout sous le soleil écrasant, sentant sur lui les regards du vieillard et de la vieille à demi cachée par ses persiennes. De fait, à part ces deux habitants, le quartier semblait aussi abandonné que le palais. Des questions se pressaient sur ses lèvres, qu'il aurait bien voulu poser au vieux et à la vieille. Mais l'instinct de fuir ces lieux le saisit, il partit presque en courant. Il revint chez lui et se jeta, haletant, sur son lit. Il était fatigué, il avait sommeil, il ne savait plus quoi penser ni croire. Était-il possible qu'il n'ait fait que rêver ? C'était la seule explication admissible. Toutefois, comment avait-il pu inventer en rêve un palais qui existait dans la réalité ? Il chassa ce fait troublant de son esprit. « C'est un rêve, c'est un rêve », se répétait-il.

Lorsqu'il se réveilla, la nuit était tombée. Il prit une décision. Il s'habilla soigneusement et se rendit au club. Il y fut accueilli avec affection :

— Tiens ! Abdel ! Il y a bien longtemps que nous ne t'avons vu ici ! Bienvenue !

Il se dirigea droit vers le chef de la police de Rosette, le commandant Salam El-Kadabi. Il le salua respectueusement. Le commandant lui proposa une partie de trictrac, mais Abdel demanda à lui parler. Aussitôt, le commandant redevint professionnel. Il commanda deux araks.

— Et maintenant, dites-moi ce que vous avez à me dire, lança-t-il d'un ton plutôt sec.

Abdel raconta tout ce qui s'était passé la veille : la visite du domestique, sa marche nocturne dans la vieille ville, le palais, l'accueil du cheik, l'accouchement de son épouse, l'ordonnance des calmants qu'il avait rédigée pour celle-ci, son retour à l'aube, le fait qu'il n'avait pas été payé, son retour sur les lieux, et enfin l'effarant aveu des gens du quartier qui certifiaient que ce palais était inoccupé depuis plus de cinquante ans.

Le commandant El-Kadabi l'écouta avec grande attention, sans faire le moindre commentaire. Il laissa ensuite Abdel exposer toutes les hypothèses qui lui étaient venues à l'esprit – la plus raisonnable étant celle d'un rêve, peut-être même d'une hallucination…

— Pourquoi me racontez-vous tout cela, Abdel ?

— Parce que j'ai une faveur à vous demander. Je suis quasiment certain qu'en effet je n'ai fait que rêver toute cette aventure. Mais je voudrais en avoir le cœur net. Je voudrais pouvoir pénétrer dans le palais où j'ai cru me trouver hier dans la nuit, et pour cela j'ai besoin de l'aide de la police.

Le commandant El-Kadabi ne pouvait refuser une faveur au fils d'un général proche du Maître. C'était aussi un homme intelligent et ouvert. Il savait que les habitants de Rachid racontaient des histoires terrifiantes sur des fantômes qui, selon eux, pullulaient dans la vieille ville. Lui-même n'aimait pas s'y promener, ayant toujours l'impression d'être observé, voire menacé. Il avait déjà eu sur les bras plusieurs affaires de ce genre, dont il n'avait jamais trouvé l'explication. Ces faits étranges le déconcertaient au point qu'il ne rejetait aucune hypothèse. Il en était venu à admettre que la vieille ville puisse être « habitée », mais il détestait cette possibilité ! Ainsi l'histoire d'Abdel survenait à propos, car le jeune médecin n'était ni farfelu ni mystificateur, au contraire. Il acquiesça donc à sa requête :

— Et je viendrai en personne assister à votre visite.

Le lendemain, le commandant El-Kadabi passa prendre Abdel à la sortie de son service à l'hôpital. Lorsqu'ils arrivèrent aux abords du palais, tout le quartier était déjà en ébullition. Le chef de la police avait d'avance dépêché plusieurs de ses hommes qui, n'ayant évidemment pas pu se taire, avaient révélé leur mission, ce qui avait mis en émoi tous les habitants. Difficilement contenus par les policiers, ils étaient aussi excités par cette histoire de fantôme que par la venue du tout-puissant chef de la police de Rosette.

Le commandant les contempla d'un air sévère en descendant de sa Mercedes et répondit brièvement à leurs saluts empressés. Avec Abdel, il se planta devant la porte du palais. Un de ses hommes cria : « Ouvrez ! Au nom de la loi ! » tout en frappant comme un forcené contre les vantaux de la lourde porte.

Aucune réponse, aucune manifestation.

— Enfoncez la porte, ordonna alors le commandant.

Les policiers tirèrent plusieurs coups de revolver sur la vieille et lourde serrure. Les habitants poussèrent des cris, l'excitation monta de plusieurs crans… et la porte ne s'ouvrit pas. Les policiers durent tirer de nouveau. Enfin, le bronze séculaire de la serrure éclata. Mais impossible d'entrer. Les années et l'humidité des hivers qui avaient joué sur le bois bloquaient l'ouverture. Il fallut que plusieurs policiers aidés par des habitants du quartier appelés à la rescousse s'arc-boutent contre un des battants pour qu'il s'entrouvre en grinçant sinistrement.

Abdel, le commandant et ses hommes se faufilèrent dans l'entrebâillement. Ils pénétrèrent dans une vaste salle, qu'ils trouvèrent entièrement vide et couverte de poussière. Les marbres des sols avaient éclaté, les boiseries délicatement peintes s'écaillaient, le plafond ouvragé pourrissait, les fenêtres qui donnaient sur la cour étaient obstruées par la saleté. Plus un lustre, plus un meuble, plus un tapis, rien que la déchéance.

Le jeune médecin n'en croyait pas ses yeux, alors qu'il avait vu la veille au soir la même pièce scintillante de dorures, de lumières, admirablement tenue, somptueusement meublée. Heureusement, il avait dessiné auparavant le plan du palais pour le commandant. La disposition des pièces se révéla être exactement semblable à son dessin, mais toutes se présentaient dans le même état lamentable. Abdel errait, complètement désemparé, dans ces salles vides et lugubres où résonnaient ses pas. Lui qui se vantait de n'avoir jamais peur de rien sentait comme une lourde menace. Curieusement, les policiers n'en menaient pas large non plus. Ces malabars moustachus se déplaçaient précautionneusement, comme si un ennemi dangereux les guettait derrière chaque porte.

Le commandant El-Kadabi, malgré son pragmatisme, paraissait lui-même troublé.

— Montons à l'étage, suggéra-t-il. Abdel, vous nous montrerez la chambre où vous croyez avoir accouché la femme du cheik.

Abdel s'empressa. Il n'hésita pas une seconde sur l'itinéraire. Ils gravirent l'escalier dont les marches de marbre se descellaient. Ils parcoururent la galerie ouverte dont les colonnes étaient devenues noires de crasse. En bas, dans la cour intérieure, il ne restait plus que la base des fontaines depuis longtemps arrachées. Ils parvinrent dans une pièce plus grande que les autres, mais tout aussi vide et poussiéreuse.

— Comment est-ce possible ? s'écria Abdel. Le lit était contre ce mur, la femme se tordait de douleur. Ses cameristes essayaient de la calmer. Au pied du lit se tenait le cheik. Est-ce que vraiment j'ai rêvé tout cela ?

— Tiens ! lâcha le commandant, qu'est-ce que cela ?

Il désignait sur le sol, faisant presque corps avec la poussière, un morceau de papier. Un des policiers s'empressa de le ramasser et de le lui remettre. Il le prit, le contempla, et le lut un long moment sans rien dire. Puis, jetant un regard étrange sur Abdel, il le lui tendit. Le jeune médecin, intrigué, le saisit et le lut à son tour.

C'était une ordonnance médicale rédigée sur une feuille de papier où on lisait son propre en-tête. Elle indiquait comme date la veille à quatre heures du matin. Elle énumérait plusieurs calmants des plus classiques. Elle portait sa propre signature.

Le Monstre de Glamis

— HEUREUSEMENT, nos hôtes sont absents pour la journée !

— Ce n'est pas très gentil ce que vous dites là, mais c'est juste. Nous pourrons enfin parler fantômes, ce qui est impossible en leur présence.

— Ce n'est pas tout à fait vrai... Ils acceptent en général de les évoquer. Tous sauf un seul et unique, dont il est interdit de faire la moindre mention.

— Alors que le pays entier connaît son existence ! Vous n'allez tout de même pas dire que les Écossais ont peur de parler fantômes ?

— Non, d'ailleurs, celui auquel on ne peut même pas faire allusion n'est pas un véritable fantôme...

— Il n'en reste pas moins que de toutes les créatures de l'au-delà qui peuplent ces murs – et Dieu sait qu'elles sont nombreuses ! –, c'est la plus terrifiante. Non seulement de ce château, mais probablement de tout le pays !

C'était le début du printemps, c'était aussi le début du xxᵉ siècle. Une vingtaine d'invités avaient été conviés par le comte et la comtesse de Strathmore à séjourner pour le week-end en leur château de Glamis, en Écosse. Ce n'était pas la première fois qu'ils y venaient, mais chaque fois ils étaient impressionnés par la majesté des lieux. Le domaine – qui n'était pas le seul à appartenir au comte – s'étendait sur des milliers d'hectares. Après avoir franchi l'imposant portail orné de tout un bestiaire héraldique, on parcourait pendant des kilomètres un parc délicieusement vallonné. Puis, au bout d'une interminable allée de vieux chênes, apparaissait la masse imposante, hérissée de tours et de tourelles, du château de granit rose. Il gardait l'allure de la formidable forteresse tout en hauteur qu'il avait été, mais il n'avait plus rien de rébarbatif. Des ailes rajoutées de part et d'autre dès le XVIIe siècle et encore quelques décennies plus tôt, munies de grandes fenêtres, le rendaient beaucoup plus habitable. D'autant qu'on avait eu la bonne idée de raser les remparts agressifs qui, pendant des siècles, avaient rendu le château imprenable. On avait ainsi ouvert des perspectives enchanteresses sur de multiples frondaisons, des collines boisées, des vallées savamment cultivées.

Ce matin-là, au *breakfast*, le comte de Strathmore avait annoncé qu'un impératif dans l'administration de ses vastes terres le forçait à abandonner ses invités jusqu'au soir. Quant à lady Strathmore, une fois de plus enceinte, elle avait fait dire que, ne se sentant pas bien, elle devait rester allongée, priant ses invités d'excuser son absence. Livrés à eux-mêmes, ceux-ci avaient renoncé à la promenade d'usage car la bise aigre qui soufflait sur le parc n'était pas encourageante. Aussi avaient-ils accueilli avec chaleur la proposition de la *housekeeper* qui s'était mise à leur disposition en l'absence de la maîtresse de maison pour leur faire visiter le château. La plupart le connaissaient bien, mais Glamis était tellement vaste et mystérieux qu'il y avait toujours quelque salle à découvrir. De surcroît, l'absence de leurs hôtes leur permettait de chasser librement le fantôme…

Tous appartenaient à l'aristocratie du pays; ils étaient soit apparentés aux Strathmore, soit leurs amis d'enfance. Néanmoins, Glamis était le seul château des îles Britanniques où ils ne se sentaient pas libres de parler du sujet d'intérêt national que représentaient les fantômes… ce qui les faisait se perdre en conjectures. Le naturel avec lequel d'autres maîtresses de maison parlaient de la Dame Grise, du Chevalier Sans-Tête, de l'Enfant Radieux, du Crâne Hurlant que l'on rencontrait dans leurs corridors manquait totalement à Glamis!

76

De l'avis de tous ceux qui y avaient habité quelque peu – et peut-être même de l'avis de ses propriétaires –, Glamis était à la fois accueillant et inquiétant. Accueillant grâce à ses grands salons ornés de tableaux de maîtres et de meubles magnifiques, ses halls, ses galeries, ses salles à manger où la lumière pénétrait à flots par de vastes baies. Les invités étaient toujours logés dans de riants appartements où il faisait bon paresser. Mais Glamis comptait par ailleurs une chapelle hantée, des passages secrets, des pièces murées, des salles voûtées sans fenêtre, des cryptes, des oubliettes, des escaliers étroits et tournicotants qui menaient on ne savait trop où, des souterrains dont on préférait ignorer ce qu'ils contenaient. L'érudit du groupe rappela que, avant même son existence, alors que s'élevait à sa place un simple petit fort servant aussi de pavillon de chasse, le roi Malcom II d'Écosse y avait été trucidé. C'était au XIe siècle, et déjà le sang marquait les murs de ce lieu. Le fait que la monarchie écossaise comptât le plus grand pourcentage au monde de rois assassinés n'était pas une excuse.

Ce n'était donc pas par hasard que Shakespeare situa à Glamis le meurtre du roi Duncan par Macbeth. *Thane of Glamis* – comte de Glamis –, l'avaient appelé les trois sorcières qu'il avait rencontrées sur son chemin. On disait même qu'il avait commis son forfait dans la pièce portant le nom de sa victime : Duncan Hall. Et les invités d'imaginer que les miroirs devant lesquels ils défilaient avaient peut-être reflété lady Macbeth contemplant avec perplexité et angoisse ses mains couvertes de sang qu'elle ne parvenait pas à nettoyer.

Un cousin de lord Strathmore soutint que tout le mal venait de la «Coupe du Lion», un talisman qui se transmettait de génération en génération dans sa famille et qui pourtant aurait dû la protéger. La protéger, certes, remarqua l'érudit, à condition de ne pas le changer de place ! Lorsque l'ancêtre de lord Strathmore, sir John Lyon, surnommé le «Lion Blanc», épousa la princesse Jeanne, fille du roi d'Écosse, et qu'en dot il reçut Glamis, il retira le talisman de la demeure où il avait été gardé jusqu'alors et l'apporta avec lui dans sa nouvelle résidence. Or le talisman, auquel étaient attachés – selon la légende – des pouvoirs surnaturels, ne protégeait la famille que dans son lieu d'origine. Transporté ailleurs, il occasionnait au contraire drames et tragédies.

— Il faut dire que la famille des comtes de Strathmore n'était pas de tout repos ! plaisanta un châtelain voisin. Jusqu'à récemment, elle conservait son bourreau privé, qui justement logeait dans une des chambres, supposément hantée.

Mis en appétit par sa remarque, on évoqua la Dame Grise que la tante de lord Strathmore, lady Granville, alors qu'elle jouait de l'orgue dans la chapelle, avait vue agenouillée dans les stalles. L'apparition était si nette que lady Granville avait remarqué les larges boutons qui fermaient sa robe. Comme elle avait noté que les rayons du soleil entrant par le vitrail semblaient traverser cette Dame, puisqu'ils formaient des taches lumineuses sur le sol derrière l'apparition... Il y avait aussi, rappela un invité, cette pauvre femme venue habiter quelques jours au château avec son enfant. Pendant la nuit, alors qu'elle était au lit, elle avait senti soudain un vent glacial entrer dans sa chambre, qui avait éteint la lampe à pétrole allumée à côté de son lit mais pas celle de la chambre voisine où dormait son fils. À la lueur de cette dernière, elle avait vu une immense silhouette traverser la pièce. Tout de suite après, elle avait entendu l'enfant pousser un hurlement. Elle avait couru vers lui et l'avait trouvé tremblant de terreur. En bredouillant, il répéta avoir vu un géant s'approcher de son lit et se pencher vers lui...

La liste des fantômes de Glamis était si fournie que l'on passa rapidement sur la femme à la langue arrachée qui courait à travers le parc en pointant sa bouche sanglante... Et sur le négrillon assis dans l'embrasure d'une fenêtre, que l'on supposait avoir été un serviteur de la famille fort mal traité deux cents ans plus tôt... On glissa sur le vampire qui avait pris la forme d'une femme de chambre, saisie sur le fait au moment où elle suçait le sang d'un des invités : elle avait été enfermée dans une chambre secrète où on l'avait laissée mourir de faim... On était impatient d'en arriver à l'un des plus célèbres hôtes occultes de Glamis, Earl Beardie [1] – c'était son surnom –, qui s'appelait en réalité le comte de Crawford.

Ce monstre de cruauté et de vices était aussi le joueur le plus enragé du royaume. Un samedi, il était venu jouer aux dés avec son voisin, le maître de Glamis. Celui-ci, bien que le détestant, n'avait pu lui refuser l'hospitalité. Ils avaient donc joué, mais à minuit, alors que commençait le dimanche consacré au Seigneur, lord Glamis avait arrêté le jeu. Le comte de Crawford s'était alors levé et l'avait insulté comme jamais le propriétaire des lieux ne l'avait été. Furieux, ce dernier avait poussé le comte dans l'escalier avec l'intention de le chasser, l'autre était arrivé, en roulant plus qu'en descendant les marches, au rez-de-chaussée…

Malgré tout, fou d'alcool et de jeu, Crawford avait refusé de quitter les lieux ! Titubant jusqu'à une pièce voisine du vestibule, il s'était attablé et, faisant résonner ses dés, avait ordonné aux domestiques du château de venir jouer avec lui. Ceux-ci étaient suffisamment terrorisés pour obtempérer, heureusement le chapelain du château était intervenu, affirmant qu'il était interdit en ce jour du Seigneur d'obéir aux ordres de l'impie. Alors, au comble de la rage, le comte s'était exclamé : « Si personne ne veut jouer avec moi, je jouerai avec le diable lui-même !!! » Juste à cet instant, un heurt bruyant avait ébranlé la porte du château.

Le concierge, ayant ouvert, avait vu se dresser devant lui un homme très grand, particulièrement imposant, tout de noir vêtu et le visage dissimulé par le col de sa cape, qui avait demandé à être conduit immédiatement auprès de « Earl Beardie ». Le concierge s'était exécuté. Il avait laissé les deux hommes l'un en face de l'autre autour de la table de jeu, puis il avait prudemment refermé la porte.

Dévorés de curiosité, les autres domestiques et lui avaient collé leur oreille aux battants. Ils avaient entendu une partie infernale commencer et se poursuivre pendant des heures,

---

1. « Le comte à la barbe. »

entrecoupée de jurons, de blasphèmes, de cris de rage. Les enchères montaient vertigineusement, jusqu'à ce que Earl Beardie crie :

— Si je ne peux pas vous payer, je vous signerai une reconnaissance !

Le maître d'hôtel avait mis son œil au trou de la serrure, et aussitôt une langue de feu avait atteint sa pupille et l'avait recouverte d'une taie, l'aveuglant à moitié. La douleur l'avait fait hurler si fort que Earl Beardie l'avait entendu et, quittant la table de jeu, il avait ouvert brutalement la porte en vociférant :

— Tuez quiconque quitte cette pièce !

Puis il avait observé le maître d'hôtel devenu borgne.

— Cet homme ou ce diable qui joue avec moi a soudain regardé la porte et a dit : « Frappe cet œil ! » et aussitôt une flamme a traversé la serrure. C'est bien fait pour toi, ça t'apprendra à être curieux.

Il avait ensuite fait demi-tour avec l'intention de reprendre sa partie. Seulement, son vis-à-vis avait disparu, ainsi que la reconnaissance de dette qu'il avait signée. Earl Beardie n'eut plus qu'à s'en retourner chez lui.

Cinq ans plus tard, il mourut. Ou, tout au moins, le crut-on. Car tout de suite après circula la rumeur qu'il n'avait pas quitté ce monde et continuait à le hanter avec sa férocité.

De ce jour, on entendit à Glamis des bruits terrifiants venant de la chambre de jeu. D'abord celui des dés lancés inlassablement sur la table, puis des jurons, des blasphèmes, des hurlements de rage, des pas précipités, des coups contre les murs.

Les invités qui se trouvaient devant la porte hermétiquement close de la pièce hantée firent alors silence. Leur appréhension était palpable, mais Earl Beardie, peut-être pour les agacer, ne daigna pas se manifester.

— Vous rappelez-vous cette pauvre miss Wingfield qui, lors d'un séjour au château, s'est réveillée au milieu de la nuit pour trouver assis devant son feu un homme immense avec une longue barbe flottante ? Il s'est retourné et l'a longuement fixée. Sa barbe remuait, elle entendait sa respiration, mais son visage était celui d'un mort...

Décidément, Earl Beardie était une créature détestable...

— Mais il n'appartenait pas à notre famille ! se récria le cousin de lord Strathmore, ce n'était qu'un voisin.

L'érudit mit son grain de sel :

— C'est tout de même un de vos ancêtres à qui l'on doit l'horrible histoire des Ogilvie. Et c'est votre oncle, si je ne m'abuse, ou votre grand-oncle, qui a découvert le pot aux roses sur cette abomination.

Depuis des temps immémoriaux, des manifestations réellement impressionnantes provenaient d'une certaine pièce aux étages. Elle restait fermée à clé depuis plusieurs siècles et personne ne s'y aventurait car en sortaient constamment des bruits effrayants qui empêchaient les honnêtes gens de fermer l'œil.

Une nuit cependant, les cris, les râles, les coups se firent si violents que le lord Strathmore de l'époque décida d'en avoir le cœur net. Avec quelques amis qui résidaient à Glamis, il monta jusqu'au seuil de la Chambre hantée. Prenant son courage à deux mains, il utilisa la clé trouvée dans son bureau et ouvrit la porte. Il fit un pas à l'intérieur de la pièce, juste avant de tomber à la renverse. À peine avait-il repris ses sens qu'il s'empressa de refermer la porte, tournant deux fois la clé dans la serrure, et à toutes les questions de ses amis il ne voulut jamais rien répondre.

La vérité s'était néanmoins fait jour. Des siècles auparavant, les guerres de clans sévissaient en Écosse, en particulier entre le clan des Ogilvie et celui des Lindsay. Au cours d'une de ces batailles qui ensanglantaient sans cesse le pays, les Ogilvie avaient perdu. Ils s'étaient enfuis jusqu'à Glamis, demandant au maître des lieux de les abriter. Celui-ci n'avait pas voulu les offenser en leur fermant sa porte, mais il ne voulait pas non plus s'attirer les représailles des Lindsay en hébergeant leurs ennemis. Aussi avait-il reçu courtoisement les réfugiés, qu'il avait menés dans une pièce où, leur avait-il promis, il leur ferait incessamment servir un souper. En guise de souper, il avait refermé la porte à double tour et ne l'avait plus jamais ouverte, les laissant mourir de faim.

C'est le spectacle de ces cadavres qui avait fait s'évanouir le descendant du criminel lorsqu'il était entré dans la Chambre hantée. À la lueur des torches que portaient ses amis, il avait distingué les bouches ouvertes dans un dernier spasme, les yeux vides, les corps contorsionnés par une agonie de souffrance. Il avait même remarqué que certains étaient morts avec le poignet dans la bouche alors qu'ils essayaient de dévorer leur propre chair. Depuis, il avait fait retirer les corps et les avait fait enterrer décemment. Mais la Chambre restait hantée. Ainsi la *housekeeper* qui guidait les invités refusa-t-elle catégoriquement de la leur ouvrir, son maître le lui ayant interdit.

Agacé par ce refus, le châtelain voisin se vengea de lord Strathmore avec l'histoire suivante : une vingtaine d'années plus tôt, une dame de la meilleure société londonienne, riche, titrée, belle, intelligente, de plus réputée pour avoir les pieds solidement sur terre, avait été invitée pour la première fois à Glamis. On lui avait donné, dans la partie la plus ancienne du château, une magnifique chambre aérée, ensoleillée, redécorée récemment de la façon la plus moderne et la plus gaie. Le lendemain au petit déjeuner, ses hôtes lui demandèrent aimablement comment elle avait passé sa première nuit au château.

— Parfaitement bien. J'ai dormi comme une pierre jusqu'à quatre heures du matin, lorsque j'ai été réveillée par vos menuisiers. Ils tapaient très fort sous mes fenêtres. Probablement élevaient-ils quelque échafaudage ? En tout cas, maintenant ils ont arrêté. Mais quelle idée de travailler en pleine nuit !

Un long silence tomba dans la salle à manger. La dame, levant le nez de ses œufs au plat, vit que ses hôtes et leurs parents étaient devenus mortellement pâles. Le petit déjeuner fut écourté, tout le monde, sous un prétexte ou un autre, déserta la salle à manger. Un membre de la famille s'approcha de la dame et lui murmura :

— Au nom du Ciel, si vous estimez un tant soit peu le sentiment d'amitié, ne parlez plus jamais de ce sujet, ne posez aucune question… Cela fait des mois que les menuisiers ne sont pas venus à Glamis !

La dame se le tint pour dit, mais sa curiosité ne s'éteignit pas. Revenue de Glamis, elle mena une enquête auprès de ses connaissances et, comme toute l'aristocratie connaissait l'existence des fantômes de Glamis et des autres châteaux, il ne lui fut pas difficile de reconstituer ce qui s'était passé : les menuisiers en question étaient morts depuis longtemps. Lorsqu'on les entendait, cela signifiait qu'un malheur allait survenir dans la famille des propriétaires de Glamis.

L'explication de cet étrange phénomène était atroce : au XVIᵉ siècle, une femme avait été dénoncée pour sorcellerie. Elle s'appelait lady Janet Douglas, veuve d'un lord Glamis. Le roi Jacques V, alors régnant sur l'Écosse, avait été trop content de croire à ces absurdes accusations car il voulait tout simplement mettre la main sur les immenses propriétés de l'accusée. Janet avait été arrêtée avec son fils, alors âgé de seize ans. Sous la torture, ses domestiques et même l'adolescent avaient confirmé l'accusation : oui, leur maîtresse, oui, sa mère avait pratiqué la sorcellerie… Condamnée, elle avait été brûlée vive en place publique à Édimbourg. La foule innombrable qui avait assisté à sa mort s'était prise de pitié pour cette femme si jeune, si belle, qui avait supporté l'horreur d'une fin semblable avec un tel courage et une telle dignité. Le fils, lui aussi condamné à mort, avait vu sa peine commuée : il était resté enfermé dans une cellule du château d'Édimbourg.

Puis le parjure qui avait dénoncé lady Janet Douglas avait avoué sur son lit de mort qu'il avait fabriqué de toutes pièces l'accusation et que cette femme était en fait innocente. Du coup, on avait tiré le fils de sa prison et on lui avait rendu ses titres et surtout ses biens, le château de Glamis en particulier, dont à la mort de sa mère le roi Jacques V s'était emparé. L'abomination avait donc été réparée, mais pas tout à fait, puisque les aides-bourreaux qui avaient dressé l'échafaud sur lequel on avait brûlé lady Janet continuaient des siècles plus tard à dresser ce même échafaud sous les fenêtres de la famille de leur victime pour prévenir un malheur à venir.

Tout en poursuivant avec les autres la promenade à l'intérieur du château, le cousin de lord Strathmore s'adressa à la *housekeeper* :

— Dites-moi, miss Ridgway, existe-t-il une chambre secrète dont vous ne nous ayez pas encore parlé ? J'ai le droit de le savoir : ce sont mes ancêtres qui ont construit ce château, qui l'ont habité et qui l'ont empli de ce qu'il ne fallait pas savoir. Après tout, leurs secrets sont un peu les miens !

Il était jeune, il avait du charme, il le savait. Miss Ridgway, tout en étant une parfaite gouvernante, était aussi femme. Elle venait du village voisin et idolâtrait la famille qu'elle servait. Elle regarda longuement le cousin de son maître, sembla hésiter, puis affirma à voix basse :

— Il n'y a pas de chambre secrète.

Tous surent qu'elle mentait.

La visite se poursuivit, mais insensiblement miss Ridgway ramena les invités vers le grand salon. Elle disparut lorsqu'ils y entrèrent. Toutefois, elle fit servir l'apéritif beaucoup plus tôt que d'habitude... Un délicieux canapé dans une main, un verre de cherry ancien dans l'autre, les invités épiloguaient sur leur visite. Le châtelain voisin émit une remarque pertinente :

— En fait, miss Ridgway nous a menés en bateau. Elle nous a montré ce qu'elle a bien voulu. Elle nous a laissés parler des fantômes, elle nous a même raconté pas mal d'histoires les concernant, mais uniquement les fantômes qu'elle acceptait de voir dévoilés... Comme si notre chasse aux personnages de l'au-delà était restée tout le temps contrôlée par elle sans que nous nous en rendions compte.

L'érudit poussa plus loin l'hypothèse : et si toutes les histoires de fantômes qui faisaient la réputation de Glamis, de Earl Beardie à lady Janet Douglas, des cadavres des Ogilvie à la Dame Grise, n'étaient qu'un écran de fumée destiné à cacher la seule véritable histoire dont les murs du château abritaient le secret ? En effet, certaines anecdotes qui circulaient sur Glamis atteignaient l'absurdité. Comme si les propriétaires se disaient : « Tant mieux si l'on parle de fantômes, même les plus ridicules, même les plus invraisemblables, pourvu que l'on ne parle pas du seul, du véritable mystère. » Car tous étaient d'accord : Glamis abritait un secret si effroyable qu'un mur de silence infranchissable avait été élevé autour. Et pour que ce secret continue de faire peur à tous, il fallait, aussi vieux fût-il, qu'il ait des ramifications jusqu'au présent… ou qu'il soit toujours vivant.

Le cousin de lord Strathmore raconta que, adolescent, il avait interrogé une vieille tante sur ce sujet. Celle-ci lui avait répondu textuellement :

— Nous n'avions jamais le droit d'en parler quand nous étions enfants, nos parents nous interdisaient d'en discuter ou même de poser la moindre question à ce propos. Mon père comme mon grand-père refusaient d'y faire la moindre allusion.

Secret… chambre secrète… même mutisme. Parmi les invités, une comtesse avait entendu répéter dans les salons londoniens une curieuse aventure…

Cela se passa sous le « règne » du douzième comte, père de l'actuel et son prédécesseur. Il se trouvait à Londres et avait ordonné quelques réparations dans la partie la plus ancienne du château. L'ouvrier qui travaillait ce jour-là avait enfoncé profondément son pic dans le mur. Alors qu'il le croyait assez solide, celui-ci s'effondra en partie, révélant à la grande surprise de l'homme une cavité qu'il ne soupçonnait pas. Il l'avait élargie et, saisissant sa lampe, s'était glissé dans le trou pour découvrir le début d'un couloir. Il l'avait suivi jusqu'à ce qu'il atteigne une porte, très épaisse et bardée de fer comme celle de la plus hermétique prison. Soudain terrifié par sa propre audace, il avait rebroussé chemin, puis il avait couru raconter sa découverte à son patron. Le *factor*, l'administrateur du château, avait appris l'incident. Il avait télégraphié à lord Strathmore à Londres. Celui-ci était revenu incontinent au château, avait convoqué l'ouvrier, l'avait interrogé pendant des heures sur ce qu'il avait pu voir. Puis il lui avait fait remettre une grosse somme d'argent à la condition que lui et sa famille émigrent immédiatement et à tout jamais en Australie.

Le cousin de lord Strathmore fit remarquer que le *factor* qui avait averti le châtelain de l'incident n'avait pas changé : c'était toujours le fidèle Ralston, figure familière aux habitués de Glamis. On en conclut que Ralston connaissait nécessairement le secret, et on s'étonna qu'un simple employé fût parvenu si avant dans les non-dits de la puissante famille Strathmore. Rien de frappant, rétorqua l'érudit, qui cita Walter Scott. Le plus célèbre barde de l'Écosse avait bien entendu visité Glamis au début du XIXe siècle et en avait rapporté cette observation :

Le château contient un curieux monument des dangers des temps féodaux, constitué par une chambre secrète dont l'entrée ne doit être connue que de trois personnes : le comte de Strathmore, son héritier, et une troisième personne qu'ils ont mise dans la confidence.

Cette troisième personne se doit en toute logique d'être le *factor*, l'administrateur qui dirige la propriété, ramasse les loyers et paie les notes. Bien que cette position ne soit pas héréditaire, depuis fort longtemps elle n'est occupée alternativement que par deux familles, afin de limiter les risques d'indiscrétion. Deux familles de *factors* qui connaissent tous les secrets de la dynastie de leurs maîtres. Une dame fit remarquer qu'aucune lady Strathmore n'avait jamais connu le secret fondamental de sa propre demeure. Une autre imagina la torturante curiosité que cela avait dû soulever chez les épouses successives.

Un invité plus âgé prit alors la parole. Ayant bien connu le père de l'actuel lord Strathmore, il raconta que lorsque celui-ci accéda au titre à la mort de son frère aîné – et donc fut initié au secret –, il alla trouver son épouse et lui dit :

— Ma très chère, vous vous rappelez combien nous avons souvent plaisanté à propos de la chambre secrète et du mystère familial. Eh bien, désormais, je suis allé dans cette chambre, j'ai entendu le secret, et si vous voulez me faire plaisir, vous ne mentionnerez plus jamais ce sujet devant moi.

Ceux qui avaient bien connu ce lord Strathmore affirmaient qu'après son initiation au secret il avait changé, il était devenu silencieux et mélancolique, gardant un regard anxieux et presque apeuré. Jusqu'à sa mort, la seule personne qui ait osé faire mention du secret fut l'évêque de Brechin. Ce saint homme, grand ami de la famille, s'inquiétait de la souffrance du lord. Un jour, n'y tenant plus, il lui confia que, sachant qu'un étrange secret l'oppressait, il se demandait s'il ne pouvait pas l'aider, ou tout au moins lui amener, par ses prières et par son intercession, l'aide de Dieu. Lord Strathmore se montra profondément ému par cette offre. Ce fut, dit-on, d'une voix tremblante et les larmes aux yeux qu'il remercia l'évêque et qu'il lui répondit :

— Dans l'infortunée position qui est la mienne, personne au monde ne peut m'aider.

Le malheureux châtelain évita toute sa vie la vieille partie du château. Il avait logé ses enfants, dont le présent lord Strathmore, et tous ses serviteurs dans une aile plus moderne. Personne d'ailleurs ne voulait passer la nuit dans l'ancienne. À commencer par celui qui « savait », le *factor*, le fidèle Ralston. Tous ceux qui l'approchaient le jugeaient solide, courageux, les pieds solidement posés sur terre, ne s'en laissant pas conter. Or chacun savait que pour rien au monde il n'aurait accepté de passer une seule nuit au château. Un soir d'hiver, alors qu'il dînait avec le père et la mère du présent lord Strathmore, la neige se mit à tomber. À la fin du repas, elle avait rendu toutes les routes impraticables. Lord Strathmore lui fit remarquer qu'il était impossible dans ces conditions qu'il rentrât chez lui. Il lui proposa de rester au château, ajoutant qu'une chambre était déjà préparée dans l'aile la plus moderne. Ralston ne voulut rien entendre. Il paya chaque jardinier, chaque homme d'écurie afin qu'ils lui ouvrissent un chemin dans la neige jusqu'à sa propre maison.

— Mais enfin, quel peut être ce secret tellement effroyable pour susciter des réactions aussi extrêmes ?

— Revenons à Ralston. Notre hôtesse, la présente lady

Strathmore, m'a avoué elle-même qu'un jour elle l'avait supplié de lui dire la vérité, non par curiosité mais pour alléger le
fardeau de son mari. Ralston, raconta-t-elle, l'a regardée gravement, puis a lentement secoué la tête avant de lui dire :
« Lady Strathmore, il est heureux que vous ne connaissiez pas
le secret. Car s'il en était différemment, vous ne seriez jamais
plus heureuse. »

Petit à petit, la curiosité avait été remplacée chez les invités
par de l'émotion mêlée à un certain trouble. C'est alors que le
clergyman prit la parole à son tour. Il était souvent invité au
château avec sa femme. Il y était apprécié pour sa foi profonde,
pour sa vaste culture… et pour ses manières irréprochables. Il
consacrait ses loisirs à étudier le passé des lieux en fouillant
dans les archives, en compulsant les registres. Il avait suivi la
visite sans faire de commentaires, s'intéressant comme toujours
aux souvenirs historiques qui abondaient dans ce lieu. Sentant
le moment venu, il se lança :

— Il y a fort longtemps, une lady Strathmore attendait son
premier enfant. Une bohémienne se présenta au château pour
demander l'aumône. L'Écosse était – comme elle l'a toujours
été et comme elle le sera toujours – la terre d'élection des
voyants, diseurs de bonne aventure et sorciers. Ils étaient généralement bien accueillis et recevaient quelque pécule, à tout
hasard… on ne savait jamais ce dont ils étaient capables si on
les heurtait !

« Cependant, ce jour-là, peut-être agacée ou rendue nerveuse par sa grossesse, lady Strathmore renvoya la bohémienne
sans aucun ménagement. Alors celle-ci se retourna vers la maîtresse des lieux et à haute voix maudit l'enfant qu'elle portait.
Elle annonça qu'il serait un monstre et ferait horreur à ses
parents. Au bout de quelques semaines, l'enfant naquit, un garçon, de plus le fils aîné et donc l'héritier de lord Strathmore.
C'était effectivement un monstre : moitié homme, moitié animal. Il était si hideusement déformé qu'il était impossible de
le montrer.

« Les parents, affolés, ne surent quoi faire. Il n'était pas question, bien sûr, de s'en débarrasser ; après tout, n'étaient-ils pas

chrétiens, et ce monstre lui-même n'était-il pas un enfant de Dieu ? Fallait-il cependant qu'un jour il héritât des titres, du château et autres propriétés ? Impensable ! Aussi décidèrent-ils de le cacher. Ils choisirent une chambre secrète, non pas une oubliette quelconque mais une pièce plutôt vaste et probablement aérée, et ils l'y enfermèrent.

« À dire vrai, ils espéraient sans trop se l'avouer que cet enfant mourrait jeune. Or celui-ci vécut décennie après décennie, survivant à ses parents. Plusieurs générations de lord Strathmore s'occupèrent de lui, ne le laissant jamais sortir. On possédait néanmoins des détails sur son apparence. Il était, paraît-il, immense, avait une poitrine démesurément large, il était couvert de poils. Sa tête rentrait presque dans ses épaules, et ses jambes étaient très longues mais très maigres. On ne savait rien sur son degré d'intelligence ni sur ses sentiments. Il mangeait, il dormait sans pratiquement jamais sortir de la chambre où il était enfermé. Peut-être le laissait-on prendre l'air la nuit sur les toits – d'où le nom étrange d'une terrasse fort étroite nommée la "Promenade du Comte fou" ? Peut-être même s'était-il au moins une fois échappé, donnant naissance à la légende du fantôme appelé "Jacques le coureur", supposé traverser à toute vitesse le parc les nuits de pleine lune ? »

Le châtelain voisin interrompit le clergyman pour faire remarquer que dans des familles aussi illustres que celle des comtes de Strathmore, il était impossible de cacher une naissance ou de supprimer un enfant de l'arbre généalogique. Le clergyman répliqua qu'effectivement il avait été impossible d'escamoter cette naissance, simplement les parents avaient déclaré l'enfant mort-né. Il suffisait de consulter l'arbre généalogique des comtes de Strathmore pour trouver qu'en 1821 un fils aîné leur était né qui était mort le jour même. Vingt-deux mois plus tard naissait un deuxième fils, quant à lui tout à fait normal, destiné à devenir le douzième comte. Enfin, les malheureux parents eurent un troisième fils, qui succéda à son frère au titre et qui se trouvait être le père de l'actuel comte de Strathmore.

— Ce monstre, murmura le cousin de lord Strathmore d'une

voix tout enrouée, qui se trouve être mon lointain parent, aurait donc presque quatre-vingts ans s'il vit toujours...

— Bien sûr qu'il vit toujours ! clamèrent unanimement les invités, fortement impressionnés par ce qu'ils venaient d'entendre.

Cela expliquait en effet l'invraisemblable nervosité de leurs hôtes dès qu'ils soupçonnaient que l'on pourrait aborder ce sujet. Tant de détails dans leur attitude indiquaient qu'il existait dans ce château quelque chose qu'ils tenaient à cacher à tout prix.

— Il vit encore puisque la malédiction court toujours... reprit le clergyman.

Les autres lui demandèrent ce qu'il voulait dire. L'homme de Dieu, sachant qu'il tenait son public, raconta que la bohémienne, après avoir maudit l'enfant à naître, avait aussi annoncé qu'il vivrait très longtemps, jusqu'à ce qu'une fille de la maison monte sur le trône d'Angleterre. Le châtelain voisin se récria : alors le monstre vivrait à jamais, car il était impensable qu'une fille de lord devînt reine, on n'était plus au Moyen Âge où les rois épousaient leurs sujettes !

Les invités discutèrent longtemps. Ils plaignirent de tout leur cœur le fils de leur hôte qui, en ce moment même, jouait innocemment en son collège d'Eton et qui, le jour anniversaire de ses vingt et un ans, recevrait comme un coup de massue le terrible secret. Ils se représentèrent la scène : le comte mène la procession solennelle, son fils le suit, le *factor*, ce bon Ralston, ferme la marche. Ils passent de salle en salle dans le vieux château endormi et silencieux. Ils arrivent devant la porte secrète, pénètrent dans le couloir dissimulé à tous, s'avancent sous la voûte de pierre, leurs pas résonnant d'une façon sinistre. Ils ouvrent une première porte bardée de fer, montent les marches très hautes, très étroites, arrivent devant une autre porte de fer. Celle-ci comporte une ouverture défendue par d'épais barreaux. Lord Strathmore élève la torche, son fils découvre le monstre qui agrippe furieusement les barreaux et le regarde fixement. « Voici, mon garçon, votre arrière-arrière-grand-oncle, le légitime comte de Strathmore… » Dans l'épais silence qui suit, l'incompréhension, l'horreur emplissent le jeune homme. Puis lord Strathmore referme le volet, et le monstre retourne à son sommeil pendant que les trois hommes, la tête basse, refont le chemin en sens inverse – le jeune homme sachant, comme son père et comme le *factor*, que désormais sa vie a pour toujours été altérée.

Une femme parmi les invités s'apitoya sur le sort du monstre lui-même. Il vivait, dormait, mangeait, respirait quelque part dans ce même château où eux-mêmes devisaient, se divertissaient, passaient d'exquises vacances… On présumait qu'il était sans doute diminué intellectuellement, mais peut-être était-ce faux, peut-être était-il parfaitement conscient et lucide ? Peut-être savait-il qu'il était le légitime comte de Strathmore et le légitime propriétaire des lieux ? Était-ce sa faute s'il avait une apparence terrifiante ? Était-ce sa faute s'il avait vécu si longtemps ? Il n'avait jamais fait de mal, et pourtant il était enfermé comme un criminel, traité comme un déshonneur. Cet être, cet homme – car c'était bien un homme ! – avait sûrement des réactions, des impressions, des sentiments… Et tous de mesurer l'effroyable condition de l'innocent.

— Je veux en avoir le cœur net, déclara le cousin de lord Strathmore. Après tout, même si j'appartiens à une branche cadette de la famille, ce monstre – je le répète – est mon parent !

Si monstre il y avait, chambre il y avait aussi, poursuivit-il. Il leur fallait à tout prix la trouver. Il proposa de profiter de l'absence de lord Strathmore pour explorer de nouveau le château de fond en comble, en accrochant une serviette ou un linge à chaque fenêtre afin de découvrir la chambre secrète : ce serait celle qui ne porterait aucun linge. Tous les invités sans exception approuvèrent son plan avec enthousiasme.

Pendant le déjeuner, ils ne purent tenir en place. C'était un concert d'exclamations, de remarques, les domestiques ne savaient plus où donner de la tête. Le dessert achevé, ils se constituèrent en équipes, chacune se chargeant d'une aile du château. Cette vingtaine d'élégants et d'élégantes se ruèrent dans toutes les directions, explorant des greniers aux caves, bousculant les domestiques affolés, refusant d'écouter le *butler* indigné, enfermant la *housekeeper* dans sa chambre, forçant les jardiniers et les garçons d'écurie à les aider. Au beau milieu de l'après-midi, ils se retrouvèrent dehors devant la grande porte. Chacun assura avoir fait son travail et n'avoir négligé aucune fenêtre. Effectivement, lorsqu'ils levèrent les yeux, les linges les plus divers flottaient sous la légère brise du printemps. Serviettes, torchons, taies d'oreiller et même draps pendaient à chaque ouverture visible.

Surexcités, les invités contournèrent le château, scrutant chaque tourelle, chaque vasistas. «Regardez là-haut, sur la vieille tour... Regardez la fenêtre, il n'y a aucune serviette!» Tous levèrent les yeux. Effectivement, tout en haut de la vieille tour carrée qui faisait partie de l'ancienne forteresse, se trouvait une fenêtre sombre et étroite d'où ne pendait aucun linge. Les invités contournèrent le donjon. «Là! à la même hauteur, une autre fenêtre, et puis une autre, et encore une autre sans serviette!» Il existait donc aux étages supérieurs de la vieille tour un appartement entier, indiscernable de l'extérieur, introuvable de l'intérieur car doté d'un accès invisible. Le légitime héritier de la famille était logé non pas dans un cul-de-basse-fosse mais dans le confort dû à son rang.

— Montons là-haut! proposa le cousin de lord Strathmore enfiévré. Tout de suite!

Déjà ils se précipitaient vers la porte de la vieille tour, lorsqu'une voix impérative les cloua sur place:

— Arrêtez immédiatement!

Ils se retournèrent tous d'un bloc: c'était lord Strathmore, revenu inopinément de son expédition. Il n'eut pas besoin d'exprimer ses sentiments, son expression manifestait suffisamment sa colère et son indignation. Les invités se sentirent soudain tout à fait sots, ils se dispersèrent en silence. Le dîner fut présidé par lord mais aussi par lady Strathmore, qui, s'étant sentie mieux, avait pu descendre. Il fut glacial. Le maître et la maîtresse de maison gardaient une attitude distante où le reproche inexprimé se mêlait à la tristesse. Les invités n'en menaient pas large, qui essayaient sans succès de tenir une conversation normale. Le lendemain matin, tous avaient vidé les lieux, écourtant leur séjour sous de multiples prétextes.

Quelques mois plus tard, la naissance d'une fille qui serait leur dernier enfant donna à lord et à lady Strathmore une occasion de se réjouir. Ils la prénommèrent Elizabeth. Les invités de ce fameux week-end en profitèrent pour rentrer en grâce en multipliant les félicitations, les cadeaux, les visites. L'incident fut oublié.

Le temps passa, les lords Strathmore se succédèrent à la tête du château de Glamis. Entre-temps, les fantômes qui avaient fait la réputation du lieu semblaient s'être affadis, perdant de leur coloration. Bien sûr, Earl Beardie, lady Janet Douglas, les Ogilvie, la Femme à la langue coupée, la Dame Grise existaient toujours, mais ils se manifestaient moins et on en parlait peu. Comme si l'écran qu'ils avaient constitué pour abriter l'existence du monstre n'avait plus de raison d'être. Comme si le monstre était enfin retourné à Dieu. Un érudit soutint qu'il était mort en 1921, et donc qu'il aurait vécu jusqu'à cent ans. Peut-être avait-il vécu au-delà, peut-être la malédiction dont il était l'incarnation avait-elle mis plus de temps à s'éteindre…

En 1936, la monarchie anglaise subit l'une des plus graves crises de son histoire. Le roi régnant, Edouard VIII, partagé entre son devoir de souverain et son amour pour Wallis Simpson, de nationalité américaine et deux fois divorcée, finit par abdiquer pour pouvoir l'épouser après des mois de tergiversations qui avaient divisé l'opinion et agité ses peuples.

Lui succéda son frère qui, originellement, n'était pas destiné à régner. Il devint le roi George VI, et sa femme la reine Elizabeth. Or cette dernière était la fille du comte de Strathmore, cette même Elizabeth qui était née au début du XXᵉ siècle peu après le fatal week-end. La bohémienne qui avait maudit lady Strathmore en lui prédisant un enfant monstre avait ajouté qu'il vivrait jusqu'à ce qu'une fille de la maison montât sur le trône d'Angleterre... C'était fait ! Ainsi, la prédiction s'étant accomplie, la malédiction devait prendre fin. Et depuis, plus personne n'entendit parler du monstre de Glamis. Au point qu'après la Seconde Guerre mondiale, quelqu'un osa pour la première fois évoquer le sujet tabou et demanda à lord Strathmore s'il connaissait le secret. «Je ne sais rien» fut sa réponse.

— Le secret, s'il y en a eu un, a dû s'éteindre avec mon père, ou alors avec mon frère qui a été tué pendant la guerre. Ce qui ne m'empêche pas de croire que les murs de ce château recèlent pas mal de squelettes secrètement emmurés.

La Nonne bleue du Texas

Depuis des mois, le custode des franciscains, le père Alonso de Benavidès, a quitté la capitale, Mexico, et sur les ordres de son supérieur est parti en expédition vers le nord. À peine un siècle plus tôt, les Espagnols ont commencé à conquérir l'Amérique et, en ce début du XVIIᵉ siècle, la vice-royauté de la Nouvelle-Espagne – c'est-à-dire le Mexique – n'est qu'un immense chantier.

À grande vitesse, Tenochtitlán, l'ancienne capitale des Aztèques, est remplacée par Mexico. Dans le reste du pays, les routes se tracent au-dessus des voies aztèques ; les églises se construisent sur des pyramides païennes arasées ; des mines se creusent, où les Indiens sont traités pire que des animaux mais d'où jaillissent l'or, l'argent, les émeraudes. Les Espagnols, inlassables, continuent d'explorer et de conquérir. Sauf en ce qui concerne les cordillères inaccessibles ou les jungles impénétrables, ils ont fait le tour de l'Amérique centrale et de l'Amérique du Sud.

Reste le Nord, inexploré, infini. Ce ne sont pas les hommes qui manquent, car d'Espagne ne cessent d'arriver par milliers des soldats qui cherchent fortune, et surtout des moines envoyés par leur ordre. Ce sont eux la cheville ouvrière, le fer de lance, la cinquième colonne de l'Empire espagnol. Le prétexte officiel de cette avancée, c'est d'évangéliser, de christianiser ces païens qui, sans ces missionnaires chargés de leur faire découvrir la vraie religion, iraient tout droit en enfer et seraient damnés pour l'éternité. À la vérité, la monarchie espagnole, débordée par les problèmes que pose cette extension qui ne s'arrête jamais, a délégué en quelque sorte ses pouvoirs à l'Église.

En tête des corps expéditionnaires marchent les soldats chargés de venir à bout de la résistance des Indiens si jamais ceux-ci en avaient quelque velléité. Pour prix de leur service, ils sont autorisés à piller, à violer ici et là. Derrière eux se pressent les prêtres. À peine ont-ils évangélisé et baptisé à tour de bras que, partout où ils arrivent, ils commencent à construire un monastère. Ils mettent en esclavage les Indiens, baptisés ou non, et, bénéficiant de cette main-d'œuvre infiniment nombreuse et peu coûteuse, ils défrichent tout autour des monastères sur des milliers d'hectares. Ils plantent, ils cultivent, ils importent du bétail, ils multiplient les fermes modèles en véritables colons et tirent d'immenses revenus de leurs domaines. Sachant que plus on découvrira, plus on annexera, et plus la sainte Église s'enrichira.

C'est dans ce but que le supérieur des franciscains de Mexico a envoyé le père Alonso de Benavidès, jeune custode dont il a remarqué l'intelligence et l'esprit d'entreprise, dans une de ces expéditions. Depuis des mois donc, le père voyage, à pied, à cheval. Avec les moines placés sous ses ordres et les soldats qui l'accompagnent, ils ont traversé d'épaisses forêts, des régions désertiques. Ils ont vu des villes qui sortaient de terre, des couvents en chantier. Ils ont plongé dans des vallées profondément enfoncées, franchi des cours d'eau impétueux avec des moyens de fortune. Mais surtout, ils ont escaladé d'innombrables pentes. « À croire que dans ce pays, il n'y a que des montagnes », grommelait le custode.

Enfin, ces montagnes superbes mais éreintantes ont disparu à l'horizon. Ils se trouvent désormais dans des régions plutôt plates, à peine relevées de quelques hauteurs moutonnantes et coupées de gorges vertigineuses au fond desquelles sinuent d'étroits cours d'eau. Ils ont traversé des déserts dénués du moindre poste d'eau et se sont embourbés dans des marais aux eaux sulfureuses. Ils progressent désormais dans des jungles sèches où des arbustes gris dépouillés de feuilles mais surchargés d'épines rendent leur avance particulièrement difficile. Ils se trouvent dans ce qui constitue aujourd'hui le sud des États-Unis, *grosso modo* entre le Nouveau-Mexique et le Texas. Ils savent seulement qu'ils ont dépassé depuis longtemps les limites de l'Empire espagnol et qu'ils sont les premiers *conquistadores*, les premiers Blancs à pénétrer dans ces régions inhospitalières mais démesurées qu'ils espèrent bien ajouter aux possessions de leur souverain, le roi catholique.

Au début, ils se méfiaient des Indiens. Que ne racontait-on sur leur cruauté ? Ils ne laissaient personne pénétrer sur leurs territoires et se montraient imbattables pour déceler, même à grande distance, le moindre intrus. Leurs prisonniers, ils les torturaient, les scalpaient, les transperçaient de flèches… ils les mangeaient même, on parlait en effet de cannibalisme chez certaines tribus. La réalité – le père Alonso la découvrit – était tout autre. Les Indiens rencontrés jusqu'alors étaient certes méfiants mais plutôt craintifs et misérables, tout occupés à survivre dans une nature peu généreuse. D'ailleurs, si pauvres, si clairsemées étaient les tribus aperçues jusqu'ici qu'ils ne s'étaient même pas arrêtés pour les évangéliser. Ils étaient pressés de voir où les mènerait leur expédition.

Ce matin-là particulièrement, la chaleur les accablait. Les rayons du soleil tombaient brutalement sur eux, leurs tenues étant mal adaptées à ces températures. Les soldats chargés de lourds uniformes espagnols ruisselaient sous leurs cuirasses et leurs casques de métal. Leur robe de bure et leur capuche protégeaient le père Alonso et les autres moines, mais à peine. Soudain, ils remarquèrent que le sentier qu'ils suivaient s'élargissait et devenait une route sablonneuse. Les arbustes dépouillés mais élevés l'encadraient de deux haies épineuses. Aucune éminence n'était visible où ils auraient pu se hisser pour inspecter les environs. Il n'y avait donc qu'à suivre la route sans savoir où elle menait.

Très vite, ils tombèrent sur un village beaucoup plus important que ceux qu'ils avaient traversés jusqu'alors. Des huttes disposées dans un ordre impeccable et surprenant entouraient le tertre sur lequel se dressait le temple.

Au bruit que firent les arrivants, les Indiens sortirent des habitations où ils s'étaient réfugiés à cause de la chaleur devenue intolérable. À leur vue, les soldats espagnols mirent la main à l'épée. Sans raison, car les Indiens semblaient fort pacifiques. Ils s'approchèrent sans témoigner aucune surprise. Ce qui, du coup, suscita l'étonnement des Espagnols, en particulier du père Alonso. Ces Indiens, qui certainement n'avaient jamais vu de Blancs, barbus et lourdement armés, ne semblaient pas étonnés par leur apparition.

L'interprète amené par le père Alonso s'avança et, s'adressant à celui qui semblait être le chef, lui expliqua les intentions pacifiques des Espagnols. Il demanda pour eux le gîte et le couvert. Le chef désigna un abri constitué de poteaux soutenant une voûte faite de branchages, qui devait servir de marché couvert. Les Espagnols s'y précipitèrent. Enfin de l'ombre ! Enfin un semblant de fraîcheur ! Le chef leur fit apporter de l'eau, des jus bizarres tirés d'on ne savait quels végétaux mais délicieux et rafraîchissants. Des nourritures leur furent offertes, des sortes de légumes que les Espagnols ne connaissaient pas, des viandes – produits de la chasse.

Le père Alonso décida de demeurer dans ce village plusieurs jours. Son devoir d'évangélisation se mêlait à la satisfaction d'avoir enfin trouvé un lieu où il pouvait se reposer et se restaurer. L'officier qui commandait les soldats accompagnant le père planta un étendard dans le sol et déclara que désormais le territoire et ses habitants appartenaient à Sa Majesté Catholique le roi d'Espagne. Les Indiens accueillirent la nouvelle, transmise par l'interprète, avec une placidité qui équivalait à la plus totale indifférence. Ce ne serait pas ici que les conquistadores seraient forcés d'entasser les cadavres indigènes pour arriver à leurs fins.

Le lendemain matin, le père Alonso se réveilla tôt et, profitant de la fraîcheur du petit matin, il commença dans l'ombre de sa hutte à préparer son premier sermon. Il était plongé dans son travail de composition lorsque l'interprète parut : le chef demandait à lui parler. Le père sortit de sa hutte et trouva le chef entouré des principaux hommes de la tribu, qui s'inclinèrent avec une noble humilité à sa vue. Il contempla ces hommes grands au teint cuivré, portant des vêtements de coton et de cuir soigneusement confectionnés, brodés de motifs sophistiqués dont il nota l'élégance.

— Que veulent-ils ? demanda le père Alonso à l'interprète.

— Ils demandent que vous les baptisiez...

Le père en resta muet de stupéfaction. Il n'avait même pas commencé son enseignement et ces sauvages étaient déjà au courant du sacrement du baptême ! Tout de suite, il fut conscient d'un mystère troublant mais préféra dissimuler ses sentiments. D'une voix amène, il répondit :

— Avant d'être baptisé, il faut bien connaître la Loi de Dieu.

L'interprète transmit la réponse.

— Interrogez-nous, répliqua le chef, et vous verrez que nous la connaissons.

Alors le père Alonso, sans se démonter, posa au chef et aux notables les questions classiques du répertoire des classes de religion. Très vite, il s'aperçut que ceux-ci connaissaient mieux le catéchisme de l'Église catholique que les meilleurs élèves de son couvent en Espagne...

Il fixa ces hommes, ces « sauvages », avec une intensité presque douloureuse, tâchant de déchiffrer leur secret. Ils se tenaient debout devant lui, gardant beaucoup de noblesse et de simplicité dans leur attitude. Ils étaient naturels, parfaitement à l'aise. Le père Alonso contempla autour de lui le village, la route étroite qu'ils avaient suivie, la nature austère et improductive, le ciel immuablement bleu, le sable, en songeant à ces mois d'exploration qu'ils venaient de subir : il était impossible que d'autres soldats, d'autres religieux aient pu parvenir en ce village avant lui et ses compagnons. Il ne pouvait donc s'agir que d'un miracle...

Néanmoins, il gardait les pieds sur terre : les miracles, il y croyait, encore fallait-il qu'ils soient reconnus comme tels. Aussi, avant d'admettre que Dieu avait directement évangélisé les Indiens, était-il urgent d'examiner toute autre possibilité. Malgré sa conviction intime d'être le premier Espagnol à pénétrer dans ce village, il fit demander au chef si d'autres Espagnols ne l'y avaient pas précédé. Celui-ci affirma qu'il n'avait jamais vu auparavant ni moines, ni soldats espagnols, ni le moindre homme blanc.

Alors, qui donc autre que Dieu Lui-même avait pu évangéliser ces Indiens ?

— Une femme. Une femme qui vient chez nous depuis un certain temps et qui nous instruit dans la Loi de Dieu. Elle a la peau aussi blanche que la vôtre.

Une femme blanche ! Le père Alonso devint perplexe. Il y avait bien sûr des filles à soldats qui accompagnaient l'armée espagnole, mais aucune ne s'aventurait dans des expéditions lointaines et surtout il n'imaginait pas ce genre de filles en train d'enseigner le catéchisme à des chefs indiens.

Soudain, il pensa à la très vieille et très pieuse mère Luisa de Carrion. Depuis des décennies, elle exerçait au Mexique un apostolat si saillant qu'il l'avait transformée en légende vivante. Elle symbolisait la foi, la charité, le dévouement inlassable. Le pays entier, Espagnols et Indiens confondus, la vénérait. Au point qu'une miniature la représentant et reproduite à des milliers d'exemplaires servait de scapulaire aux plus pieux. Pourtant, le moine ne comprenait pas comment la religieuse avait pu aller si loin. Il est vrai que tout était possible avec la mère Luisa de Carrion ! Il montra au chef la miniature qu'il portait au bout d'une chaîne autour de son cou. Celui-ci hocha la tête : cette religieuse qu'on lui montrait était vieille, la femme qui venait jusqu'en leur village pour leur faire découvrir le vrai Dieu était jeune et jolie.

L'énigme s'épaississait mais il ne fallait pas s'y attarder. Le père Alonso, homme d'action autant qu'homme de foi – c'est bien pour cette combinaison de qualités qu'il avait été choisi pour cette mission –, para au plus urgent. Les Indiens étaient instruits dans la Loi de Dieu – et même parfaitement –, ils demandaient le baptême, il fallait donc le leur accorder. Il commença par renverser les idoles de bois finement sculptées – tout en reconnaissant que ces « sauvages » étaient d'habiles artistes –, puis dans une cérémonie très courte et très simple baptisa le chef et les hommes de la tribu. Les femmes suivirent, puis les enfants. Il ne parla plus de la femme jeune et jolie venue les évangéliser, de peur d'éveiller leurs soupçons par ses questions. La foi catholique qu'ils venaient d'embrasser devait présenter un front d'airain et non point des fissures, des zones d'ombre, des inconnues.

Son « travail » achevé, le père Alonso avec son corps expéditionnaire se remit en marche vers le nord. Souhaitant éviter de semer le trouble parmi ses compagnons de voyage, il taisait ses pensées, mais le mystère de la jeune et belle missionnaire ne quittait plus un instant son esprit. Au bout de quelques jours de marche dans la chaleur éprouvante à travers la savane plate et décourageante, ils parvinrent à un village aussi important sinon plus que celui qu'ils avaient quitté. La même scène se reproduisit. Les Indiens les accueillirent aimablement, le capitaine planta son étendard, le père Alonso se prépara à catéchiser les païens, et avant qu'il n'ait commencé, ceux-ci se présentèrent pour demander le baptême. Aux questions du père Alonso, ils répondirent qu'ils avaient été instruits dans la Loi de Dieu par une femme jeune et jolie. Ils parlaient tous avec enthousiasme de la « déesse blanche »… Le père Alonso leur expliqua que ce n'était pas une déesse mais qu'elle était… Au fait, qui était cette mystérieuse inconnue ? Il décréta *motu proprio* que c'était une envoyée de Dieu. Il prenait sur lui pour lancer cette affirmation car il craignait un peu qu'il n'y ait de la diablerie là-dessous…

Le phénomène se répéta pendant les semaines suivantes. À chaque village qu'ils découvraient, les Espagnols entendaient la même histoire de la belle et jeune missionnaire venue instruire les Indiens dans la vraie religion. Il y eut cependant quelques variantes. Un chef de tribu leur apprit qu'elle portait une longue cape bleue – le vêtement qu'endosse tout religieux ou religieuse arrivant dans le Nouveau Monde, pensa le père Alonso, mais aussi l'uniforme de certains ordres monastiques espagnols.

Bientôt, il eut des preuves concrètes de l'existence de la mystérieuse créature. Dans un village, elle avait laissé un autel portatif sculpté grossièrement de figures de saints ; dans un autre, un crucifix ; dans un troisième, elle avait répandu chez les catéchisés des chapelets. Songeur, le père les tint dans sa main et les examina : c'étaient bien là les chapelets que portaient toutes les nonnes espagnoles à leur ceinture. Comment ces instruments de la foi avaient-ils abouti au milieu d'un continent inexploré ? On s'habitue à tout, même à vivre dans une énigme. Moines et soldats qui l'accompagnaient avaient cessé de s'étonner. Ils s'accommodèrent de l'inexplicable. Le père Alonso, quant à lui, se posait continuellement des questions, auxquelles aucune réponse ne venait.

Sa mission s'acheva, beaucoup plus courte qu'il ne l'avait escompté, tout simplement parce que l'inconnue lui avait mâché le travail. Il n'eut pas à passer des journées à instruire les Indiens, ils l'étaient déjà grâce à elle. Son seul soin restait de les baptiser. Ayant achevé ce qu'il avait projeté, il entreprit le long voyage du retour et un beau jour arriva à Mexico. Il rédigea un rapport très complet, développant toutes les observations qu'il avait faites pendant son expédition sur les Indiens, sur la faune, sur la flore, sur le climat, car ces missionnaires étaient aussi des explorateurs. Il énuméra les tribus dont il avait baptisé les membres. Mais il se garda soigneusement de mentionner dans son rapport la missionnaire jeune et jolie qui l'avait précédé. Ce chapitre-là, il le réserva à son seul supérieur. Celui-ci n'apporta aucune explication et même ne sembla pas s'intéresser au mystère. Le Nouveau Monde offrait tant d'inconnues, tant d'étrangetés qu'on devait s'attendre à tout.

Le père Alonso alla tout de même trouver mère Luisa de Carrion, cette religieuse vénérée dans tout le Mexique dont il avait cru que c'était elle qui avait évangélisé les Indiens. Il lui raconta sa méprise et ce qu'il avait découvert. La vénérable mère ne parut pas particulièrement impressionnée. «Les voies de Dieu sont impénétrables», lui répéta-t-elle. Bref, elle ne lui fut d'aucune aide.

Les années s'écoulèrent, au cours desquelles le père Alonso de Benavidès poursuivit son apostolat au Mexique. Il ne fut plus envoyé en expédition, mais demeura au couvent des franciscains à Mexico, non plus missionnaire mais instructeur de missionnaires. Même s'il n'en parla jamais, pas un jour ne se passait sans qu'il se rappelât l'énigme rencontrée lors de sa mission. Il y pensait la nuit dans l'obscurité de sa cellule, le jour en déambulant dans le cloître au milieu duquel se balançaient les palmiers.

Au bout de douze ans, il fut rappelé en Espagne. Il aborda son pays avec des sentiments mélangés : le plaisir de se retrouver dans un entourage familier qui lui avait manqué, de replonger dans une certaine normalité après ces années passées dans un univers déconcertant, se mêlait au regret d'avoir quitté le Nouveau Monde dont il avait mesuré les possibilités infinies et apprécié les horizons sans fin, où il avait vu le côté étriqué de l'Espagne se diluer dans la majesté surhumaine d'une nature vierge.

Son retour rendit encore plus vives les impressions que lui avait laissées le continent américain, en particulier le mystère de la jeune et belle missionnaire. Il ne l'avait pas oubliée pendant ses dernières années, mais il l'avait mise de côté. Revenant au pays, il éprouva le besoin dévorant de percer l'énigme. Il entama discrètement une enquête, interrogeant religieux et religieuses : sans aucun succès. Il resta cependant imprécis dans ses questions, évitant de trop révéler de ce qu'il avait entendu chez les Indiens. Il ne tenait pas à ce qu'on le prenne pour un fou ou, pire, à ce que l'Inquisition se mêlât de la question, car il savait qu'avec le Saint-Office cela finissait toujours mal.

Finalement, le général de l'ordre des Franciscains, le révérend père Bernardin de Sienne, le convoqua dans la Maison centrale à Madrid. Il fut introduit dans un vaste bureau qui, à l'espagnole, était laissé dans la pénombre, malgré la lumière aveuglante du plein jour, par de lourds rideaux aux trois quarts tirés. Aucune décoration, sauf un crucifix plus grand que nature derrière le fauteuil du général de l'ordre. C'était un personnage physiquement peu impressionnant : plutôt petit, au visage rond, tout le contraire du père Alonso qui était grand et maigre comme un hidalgo (qu'il avait été avant d'entrer dans les ordres). Cependant, le ton, le regard, le maintien du révérend Bernardin de Sienne proclamaient qu'il ne fallait pas se fier à son apparence physique et qu'il n'y avait d'autre autorité que la sienne.

Il posa énormément de questions au père Alonso. Il ne cherchait pas tellement des informations sur ce que celui-ci avait vu et entendu, plutôt ses impressions, ses réactions, ses sentiments vis-à-vis de tel sujet, de telle situation. Il avait sur son bureau le rapport que le père avait rédigé à l'intention de ses supérieurs après son expédition dans le Nord. Il l'avait lu attentivement.

— Un point m'étonne grandement, mon père, c'est la rapidité avec laquelle vous êtes parvenu à baptiser ces Indiens.

Le père Alonso sursauta. Aucun autre de ses supérieurs qui avaient consulté son rapport n'avait remarqué ce point...

— J'espère, poursuivit le général des Franciscains, que ce rythme vraiment accéléré de conversions n'est pas dû à l'utilisation de la force, de la peur, voire de la violence. Trop de missionnaires confondent l'épée et le crucifix, utilisant la première plus que le second.

Autrement dit, il soupçonnait le père Alonso d'avoir baptisé de force, sous la menace d'incarcération, de châtiment ou d'exécution. Pour se laver de cette accusation voilée, le père Alonso fut bien obligé d'avouer la vérité :

— Si j'ai si vite évangélisé ces païens, c'est parce que le travail avait été fait avant moi !

Là-dessus, il raconta en détail sa découverte de l'existence d'une énigmatique missionnaire jeune et jolie, vêtue d'une cape bleue, qui avait visité peu avant lui les tribus indiennes et les avait instruites dans la Vraie Foi. Il décrivit sa stupéfaction, sa curiosité ; il détailla l'enquête qu'il avait menée sans le moindre succès ; il avoua son intérêt dévorant pour cette énigme.

Le révérend Bernardin de Sienne écouta le long récit sans bouger, dans le plus total silence et la plus inébranlable impassibilité. Lorsque le père Alonso se tut, il lui dit simplement :

— Vous devriez aller voir la sœur María de Ágreda.

Le père Alonso connaissait de réputation le général des Franciscains, il savait que cette simple invitation était d'une importance capitale. D'autres questions l'assaillirent, qu'il eut la prudence de ne pas exprimer. Le général des Franciscains le sentit, qui lui répéta :

— Allez au plus vite trouver la sœur María de Ágreda. On vous informera des moyens de la joindre et on vous remettra les autorisations nécessaires pour l'approcher.

Puis il lui signifia que l'entretien était achevé.

C'est ainsi que, quelques jours plus tard, le père Alonso se retrouva en train de chevaucher à la limite de la Castille et de l'Aragon. En souriant, il comparait les paysages de l'Espagne et du Nouveau Monde. Au Mexique, régnait sur la nature une grandeur incomparable ; en son pays, une sauvagerie totale s'imposait à la nature. Il parcourait des contrées rocailleuses, désertes, hérissées de pics montagneux. Il s'avançait vers le Moncayo, une formidable montagne qui même en ce mois d'août gardait sa couronne de neige. De loin, la petite ville d'Ágreda, taillée dans le roc, se distinguait mal dans cet univers minéral. Il aperçut enfin le clocher d'une église, les tours d'une forteresse.

En approchant du but de son voyage, il s'imprégna de la lumière transparente de l'Espagne, respira à pleins poumons l'air vif et salubre. Mais bientôt, une puanteur prenante envahit ses narines. Il avait appris qu'Ágreda était entourée de sources sulfureuses. Il franchit les remparts sombres, suivit des ruelles étroites qui montaient raide et sur lesquelles les sabots de son cheval glissèrent plus d'une fois. La ville était coupée en deux par un étroit et profond ravin où, l'hiver, coulaient les eaux du rio Queiles et qui, l'été, demeurait asséché. Il traversa l'unique pont en dos d'âne.

Ayant demandé son chemin aux rares habitants qu'il croisa, il parvint devant un bâtiment qui ressemblait plus à une maison privée de la petite aristocratie qu'à un couvent. C'était pourtant celui des conceptionistes déchaussées. Il sonna. La *portera* – la sœur concierge – ouvrit. Il déclina son identité et demanda à voir sœur María de Ágreda. La *portera*, sans un mot, le mena à l'étage et l'introduisit dans le parloir qui avait dû être la salle à manger de la famille car on y voyait toujours le dressoir où naguère avait été empilée la vaisselle. On le laissa seul quelques instants, puis la porte s'ouvrit sur la sœur tourière. Lui présentant les lettres d'introduction du général des Franciscains, il réitéra son souhait de rencontrer sœur María de Ágreda.

— Vous voulez dire la révérende abbesse María de Ágreda ?

Le père Alonso sursauta :

— Quel âge a-t-elle donc ?

La sœur tourière eut un petit rire.

— Ce n'est pas une vieille impotente, notre abbesse n'a que vingt-huit ans.

Le père Alonso s'irrita quelque peu en constatant que la sœur tourière ne faisait pas un geste pour aller transmettre sa requête. Elle s'assit même aussi confortablement qu'elle le put sur une haute chaise voisine de la sienne et commença à lui faire la conversation. Il en profita pour poser de nombreuses questions sur la révérende abbesse, le général des Franciscains ne lui ayant communiqué aucune information sur elle. La sœur tourière ne se fit pas prier. María de Ágreda, l'aînée de onze enfants, était née si chétive qu'on crut qu'elle ne vivrait pas. Pourtant, elle survécut, mais toujours très fragile.

— À huit ans, elle prononça le vœu de chasteté, répondant à l'appel d'une voix silencieuse ; à douze ans, elle prit la décision d'entrer en religion ; à seize ans, elle reçut l'autorisation de prononcer ses vœux et considéra qu'elle avait beaucoup trop attendu. Toute sa famille la suivit : deux de ses frères sont devenus moines, son père à soixante-trois ans a revêtu la robe des franciscains. La maison de famille où vous vous trouvez s'est transformée en couvent des conceptionistes déchaussées. La mère de María et sa sœur en furent les premières novices, puis l'épidémie divine se répandit dans la région. De nombreux nobles se consacrèrent à Dieu, beaucoup de filles de haut lignage prirent le voile.

« À dix-huit ans, sœur María connut l'extase divine. Mais elle était constamment minée de douloureuses maladies et Satan tentait de l'affaiblir par des apparitions tantôt épouvantables, tantôt répugnantes. Elle a vécu constamment dans l'ascèse, mangeant et dormant à peine, multipliant les mortifications. Des années durant, elle rencontra autour d'elle, chez les autres sœurs, incompréhension et malveillance. Elle était un phénomène par trop incernable. Puis ses compagnes reçurent à leur tour l'illumination divine. Elles comprirent la sainteté de la sœur et la demandèrent pour abbesse. Le pape confirma la nomination et sœur María devint notre abbesse il y a trois ans, elle avait juste vingt-cinq ans… Âge unique dans les annales pour recevoir une telle responsabilité ! »

Le père Alonso essayait de déblayer ce flot d'informations, faisant la part de l'hagiographie à laquelle il était habitué. La sœur tourière était loin d'être sotte et beaucoup des points qu'elle soulevait suscitèrent sa curiosité. Toutefois, il ne voyait toujours pas pourquoi le général des Franciscains l'avait dépêché à la révérende María de Ágreda. Il devait pourtant y avoir une raison.

— Vous avez parlé, ma sœur, de l'extase divine que connaissait la révérende María de Ágreda…

— J'ai souvent moi-même assisté au phénomène, comme la plupart des sœurs. La révérende abbesse se voit soudain privée de l'usage des sens. Elle paraît morte. Puis, petit à petit, son corps étendu s'élève au-dessus de la terre comme s'il n'avait plus de poids, comme s'il était aussi léger qu'une plume et qu'un souffle suffisait à le soulever. Son visage, déjà beau, paraît alors encore plus parfait, encore plus serein. Son teint qui, vous le verrez, est plutôt brun et foncé, devient de plus en plus blanc ; sa pâleur paraît anormale. Elle demeure ainsi, suspendue en l'air, les yeux fermés, avec cette expression de paix sur le visage, connaissant visiblement un bonheur indicible. Elle reste ainsi, vous dis-je, jusqu'à deux heures d'affilée.

— Que fait-elle pendant ces temps d'extase ? Est-elle consciente ? Prie-t-elle ? Dialogue-t-elle avec les saints ? Son âme quitte-t-elle son enveloppe charnelle ?

— Elle nous a souvent raconté que, dans ces moments-là, elle visite le Nouveau Monde...

La sœur tourière avait dit cela du ton le plus naturel. Le père Alonso, malgré son empire sur lui-même, sentit son cœur bondir dans sa poitrine. Il n'eut pas le temps de s'informer plus avant car la sœur se leva comme si le temps était venu pour elle de laisser la place, et sans un mot elle quitta la pièce. Il resta seul dans le parloir, l'esprit enflammé par ce qui venait de lui être révélé.

Bientôt la porte s'ouvrit et l'abbesse parut. Il la reconnut à sa croix pectorale. María de Ágreda était effectivement jeune et jolie. Elle portait une cape bleue et à sa ceinture était passé un rosaire semblable à celui que le père Alonso avait vu chez les Indiens. Le père la salua avec respect et lui tendit les lettres d'introduction du général des Franciscains. L'abbesse les écarta comme si elle n'avait pas besoin d'en prendre connaissance.

Pendant qu'ils échangeaient les banalités d'usage et qu'elle l'interrogeait sur son voyage jusqu'à Ágreda, il l'observa. Elle était effectivement très jolie malgré son teint peut-être un peu foncé. Elle avait l'air encore plus jeune que ses vingt-huit ans, comme si elle avait gardé toute l'innocence de l'enfance. Mais ses grands yeux sombres étincelaient d'une façon toute particulière. Le père Alonso, qui avait déjà rencontré de nombreux religieux et religieuses dans son existence, n'avait jamais décelé chez aucun une aussi forte lumière intérieure. María de Ágreda rayonnait littéralement !

Comme si elle devinait ses pensées, elle se tut et, posant sur lui un regard encourageant, parut attendre ses questions.

— Vous vous intéressez, paraît-il, au Nouveau Monde, Révérende Mère ?

— Vous savez, mon Père, même dans notre petite ville éloignée de tout, nous entendons parler des découvertes que font nos soldats, nos prêtres dans ce continent éloigné. Je le savais donc peuplé de païens qui n'avaient pas eu le bonheur de connaître la vraie religion ni le vrai Dieu. J'avais pitié d'eux, je pleurais sur leur triste sort. Aussi, avec toute l'intensité dont j'étais capable, je suppliais Dieu de les éclairer.

D'une voix altérée, hésitante, le père Alonso poursuivit :

— Avez-vous été exaucée, Révérende Mère ?

María de Ágreda sourit et le regarda comme s'il était transparent.

— Un jour, j'ai senti mes muscles se raidir progressivement. J'étais étendue et mon corps entier me semblait fait de bois. Je ne me rappelle pas si j'ai perdu conscience ni s'il s'est passé un long temps. J'ai eu l'impression que très vite j'ai été transportée très loin. Je me suis retrouvée tout à fait éveillée, tout à fait consciente, dans un pays totalement inconnu, dans une nature que je n'avais jamais vue. Bien que tout cela fût profondément insolite, je ne me souviens pas d'avoir été particulièrement étonnée… Les Indiens s'approchèrent, que je reconnus aux descriptions que j'en avais lues. Ils m'entourèrent avec dans leur attitude une sorte d'attente recueillie. Je me mis à leur parler de Dieu. Je fus certaine qu'ils me comprenaient. Très probablement, j'utilisais leur langue – dont évidemment je n'avais jamais appris un traître mot. Je leur enseignai la Loi du Seigneur et ils reçurent mes paroles avec une joie visible. Je leur répétai les prières et leur montrai comment se servir du rosaire. Ils me demandèrent de leur laisser celui que je portais. Effectivement, lorsque je me retrouvai dans ma cellule, je ne l'avais plus à ma ceinture.

Le père Alonso ne pouvant se retenir se lança dans toutes sortes de questions. À toutes, elle répondit avec calme, ordre et méthode. Elle lui décrivit les paysages que lui-même avait connus dans son expédition. Elle lui peignit les Indiens qu'il avait rencontrés, et même certains chefs, certains personnages qu'il reconnut aisément. Aux détails qu'elle donna sur les villages, les habitations, les chemins, les plantes, les animaux domestiques, les insectes, il ne douta pas un seul instant qu'elle soit allée sur les lieux mêmes où il avait entendu parler d'elle. D'ailleurs, elle n'avait pas fait qu'y passer car elle avait enregistré avec une précision extraordinaire une foule de détails dont lui-même ne se souvenait que vaguement.

— Avez-vous remarqué l'élégance de leurs vêtements où le cuir se mêle si habilement au coton ? Et ces couleurs si bien harmonisées, ces décorations si subtiles ?

Elle prit un morceau de papier sur le bureau et se mit à dessiner ces motifs dont l'un n'était pas sans évoquer une « grecque ».

— Curieuse était leur coutume de se raser le crâne pour ne laisser qu'une mèche de cheveux tomber jusqu'à la taille...

Le père Alonso mit le sujet sur les tatouages indiens qui l'avaient fasciné autant par leur précision que par leur beauté. Elle insista de son côté sur leur talent de sculpteurs, car, affirma-t-elle, les meubles, les objets, les statues qu'ils façonnaient dans le bois témoignaient d'une profonde expérience.

Le père se demandait s'il ne rêvait pas. Il observa autour de lui la pièce austère, il regarda par la fenêtre le paysage minéral et incandescent de l'Aragon... Il eut l'impression étrange que María de Ágreda et lui-même se trouvaient en ce moment même dans le Nouveau Monde, dans cette savane qu'il avait explorée, au milieu de ces Indiens qui l'avaient accueilli avec bienveillance et qui lui avaient parlé de la « déesse blanche ».

Elle interrompit ses réflexions :

— Savez-vous, mon Père, une fois, au cours de mes « voyages », alors que je me trouvais dans un village d'Indiens, j'ai aperçu qui venaient vers moi des soldats de notre pays et avec eux des religieux. Je reconnus l'uniforme des pères franciscains. Et celui qui les menait vous ressemblait, peut-être même était-ce vous ?

Il frissonna. Elle ne parut pas le remarquer, toute à ses souvenirs.

— Comment donc s'appelaient-ils, ces Indiens qui

110

m'avaient si bien reçue et paraissaient comprendre les paroles que je prononçais ? « Tijlas », disaient-ils en se montrant du doigt, ou « Tejlas »… Texas…

Le père Alonso revint à la question qui lui brûlait les lèvres :

— Continuez-vous à aller là-bas ?

— J'ai dû y effectuer cinq cents voyages – je les ai comptés. Je continue à m'y rendre, mais moins fréquemment. Peut-être la mission dont m'a chargée Dieu est-elle en train de s'achever…

María de Ágreda semblait avoir accepté sans discussion, sans difficulté, le phénomène dont elle continuait d'être l'objet. Ce fut beaucoup plus ardu pour le père Alonso de croire que la jeune femme assise en face de lui pouvait se trouver au même moment dans son couvent en Aragon et à des milliers de lieues de là, au Nouveau Monde, dans une région inaccessible, en train d'évangéliser des Indiens. C'était pourtant ce qui s'était passé, et ce qui se passait encore. María de Ágreda l'impressionnait jusqu'à lui faire presque peur, justement parce qu'elle restait si sereine, si naturelle, si simple dans ce prodige inimaginable. Il ne s'attarda pas, car il avait hâte de se retrouver seul pour digérer ce qu'il avait appris, pour admettre l'inadmissible.

Leurs adieux furent sobres et brefs, alors qu'ils savaient qu'ils ne se reverraient jamais. Il ne le voulait pas, il ne le pouvait pas. Il emportait le souvenir du regard lumineux de María qui semblait lire dans son âme, et celui de son sourire plein de compassion et d'humanité. Il reprit le chemin de Madrid, laissant sa monture choisir une allure lente. À l'aller il s'était dépêché, au retour il tenait à prendre son temps.

Il se sentit entre autres rempli d'admiration pour le général des Franciscains, le révérend Bernardin de Sienne, qui l'avait envoyé à Ágreda. Celui-ci avait déjà fait le rapprochement entre ses récits sur l'énigmatique missionnaire et les visions de la révérende mère d'Aragon dont il avait été informé. Peu après sa visite à Ágreda, il s'aperçut – coïncidence ou conséquence de cette visite… – que l'on parlait beaucoup des visions de la révérende. Comme si le secret jusqu'alors étroitement gardé était soudain levé.

Loin d'être satisfait par sa visite, la curiosité du père Alonso s'en trouva décuplée. Il tâcha de s'informer de ce qui se passait dans le Nouveau Monde en relation avec son énigme. Il apprit l'existence du père Damien Manzanet, qui avait pris sa succession comme missionnaire explorateur de l'immense continent du nord de l'Amérique. Il entra en contact avec lui. Ils établirent une correspondance et, grâce au père Manzanet, il en apprit de belles… Cinquante Indiens de la tribu Jumano avaient quitté leur impénétrable savane, étaient arrivés dans les régions déjà développées de la Nouvelle-Espagne et avaient frappé à la porte d'un couvent. Ils avaient demandé qu'on leur envoie des missionnaires pour s'occuper d'eux. Qui donc leur avait suggéré cette idée ? leur demanda-t-on. « La déesse blanche, la jeune, belle et gracieuse femme qui depuis un certain temps nous instruit dans les vérités de la foi chrétienne. » Le chef d'une autre tribu soutint qu'il avait suffi à la « déesse blanche » d'effleurer de la main sa mère alors mourante pour que celle-ci soit guérie. La légende se mêlait aux faits. Les Indiens assuraient que la déesse blanche n'avait qu'à marcher sur une route, dans un champ, pour qu'aussitôt fleurissent sur ses pas les plus délicates fleurs bleues, du même bleu que sa cape.

Le père Manzanet, dans une de ses expéditions sur les pas du père Alonso, avait été lui-même témoin d'un fait troublant. Un chef indien fort âgé était venu lui demander une pièce d'étoffe bleue pour servir de linceul à sa femme qui venait de mourir. « Pourquoi bleue ? — Parce que c'est la couleur du manteau que portait il y a un certain temps la belle jeune femme venue ici au Texas pour nous parler de Dieu. » Par ailleurs, la « déesse blanche » ne se contentait plus de sauver les âmes des Indiens, elle influait tout autant sur ses compatriotes espagnols. En effet, ceux-ci, recueillant les récits de ses prodiges qui se répandaient partout dans le Nouveau Monde et en Espagne, entraient par centaines, par milliers en religion pour devenir missionnaires et évangéliser l'immense continent nord-américain, en suivant les traces de la « déesse blanche ».

Le père Alonso avait complété la mission qui lui avait été impartie sans qu'il le sache. Il était le seul au monde à avoir connu les deux aspects de sœur María de Ágreda, la missionnaire en Amérique et la révérende abbesse en Aragon. Il était le témoin qui prouvait la véracité du prodige. Son rapport déposé, lui-même disparut dans les arcanes sans fin de l'ordre des franciscains.

Son témoignage fut entendu de ceux qui devaient l'entendre. En particulier, il parvint à un civil tout de noir vêtu, le cou enserré dans un rigide col blanc. Cet homme, réputé pour demeurer toujours impassible, soupçonné de ne jamais s'émouvoir de rien ni de personne, cet homme s'anima au récit des aventures du père Alonso que lui révéla son confesseur. Ses yeux bleus et inexpressifs scintillèrent soudain.

Peu après, ce personnage dut se rendre à Saragosse, en Aragon. La route passait non loin d'Ágreda, il décida de faire le détour. Accompagné d'une modeste escorte, il suivit le chemin que treize ans plus tôt avait emprunté le père Alonso. Il frappa à la porte du couvent des conceptionistes déchaussées et demanda à voir la révérende abbesse. Il ne fut pas conduit au parloir, mais, laissant derrière lui les hommes de son escorte, il fut mené derrière la clôture que seul civil au monde il avait le droit de franchir. Car l'homme en noir était Philippe IV, roi d'Espagne et des Indes, le maître du plus grand Empire du monde.

C'est aussi un homme désespéré qui oublie sa méfiance et sa réserve pour se confier, à peine est-il introduit dans la cellule de María de Ágreda. De partout, les puissances l'attaquent, il n'a plus de troupes, plus de généraux, surtout plus d'argent. Lui qui possède les plus importantes mines d'or du monde n'a plus un maravédis dans ses coffres. Au point que la reine sa femme ne peut se faire servir ses gâteaux préférés parce que le pâtissier de la Cour, qui n'a pas été payé depuis des mois, refuse de les livrer ! De plus, les malheurs domestiques accablent ce roi infortuné. Ses enfants et surtout ses fils meurent l'un après l'autre en bas âge, la plupart du temps de dégénérescence due à trop d'unions consanguines. Il n'a personne à qui laisser ses innombrables couronnes...

Lorsqu'il rejoignit ses hommes, ceux-ci furent surpris de le voir transformé, rajeuni, ragaillardi. Ils l'avaient vu pénétrer derrière la clôture chancelant sous le poids de ses soucis, il en sortait plein d'énergie, d'élan, et presque d'optimisme. María de Ágreda venait d'accomplir encore un miracle ! Elle avait rendu sa dynamique à son souverain.

Sa visite devait porter ses fruits car il entreprit avec la révérende abbesse une correspondance assidue. Il s'épanchait dans de longues lettres qu'il signait selon le protocole : « Moi, le Roi ». Il racontait ses soucis, ses anxiétés, ses peurs. En réponse, María lui donnait chaque fois le courage de remonter la pente. Elle parvenait à offrir la sérénité à cet homme assiégé nuit et jour par des désastres. Ils ne se revirent jamais, mais leur correspondance s'étendit sur vingt-trois ans et ne s'arrêta que lorsque l'un et l'autre moururent, à quelques semaines de distance.

Entre-temps, la protection royale que María de Ágreda avait gagnée lui était devenue indispensable. Depuis des années, elle ne visitait plus le Nouveau Monde. Elle y avait achevé sa mission, remplacée par les milliers de missionnaires qu'elle avait inspirés. Désormais, elle avait mieux : la Vierge Marie lui apparaissait régulièrement et lui parlait. Elle lui dictait un ouvrage qui était le récit de sa vie, en quelque sorte l'autobiographie de la Mère de Dieu.

María de Ágreda publia sous le titre *La Mystique Cité de Dieu* un livre fascinant, unique en son genre, troublant, choquant, infiniment révélateur, extrêmement inspirant. Aussitôt l'Inquisition s'émut. La révérende abbesse fut convoquée, interrogée, ce qui généralement conduisait directement au bûcher. Mais l'intervention du roi arrêta les poursuites. Des siècles durant, l'ensemble des Églises catholiques allait hurler contre *La Mystique Cité de Dieu*, Bossuet et l'Église de France en tête. Cependant, le livre traversa indemne le temps et les attaques...

María de Ágreda pouvait s'éteindre et rejoindre enfin Dieu. Après avoir révélé son envergure en évangélisant les Indiens d'Amérique du Nord sans bouger de sa cellule, elle avait concrétisé son legs à l'humanité en laissant derrière elle un des ouvrages les plus importants de l'Histoire.

Élisabeth et Ludwig
ou les Cousins maudits

« CE n'était pas un rêve. Non, en vérité, ça n'en était pas un. Je m'étais couchée et je n'arrivais pas à trouver le sommeil, bien que ma chambre fût plongée dans l'obscurité et qu'au-dehors dans le jardin tout fût calme et silencieux...

« Alors que je restais étendue pendant ces heures solitaires, des pensées, des images, des souvenirs m'assaillaient. Et soudain, au milieu de ce va-et-vient involontaire dans ma tête, je crus entendre le monotone goutte-à-goutte de l'eau. Il doit pleuvoir, me dis-je – ce qui n'est jamais étonnant en ces lieux et en cette saison –, et les gouttes de pluie tombent sur des feuilles mortes sous ma fenêtre. C'est cela que j'entends. Ainsi rassurée, je ne fis plus attention au bruit. Jusqu'à ce qu'il soit remplacé par un autre bruit, tout aussi reconnaissable : celui que font les vaguelettes lorsqu'elles viennent mourir sur le rivage.

« Ce son, je l'avais entendu si souvent lors de mes promenades à cheval quand je longeais le lac... Ce son aimable, rassurant, des vaguelettes se poursuivit. Petit à petit, il parut venir non pas de dehors, non pas du lac, mais de l'intérieur même de ma chambre. Et le son grandissait, comme s'il se rapprochait de moi. J'avais l'impression que les vaguelettes étaient là, autour de moi. Brusquement je commençai à éprouver la sensation de me noyer... je hoquetais, je suffoquais, je me débattais pour trouver de l'air. Je ne rêvais pas, je le répète, j'entendais l'eau et je sentais qu'elle remplissait inexorablement mes poumons… Puis, au bout d'un moment, la sensation de l'eau, le bruit, cessèrent. Ma terreur était passée. Non sans effort, je parvins à m'asseoir dans mon lit et à respirer calmement.

« Entre-temps, la lune s'était levée. Dehors, le temps était serein, il n'avait pas plu. La luminosité de cette nuit de pleine lune entrait à flots par ma fenêtre dont je n'avais pas tiré les rideaux lorsque je vis la poignée de la porte tourner et le battant s'ouvrir lentement, très lentement. Alors, il entra. Tout de suite, je remarquai que ses vêtements étaient lourdement mouillés, au point qu'il laissait derrière lui de larges flaques. Ses cheveux étaient collés par l'eau sur son visage blafard. Mais c'était bien Ludwig. Il est parvenu au pied de mon lit et nous nous sommes regardés en silence pendant un long moment. »

Lui, Ludwig, c'était Louis II roi de Bavière. Elle, c'était Élisabeth de Bavière, impératrice d'Autriche, la fameuse « Sissi ».

Cousins germains, ils s'adoraient depuis l'enfance. Bien qu'elle eût huit ans de plus que lui, un lien indéfectible, trop profond, trop subtil pour être analysé, les attachait l'un à l'autre. Un lien qui se situait en deçà de l'amitié, de l'affection ou de l'amour. Un lien qui avait beaucoup à voir avec l'atavisme. Tous deux étaient incroyablement beaux et profondément romantiques. Tous deux étaient épris de sublime et poursuivaient d'inaccessibles idéaux. L'un et l'autre fuyaient le matérialisme, le réalisme terre à terre du monde qui les entourait.

Ils avaient, très jeunes, atteint une position étincelante : Ludwig était devenu roi de Bavière à dix-neuf ans, à la mort de son père. Élisabeth était devenue impératrice d'Autriche, reine de Hongrie et de Bohême, à dix-sept ans en épousant l'empereur François-Joseph. Les multiples couronnes qu'elle avait reçues lors de son mariage et que le monde entier lui enviait ne l'avaient pas rendue heureuse. Elle avait trouvé un mari qui certes l'aimait, mais dénué d'imagination, étroit d'esprit, jaloux de ses prérogatives, obnubilé par son travail. Quant à sa redoutable belle-mère, l'archiduchesse Sophie, qui la rabrouait sans

118

cesse, elle lui avait carrément volé ses enfants dès leur naissance pour les éduquer à sa façon. De plus, régnaient à la Cour le conformisme le plus restrictif et un protocole redoutablement astreignant. Isolée, tenue en suspicion, Élisabeth n'avait trouvé son salut que dans la fuite. Elle s'était mise à voyager de plus en plus longtemps, de plus en plus loin. Ici ou là, elle louait des châteaux, des villas pour des séjours de plusieurs mois. Elle sillonnait les mers à bord de son yacht, s'arrêtant de port en port pour repartir aussitôt, car cet exil volontaire ne la satisfaisait pas non plus. Sa course n'avait pas de terme.

Un jour pourtant, elle crut arriver à bon port. Ce matin-là, le roi de Grèce Georges Ier, qui résidait dans son palais d'été sur l'île de Corfou, reçut un modeste pêcheur qui avait demandé audience à cor et à cri.

— Sire, s'écria-t-il en entrant dans le bureau, je viens vous déclarer que ce matin à l'aube j'ai vu la Sainte Vierge !

— Ah bon ? répliqua le roi sans s'émouvoir. Décrivez-la-moi.

— J'étais en train de pêcher dans ma petite barque lorsque est passé non loin un immense bateau blanc qui glissait sur la mer sans faire le moindre bruit. Je n'ai vu personne à bord sauf, sur le pont supérieur, une femme merveilleusement belle, toute de noir vêtue, qui avait laissé dénoués ses cheveux. Ils étaient si longs qu'ils tombaient jusqu'à terre...

— Vous vous êtes trompé, mon bon ami, vous n'avez pas vu la Sainte Vierge mais tout simplement l'impératrice Élisabeth d'Autriche.

Sur cette île de légende, Sissi dénicha un terrain de rêve, planté d'oliviers, de cyprès et d'orangers. Elle y bâtit un palais de marbre blanc, l'*Achilléion*, et crut avoir trouvé le refuge idéal. Mais elle y revint chaque année sans pour cela être plus heureuse. La famille impériale, la Cour avaient beau murmurer contre ses longues absences, dans l'existence insolite qu'elle avait choisi de mener, si peu conforme à son rang, elle gardait une telle tenue, une telle dignité qu'elle arrêtait reproches et critiques.

Il n'en était pas de même pour son cousin Ludwig. Elle et lui restaient en contact étroit. Ils correspondaient sans cesse, se rencontraient souvent en Bavière ou en Autriche. L'intensité de ses sentiments pour lui n'empêchait pas Élisabeth de garder un œil critique. Il lui arrivait de le désapprouver. Et surtout, elle s'inquiétait.

Lorsqu'il était monté sur le trône, le peuple l'idolâtrait littéralement. Puis les Bavarois avaient déchanté : le roi négligeait ses devoirs, esquivait le travail. Il s'isolait, ne voulait voir personne, un peu comme sa cousine mais avec des conséquences autrement graves. Ses ministres et ses collaborateurs restaient parfois des semaines entières sans aucune instruction de lui. Sans compter sa passion affirmée pour Richard Wagner. Grâce à la protection du roi, ce dernier avait pu écrire ses plus beaux opéras, néanmoins le peuple s'était irrité de ce favoritisme qui avait coûté beaucoup aux finances publiques. Enfin, Louis II refusait de se marier et donc de donner un héritier à la Couronne. On remarquait qu'il fuyait les femmes. On parlait tout bas de valets qui prenaient soudain de l'importance, de soldats qui disparaissaient de leur régiment pour réapparaître couverts d'or quelques semaines plus tard.

C'étaient surtout ses châteaux qui exaspéraient l'opinion. Bâtisseur infatigable comme tant de ses ancêtres, Louis II s'était lancé dans la construction ruineuse d'immenses demeures plus somptueuses les unes que les autres et totalement inutiles, sauf pour le plaisir de ses yeux. Le peuple grondait, et Élisabeth trouvait que son cousin dépassait la mesure.

De plus, il se laissait aller. La cinquantaine approchant, Élisabeth gardait une silhouette de jeune fille. À force de régimes et d'exercices, sa beauté restait intacte. Ludwig, à quarante et un ans, avait largement perdu sa sveltesse, et il n'osait plus sourire de peur de montrer les quelques dents noires qui lui restaient. Le bel éphèbe était devenu un triste personnage au regard halluciné. Grandement préoccupée par cette affligeante situation, Élisabeth n'en gardait pas moins pour lui les sentiments exclusifs qu'elle lui portait depuis si longtemps. Mais elle le voyait de moins en moins, d'autant que désormais il la fuyait aussi – peut-être honteux de sa propre décadence et ne voulant pas qu'elle en constate les ravages. Les rumeurs alarmantes se multipliaient, qui remplissaient d'angoisse l'impératrice.

Survint la crise finale. La situation étant devenue intenable, ministres et courtisans décidèrent de rendre le roi incapable de nuire. Ils allèrent trouver son oncle, le prince Léopold. Ils le persuadèrent que si l'on ne destituait pas son neveu et si lui-même n'acceptait pas la régence, c'en était fini de la monarchie. Léopold accepta. Non par ambition personnelle, mais parce qu'il était convaincu que le maintien de son neveu sur le trône conduisait la dynastie à sa perte. Louis II ayant eu vent du complot se retrancha dans son fantastique château de Neuschwanstein.

Il gardait des fidèles. Ceux-ci voulurent organiser une résistance. Alors arrivèrent, sous une pluie diluvienne, les délégués chargés de s'assurer de la personne du roi. Devant les portes résolument fermées du château, ils s'attendirent au pire. Menacés, ils reculèrent, ou plutôt ils fuirent. Quelques jours plus tard, ils revinrent, mais en force. À minuit, ils se présentèrent à Neuschwanstein et investirent silencieusement le château. Las de tout à mourir, Louis II se laissa arrêter et emmener par ceux qui étaient venus le détrôner. À quatre heures du matin, il quitta son château de Neuschwanstein qui allait rester pour la postérité sa plus grande gloire. Il savait qu'il n'y reviendrait jamais.

Le cortège de berlines noires s'enfonça dans la nuit épaisse. Louis II fut mené non loin de là, au petit château de Berg, propriété royale où il avait souvent séjourné, dressé sur les bords du lac Starnberg. La nouvelle se répandit comme un éclair dans tout le pays. En un instant, son impopularité fut oubliée : le peuple se déclara révolté de la façon dont il avait été traité. Les nouveaux maîtres du pays, qui avaient escompté sur la satisfaction des Bavarois de se voir débarrassés d'un roi si coûteux, comprirent qu'il était devenu un martyr et donc une menace permanente pour eux. Le docteur Gudden, l'aliéniste de renom qui avait été chargé de sa surveillance, le traita d'emblée comme un fou dangereux. Louis II se vit soumis à une surveillance constante, au point de ne même pas pouvoir prendre un bain seul! Rien ne semblait justifier ces mesures car il restait parfaitement calme, composé, maître de lui.

Le matin du 13 juin 1886, Louis II se réveilla frais et dispos. Il convoqua le docteur Gudden et l'interrogea longuement sur les causes qui l'avaient amené à le déclarer fou. Le médecin s'en tira comme il put, mais le dialogue avec ce roi intelligent et vif ne tourna vraiment pas à son avantage. Aussi, lorsque, après le déjeuner, Louis II exprima le souhait de faire une promenade dans le parc du château, non seulement Gudden accepta et se proposa pour l'accompagner, mais il refusa toute autre présence, gardes ou infirmiers, qui aurait pu importuner le roi. Celui-ci se fit servir son déjeuner au milieu de l'après-midi. Il mangea et il but énormément, comme à son habitude.

À 18 h 45, le roi et l'aliéniste sortirent pour la promenade promise. Il pleuvait à verse et la nuit tombait déjà. Il faisait froid. Les deux hommes avaient endossé leur manteau et pris des parapluies. Ils empruntèrent le sentier qui menait à la berge du lac. Le dîner royal était prévu à vingt heures, mais, à cette heure-là, le dîneur décime n'était pas revenu. Au château, on commença à s'inquiéter. L'assistant du docteur Gudden envoya les gendarmes de service à leur recherche : ils ne rencontrèrent personne...

Dès leur retour, tout le personnel du château, alerté, équipé de lanternes, se lança dans les frondaisons du parc sous la pluie battante : de nouveau sans aucun résultat. Soudain, le premier indice apparut : le manteau du roi flottant sur le lac, tout près du rivage. Puis son parapluie et son chapeau. Ensuite, on trouva le chapeau et le parapluie du médecin. On décida donc de fouiller non plus le parc mais le lac. On réquisitionna la barque d'un pêcheur et on rama dans l'obscurité. Très vite, un premier corps fut aperçu, le ventre et la tête enfoncés dans l'eau : c'était le roi Louis II. Quelques mètres plus loin, on découvrit celui du docteur Gudden. Malgré les efforts des assistants médecins pour leur redonner vie, les deux hommes étaient bel et bien morts.

Un des premiers à apprendre la nouvelle fut le comte Eulenbourg, secrétaire à la légation de Prusse. Réveillé par la nouvelle, il emprunta une barque et traversa le lac couvert d'un épais brouillard. En débarquant, il vit clairement les empreintes laissées par le roi. Il remarqua que Louis II s'était dirigé à grands pas vers les eaux profondes du lac, en fait vers sa mort.

Eulenbourg trouva le petit château de Berg baignant dans un calme sinistre. Dans les couloirs se tenaient les laquais tels des « cadavres pétrifiés ». Il s'inclina devant la dépouille du roi. Il remarqua qu'il avait « un sourire fou sur ses lèvres pâles » et que ses boucles noires retombaient sur son front. Quant au docteur Gudden, il gardait au visage une expression d'énergie farouche. Le comte Eulenbourg distingua parfaitement une cicatrice sur le front de l'aliéniste et « les marques terribles de strangulation sur son cou épais ».

À Munich, le gouvernement immédiatement mis au courant produisit au plus vite la version officielle des faits : le roi était entré dans l'eau avec l'intention de se suicider en se noyant, le docteur Gudden avait tenté de l'arrêter, une lutte s'en était suivie au cours de laquelle le médecin était mort, ensuite le roi s'était jeté dans l'eau glacée.

Que s'était-il réellement passé ? Depuis cette époque jusqu'à nos jours, d'innombrables chercheurs et historiens ont tenté de percer le mystère, sans succès. Louis II aurait-il étranglé son aliéniste comme le laissaient croire les marques sur le cou de ce dernier remarquées par le comte Eulenbourg et les enquêteurs ? Le roi avait-il tenté alors de s'enfuir à la nage, mais, affaibli par ses excès, alourdi par son poids, avait-il succombé à une crise cardiaque ? Il fut prouvé que, bien que trouvé dans l'eau, il n'était pas mort de noyade.

Louis II fut-il assassiné ? Avec l'immense popularité qu'il avait reconquise et la réprobation unanime que suscitait son détrônement, il restait infiniment encombrant. Dans ce cas-là, quel aurait été le rôle du docteur Gudden : complice de l'assassinat, ou victime ? Assassiné parce que témoin devenu trop sympathique à Louis II ? Y eut-il complot pour faire échapper le roi de sa prison ?

Très rapidement, on murmura que, la nuit fatale, la cousine bien-aimée de Louis II, l'impératrice Élisabeth, se trouvait de l'autre côté du lac, en son château familial de Possenhofen. Indignée par le traitement réservé au roi, elle aurait organisé sa fuite et aurait attendu toute la nuit sur la rive l'arrivée de la barque portant le roi rescapé. En ce cas, pourquoi la tentative avait-elle échoué ? Élisabeth se sentit affectée jusqu'au fond d'elle-même par le sort de son cousin. Avec cette sensibilité toute particulière qui l'unissait à lui, elle revivait intensément sa déchéance, son arrestation, son internement, sa dernière promenade. « Ludwig n'était pas fou, répétait-elle, il était seulement original, perdu dans ses rêves. Si on l'avait traité avec plus de ménagement, une fin aussi tragique aurait pu lui être évitée. »

Elle n'eut pas le courage d'aller s'incliner sur sa dépouille mortelle. Elle envoya simplement des fleurs. Le cadavre ramené à Munich fut exposé dans la chapelle du palais royal, la *Residenz*. Revêtu de son uniforme de gala, il portait toutes ses décorations enchâssées de diamants, ses mains inertes pressant le modeste bouquet de jasmin envoyé par Élisabeth.

Dans son immense souffrance, Élisabeth eut encore plus besoin de quelqu'un auprès de qui s'épancher. Elle se tourna vers sa nièce Marie, la comtesse Larich. C'était la fille de son frère, le duc Charles-Louis de Bavière, et d'une demoiselle Mendel épousée par amour – d'où mariage morganatique, d'où exclusion du titre royal pour la fille Marie, d'où chez celle-ci des complexes et une volonté de revanche. Marie était la fille d'un duc royal, la nièce d'une impératrice, et elle n'avait eu droit qu'au titre de comtesse. Marie Larich était intrigante et perfide. Élisabeth le savait, mais elle avait pitié de sa nièce qui souffrait de sa position ambiguë, et elle avait besoin de parler.

Marie Larich était aussi indiscrète, grâce à quoi nous est parvenu le récit de l'apparition de Louis II à sa cousine. Car tout ce que sa tante lui racontait sous le sceau du secret, elle s'empressait de le répéter dans son journal, pour l'écrire plus tard dans ses mémoires.

Après la mort de Louis II, Élisabeth s'était sentie invinciblement attirée par les lieux où s'était déroulée la tragédie, comme si Louis II l'y rappelait. Elle croyait en effet à la survie de l'âme, à la communication avec l'au-delà. Pour elle, son cousin adoré n'était pas tout à fait mort. Aussi, à la première occasion, était-elle revenue sur les bords du lac Starnberg où il avait trouvé sa fin. Elle logea, comme elle l'avait peut-être fait pendant la nuit fatale, à Possenhofen. C'était le château de ses parents où elle-même avait été élevée avec ses frères et sœurs.

Le gros manoir appartenant à une famille impécunieuse n'avait rien de luxueux, mais Élisabeth y retrouvait les éléments familiers et rassurants de ses premières années. Dans sa simplicité et son inconfort, elle le préférait aux palais impériaux qui l'attendaient toujours et où elle ne séjournait pratiquement jamais. À Possenhofen, elle exigea de loger dans sa chambre de jeune fille. Située au second étage, basse de plafond, encombrée de gros meubles bavarois peints de couleurs vives, elle donnait sur le lac Starnberg et l'on pouvait apercevoir, se dressant sur l'autre rive au milieu des arbres, les tourelles du château de Berg. Dès la première nuit qu'elle avait passée à Possenhofen, le fantôme de Louis II lui était apparu, comme elle l'avait conté à Marie Larich :

« … Il est parvenu jusqu'au pied de mon lit et nous nous sommes longuement regardés l'un l'autre. Lentement, d'une voix triste, je l'ai entendu me demander :

« — Sissi, as-tu peur de moi ?

« — Non, Ludwig, je n'ai pas peur.

« — Quant à moi, soupira-t-il, je ne suis pas heureux là où je suis. La mort ne m'a pas amené la paix. Sissi, écoute-moi bien : elle brûle dans les tourments, les flammes l'encerclent, la fumée la suffoque ; elle brûle et je suis impuissant à la sauver…

« — Mais de qui parles-tu, cher cousin ?

« — Je ne sais pas, parce que son visage est caché. Mais je sais que c'est une femme qui m'a aimé, et jusqu'à ce que son destin soit rempli, je ne serai pas libre. Ensuite, tu te joindras à nous, et tous les trois ensemble nous serons heureux dans le paradis.

« — Que veux-tu dire, Ludwig ? Quand donc te suivrai-je ?

« — Je ne peux pas te dire quand, car dans la dimension des âmes qui sont encore liées à la terre comme la mienne, le temps n'a pas de place.

« — Par quel chemin te rejoindrai-je ? Sera-ce le chemin d'une douloureuse vieillesse tissée de regrets et de souvenirs ?

« — Non, Sissi, tu répandras beaucoup de larmes, tu feras l'expérience et des regrets et des souvenirs avant que tu viennes à nous. Mais ton déplacement sera soudain et tu n'en recevras d'avance aucun avertissement.

« — Souffrirai-je ?

« — Non, répondit-il en souriant, tu ne souffriras pas.

« — Comment saurai-je, en me réveillant demain matin, que je ne suis pas en train de rêver en ce moment ?

« Ludwig s'est lentement approché. Il était tout à côté de moi, et brutalement le froid de la mort et du tombeau m'a saisie. "Donne-moi ta main", m'intima-t-il. Je tendis ma main et ses doigts mouillés serrèrent les miens. À ce moment, je ne ressentis pour lui qu'une infinie pitié. "Reste ! le suppliai-je. Ne quitte pas l'amie qui t'aime pour retourner à tes souffrances. Ô Ludwig, prie donc avec moi pour que nous connaissions la paix !"

« Mais alors même que je parlais, son image s'estompa, puis disparut. Et de nouveau j'entendis le son du goutte-à-goutte d'une eau invisible, auquel succéda celui des vaguelettes mourant sur le rivage. Bien que jusque-là je n'aie pas eu peur, ce fut à cet instant que la panique m'envahit. Car je sentais que j'étais très proche de ces âmes errantes qui de l'au-delà tendent l'ombre de leurs bras vers nous et cherchent leur consolation chez les vivants. Ensuite, je tombai dans l'inconscience et je dus dormir. Lorsque je m'éveillai, l'aube colorait les cieux, mais je savais, dès ce moment, comme je le sais maintenant, que j'avais vraiment vu Ludwig et que je lui avais réellement parlé. »

Marie Larich lui demanda qui pouvait être cette femme qui brûlait, évoquée par le fantôme de Ludwig. Tante Sissi répondit qu'elle n'en avait pas la moindre idée. Malgré son cynisme habituel, Marie resta profondément troublée car elle eut la conviction qu'Élisabeth n'avait pas inventé. Or, si elle avait dit vrai, si elle avait vraiment entendu ce que Louis II lui avait confié, alors s'ouvraient, sur le passé comme sur le futur, des perspectives à la fois lumineuses et terrifiantes.

Élisabeth, elle, était repartie dans ses sombres songeries...

Une dizaine d'années s'écoula. Les épreuves accablèrent Élisabeth, dont la plus effroyable fut la mort tragique de son unique fils Rodolphe. Il avait été retrouvé dans le pavillon de chasse de Mayerling, tué d'une balle dans la tête, avec à ses côtés – elle aussi morte de la même façon – sa dernière maîtresse, une toute jeune fille, Maria Vetsera.

On avait parlé d'un double suicide, et il avait fallu calmer l'Église afin qu'elle autorise un enterrement religieux. On avait aussi pensé à un meurtre politique, à la suite d'un complot qu'aurait monté Rodolphe contre son propre père, François-Joseph. Pis encore, on avait fait allusion à une névrose, un déséquilibre héréditaire chez Rodolphe. Maladie de l'esprit que seule sa mère avait pu lui transmettre, car c'était en ses veines à elle que coulait le sang de la folie. On avait essayé d'étouffer l'affaire, avec pour seul résultat de rendre encore plus extravagantes les rumeurs qui couraient à travers toute l'Europe. Énorme avait été le scandale, ineffaçable, la honte pour la Maison d'Autriche... et inexorable la douleur d'une mère, encore alourdie par un sentiment de culpabilité qu'aucune justification ne diminuait.

Les sœurs d'Élisabeth, auxquelles elle était très attachée, elles aussi lui avaient causé du chagrin. L'aînée, Hélène, était morte prématurément d'une brusque maladie. Marie, la reine de Naples, avait perdu son royaume après une lutte épique à laquelle elle-même avait pris part et végétait désormais en exil. Mathilde avait vu son mari, le comte de Trani, se suicider en se jetant par la fenêtre.

Seule sa sœur cadette, Sophie, était en mesure de la réconforter. Et pourtant, elle avait mal commencé dans la vie, car elle aussi avait connu le malheur et les larmes. Au début de son règne, ce même Louis II, le bien-aimé Ludwig, s'était fiancé avec elle. Tout le monde, à commencer par Élisabeth, s'était réjoui de le voir prendre le bon chemin. Pour Élisabeth, c'était un lien de plus avec lui, et elle était certaine que Sophie saurait le rendre heureux.

Puis Ludwig était devenu de plus en plus vague à propos du mariage. Il avait espacé ses rencontres, s'était enfermé dans ses châteaux fantastiques et avait remis plusieurs fois la cérémonie. Finalement, il avait rompu ses fiançailles sans donner d'explications. Sophie avait beaucoup pleuré, et Élisabeth s'était fâchée contre Ludwig. Plus tard, Sophie avait retrouvé l'équilibre et peut-être le bonheur en épousant un prince français, Ferdinand d'Orléans, duc d'Alençon. Il n'avait pas l'imagination ni la dimension poétique d'un Louis II, mais il était beau, il était bon, il avait donné à Sophie une vie de famille équilibrée et de beaux enfants.

De loin, Élisabeth suivait avec attention la destinée de sa cadette. Sa beauté (à cinquante ans, elle la gardait intacte, comme sa sœur Élisabeth à soixante ans – ces sœurs de Bavière ne vieillissaient jamais...), son intelligence, sa culture faisaient de Sophie un personnage très demandé dans la société parisienne, particulièrement pour les fêtes de charité où sa présence attirait une nombreuse et riche clientèle. C'est ainsi que, parmi d'autres sollicitations, elle fut invitée à présider un Bazar, sorte de foire où l'on vendait un peu de tout au profit des pauvres. Une construction provisoire en bois de sapin et toile goudronnée avait été édifiée sur un terrain vague de la rue Jean-Goujon, dans le 8e arrondissement à Paris. L'intérieur, recouvert d'un velum léger, reproduisait une rue du vieux Paris avec ses boutiques.

En ce bel après-midi, tous les grands noms de l'aristocratie et de l'argent se pressaient au Bazar de la Charité. Les femmes avaient fait assaut d'élégance et les hommes de générosité. On achetait sans compter. On se restaurait aux buffets somptueusement garnis. On papotait dans un brouhaha grandissant. La fête battait son plein, les pavillons et les allées qui les séparaient étaient combles. La belle duchesse d'Alençon se dépensait infatigablement, saluant, souriant, encourageant, exerçant avec sa grâce habituelle et sa patience son métier de princesse royale.

Soudain, une flamme jaillit du pavillon où était installée la récente invention du cinématographe. Le feu, en quelques instants, embrasa les parois, se répandit dans les pavillons voisins, courant comme l'éclair sur le bois et la toile. Tout aussi vite, la panique fut générale. Les gens hurlaient, se bousculaient, s'écrasaient aux portes, se piétinaient. Les jeunes renversaient les vieux, les hommes écartaient les femmes à coups de poing et de pied. Ces personnages si huppés, si civilisés, s'étaient transformés en bêtes affolées par les flammes, renversant tout sur leur passage.

Le duc d'Alençon se trouvait en dehors du Bazar. Défaillant d'inquiétude pour sa femme, il essaya de pénétrer dans les bâtiments en feu, mais on lui dit que la duchesse avait réussi à sortir et qu'elle était saine et sauve. C'était faux ! La duchesse était restée à l'intérieur et, refusant de céder à la panique, elle consolait ceux qui n'avaient pu sortir, et elle priait avec eux. Tel le capitaine qui abandonne le dernier son navire, elle voulait montrer l'exemple. Les rares survivants vanteront son héroïsme et son calme. Elle semblait transfigurée par le sacrifice de sa personne, qu'elle offrait à Dieu.

Minées par les flammes, la toiture, les parois fragiles s'effondrèrent avec fracas. Bientôt, au milieu des braises et des nuages de fumée, il ne resta plus que des tronçons noircis et des corps tellement brûlés qu'ils en étaient méconnaissables. Le duc eut l'atroce tâche d'identifier les restes de sa femme, qu'il reconnut grâce à ses bagues.

Le drame du Bazar de la Charité provoqua un sursaut d'horreur dans toute la France, et particulièrement dans la Maison d'Orléans. L'oncle du duc d'Alençon, Henri d'Orléans, duc d'Aumale, mourut d'un arrêt du cœur en recevant le télégramme lui annonçant la mort tragique de sa nièce Sophie. Il venait de lire la lettre qu'elle lui avait envoyée quelques jours plus tôt.

Mais le choc le plus profond, ce fut l'impératrice Élisabeth qui le ressentit. Déjà, la mort effroyable de sa sœur chérie l'avait frappée d'horreur, mais surtout elle se souvint des paroles du fantôme de Louis II : « Sissi, elle brûle dans les tourments, les flammes l'encerclent, la fumée la suffoque ; elle brûle et je suis impuissant à la sauver. — Mais de qui parles-tu, cher cousin ? — Je ne sais pas, parce que son visage est caché. Mais je sais que c'est une femme qui m'a aimé… » Dorénavant, Élisabeth savait de qui il s'agissait : c'était sa propre sœur qui brûlait dans la vision de Louis II.

Marie Larich se trouvait de nouveau là pour recueillir les confidences de sa tante. Celle-ci ne se trompa pas sur la signification de cette nouvelle tragédie.

« La prédiction de Ludwig s'est donc réalisée. Ma sœur, la femme qui l'avait aimé, est morte brûlée. Le reste de sa prédiction va donc se réaliser aussi. Comme il me l'a annoncé, je vais les suivre, lui et Sophie, dans la mort. Lorsque je lui ai demandé quand elle aurait lieu, il m'a répondu qu'il ne pouvait le savoir. Mais je te le dis, Marie, je sais que ce sera très bientôt. Je dois donc me préparer dès maintenant. Il m'a annoncé que je ne connaîtrais pas de vieillesse pleine de regrets et de souvenirs, tant mieux. Il m'a annoncé que je ne souffrirais pas, très bien. Il m'a annoncé que la mort viendrait brusquement, sans prévenir. À la grâce de Dieu ! »

Un peu plus d'un an s'était écoulé. En ce début d'automne 1898, la comtesse Dobrzensky[1] n'est pas contente. Ses roses, sa passion, font l'orgueil de son jardin en Suisse. Cet été, la floraison s'est révélée plus riche que jamais, transformant ses terrasses en un kaléidoscope de parfums et de tons délicats. Or, quelques jours plus tôt, elle a surpris son aide-jardinier, un

---

1. Grand-mère maternelle de la comtesse de Paris, qui raconta l'anecdote suivante.

jeune Italien nommé Luccheni qu'elle avait dû engager sans le connaître au dernier moment, en train de couper sauvagement la tête des roses alors qu'il ne se croyait pas observé. Il agissait par pur sadisme, pour la seule satisfaction de détruire ce qui est beau. En tuant les fleurs, il avait – remarqua la comtesse Dobrzensky – un sourire d'une infinie cruauté. Elle le chassa sur l'heure. Ce qui ne l'apaisa pas. « Je ne suis pas tranquille, répétait-elle à sa famille. Pour commettre ce qu'il a fait, ce garçon doit avoir l'âme d'un assassin. »

Ce même 10 septembre, l'impératrice Élisabeth résidait à l'hôtel Beau Rivage, à Genève, où l'avaient conduite ses errances. Elle avait passé la matinée à faire des courses, à acheter des cadeaux pour ses petits-enfants. Bien entendu, aucun garde du corps, aucun policier de la Secrète ne l'accompagnait, elle avait interdit depuis longtemps toute protection. Elle n'était accompagnée que de sa dame d'honneur hongroise, la comtesse Sztaray.

— Nous marchions lentement sur le quai du Mont-Blanc, rappelle cette dernière. Sa Majesté profitait du soleil et s'enthousiasmait pour la vie colorée qu'elle découvrait dans les rues. Personnellement, j'étais envahie d'inquiétude. J'attirai son attention sur le fait qu'il était temps de retourner à l'hôtel pour nous préparer à notre expédition.

En effet, la souveraine avait décidé de se rendre à Caux en utilisant les transports en commun, c'est-à-dire le bateau à vapeur.

À 13 h 35, Élisabeth quitta l'hôtel. Grande marcheuse, elle se rendit à pied au port. Alors qu'elle avait atteint le quai et qu'elle s'avançait vers le bateau, un homme jeune s'approcha d'elle, lui donna un coup de poing dans la poitrine, puis s'enfuit. Tout cela se passa si rapidement que personne n'eut le temps de réagir. D'ailleurs, Élisabeth ne semblait pas autrement émue, puisqu'elle continua à marcher comme si de rien n'était.

Elle atteignit le navire et franchit la passerelle d'un pas ferme. Arrivée sur le pont, elle resta debout, contemplant l'admirable paysage qui se déroulait autour d'elle. Le navire avait déjà levé l'ancre et s'éloignait du rivage lorsqu'elle sembla tournoyer sur elle-même avant de s'effondrer. Certainement un malaise dû à la chaleur, se dit-on autour d'elle. La comtesse Sztaray se précipita pour soutenir l'impératrice. Afin de lui permettre de respirer, elle déboutonna sa veste. Ce fut alors qu'avec horreur elle découvrit une petite tache de sang sur sa chemise, à l'endroit du cœur.

Le capitaine donna aussitôt l'ordre de faire demi-tour. Arrivée à quai, l'impératrice fut transportée à l'hôtel. Les médecins alertés firent tout ce qu'ils pouvaient pour la sauver. Sans succès.

La police s'activa. L'arme fut très vite retrouvée près du lieu du crime : un poignard très fin, très effilé, coupant comme un rasoir. Il était si fin que par un extraordinaire phénomène médical, l'impératrice frappée au cœur n'avait tout d'abord rien senti, ce qui lui avait permis de continuer à marcher et de rester debout quelques minutes encore.

Les policiers ne tardèrent pas à arrêter l'assassin : c'était ce même Luccheni, le jardinier qui coupait les roses de la comtesse Dobrzensky. Il se disait anarchiste. Il était décidé à tuer un représentant de l'aristocratie, monde détesté qu'il voulait anéantir. Il était venu à Genève parce qu'il avait lu dans la presse qu'un prince d'Orléans devait s'y rendre, mais il n'avait pas trouvé sa victime. En revanche, le journal lui avait annoncé l'arrivée en ville de l'impératrice d'Autriche. À défaut d'un prince, ce serait elle qui paierait pour les autres ! Après s'être exercé sur les roses de la comtesse Dobrzensky, il avait réussi à tuer la fleur la plus belle, la plus rare et la plus précieuse.

Élisabeth, comme le lui avait annoncé son cousin Ludwig, n'avait pas tardé à suivre sa sœur Sophie dans la mort. Les trois cousins s'étaient rejoints dans l'au-delà. Peut-être alors le dernier volet de la prédiction de Louis II s'était-il réalisé : «Ensuite, tu te joindras à nous, et tous les trois ensemble nous serons heureux dans le paradis.»

La Diabolique Lady Ferrers

E N ce matin de décembre 1970, Andrew Perry rumine son étrange découverte, plus perplexe que furieux. Dehors, le temps froid, gris, la bise aigre qui souffle dans cette région au nord de Londres ne sont pas pour le mettre de meilleure humeur. Malgré l'heure matinale, il a déjà avalé une bière, rapidement, sans y prendre plaisir. Car son premier instinct, après le choc qu'il a subi, a été d'aller dans son pub préféré, le *Diabolic Lady*. Il y a ses habitudes et il est intime du patron, Douglas Dalton. Les deux hommes sont de la région et ont toujours habité Markyate.

Le petit village se situe à quelques dizaines de kilomètres de Londres, non loin des autoroutes sillonnées nuit et jour de voitures qui s'élancent vers le nord. Malgré la proximité de cette fiévreuse circulation, Markyate est resté en dehors du temps. L'intense développement immobilier qui se répand dans toutes les directions autour de la capitale n'a pas encore entamé le « no man's land » qui entoure le hameau. Ces étendues de forêts et de prairies bordées de vieux chênes doivent leur nom à une querelle de possession, qui remonte au Moyen Âge, entre l'abbaye de Saint Albans, voisine de Markyate, et celle de Westminster à Londres. Comme le problème n'a jamais pu être réglé, les territoires en litige ont acquis ce nom de *No Man's Land*.

Andrew Perry possède la seule écurie de la région. Il loue

ses chevaux à des vacanciers qui recourent à l'équitation pour explorer les alentours.

— Ça a recommencé cette nuit ! lance-t-il au propriétaire du pub. Exactement la même chose que les fois précédentes...

Douglas Dalton se résigne à entendre le récit d'Andrew, qu'il connaît désormais par cœur, parce que son métier en fait l'oreille du village, mais aussi parce qu'il est fortement troublé par les phénomènes dont la propriété de son ami est devenue le siège.

— Tu sais que j'ai le sommeil léger, insiste Andrew. Pourtant, je n'ai rien entendu. Ce matin, comme d'habitude, je descends à l'écurie, je trouve un box ouvert et un cheval manquant. Toujours le même, le seul cheval noir que je possède. Il fait à peine jour, je sors, je vais dans les prés et je trouve mon cheval sellé et abandonné. Il est couvert d'écume, comme s'il venait d'achever une course haletante. Il paraît tellement épuisé qu'il peut à peine bouger. Cela fait bientôt un mois que le phénomène se reproduit toutes les deux ou trois nuits. Quelqu'un s'introduit dans ma cour, ouvre l'écurie que j'ai pourtant soigneusement fermée à clé, sort toujours le même cheval noir, le selle, le monte, le lance dans des courses insensées dans je ne sais quel but, et l'abandonne à bout de forces à l'aube en plein champ. C'est à ne rien y comprendre. Qui me fait cela et pourquoi ?

Douglas sent Andrew tellement tourmenté qu'il s'enhardit jusqu'à lui glisser à voix basse :

— C'est peut-être Elle ?

Andrew le regarde avec méfiance, et riposte d'un ton sec :

— Je ne crois pas aux fantômes !

Douglas se penche vers lui pour ne pas être entendu des autres clients :

— Je n'y croyais pas trop, aux fantômes, mais moi aussi depuis quelque temps il m'arrive des phénomènes vraiment bizarres, qui sont peut-être liés à ce que tu me racontes... Encore hier soir, après la fermeture du pub, ayant tout rangé et tout vérifié, je suis sorti promener mon chien. Je fais cela tous les soirs depuis des années, je vais dans le *No Man's Land*.

Hier, la nuit était-elle plus obscure que d'habitude ? Je ne sais pas. En tout cas, il n'y avait aucune brume. Soudain, j'ai entendu le galop rapide d'un cheval. Il venait droit sur moi mais je ne voyais rien. J'ai cru être l'objet d'une hallucination, mais à côté de moi mon chien s'était mis à trembler, les poils dressés, fixant devant lui quelque chose que je ne voyais pas, se serrant très fort contre moi.

« Le galop furieux était presque sur moi, le cheval est passé si près que j'aurais pu le toucher. Et pourtant, je n'ai toujours rien vu ! Mon chien, terrorisé, s'est retourné pour suivre des yeux le cheval emballé. Puis, brusquement, il a retrouvé son état naturel. Quant à moi, je me suis demandé ce qui s'était passé. Ce n'est cependant pas la première fois. Depuis quelques semaines, moi aussi j'enregistre le phénomène. Il nous faudrait comparer les dates car je suis certain qu'il se produit les mêmes nuits où ton cheval noir disparaît. »

D'une voix altérée, Andrew lui demande :

— Tu crois vraiment que c'est Elle ?

— Qui d'autre ? Réfléchis : Elle ne montait qu'un cheval noir, c'est dans l'allée où je promène mon chien qu'Elle galopait les nuits sans lune, et c'est devant mon pub qu'Elle a été atteinte...

Andrew refuse encore d'admettre l'inadmissible :

— Tu veux me faire croire qu'une femme morte il y a trois cents ans ouvre mon écurie, selle mon cheval, l'enfourche, galope comme une folle toute la nuit, passe à côté de toi sans que tu la voies et terrorise ton chien ?

— Il n'y a pas qu'à toi et à moi qu'Elle se soit manifestée, réplique Douglas. Ils sont nombreux ceux qui l'ont vue, du temps de nos grands-parents, de nos parents et même de notre temps... Nombreux, qui l'ont entendue passer à côté d'eux dans son galop infernal, qui l'ont vue de leurs yeux dans le parc de son ancien château.

Le scepticisme d'Andrew est visiblement ébranlé, et son ami en profite :

— Lorsque le vieux château a brûlé, il y a un peu plus de cent ans, tous les ouvriers venus éteindre l'incendie l'ont vue qui regardait les flammes. Certains affirment même que c'est Elle qui a mis le feu à son ancienne demeure...

Les deux hommes n'ont pas remarqué qu'un autre client du pub s'était approché d'eux, un vieux fermier des environs qui vient au village se soûler en cachette de sa femme.

— Ce n'est pas le seul incendie qu'a subi le château, il a brûlé à plusieurs reprises. Ce n'est pas étonnant pour un ancien bien de l'Église... Le savez-vous, jeunes ignorants, à l'origine Markyate était un couvent, victime comme tant d'autres de la dissolution ordonnée par le roi impie Henry VIII, que Dieu le damne ! Or ça n'a jamais porté bonheur à quiconque d'expulser les moines et de les voler pour s'installer à leur place. Le château de Markyate porte malheur à ceux qui l'occupent. La meilleure preuve, c'est bien Elle.

Catherine Ferrers, lady Catherine Ferrers, avait dix-huit ans à peine lorsque, en ce milieu du XVIIe siècle, elle se réinstalla dans sa propriété de Markyate. Originellement, le château s'était appelé Markyate Cell, pour rappeler les cellules de moines qu'il avait contenues. Mais depuis la suppression des monastères et la confiscation des biens de l'Église, pour faire oublier son passé religieux, on l'avait nommé Markyate Manor. En arrivant, elle avait trouvé le domaine dans un état lamentable. Les branches des vieux chênes qui n'étaient plus émondées obstruaient les allées. Les mauvaises herbes poussaient sur les pelouses et entre les pierres des terrasses. Beaucoup de carreaux des fenêtres étaient cassés. Quant à l'intérieur, tout y était poussiéreux et vermoulu. Seuls quelques domestiques assez vieux pour avoir connu son grand-père, sir George, l'habitaient. Leur compagnie devait pourtant lui suffire. Car Catherine Ferrers était seule au monde. Elle ne parut pas rebutée par l'isolement du château ni par la sauvagerie de la région. Au contraire. Elle refusa d'aller à Londres ou même à Saint Albans, la ville la plus proche, se divertir. Elle ne répondit pas aux rares invitations qu'elle reçut. Elle vivait en recluse et paraissait satisfaite.

Markyate Manor et son domaine étaient tout ce qui lui

restait de sa vaste fortune. Ce bien, elle était décidée à le consolider. En premier lieu, il fallait que fermiers, paysans et ouvriers sachent que le maître y était revenu, même en la personne d'une jeune femme. Elle examina soigneusement les comptes, relut minutieusement les contrats, calcula les fermages en retard de paiement, puis elle rendit visite à tous les habitants du domaine, jusqu'aux locataires du plus humble cottage, pour affirmer sa présence.

Elle visita en dernier, parce que c'était la plus éloignée, la ferme qu'elle louait à un certain Ralph Chaplin. Elle remarqua avec plaisir qu'il entretenait bien son jardin, car en ce printemps il avait réussi à obtenir une extraordinaire floraison de roses aux teintes les plus rares.

Pour mieux voir ce qu'on essaierait de lui cacher, elle n'annonçait jamais sa venue. Elle descendit de son cheval – elle montait depuis l'enfance à la perfection –, l'attacha à un pommier et frappa à la porte. L'homme qui lui ouvrit n'avait en rien l'air d'un paysan. Jeune, peut-être trente-cinq ans, fin mais vigoureux, le visage allongé, le nez très droit, le teint pâle, les yeux bleus perçants, le sourire engageant, il avait un noble physique. Ce fut d'ailleurs avec la courtoisie d'un gentilhomme qu'il l'invita à entrer.

Elle fut frappée par l'intérieur de la ferme : des meubles, peut-être pas de grand prix mais certainement de qualité, des portraits, sans aucun doute de famille, ornaient la grande salle. Pendant qu'elle détaillait le décor, Ralph Chaplin l'examinait franchement. D'ailleurs elle le laissait faire. Elle était menue mais bien bâtie, avec de longs cheveux noirs, des yeux bleus si sombres qu'ils semblaient eux aussi noirs.

Elle enleva sa cape ornée de fermoirs ornementés et s'installa avec autorité dans un fauteuil. Ralph Chaplin lui offrit un verre – ce qui était courant entre fermiers et paysans mais peu habituel chez les dames de l'aristocratie. Elle accepta avec un visible plaisir et avala non pas un verre mais plusieurs – il faut dire qu'il ne lui servait pas la piquette locale mais un cru qu'on ne trouvait qu'à Londres, nouveau raffinement qui ne fut pas sans la surprendre.

Ralph Chaplin ne s'assit et ne se servit un verre que lorsqu'elle l'en pria. Sous cette évidente courtoisie, elle devinait
cependant une audace que rien n'arrêtait et que trahissaient le
sourire carnassier qui ne le quittait pas ainsi que les regards
qu'il posait sur elle. Elle l'interrogea sur sa famille, son passé.
Il était issu de la petite noblesse ruinée par la récente guerre
civile. Lui-même, adolescent, avait bourlingué, chassé d'ici ou
là, séparé de sa famille dont il ne savait plus rien. Il avait eu
besoin de gagner sa vie. Il connaissait la terre pour l'avoir vu
travailler dans sa petite enfance, il se fit donc fermier.

Catherine Ferrers constata sans s'en étonner qu'elle et lui
parlaient le même langage, comme des égaux et non pas
comme la propriétaire d'un domaine et l'un de ses employés.
La preuve, il osa ce qu'aucun autre de ses fermiers n'aurait osé :
il l'interrogea.

— Pourquoi, Milady, êtes-vous venue vous installer ici toute
seule ?

— Mon père, sir Knighton Ferrers, adorait Markyate,
comme son propre père, mon grand-père sir George. Un jour,
il épousa une belle et riche héritière, lady Catherine Walters.
Bientôt elle tomba enceinte de moi. Deux semaines avant ma
naissance, mon père mourut d'une brusque maladie. Mon
grand-père le suivit de peu dans la tombe. À peine née, j'étais
devenue l'unique héritière de la fortune des Ferrers.

« Ma mère ne voulait pas rester à Markyate Manor, trop
marqué par le chagrin et le deuil. Elle partit vivre avec moi au
nord, dans le domaine de sa propre famille. Très vite, elle
oublia mon père pour s'éprendre d'un séducteur, sir Simon
Fanshawe. Elle ignorait qu'il s'agissait d'un coureur de dot...
Il n'eut rien de plus pressé que de l'épouser. Dès le mariage
célébré, il se mit à dissiper la fortune de ma mère. Et comme
il avait des goûts particulièrement dispendieux, il y arriva en
un temps record. Il avait ruiné ma mère, mais il était décidé à
continuer de mener la belle vie ! Alors il jeta les yeux sur ma
propre fortune, celle des Ferrers.

« Cependant, mes tuteurs veillaient qui l'empêchaient de

toucher à un seul de mes biens. Alors il eut l'idée, ma foi assez ingénieuse, de me marier à Thomas, le fils qu'il avait eu d'un premier mariage. J'avais douze ans, mon fiancé seize. Un prêtre rendu suffisamment complaisant par l'argent nous unit légalement. Ainsi mon beau-père put mettre mon héritage en coupe réglée. Lorsqu'il se fut tout approprié, lui et Thomas nous abandonnèrent, ma mère et moi, pour retourner dans leur Irlande natale. Ma mère, déçue, ruinée, amère, continua de vivoter quelques années dans sa famille. Elle est morte il y a quelques mois. Mon beau-père, dans son empressement à me piller, avait oublié Markyate Manor, ou peut-être considérait-il ce domaine trop peu important pour mettre la main dessus ? Comme je ne voulais pas continuer à dépendre de ma famille maternelle, je suis partie pour revenir ici, chez moi. »

Pendant qu'elle parlait, Ralph Chaplin ne l'avait pas quittée des yeux. Lorsqu'elle se tut, il lui demanda simplement :

— En voulez-vous beaucoup à ceux qui vous ont spoliée ? À ceux qui, en vous offrant l'hospitalité, vous ont sûrement traitée comme une pauvresse à qui on donne l'aumône ?

— J'aimerais bien prendre ma revanche, reconnut lady Ferrers.

— Comme moi, marmonna-t-il.

Cette réponse scella leur destin. Leurs regards se croisèrent, ils s'étaient compris. Puis brusquement, Ralph Chaplin changea. Il devint un autre personnage, léger, amusant. Il raconta les anecdotes les plus plaisantes, osa les plaisanteries les plus salées, il la fit rire. Lorsqu'elle quitta la ferme, lady Catherine Ferrers était décidée à y revenir au plus tôt.

Elle attendit quelques jours avant d'y faire une nouvelle visite, un soir à la brune. Elle avala d'un trait le verre de vin qu'il lui offrit. Sans un mot, il la mena dans sa chambre au vaste plafond, ornée d'un grand lit recouvert d'une pièce de brocart dont la somptuosité étonnait en ces lieux. D'une voix douce, elle le pria de se déshabiller, pendant qu'elle faisait de même. Elle s'étendit sur le lit, il la rejoignit.

Une fois encore, il l'étonna car il lui fit l'amour avec une lenteur étudiée et une science consommée. Grâce à lui, elle découvrit la sensualité et, à ce moment même, sut qu'il serait l'homme de sa vie…

Il lui avait laissé l'impression qu'elle l'avait choisi, alors qu'il avait tout fait pour la séduire sans qu'elle s'en aperçoive. Il sentait qu'après avoir passé des années à croupir au fond d'un puits, il refaisait surface et, grâce à elle, il revoyait la lumière du jour. Il l'aimait parce qu'elle était la plus belle revanche qu'il aurait jamais pu imaginer.

Lorsqu'ils furent rhabillés, elle ne le quitta pas tout de suite. Elle s'attarda dans la salle commune, bavardant avec lui tout en dégustant ensemble une autre bouteille de vin.

À côté de l'amour, une complicité était née entre eux. Ils se revirent, d'abord de temps à autre car les rencontres étaient difficiles à organiser. Elle venait chez lui à la ferme à la tombée du jour, empruntant des sentiers détournés afin de ne rencontrer personne sur la route. Lui-même la rejoignait la nuit au château. Elle s'arrangeait pour laisser une fenêtre du rez-de-chaussée ouverte – elle lui avait indiqué le chemin de sa chambre.

Markyate Manor était un château si ancien, si vaste, si biscornu qu'il recelait encore des surprises pour sa propriétaire. Ainsi un jour lady Catherine découvrit-elle par hasard un escalier secret. Ou plutôt un escalier oublié. Une poterne petite et basse, que personne ne remarquait ni n'utilisait, était percée dans le mur du château adossé à la cour des écuries. La porte usée par le temps restait épaisse et résistante. Le serrurier dut ciseler une nouvelle clé, car l'ancienne était perdue. Derrière la porte, Catherine tomba sur un étroit escalier à vis en pierre qui menait au premier étage. Sur le palier, elle pénétra dans une pièce plutôt exiguë dont la destination lui était inconnue.

À quoi avait-elle bien pu servir ? Pourquoi l'avait-on construite ? Peut-être était-ce un de ces « trous du prêtre », cachettes installées dans beaucoup de châteaux du temps où les catholiques étaient impitoyablement poursuivis par la reine protestante, afin que les familles fidèles à la « vraie religion » puissent suivre secrètement l'office de Rome ? Elle était ornée d'une seule et étroite fenêtre, quasi invisible de l'extérieur, qui laissait pénétrer un jour avare. Elle était cependant décorée de panneaux de boiserie assez finement sculptés. S'appuyant sans presque y porter attention contre l'un d'eux, Catherine le vit tourner sur lui-même et elle se retrouva dans sa chambre d'atour, voisine de sa chambre à coucher. Elle ne tarda pas à trouver le mécanisme qui la faisait jouer dans un sens comme dans l'autre. Désormais, Ralph Chaplin emprunta cette voie pour rejoindre sa maîtresse.

Grâce à cette heureuse découverte, leurs rencontres se firent plus fréquentes. À ceci près qu'il arrivait toujours très tard, bien après que la moitié de la nuit se fut écoulée. Elle tâchait de l'attendre, mais elle ne pouvait se retenir de sombrer dans un profond sommeil dont il la sortait par ses caresses et ses baisers.

Pourtant une nuit, sans doute agacée par un nouveau retard, elle resta éveillée. Elle eut tout le temps d'évaluer ce qu'elle savait de lui, et surtout ce qu'elle ignorait. Après ces longues heures de réflexion, elle entendit enfin le panneau de la chambre d'atour tourner sur lui-même, elle lui laissa à peine le temps de se déshabiller et lui posa brutalement la question qui avait trotté dans sa tête :

— Pourquoi faut-il attendre des heures indues pour que tu apparaisses ?

Il se redressa à demi nu, très grand, très droit, au bout du lit à baldaquin sur lequel elle était étendue. Il la transperça de ses yeux pâles, comme s'il voulait l'évaluer. Puis doucement il dit :

— C'est parce que j'exerce aussi un autre métier que celui de fermier. Un métier nocturne…

Catherine se garda d'insister. Son regard n'exprima pas d'étonnement mais plutôt une intense curiosité et une impatience fiévreuse. Il laissa passer un silence, puis d'un même ton égal poursuivit :

— Je suis voleur de grand chemin.

Aussitôt, avant même de réfléchir, elle s'écria :

— Alors la prochaine fois que tu exerceras ton métier nocturne, emmène-moi !

Il la serra dans ses bras et murmura tendrement :

— Je n'en attendais pas moins de toi.

Elle n'éprouva aucun scrupule, aucun regret, aucune hésitation. Lui, en revanche, s'inquiéta. Serait-elle capable de tenir le coup ? Il savait qu'elle était forte, solide, mais elle ignorait ce qui l'attendait. Il décida cependant de relever le défi qu'elle lui avait jeté. Il sentait qu'autrement il ne pourrait pas continuer à l'aimer.

Le surlendemain, il revint à Markyate Manor, beaucoup plus tôt que d'habitude, en fait juste après l'extinction des lumières. Il apportait à Catherine les éléments d'une tenue semblable à la sienne, qu'elle devait endosser : pantalon et justaucorps noirs, bottes, tricorne et masque noir, plus un foulard pour couvrir le bas du visage. Lorsqu'elle fut prête, il lui passa deux pistolets ouvragés à la ceinture. S'écartant pour admirer l'ensemble, il lui avoua qu'il la trouvait, ainsi vêtue, encore plus désirable que d'habitude. Elle étouffa un petit rire tandis qu'ils faisaient jouer le panneau de boiserie. Ils n'eurent qu'à descendre l'escalier secret pour se retrouver dans la cour des écuries. Sans bruit, Ralph sortit le cheval préféré de Catherine, le noir, qu'il sella. Puis il rejoignit le sien, et tous deux s'éloignèrent le plus discrètement possible. Ils mirent un assez long temps à rejoindre le *No Man's Land* par des chemins que lui seul connaissait.

Elle identifia vite la route principale qui menait à Markyate. Ils se dissimulèrent derrière un gros chêne et se mirent à attendre. Ils ne se parlaient pas, ne se regardaient pas, tous deux l'esprit à vif et l'oreille tendue. Ils ne tardèrent pas à entendre le roulement de la diligence qui approchait. Lorsqu'elle fut proche, ils jaillirent de leur cachette l'arme au poing : « Arrêtez ou je tire ! » hurla-t-il. La lourde voiture s'arrêta comme par miracle. Un silence suivit. « Descendez tous ! » Le cocher et le postillon sautèrent de leur siège, la porte de la diligence s'ouvrit et huit voyageurs en sortirent, ensommeillés, apeurés, incapables de résister. Ralph alluma la lanterne qu'il avait emportée et la tendit à Catherine.

— Surveille-les bien, lui glissa-t-il en lui montrant le pistolet qu'elle tenait braqué sur les voyageurs.

Il descendit de sa monture et, à la lumière de la lanterne que tenait Catherine, il dépouilla l'un après l'autre les voyageurs, le cocher, le postillon, de leurs bijoux, de leur argent.

Soudain, alors qu'il était occupé à enlever délicatement le collier d'une voyageuse, elle remarqua qu'un homme sortait précautionneusement un pistolet de la poche de sa cape. Elle tira sans hésiter. L'homme s'effondra dans un gémissement et resta inerte sur le sol. Les autres se démenèrent, poussèrent des cris, eurent des mouvements incontrôlés. « Silence ! ou vous subirez le même sort », rugit Ralph hors de lui. Les autres se figèrent, et il acheva tranquillement de les dépouiller avant de les autoriser à remonter. Le cocher fouetta ses chevaux, la lourde diligence s'ébranla et disparut à grande vitesse. Ralph s'approcha de l'homme sur lequel Catherine avait tiré.

— Il est bel et bien mort... Qui t'a appris à tirer ?

— Le second mari de ma mère. C'est bien la seule chose d'utile qu'il m'ait laissée.

Ils s'éloignèrent au galop. Ils coururent ainsi dans la nuit pendant plus d'une heure. Ralph connaissait si bien chaque sentier de la région que l'obscurité ne l'arrêtait pas. Arrivés à Markyate, ils menèrent les chevaux à l'écurie et les bouchonnèrent soigneusement. Par l'escalier à vis, ils atteignirent la chambre secrète. Et pendant que lady Ferrers se changeait, il évalua leur butin :

— Pas mal pour une première fois ! remarqua-t-il.

Il s'étonnait du calme de sa maîtresse. Il ne lui aurait pas révélé son « métier nocturne » et ne l'aurait pas invitée à le partager s'il n'avait compté sur son sang-froid. Cependant, elle venait de tuer un homme et n'en paraissait pas autrement émue... Il ne put s'empêcher de lui demander ce qu'elle avait ressenti.

— Rien, répliqua-t-elle. C'est probablement mon atavisme : je descends d'une longue lignée de guerriers !

Elle lui cacha soigneusement qu'elle avait manqué vomir lorsqu'elle s'était penchée sur le cadavre de l'homme. Elle avait dû faire un effort prodigieux sur elle-même pour ne rien montrer. Elle tenait à être digne de lui.

— Mais toi, s'enquit-elle à son tour, tu ne sembles pas agir seulement par intérêt ?

— Il est agréable d'arrondir son pécule d'une façon aussi aisée, mais tu as raison, il n'y a pas que ça. Je hais ces gros richards tremblants de peur et ces dindes embijoutées qui poussent des cris d'orfraie.

Le noblaillon ruiné ne pardonnait pas aux circonstances qui l'avaient déclassé ni à ceux qui le remplaçaient au sommet de l'échelle sociale.

Dans la chambre de Catherine, ils trinquèrent à leur succès et firent l'amour avec une ardeur nouvelle. Au petit matin, ils se partagèrent le numéraire de leur prise. Puis, s'esquivant de Markyate Manor alors que l'aube pointait, Ralph s'en alla dans une ville du voisinage remettre les bijoux à un receleur de la région avec qui il avait ses habitudes. À leur prochaine rencontre, il remit à Catherine la moitié du produit de leur vente.

Ils avaient trouvé leur vocation.

Chaque matin désormais, Catherine se levait tard (et pour cause), mais n'était-ce pas le privilège des châtelaines ? Cependant, elle ne s'attardait pas au lit ou dans sa chambre d'atour. Vite habillée, elle inspectait son domaine.

Comme toutes les demeures de l'époque Tudor, et d'autant plus qu'elle était à l'origine une abbaye, Markyate Manor révélait un entrelacs d'escaliers, de couloirs, de galeries, de passages qui conduisaient soit à de très grandes salles, soit à une des enfilades de pièces minuscules. Ses façades de brique rose dominaient des jardins élégamment dessinés à la mode italienne.

Catherine surveillait rigoureusement la tenue du château et du parc, donnant ses instructions quotidiennes à ses femmes de chambre, à ses jardiniers. Dans la région, on se demandait pourquoi elle prenait un tel soin puisque de toute façon elle ne

144

recevait personne. Néanmoins, elle n'avait l'air ni mélancolique ni malheureuse. Dotée d'un solide coup de fourchette et buvant sec, elle n'avait rien d'une nonne et restait toujours accessible à ceux qui venaient l'entretenir d'un problème ou lui suggérer l'amélioration du rendement. Elle regardait de près les revenus que lui fournissaient ses terres.

Elle n'hésitait pas non plus à se montrer. Tous les dimanches, elle assistait à l'office religieux dans l'église du village, assise sur le banc du châtelain, le même sur lequel naguère avaient pris place son père, son grand-père et ses ancêtres. Ensuite, à la sortie, n'importe qui pouvait l'approcher. Elle distribuait des aumônes. Elle accueillait tous et toutes gracieusement, comme si elle avait tout le temps pour les écouter.

Bien que n'ayant aucun invité, Catherine Ferrers dînait chaque soir seule dans la grande salle à manger du château. Toutes les bougies étaient allumées, le personnel la servait en silence. Elle prenait son temps, appréciant visiblement sa propre compagnie, mais se retirait tôt. Les serviteurs éteignaient les bougies et les torches, puis chacun gagnait sa chambre et le sommeil envahissait le château.

À ce moment, la porte dissimulée dans sa chambre d'atour s'ouvrait, Ralph Chaplin apparaissait. Après une brève étreinte, ils se rendaient dans la chambre secrète où ils rangeaient leur butin le plus précieux. Là, Catherine endossait ses « habits de travail ».

Ils exerçaient leur « métier nocturne » depuis bientôt trois ans, mais l'excitation, la peur, la griserie demeuraient les mêmes. Chaque fois ils devenaient plus audacieux. Ils étaient puissamment aidés par l'isolement de la région et la configuration du terrain. Proches des axes routiers importants, Markyate et ses environs restaient cependant à l'écart du grand mouvement. Le fait que le *No Man's Land* n'ait jamais appartenu à personne l'avait laissé en friche. Les herbes, les buissons, les arbustes sauvages y avaient poussé, le transformant en une sorte de savane propice aux embuscades.

Étendant un peu plus leur champ d'action, ils avaient trouvé d'autres routes où tendre des pièges et opéraient souvent près des agglomérations parce que le trafic nocturne de voitures y était plus chargé et donc plus prometteur. Ils ne s'en prenaient plus seulement aux diligences mais encore aux charrettes de transport. Ils s'emparaient ainsi de caisses de vin, de tabac, d'épices, de rouleaux d'étoffes précieuses. Les nuits consacrées à l'« acquisition » de ces marchandises, Chaplin amenait sa propre charrette. Il la chargeait des produits de leur vol et la ramenait chez lui à la ferme pour les entreposer dans une grange.

Ralph Chaplin avait tué avant de connaître Catherine, il continuait de le faire lorsque la nécessité s'en présentait, lorsqu'une de ses victimes tentait de sortir une arme, lorsqu'un cocher tirait maladroitement sur lui. Sa complice tuait elle aussi, mais pas uniquement pour se défendre. Ralph se demandait parfois si elle ne le faisait pas par plaisir. Un jour, après l'avoir vue tuer un homme de sang-froid alors qu'il ne cherchait même pas à se défendre, il lui demanda la raison de son geste.

— Je l'ai fait pour asseoir notre réputation et pour rendre nos futurs donateurs plus malléables, plus empressés à cracher au bassinet.

Le retour au château était le moment qu'ils appréciaient le plus. Leurs sacs chargés d'or et de bijoux, ils galopaient à fond de train sur les allées bordées d'arbres séculaires, puis se mettaient au pas pour suivre les sentiers étroits qui couraient entre deux haies épineuses, et reprenaient ensuite leur course en traversant les champs et en sautant les barrières. Ils aimaient la chaleur des nuits d'été, et même le froid de l'hiver ; ils adoraient se laisser frapper par la pluie ou pousser par le vent ; ils ne redoutaient que la brume qui parfois les égarait. N'agissant que lors des nuits sans lune, Ralph avait appris à Catherine à voir dans l'obscurité comme les chats. Revenus au château, ils se jetaient sur le lit, impatients de faire l'amour. Puis ils dévoraient l'en-cas qu'elle avait fait préparer sous prétexte de possible fringale, accompagné d'une ou deux bouteilles des meilleurs vins – souvent des vins volés.

Lorsque Ralph avait proposé à Catherine de se joindre à ses expéditions nocturnes, il avait cru trouver un élève ; or c'était un maître qu'il découvrait. Elle n'arrêtait pas de le surprendre, et il se demandait d'où elle tirait son audace, son intrépidité, et cette détermination que rien ne limitait. Ce ne pouvait être le goût du gain : tout ce que ses rapines lui rapportaient étaient soigneusement conservé dans la chambre secrète du château. Il en avait conclu que les spoliations de son adolescence, dues à son beau-père, l'indifférence de son jeune mari, la sottise de sa mère qui s'était laissé prendre dans leurs filets, avaient généré en elle le goût de la vengeance. Il comprenait d'autant mieux ce sentiment qu'il le partageait.

Mais chez Ralph, ce désir était plus complexe que chez Catherine, car il pillait également pour arrondir ses fins de mois. Ainsi lui arrivait-il, lorsque survenait un trou dans sa caisse, de ne pas attendre Catherine pour se lancer dans quelque « travail nocturne ». Il la mettait au courant après. Elle lui laissait cette liberté.

Tous deux étaient si habiles, si prudents, que personne dans le village ni dans le domaine ne se doutait de leurs activités. Les domestiques de Markyate Manor moins que tout autre : aucun valet, aucune femme de chambre n'aurait imaginé que la frêle châtelaine qu'ils servaient avec dévouement se transformait la nuit en redoutable voleur de grand chemin.

Car redoutables ils étaient devenus, Ralph et Catherine... Toute la province ne parlait que d'eux ! Une sorte de terreur s'était insinuée chez tous les habitants alentour. Ils avaient demandé des renforts à Saint Albans, mais leur requête avait été reçue avec la plus grande indifférence. Alors pourquoi les voyageurs continuaient-ils de s'aventurer la nuit sur des routes devenues si dangereuses ? Beaucoup venaient de loin et ignoraient l'état d'alerte de la région, d'autres se croyaient trop importants pour que le moindre mal puisse leur être fait. Aussi le nombre des victimes ne cessait-il d'augmenter.

Catherine était parfaitement renseignée sur l'état d'esprit qui régnait dans la région par ses propres domestiques, ils parlaient librement devant elle des événements qui agitaient

Markyate. Ainsi, le matin à sa toilette, recueillait-elle le récit de ses propres exploits de la nuit précédente, mais enjolivés, grossis, déformés par les exagérations d'usage.

Un matin, elle se leva plus tôt que d'habitude. Il n'était pas prévu que Ralph vînt la rejoindre la nuit précédente ni qu'ils se lançassent dans quelque expédition – la lune était déjà trop haute et le ciel trop dégagé. Elle en avait profité pour dormir tout son soûl. Elle se trouvait à sa toilette, assise devant la vaste coiffeuse recouverte de dentelle où étaient rangés des boîtes à poudre et des flacons d'argent. Elle s'observait dans le miroir encadré d'argent dressé contre la fenêtre qui donnait sur le parc. Elle aurait presque pu toucher le panneau de boiserie qui, tournant sur lui-même, donnait accès à la chambre secrète. Trois caméristes s'affairaient à préparer ses vêtements et l'aidaient à brosser ses longs cheveux.

Toute à ses pensées, elle mit un certain temps à remarquer chez elles une certaine agitation. Ses servantes voulaient visiblement lui annoncer quelque nouvelle. Elle évita de les encourager, pour ne pas manifester une curiosité exagérée. Eva, la plus délurée, n'y tint plus :

— Milady a entendu ce qui s'est passé cette nuit ?

Milady n'avait pas entendu.

— Ils en ont attrapé un et l'ont tué !

Catherine, au prix d'un effort surhumain, réussit à garder son impassibilité.

— Ils ont attrapé un quoi ?

— Mais, Milady, un des deux voleurs de grand chemin qui terrorisent depuis bien trop longtemps les honnêtes gens !

Catherine continua à brosser sa longue chevelure en silence, sans rien laisser paraître. Eva était partie dans son histoire :

— Ça s'est passé à Finchley Common. C'est tout près de Londres, ça, n'est-ce pas Milady ? En tout cas, c'est loin d'ici. Ils ont tout de même une audace d'enfer, ces voleurs ! Heureusement que maintenant l'autre va pouvoir réfléchir. Il paraît que celui qui est mort a voulu arrêter une charrette qui transportait des biens, mais le conducteur a réussi à sortir son arme, l'a visé, et l'a tué du premier coup...

D'une voix métallique, totalement déformée, Catherine interrogea :

— Comment un simple conducteur de charrette pouvait-il être armé ?

— Il était prévenu par le gendarme de Caddington. Ce dernier a dit à qui voulait l'entendre que depuis des mois il suivait à la trace les deux voleurs et qu'il les observait depuis si longtemps qu'il a réussi à prévoir leurs coups. Aussi a-t-il conseillé à tous ceux qui voyageraient vers Finchley Common la nuit dernière d'être bien armés.

Catherine trouva encore la force d'achever de se coiffer, de s'habiller et de se parer. Les caméristes se retirèrent. Mais au lieu d'entreprendre sa tournée quotidienne dans le château, Catherine se rassit et ne bougea plus. Elle était incapable de se lever ou de faire le moindre geste. Elle resta comme paralysée pendant plusieurs heures, prisonnière de son désespoir et de sa rage. Ralph, son Ralph, tué d'une seule balle par un conducteur de chariot ! Ralph, son héros, son amour, son guide, Ralph, sa consolation, son appui, son espoir !

Avec la mort de Ralph, sa propre vie s'était arrêtée. Il lui restait cependant une tâche à accomplir : le venger. Elle avait la conviction que c'était ce qu'il attendait d'elle. Elle comprit aussitôt que son attitude ne devait en rien trahir son état. Aussi prit-elle sur elle pour paraître au déjeuner. Elle fit même l'effort de manger aussi copieusement que d'habitude. Elle but beaucoup plus sec. La seule dérogation à son programme fut qu'elle n'assista pas le dimanche suivant à l'office. Elle n'avait pas le courage de s'exposer aux regards des villageois, mais surtout elle ne voulait pas voir la tête de Ralph, qu'on avait coupée puis plantée sur un pieu à l'entrée du village, pour servir d'exemple. « Et surtout pour faire peur à son complice ! » avait ajouté Eva, la volubile camériste.

Le maire et le gendarme de Markyate vinrent au château la prévenir qu'on avait identifié le voleur de grand chemin comme étant son fermier, Ralph Chaplin. Elle les reçut dans la grande salle et elle avait, malgré sa petite taille, une telle autorité que les deux hommes en furent profondément impressionnés.

— Justice a été faite, justice sera faite ! leur lança-t-elle en les renvoyant d'un geste.

Puis l'immuable train-train du domaine de Markyate Manor reprit. Milady se levait tard, visitait rituellement le château, les jardins, le domaine, veillant à tout. Elle avait fait raser la ferme de Ralph – pour effacer le souvenir du maudit, disait-on. Pour que nul autre n'occupe ses murs, avait-elle décidé. Elle faisait néanmoins entretenir la roseraie qu'il y avait plantée et, sans être vue, s'y rendait fréquemment. Le calme semblait revenu sur la région. Mais pas pour longtemps, car les cameristes bientôt eurent beaucoup à raconter à leur châtelaine à l'heure de sa toilette :

— Milady, c'est épouvantable ! Le gendarme de Caddington, celui qui enquêtait sur les deux voleurs de grand chemin, a été tué hier soir... Il paraît qu'on a sonné à sa porte dès la nuit tombée, il a ouvert, un homme, jeune paraît-il, de petite taille, lui a tiré une balle dans le cœur, puis a disparu dans la nuit. C'est la femme du gendarme qui l'a décrit. Elle a vu son mari mourir sous ses yeux. Tout le monde est certain qu'il s'agit du complice de celui qui a été tué il y a quelques semaines...

— Milady, c'est effrayant ! Maintenant, il s'en prend aux animaux (ce qui pour la paysannerie locale était presque pire que de s'en prendre aux hommes). On a trouvé ce matin chez Simonson, chez Brown, chez Fremont, plusieurs vaches et taureaux tués d'une balle tirée entre les deux yeux...

— Milady, c'est atroce ! Hier dans la nuit, il a brûlé la maison de Bachelor, l'aubergiste du village, avec l'aubergiste et toute sa famille dedans. Pas un n'a survécu...

— Milady, c'est abominable ! Il tue maintenant les voyageurs sans même les dépouiller... Il arrête la diligence, les fait tous descendre, en étend raides morts un ou deux à coups de revolver, puis s'enfuit au galop de son cheval noir. Plus personne n'ose se déplacer de nuit dans toute la région...

150

Eva et les autres cameristes avouèrent que la domesticité n'en menait pas large. La férocité de l'insaisissable voleur couplée à son habileté et à son invraisemblable audace faisait trembler les plus valeureux.

Catherine avait en effet décidé de faire payer le prix du sang de Ralph à toute la région. La mort de son amant avait décuplé les qualités qu'elle avait déployées du vivant de celui-ci, et poussé à l'extrême ses tendances. La frêle et noble châtelaine faisait régner l'épouvante bien plus efficacement que ne l'avait jamais fait l'astucieux fermier, son complice.

Ce climat de terreur n'arrêta pas un transporteur de Saint Albans. Avec les risques existants, le prix des transports de marchandises avait grimpé vertigineusement. L'appât du gain attira cet homme, qui accepta de livrer des tonneaux de vin et d'alcool à l'auberge de Custard Wood, près de Weathampstead. Il n'ignorait pas le danger encouru, d'autant qu'il voyageait seul. Il chargea ses barriques, quitta Saint Albans et s'engagea sur la grand-route.

Bientôt, il aperçut deux hommes qui lui faisaient signe de s'arrêter. Il s'exécuta. Les deux hommes voulaient être transportés à Custard Wood et pour cela étaient prêts à payer. Le transporteur accepta. Les deux hommes s'insinuèrent, ou plutôt se dissimulèrent entre les barriques. Et le voyage reprit, plusieurs heures durant. La nuit commençait à tomber lorsqu'ils atteignirent le *No Man's Land*. De jour, ces étendues sauvages, boisées, désertes, où le silence n'était rompu que par le chant des oiseaux et par le craquement des branches écartées par quelque cerf, étaient hautement romantiques ; lorsque les ombres s'en emparaient, elles devenaient sinistres, même pour ceux qui auraient ignoré qu'elles avaient été le fief des voleurs de grand chemin.

Le transporteur n'avait pas froid aux yeux. Il accéléra simplement l'allure de ses chevaux. Cette précaution ne lui évita pourtant pas le désastre : surgissant entre les arbres, apparut galopant sur son cheval noir le bandit qui, sortant de sa ceinture un pistolet, le tua d'une balle en plein cœur.

Aussitôt, d'entre les barriques jaillit l'arme à la main un des deux voyageurs recueillis par le transporteur. Il visa et tira sur le bandit. Celui-ci, touché, poussa un hurlement, mais réussit à faire demi-tour et à s'enfuir au grand galop...

Catherine se savait gravement atteinte. Elle n'avait qu'une idée en tête, qu'un élan : celui de ne pas mourir comme un voleur de grand chemin, mais comme la châtelaine de Markyate Manor. Elle *devait* arriver chez elle, gagner la chambre secrète, parvenir jusqu'à son lit pour s'y éteindre avec les honneurs dus à son rang...

Malgré la douleur, perdant son sang à flots, elle continuait de pousser sa monture. La nuit lui paraissait plus sombre, plus épaisse que jamais, une nuit qui ressemblait à l'antichambre de la mort. Enfin, elle aperçut dans la vague luminosité les murs du château. Elle se sentait infiniment faible, mais elle put atteindre la cour des écuries. Elle descendit péniblement de son fidèle cheval noir, fit quelques pas vers la porte secrète qui l'aurait menée jusqu'à sa chambre, et s'effondra. Elle ne sortit jamais de son évanouissement.

Le lendemain matin, tôt levés, ses domestiques découvrirent d'abord dans une allée du jardin le cheval noir, le préféré de leur maîtresse. Ses rênes pendaient, il était couvert d'écume, de sueur et de sang. Toutefois, ils constatèrent que l'animal n'était pas blessé, le sang provenait donc du cavalier. Très vite, ils trouvèrent dans la cour des écuries, contre le mur du château près de la petite poterne, le cadavre ensanglanté d'un homme frêle et masqué. C'était bien le voleur de grand chemin. Tant de ses victimes avaient décrit sa tenue, sa taille, son allure qu'on l'aurait partout reconnu.

Un valet s'approcha, arracha le masque du cadavre. Tous poussèrent un cri en reconnaissant leur châtelaine. D'abord, ils ne voulurent pas y croire, et gardèrent la nouvelle secrète. Au bout d'une semaine, force leur fut de constater que le voleur de grand chemin ne sévissait plus. Ils furent alors contraints d'admettre que celui-ci n'était autre que lady Catherine Ferrers. Cette femme, qu'ils avaient fidèlement servie pendant tant d'années, était donc celle qui terrorisait la région, pillant et tuant sans merci. Ils procédèrent eux-mêmes à l'inhumation de leur maîtresse dans l'église de Sainte Mary Ware, où reposaient déjà ses ancêtres, mais ils refusèrent de la déposer dans le caveau familial des Ferrers. Après tout, elle-même s'était mise hors la loi. Ils l'enterrèrent secrètement sous une dalle sans inscription une nuit de 1652.

— Depuis, elle continue à terroriser la région, reprend Douglas Dalton, le propriétaire du pub de Markyate, à l'adresse de son ami Andrew Perry, le propriétaire du cheval noir que le fantôme de Catherine Ferrers « empruntait » chaque nuit. Souviens-toi de cette histoire, lorsqu'il y a plus de cent ans on décida d'ouvrir la porte secrète que tout de suite après sa mort on avait murée… Pas un ouvrier de la région ne voulut s'atteler à ce travail, tous avaient trop peur de la morte. Il a fallu faire venir des maçons de Londres. On espérait trouver le trésor, fruit de ses rapines, on n'y a découvert que de la poussière et des araignées.

À la mention du trésor, Andrew Perry soudain s'anime :

— Évidemment on n'a rien trouvé dans la chambre secrète, puisque le trésor n'y a jamais été ! Catherine Ferrers ne l'a-t-elle pas enterré là où l'indique le poème que toute la région répète depuis des siècles ?

> *Près de la cellule, il y a un puits.*
> *Près du puits, il y a un arbre.*
> *Près de l'arbre est le trésor…*

— Je te dis, insiste Douglas Dalton, je te dis, Andrew, c'est elle que j'ai encore entendue cette nuit galoper à côté de moi dans sa course vers l'enfer, comme c'est elle qui s'amuse à monter sans ta permission ton cheval noir et qui le fait courir jusqu'à épuisement !

— Peut-être, après tout, mon bon Dalton, as-tu raison. Probablement qu'elle n'est pas lasse de la vie qu'elle a menée, et qu'elle ne le sera jamais…

Le Château de Mélusine

— Sais-tu, Jean, que je descends d'une fée ? déclara mi-sérieux mi-rieur Amalric de Courtos.

Interpellé, Jean Simonfils eut un sourire ironique, qui ne découragea pas Amalric :

— Et pas n'importe quelle fée… Mélusine, en personne !

Amalric et sa femme, Jeanne, avec Jean leur invité, achevaient de dîner dans l'élégant appartement des Courtos. Jeanne, devant l'air résigné de leur ami, voulut le rassurer :

— Depuis le temps que tu connais Amalric, tu devrais savoir que sa marotte, ce sont ses ancêtres !

— Moi, je n'ai pas d'ancêtres, répliqua Jean Simonfils. Peut-être est-ce à cause de ce manque que je m'intéresse à ceux des autres… Amalric, tu as assez de personnages intéressants dans ton arbre généalogique sans y ajouter un être qui n'a jamais existé. Une fée, et quoi encore ?

— Non seulement elle a existé, mais elle s'est mariée. Elle a épousé un Lusignan. Cette famille très ancienne et très illustre du Poitou a donné des rois de Jérusalem, des rois de Chypre. Nous en descendons directement depuis qu'une Lusignan a épousé l'un de mes ancêtres. Sache que Mélusine figure sur tous les arbres généalogiques de la famille.

L'ami Jean ne sembla pas très impressionné.

— Toi qui es si féru en la matière, tu es le premier à savoir que les arbres généalogiques sont tous trafiqués, et que toutes les grandes familles se sont inventé des ancêtres prestigieux qui n'ont jamais existé.

— La preuve que Mélusine a bel et bien existé, c'est qu'elle a construit nombre de châteaux qui existent toujours. Je suis bien placé pour le savoir.

Jeanne intervint à nouveau :

— Ce qu'Amalric ne te dit pas, c'est qu'il a acheté il y a deux ans l'un des châteaux de Mélusine !

Son mari rougit un peu, comme pris en faute.

— C'était une ruine…

— … qu'il a restaurée lui-même, ajouta Jeanne.

L'intérêt professionnel de Jean Simonfils fut alors éveillé, car il était architecte. Jeanne sentit leur invité accroché.

— La restauration est presque achevée. Tu devrais venir nous y rendre visite !

Jean accepta sans hésiter. On convint aussitôt de la date d'un week-end.

Amalric de Courtos, la quarantaine atteinte, restait fort beau avec sa haute taille et son noble port. Il appartenait à l'une de ces innombrables familles de l'aristocratie, certes authentiques et anciennes, mais dépourvues d'illustrations et dont les noms demeuraient absents de la Grande Histoire. Aussi, faute de hauts faits dans sa propre famille, se rattrapait-il sur son ancienneté qu'il vantait inlassablement.

Jeanne, l'épouse, une petite brune sexy et amusante, pleine de vie et d'énergie, abritait en elle un jardin secret… Elle se moquait des prétentions généalogiques de son mari, et n'avait d'ailleurs pas d'ancêtres au sens où l'aristocratie l'entendait, car elle appartenait à la grande bourgeoisie. En revanche, elle possédait une fort jolie dot qui avait séduit Amalric à peine moins qu'elle.

Jean Simonfils avait été un camarade de Jeanne à l'école d'architecture, jusqu'à ce que celle-ci abandonne sa carrière pour épouser Amalric. Jean avait poursuivi la sienne, et était devenu l'un des architectes les plus renommés, les plus recherchés de la jeune génération. Petit, menacé par la calvitie et plutôt replet, il réussissait malgré cela à séduire toutes les femmes. Jeanne elle-même en avait été amoureuse, du temps où ils se frottaient à l'art sur les mêmes bancs de l'université. Elle avait épousé Amalric un peu par dépit, comprenant que Jean préférait le célibat. Il n'était toujours pas marié.

Des années durant, Jean et Jeanne ne s'étaient plus vus, et le hasard seul les avait fait se rencontrer de nouveau. Tout naturellement, ils avaient renoué. Bien que Jean appréciât Amalric, il avait senti sous les cendres du passé rougeoyer les braises de son ancienne passion. D'autant qu'il avait deviné que Jeanne n'y était pas insensible. Il n'attendait pas beaucoup de ces feux qui se ravivaient d'une façon aussi inattendue, sinon le bonheur de voir Jeanne le plus souvent possible... C'est pourquoi il avait accepté volontiers son invitation au « château de Mélusine ».

C'est ainsi que moins de quinze jours plus tard, un vendredi après-midi, Jean se trouvait au volant de sa Bentley de collection sur l'autoroute de Bordeaux. Peu après Tours, il obliqua à droite et s'engagea sur des routes de plus en plus étroites qui le menèrent en Charente. Il traversait une région de prairies bordées de haies de vieux arbres, de collines couronnées de boqueteaux. Il ne croisa pratiquement aucune voiture et les villages étaient de plus en plus éloignés les uns des autres. Il avait l'étrange impression d'être soudain remonté dans le temps. Il n'était pourtant pas si loin des axes routiers, mais cette région semblait sauvage, totalement abandonnée et curieusement oubliée.

Il entra dans une immense et magnifique forêt de chênes et de châtaigniers, que sa carte lui apprit être celle de Mervan Voufan. La route sinuait entre des arbres énormes et séculaires. Il trouva son chemin en lisant sur un panneau : « Mervoux, château de Mélusine ». « Encore une prétention d'Amalric ! » pensa-t-il. Il trouva le village de Mervoux entièrement désert, à croire que ses habitants l'avaient tous quitté ; personne dans les rues, pas une lumière aux fenêtres en cette fin de soirée, pas un magasin ni un café ouvert.

Le château de Mélusine, qu'il trouva grâce à de nouvelles

flèches, se présentait comme un énorme donjon médiéval fiché au bout d'une avancée de terrain devenue parc public. Le donjon lui aussi semblait abandonné et son état ne permettait pas d'imaginer qu'il fût habité. Ce ne pouvait être la demeure des Courtos ? Perplexe, Jean descendit de sa voiture et fit quelques pas autour du donjon, d'où il aperçut en contrebas, à une certaine distance, un gros manoir. Les ombres du soir l'envahissaient, mais il pouvait distinguer les tours imposantes qui émergeaient des grands arbres. Il s'y rendit sans difficulté.

C'était de fait la résidence d'Amalric et de Jeanne, qui l'accueillirent chaleureusement. Jean plaisanta sur l'existence de deux châteaux de Mélusine dans ce trou perdu. Un seul ne suffisait donc pas ? Amalric expliqua que le donjon et son manoir, vu leur proximité, avaient dû appartenir au même complexe architectural, le donjon servant d'ouvrage défensif et son manoir, sis dans un paysage beaucoup plus aimable, de résidence du seigneur et de sa dame, c'est-à-dire de Mélusine.

Ils profitèrent d'une dernière lueur du jour pour faire le tour du propriétaire. Jean remarqua que le manoir, avant d'être réhabilité par Amalric, avait été fortement restauré déjà, et donc modifié, au XIXᵉ siècle. Toutefois il retrouva ici une cheminée, là une voûte qui venaient tout droit du Moyen Âge. Il admira en particulier l'escalier à vis en pierre, un des plus beaux qu'il ait jamais vu, qui occupait une tour d'angle et n'avait manifestement pas été touché depuis le XIIᵉ siècle.

Le dîner fut particulièrement joyeux, en compagnie des quatre enfants du couple, trois fils et la cadette, la petite Sébastienne, âgée de dix ans. Jean, qui aimait les enfants, sut très vite les captiver par ses récits. Jeanne rayonnait. Amalric, épanoui dans ce cadre, raconta ensuite les anecdotes les plus cocasses sur ses ancêtres. Jean voulut le taquiner :

— Alors ta fée, comme ça, a épousé ton ancêtre, ils ont été très heureux, ils ont eu des enfants et elle a fini en bonne grand-mère...

— Pas du tout ! Elle a disparu un beau jour.

Jeanne voulut soutenir son mari :

— Amalric m'a raconté mille fois l'histoire. Écoute-la, Jean, car elle est tout de même intéressante !

Le noble descendant de Mélusine ne se fit pas prier, et commença à raconter l'histoire de la fée.

Il y avait, en une époque fort reculée, un chevalier beau et gracieux nommé Raymondin. Son oncle maternel, le comte de Poitiers, s'était pris d'affection pour lui et le gardait à sa cour. Or, un jour, les forestiers vinrent annoncer au comte qu'un sanglier solitaire, grand et fort, avait été vu en sa forêt de Coulommiers. Oncle et neveu accoururent. Le sanglier débusqué réussit à éventrer quelques lévriers avant de disparaître. Personne ne réagit tant les veneurs du comte avaient pris peur… Les chiens rescapés perdirent sa trace. Le comte de Poitiers et son neveu le poursuivirent jusqu'à la nuit tombante, puis ils s'arrêtèrent sous un grand arbre et allumèrent un feu. La lune se leva, belle et claire.

Le comte, qui était versé dans l'astrologie, fit alors cette curieuse prédiction :

— Je vois que si à cette présente heure un sujet tuait son seigneur, il deviendrait le plus riche, le plus puissant, le plus honoré qu'il y ait eu de son lignage.

Le chevalier se récria : il ne pouvait croire à une telle prédiction ! Oncle et neveu continuèrent à bavarder un moment, assis autour du feu, lorsqu'ils entendirent du bruit dans les buissons. Des branches étaient écrasées comme si un homme ou un animal d'un poids considérable s'approchait à grande vitesse.

Le comte tira son épée, Raymondin saisit son épieu. Le même sanglier réapparut, plus furieux que jamais, fonça sur eux. Raymondin l'affronta, l'épieu à la main. Mais le sanglier l'évita et courut vers le comte, qui tendit son épée… trop tard ! La bête était si vigoureuse qu'elle renversa le comte. Le chevalier se rua alors vers son oncle pour le défendre, lança l'épieu sur le monstre, mais l'arme glissa sur ses soies. Le fer atteignit le comte, qu'il traversa de part en part. Raymondin retira l'épieu, et porta enfin au sanglier un coup mortel. Puis il se pencha sur le corps de son oncle, déformé par une plaie horrible. Le comte de Poitiers était mort.

Remontant à cheval, le chevalier, bouleversé, repartit au fin fond de la forêt à grande allure, galopant vers il ne savait où, laissant son cheval choisir un chemin qui ne menait nulle part. Il parvint à une clairière, d'où jaillissait une fontaine encerclée de rochers. La lune lui dévoila soudain une femme qui s'y baignait. Elle était extraordinairement belle, très jeune et dotée d'une somptueuse chevelure blonde qui tombait presque à terre.

Elle lui demanda d'où il venait, où il souhaitait se rendre. Il éluda. Alors cette femme, qui visiblement possédait des pouvoirs hors du commun, lui dit :

— Raymondin, vous ne pouvez rien me cacher, je sais ce qui vous est arrivé. Vous avez occis votre seigneur fortuitement. Je sais aussi qu'il vous a fait une étrange prédiction, car il était versé dans les arts magiques.

La femme le rassura doucement, lui affirmant qu'avec son aide et son conseil il pourrait surmonter cette atroce aventure. Raymondin promit de faire tout ce qu'elle voulait. Elle ajouta alors qu'il y avait une condition, c'est qu'il l'épousât. Raymondin, transporté d'aise à l'idée de pouvoir effacer l'affreux souvenir de ce qui venait de se passer, accepta.

— Cependant, reprit-elle, il reste une dernière condition. Jurez-moi que vous ne vous mettrez jamais en peine de me voir le samedi, et ne vous inquiéterez pas de savoir où je suis.

Raymondin jura, et la femme lui conseilla de rejoindre les veneurs du comte du Poitiers. Il leur indiquerait qu'il avait perdu la trace de son oncle, on le rechercherait et on finirait par trouver son cadavre près du sanglier mort. Ainsi la responsabilité de Raymondin serait effacée.

Celui-ci obéit, le comte fut enterré solennellement, et devant l'église les veneurs brûlèrent le sanglier assassin. Puis Raymondin revint à la fontaine où la femme l'attendait, elle le félicita d'avoir agi selon ses vœux et lui reparla mariage. Elle s'appelait Mélusine.

160

Raymondin ne chercha pas à savoir d'où elle venait mais il était heureux. Leur union fut rapidement bénie par la naissance de plusieurs enfants. Les habitants de la région se réjouirent de savoir leur suzerain heureux, et surtout d'avoir gagné une suzeraine si généreuse et si charitable. Il se murmurait que la blonde Mélusine pourrait bien être quelque peu sorcière, mais Raymondin n'en avait cure. Si sa femme était une sorcière, tant mieux, puisque ses pouvoirs – il le constatait – étaient extraordinairement bénéfiques et profitaient à ses domaines. La foudre n'atteignait jamais les arbres de ses forêts, ni la sécheresse ses champs qui produisaient plus que jamais du grain, ses bestiaux resplendissaient de santé. D'ailleurs Raymondin, bâtisseur impénitent, avait entrepris la construction d'un château qui s'élevait de jour en jour, comme par un « pouvoir magique ». De plus, en suivant les conseils de Mélusine, il avait considérablement agrandi ses possessions. Ainsi, de cadet plutôt impécunieux, il était devenu « le plus riche, le plus puissant, le plus honoré », comme le lui avait prédit son oncle qu'il avait occis ainsi que celui-ci le lui avait annoncé.

Raymondin avait un frère aîné, Geoffroy, comte de Forez. Celui-ci, de retour des croisades, s'en vint lui rendre visite en ce nouveau château de Mervoux. Son frère l'accueillit chaleureusement. Au cours du dîner, le comte Geoffroy s'étonna de ne pas voir à table sa belle-sœur Mélusine.

— Cher frère, lui répondit Raymondin un peu embarrassé, elle est embesognée aujourd'hui, mais demain vous la verrez et elle vous fera bon accueil.

Le comte Geoffroy ricana.

— Vous êtes mon frère, et je ne dois pas vous celer votre déshonneur. La voix populaire colporte que votre femme le samedi vous trompe avec un autre. Êtes-vous si aveuglé par elle que vous ne soyez pas assez hardi pour vous inquiéter de l'endroit où elle va ?

En effet, Geoffroy s'était présenté au château un samedi. Comme d'ordinaire ce jour-là, Mélusine ne se montrait pas et son époux, selon la promesse qu'il lui avait faite avant leur mariage, ne cherchait ni à la voir ni à savoir ce qu'elle faisait.

Cependant, piqué par les propos de son frère et emporté brusquement par la jalousie, il saisit son épée et se rendit au lieu où il savait que Mélusine s'enfermait ces jours-là. Il se heurta à une porte très épaisse, qu'il n'avait jamais tenté de franchir. Avec la pointe de son épée, il creusa un trou minuscule, y mit son œil, regarda. Il vit Mélusine en train de se baigner dans un vaste bassin de marbre. Jusqu'au ventre, elle avait le corps d'une femme et peignait ses cheveux. Plus bas, son corps avait la forme d'une queue de serpent, énorme et très longue. Et cette queue battait l'eau si violemment qu'elle la faisait jaillir jusqu'au plafond de la pièce.

Submergé de souffrance pour celle qu'il aimait et dont il avait douté un instant, Raymondin, atterré, revint dans la grande salle du château et s'en prit au comte Geoffroy :

— Partez d'ici, faux frère ! Je me suis parjuré par votre faute, blessant la meilleure et la plus douce des femmes. Vous m'avez apporté la douleur et emporté toute ma joie. Je vous tuerais si vous n'étiez mon frère. Allez-vous-en, ôtez-vous de ma vue !

Puis il se coucha, et lorsque Mélusine le rejoignit, il prétendit être malade, atteint d'une fièvre mystérieuse. Mais Mélusine savait. Elle le lui dit. Il avait trahi son serment. Tous deux devaient en payer le prix, en ce sens qu'elle devait disparaître.

— Adieu, mon très doux ami, mon bien, mon cœur et toute ma joie. Sache bien que tant que tu vivras j'aurai toujours plaisir à te voir, même si toi, tu ne me verras jamais plus…

Elle observa son époux, qui sanglotait. Puis, poussant un long cri de douleur, elle s'élança par la fenêtre de la chambre en abandonnant sur le rebord l'empreinte de son pied. Elle survola le verger, se transformant peu à peu en serpent ailé. Raymondin s'était précipité à la fenêtre. Il la vit faire trois fois le tour du donjon. Une dernière fois, elle repassa devant lui et son vol déclencha une tempête qui descella une partie de la maçonnerie, donnant aux occupants du château l'impression qu'il allait s'écrouler. Et le serpent ailé se volatilisa à jamais.

Pendant que Raymondin s'abîmait dans un désespoir dont il ne sortirait jamais, les habitants de la région cherchèrent à en savoir plus sur leur étrange suzeraine. Elle était, apprirent-ils, la fille d'Élinas, roi d'Albanie. Pour des raisons inconnues, elle avait assassiné son propre père. En châtiment, elle avait été maudite et condamnée à se changer en serpent, l'animal le plus terrifiant, l'incarnation du Mal, tous les samedis, le sabbat de l'Antiquité. La fatalité avait voulu que Raymondin découvrît son secret, alors elle avait disparu aussi magiquement qu'elle était apparue. On parla d'elle pendant des générations, mais jamais on ne sut ce qu'elle était devenue.

Jean Simonfils avait écouté son hôte sans l'interrompre, sans toutefois résister à quelques grimaces ironiques. Il ne fit aucun commentaire sur l'histoire de Mélusine, mais tous comprirent qu'il n'en croyait pas un mot. Un peu agacé, et avec une gravité bien inhabituelle chez cet homme léger, Amalric reprit la parole :

— Et si je te disais que Mélusine n'a pas tout à fait quitté Mervoux, qu'elle se manifeste encore de nos jours dans la chambre qui a été la sienne et celle de son époux ainsi qu'à la fenêtre par laquelle elle a disparu...

— Et comment se manifeste-t-elle ? demanda Jean sur un ton amusé.

Ce fut la petite Sébastienne qui répondit :

— Tous ceux qui ont dormi dans cette chambre, papa, maman, mon frère aîné, des amis, des cousins, jurent que chaque nuit on y entend des gémissements déchirants. Moi, j'ai trop peur et je n'ai jamais voulu y coucher.

Jean interrogea sa mère du regard.

— Les enfants ont raison, Jean. Nous avons tous entendu des gémissements en dormant dans cette chambre. Peut-être ne s'est-elle jamais consolée de s'être séparée de Raymondin ?

Ces « superstitions » ne pouvaient convaincre Jean. D'une voix forte, il assena :

— Je ne crois ni en Dieu ni aux fantômes, ni à l'au-delà ni à une vie après la mort, ni à la magie. Il y a une explication rationnelle à tout, même à ce qui paraît le plus incompréhensible.

— Tu auras tout le loisir de la chercher, répliqua aimablement Amalric, car nous t'avons logé dans la chambre hantée, celle de Mélusine.

Il était presque minuit lorsque l'invité fut accompagné en cortège jusqu'à son logement. On se souhaita la bonne nuit, chacun se retira et le merveilleux silence d'une nuit à la campagne s'étendit sur le château.

Le lendemain matin, les enfants Courtos se levèrent bien plus tôt que d'habitude et s'empressèrent de descendre dans la salle à manger rejoindre leurs parents. Cette pièce avait dû être la salle des gardes du château médiéval, et la lumière du matin y pénétrait à flots par de grandes baies ouvertes au XIXe siècle. Les enfants attendaient impatiemment l'apparition de Jean.

Sur le coup de neuf heures, l'invité apparut, parfaitement dispos, soigneusement habillé, rasé, coiffé, parfumé et souriant.

— Comment avez-vous dormi? hasarda l'aîné des enfants.

— Parfaitement bien!

— Vous n'avez donc rien entendu? insista la petite Sébastienne.

— Si, répondit Jean en souriant. J'ai très distinctement entendu les gémissements dont vous m'avez parlé hier.

— Alors, s'extasia la cadette triomphante, vous reconnaissez qu'il y a bien un fantôme dans cette chambre?

— Voyez-vous, petite fille, je suis architecte de profession. Lorsque j'ai entendu les gémissements, j'ai remarqué tout de suite qu'ils provenaient de la paroi en face de mon lit. J'ai allumé, je me suis levé et j'ai conduit un rapide examen. J'ai très vite compris qu'il existait très probablement entre ma chambre et l'escalier voisin une cavité dans les murs. Le vent doit s'engouffrer par des pierres descellées dans cette cavité et, en soufflant, provoque des bruits semblables à des gémissements humains.

La petite parut terriblement déçue.

— Il n'y a donc pas de fantôme...

164

— Je regrette de t'attrister, Sébastienne, mais je suis forcé de constater qu'il n'y a pas de fantôme. Ce qui m'a permis de me rendormir à peine avais-je découvert la source des gémissements, et de passer le reste de la nuit dans le sommeil du juste.

Là, Jean Simonfils mentait. Car, après s'être rendormi, il avait été la proie de rêves bizarres où Mélusine se confondait avec Jeanne. Il s'était réveillé très tôt, encore habité par les images de ces deux femmes – celle de Jeanne qu'il connaissait si bien, celle de Mélusine qu'il imaginait –, elles jouaient un jeu troublant.

Pendant qu'il buvait son café en silence, cette même Jeanne le dévisageait avec anxiété. Il s'en aperçut et lui lança un regard rassurant. C'est alors qu'Amalric sortit de son mutisme :

— Tu dis qu'il y a une cavité entre l'escalier et ta chambre…

— J'en suis quasiment certain. Avant de descendre dans la salle à manger, j'ai superficiellement sondé le mur de l'escalier, et cela m'a confirmé dans mon hypothèse.

— Cette cavité, il faut la trouver et la boucher, déclara le maître de céans.

Amalric convoqua les ouvriers qui avaient participé à la restauration du château et Jean retarda son retour à Paris. Jeanne en fut comblée. Tous se regroupèrent dans l'escalier à vis et devant la paroi qu'avait indiquée l'architecte, lequel désigna aussitôt un certain moellon. Les ouvriers se mirent à l'œuvre et parvinrent plus rapidement qu'on ne l'avait attendu à desceller l'énorme pierre, à la détacher de la paroi et à la déposer le plus délicatement possible sur le sol. Jean s'avança et plongea une torche électrique dans le trou.

— Effectivement, il y a une cavité. Voyez comme elle est habilement dissimulée entre l'arrondi de la tour d'angle et le mur extérieur du bâtiment central contre lequel est adossée ma chambre. Mais… on dirait qu'il y a quelque chose dedans…

— Un trésor ! s'écria la petite Sébastienne.

— Je ne peux pas voir ce que c'est, poursuivit Jean tout à son affaire.

Le trou était trop petit et l'angle éclairé par la torche ne permettait pas d'en savoir plus. Les enfants trépignaient d'excitation. Les ouvriers, qui étaient venus non sans une certaine réticence – «Faut bien faire plaisir à M'sieur le comte, mais c'est pas l'bon jour!» –, commençaient à se passionner. Sur les instructions de Jean, ils se remirent au travail pour agrandir le trou. Bien qu'ils travaillassent vite et efficacement, ils mirent du temps, ce qui augmenta la fièvre, l'impatience. L'ouverture agrandie, Jean de nouveau y plongea sa torche.

— On dirait une femme… Voyez vous-mêmes.

Amalric, puis Jeanne, prirent sa place et, à leur stupéfaction, aperçurent une masse de cheveux blonds. Ils étaient si abondants qu'ils recouvraient le visage et le corps. Une femme… vivante, car ses cheveux semblaient souples et brillants. Les ouvriers et les enfants, un par un, constatèrent à leur tour cette étrange découverte. Ils étaient tout à la fois pétrifiés et tremblants d'émotion. Une femme vivante, malgré l'invraisemblance de cette éventualité? Même si elle ne bougeait pas?

Il fallut deux heures, deux heures qui parurent deux siècles aux assistants, pour que la cavité fût suffisamment dégagée. Alors ils le virent.

Ils virent un squelette accroupi sur le sol, dont le cou était enserré par un gros anneau de fer, désormais rouillé, attaché à une courte chaîne qui le reliait au mur. Le fait extraordinaire était que le squelette gardait cette merveilleuse chevelure blonde.

— Elle a dû être très belle… murmura Jeanne, profondément émue.

Avant que Jean ait pu l'arrêter, la petite Sébastienne s'approcha pour caresser les cheveux blonds. À peine les toucha-t-elle qu'ils tombèrent en poussière. L'enfant éclata en sanglots. Jean tenta de la consoler:

— Tu ne pouvais pas le deviner, mais s'ils ont été préservés aussi longtemps, c'est qu'ils sont restés dans un espace clos. Du moment que la cavité est ouverte, rien n'aurait pu les conserver.

166

Tous serrés autour de l'ouverture, ils prenaient peu à peu conscience qu'il avait dû se passer là une atroce tragédie. Cet anneau autour du cou, cette chaîne qui liait le corps à la paroi, cela signifiait la violence, la souffrance. Bouleversés, ils sentaient croître en eux l'horreur de ce qu'ils commençaient à soupçonner, et une profonde pitié pour ce squelette. Pensif, Amalric constata :

— Une femme a donc été emmurée dans ce château. Elle était certainement encore vivante, puisqu'elle a été enchaînée au mur. Pour quel crime a-t-elle reçu un châtiment aussi effroyable ?

Jean voulut prouver qu'il n'était pas impressionné et qu'il restait éminemment prosaïque :

— En tout cas, la cavité existe bien comme je le soupçonnais. Elle est à l'origine des gémissements que nous avons entendus, et une fois de plus il est prouvé qu'à l'origine de l'inexplicable il y a une explication très précise, qui n'a rien à voir avec la superstition !

Personne ne l'écouta, même pas les ouvriers qui eux aussi laissaient courir leur imagination.

Amalric, comme hypnotisé par ce cadavre, s'obstinait à chercher :

— Qui était cette femme ? Le saurons-nous jamais ?

— Elle avait les cheveux blonds comme Mélusine, chuchota Jeanne.

La petite Sébastienne la reprit :

— Oui, maman, mais Mélusine a été changée en serpent et a disparu dans les airs…

Pourquoi ce supplice abominable et qui donc était cette femme ? Un ouvrier fut le premier à réagir :

— C'est pas tout, M'sieur le comte. On a encore du ch'min à faire pour rentrer chez nous…

Les ouvriers furent remerciés et reçurent un pourboire d'autant plus abondant qu'ils furent priés de ne pas ébruiter l'événement. Il avait semé un tel trouble que tout le monde oublia que l'on avait invité ce soir-là l'oncle préféré d'Amalric, Maurice de Courtos.

Ce célibataire, qui vivait depuis longtemps dans la région, était l'érudit de la famille. Il avait publié à tirages confidentiels les *Chroniques* des Courtos et nombre de fascicules sur les curiosités des environs. Cet historien amateur aimait réfléchir aux problèmes insondables que posait le passé, il en avait d'ailleurs le loisir.

En arrivant au château, il s'étonna de constater que ses neveux ne s'étaient pas changés pour le dîner. Ceux-ci paraissaient aussi excités qu'épuisés. Plutôt que de se lancer dans de longs discours, ils menèrent l'oncle Maurice, avant même de lui avoir offert un apéritif, devant la cavité.

L'oncle resta longtemps en contemplation devant le squelette. Puis, d'une voix sourde, il demanda :

— Comment l'avez-vous trouvé ?

Jean Simonfils, qui évidemment était resté pour le dîner, ne fut pas d'un grand secours avec ses explications qui se voulaient rationnelles et qui n'étaient que confuses. Ce fut Sébastienne qui raconta le plus clairement, le plus succinctement leur découverte.

L'oncle Maurice se passionna immédiatement pour le mystère. Il posa des questions, envisagea des hypothèses sans parvenir à trouver de réponse aux deux questions lancinantes sur l'identité du squelette et la cause de son supplice. Le dîner depuis longtemps fini, on était passé au salon. Personne n'avait envie de se coucher. L'oncle Maurice se plongea dans ses réflexions et on fit respectueusement silence autour de lui. Au bout d'un certain temps, il réclama un second cognac, alluma un énorme cigare, regarda son auditoire dont chaque membre le fixait intensément, et se lança :

— Revenons, si vous le voulez bien, à Mélusine. Ce personnage mythique apparaît pour la première fois dans un roman, *La Noble Histoire de Mélusine*, écrit au XIVe siècle par Jean d'Arras pour le duc de Berry. Des experts ont prouvé que le personnage de Mélusine plongeait ses racines dans la mythologie celtique. J'ai, quant à moi, une autre opinion. Je suis convaincu qu'à la base de toute légende, de tout personnage

168

mythologique, il y a une vérité historique. Si on enlève à la fiction son maquillage, on trouve la réalité.

« Raymondin, notre ancêtre, a été un personnage tout à fait réel. Sur tous nos arbres généalogiques, sa femme figure sous le nom de Mélusine. Certains soutiendront qu'elle est une invention de généalogiste à la solde de notre famille pour rendre ses origines encore plus prestigieuses… Je doute, moi, qu'il s'agisse d'une invention. Qui était Mélusine ? La légende affirme qu'elle venait de l'Orient et qu'elle était fille de roi, en l'occurrence celui d'Albanie. C'est tout à fait probable. Rappelez-vous, c'est l'époque des premières croisades et notre ancêtre Raymondin y participa. Il en aura ramené une princesse et, pour justifier son existence auprès de ses vassaux méfiants et xénophobes, il aura raconté son apparition dans la forêt de Coulommiers.

« Mélusine devient châtelaine. Sa beauté attire tous les regards. Pourtant on se pose beaucoup de questions sur elle. Cette Orientale se comporte bizarrement aux yeux des paysans charentais du XIIe siècle, peut-être est-elle quelque peu voyante ou guérisseuse comme la plupart des Orientales ? Il n'en faut pas plus pour en faire la plus puissante des magiciennes ! Elle a le sang chaud, elle s'ennuie dans notre Charente, comme tant de nos contemporains d'ailleurs. Elle prend un amant, cela je l'ai toujours entendu dire. Je ne sais pas d'où vient cette affirmation, mais elle trotte dans ma tête depuis ma jeunesse. Je me rappelle même qu'on soutenait que l'amant était un berger des environs et qu'elle le retrouvait chaque samedi.

« Notez bien que si Raymondin viole son serment et force la porte de Mélusine un samedi, c'est parce que son frère, le comte Geoffroy, a distillé en lui le poison de la jalousie en accusant sa belle-sœur de tromper son mari. Pour moi, il ne fait pas de doute que Raymondin a dû surprendre les amants, justement un samedi. Le berger, il a dû tout simplement le trucider et jeter son cadavre dans quelque mare, comme il y en a tant dans les environs. Quant à la femme infidèle, il l'a emmurée.

« Mélusine était réputée pour sa chevelure blonde. Le squelette portait le même ornement, qui, malgré sa fragilité, est arrivé jusqu'à nous comme pour nous indiquer une piste à suivre. Je vous affirme que la femme dont vous avez découvert les restes et Mélusine ne sont qu'une seule et même personne ! Raymondin a choisi cet horrible châtiment non seulement pour la punir mais pour dissimuler son crime, car après l'avoir fait disparaître derrière le mur de l'escalier, il n'eut plus qu'à inventer l'histoire de sa femme changée chaque samedi en serpent – se fondant sur sa réputation de sorcière – et sa disparition après qu'elle avait été surprise en cet état. Ainsi, il a joué la comédie du désespoir et personne n'est allé chercher plus loin. Le merveilleux, qui avait force de loi au Moyen Âge, permit d'escamoter un crime abominable. »

Le lendemain soir, la petite chapelle du château généralement désertée était comble. Les Courtos au complet, avec l'oncle Maurice, Jean Simonfils, les ouvriers des restaurations se réunirent dans le minuscule sanctuaire juché en haut de l'une des tours. Il avait peut-être une origine médiévale, mais avait été entièrement redécoré au cours du XIXe siècle dans le pire goût saint-sulpicien. Le papier peint s'écaillait, l'humidité avait taché les toiles pieuses, les statues et les chandeliers de bronze doré avaient perdu leurs couleurs.

Une petite cavité avait été creusée quelques heures auparavant près de l'autel. Planait sur l'assemblée une émotion sincère, même chez ceux qui n'avaient aucune foi comme Jean Simonfils. Ce fut Sébastienne qui porta le coffret de bois où l'on avait déposé les pièces du squelette. Elle le déposa délicatement dans l'alvéole prévu à cet effet. Des larmes brillèrent lorsque la petite innocente mit en lieu consacré les restes d'une jeune femme qui n'avait jamais connu la sérénité. Puis les ouvriers rebouchèrent la cavité. Les assistants priaient de toute leur âme pour le repos de l'inconnue qui aurait pu être Mélusine.

Le lendemain matin, les ouvriers revinrent et, sous la direction de Jean, rebouchèrent le trou de l'escalier de façon que le vent ne puisse plus jouer des tours à ceux qui dormaient dans la chambre dite hantée.

170

— Personne n'entendra plus de gémissements, conclut Jean.

— Oui, confirma Jeanne, Mélusine est désormais en paix.

Et avant que le sceptique ait pu protester, elle ajouta :

— Elle est en paix grâce à toi, Jean. Peut-être sans que tu le saches as-tu été guidé jusqu'ici justement dans ce but...

Elle dit cela avec une telle conviction et accompagna ses paroles d'un sourire si beau, si profond, que son ancien soupirant se sentit soudain envahi de lumière.

Meurtre au palais de Saint James

L A monarchie anglaise, la plus vénérée de toutes, n'a jamais connu de domicile fixe. Londres n'offre aucun palais chargé de siècles et d'Histoire comme le Louvre de Paris, le Kremlin de Moscou, la Hofburg de Vienne. La plus ancienne résidence royale anglaise fut la tour de Londres, aujourd'hui connue pour avoir été prison et pour abriter les bijoux de la Couronne. Le splendide palais de Whitehall (le Hall blanc) ne subsiste plus que par sa salle des Banquets peinte à fresque par Rubens. Les palais de Richmond et Nonsuch, dont l'Europe entière, extasiée, décrivait les merveilles, ne sont plus que des fantômes. Buckingham Palace n'était à l'origine qu'une modeste maison de campagne appartenant à un particulier. Et Kensington, où logea la princesse Diana, ne fut résidence du souverain en exercice que fort peu de temps. Quant au palais Saint James, Henry VIII le construisit après avoir détruit l'hôpital qui occupait les lieux et en avoir expulsé médecins, infirmières et malades sous prétexte qu'il s'agissait d'une institution religieuse...

Avec lui, donc, la monarchie s'installa à Saint James, où elle continue de demeurer, tout au moins fictivement, car de nos jours encore les décrets de la reine Elizabeth II portent la mention : « Donné en notre cour de Saint James ». Au cours des siècles, le palais d'Henry VIII a été rapetissé, à moitié détruit par des incendies, défiguré au point qu'il n'en reste plus que des fragments – non dénués d'ailleurs d'une certaine allure !

Depuis l'installation de la monarchie à Buckingham Palace à la fin du XVIIIe siècle, Saint James a été occupé en partie par des bureaux de la Cour, en partie par des membres de la famille royale, logés aux frais de la Couronne. Ses appartements d'apparat, restaurés à plusieurs reprises avec le plus grand luxe, servaient de cadre à certaines cérémonies.

En 1931, Colin Thomas atteignit ses vingt-sept ans. Trop jeune pour avoir participé à la Grande Guerre, il avait vu nombre de jeunes hommes de son village partir pour ne jamais revenir. Colin était né au centre du pays de Galles, dans une région de lacs, de forêts, de landes et de collines où les agglomérations étaient rares et les communications difficiles. Dans son village s'alignaient des cottages construits au siècle précédent en une pierre gris sombre qui leur donnait un aspect lugubre. Ses parents ne connaissaient pas la misère, néanmoins toute la famille devait travailler dur toute l'année pour avoir de quoi vivre.

À la maison, on parlait le gaélique, mais Colin avait été envoyé à l'école du village où il avait appris à lire et à écrire l'anglais. Il se découvrit très tôt une passion pour la lecture, dévora avec délices tous les livres à sa portée, se repaissant d'Histoire, de légendes et de contes. Ses parents, sentant bien qu'il n'était pas fait pour la vie des champs, s'étaient adressés à l'un de ses oncles qui, jadis, avait été camarade de régiment de Victor Barns. Ils avaient même participé ensemble à la guerre de Crimée... Or Victor Barns était le concierge du palais de Saint James.

Victor Barns avait accepté de parrainer Colin, et celui-ci avait débarqué un beau matin à Londres. L'immense métropole ne l'avait pas du tout intimidé. Il avait sans difficulté trouvé son chemin jusqu'au palais, dont l'extérieur plutôt rébarbatif lui apparut comme celui d'une forteresse rouge sombre. Deux sentinelles à bonnet à poils le regardèrent avec indifférence franchir le portail. Victor Barns l'attendait, qui le mena dans les bureaux de la Cour, de vastes pièces peintes en blanc, ornées de très grandes images – portraits ou photographies – de royautés vivantes ou défuntes. Il fut reçu par un des assistants du lord Chamberlain, qui jugea favorablement de sa bonne mine.

Colin Thomas était en effet grand et bien découplé, visage avenant, chevelure sombre, un regard bleu et profond, bref, il présentait bien. Le chambellan l'avait interrogé sur ses projets, et avait vite compris que l'adolescent était plus dégourdi que la plupart des candidats.

Ainsi, à seize ans révolus, Colin fut engagé comme valet de pied et eut le droit de porter la livrée royale : rouge et or, culotte courte, bas blancs et escarpins noirs. Il se trouvait fière allure dans cette tenue, qui était cependant réservée aux cérémonies de cour – devenues rares au palais Saint James, la plupart ayant désormais lieu au palais de Buckingham. Il y avait bien de temps à autre une remise de décoration dans la petite salle du trône, un Conseil privé de la Couronne dans la salle du Conseil... En ces occasions, Colin put approcher de près le roi George V, toujours grognon, et l'imposante reine Mary, scintillante sous ses parures de gros diamants. En dehors de ces journées exceptionnelles, l'existence à Saint James était plutôt morne.

Chaque jour épousseter, aérer, cirer ne déplaisait pas à Colin, en revanche il soupirait d'être sous la férule de Bryan Nally, le maître d'hôtel que tout le monde détestait. Ce petit homme au visage rond, aux cheveux frisés, au nez épaté, aux petits yeux plissés et au sourire engageant était un monstre pour ses subordonnés. Il les usait au travail et prenait tous les prétextes pour amputer leur salaire et s'approprier l'argent. De plus, il harcelait toutes les femmes de chambre et les menaçait des pires représailles si elles se plaignaient. Cependant Colin le supportait car, ambitieux, il voulait monter en grade dans la hiérarchie du palais. Pour ce faire, il avait même renoncé au mariage.

Toujours attiré par la lecture, il se plongeait dans des ouvrages d'Histoire, tout en la vivant en quelque sorte par le fait d'habiter à Saint James : il avait étudié tout ce qui concernait ce lieu prestigieux et ne se lassait pas de le parcourir. Il admirait les décors architecturaux de William Kent, de Christopher Wren, mais aussi les tapisseries de Charles Ier, dans les pièces d'apparat laissées dans la pénombre par les volets fermés et les rideaux tirés.

Dans les grands appartements, quand il était sûr de ne rencontrer personne à part les quelques valets de chambre commis comme lui à leur entretien, il tâchait de reconnaître les rois dont les portraits s'alignaient sur les murs tendus de damas. Était-ce Charles Ier ou Charles II qu'avait peint Van Dyck ? Et ce Reynolds, s'agissait-il de George III ou de l'un de ses fils ? En tout cas, ce souverain en grand manteau d'hermine et collier d'ordres peint par Lawrence, c'était à n'en pas douter George IV !

L'intérêt que portait Colin à son lieu de travail et son goût pour la solitude ne l'empêchaient pas de trouver l'atmosphère souvent étrange dans ces pièces somptueuses et désertées. Il lui arrivait même de frissonner sans raison, de se retourner comme s'il avait entendu des pas derrière lui alors qu'il n'y avait personne, de se hâter pour terminer au plus vite sa tâche et quitter les lieux.

En ce matin d'automne, il s'affairait dans les anciens appartements royaux. Vêtu de sa tenue habituelle, costume et cravate noirs, gilet jaune à raies noires, il avait apporté son attirail de balais, de torchons et de produits d'entretien. Les exigences de sa besogne étaient inégales : tantôt les vastes pièces étaient quasi vides, à peine suffisait-il de taper vigoureusement sur un tapis turc pour le dépoussiérer ; tantôt des chambres étaient encombrées de meubles hétéroclites aux formes contournées qu'il était malaisé de cirer. Colin s'acharnait sur ces derniers, sachant que de toute façon le détestable Bryan Nally ne serait pas satisfait. Le temps maussade assombrissait son humeur. Les nuages noirs enténébraient cet intérieur qui sentait le moisi. Au début, Colin Thomas avait ouvert les fenêtres pour nettoyer l'atmosphère, mais le parfum du passé était plus fort, qui s'accrochait aux vieilles tentures, aux rideaux de damas fanés, aux tapisseries défraîchies. Il s'en voulait d'avoir fui la présence d'autres valets, il aurait voulu déverser sur eux sa bile contre leur tyran ; mais surtout, il aurait aimé avoir de la compagnie…

Soudain, il lui sembla entendre du bruit venu d'une pièce au milieu du couloir. Sans hésiter, il se dirigea vers l'endroit. Au fur et à mesure qu'il approchait, les bruits se précisèrent, il entendit des grognements, des jurons étouffés. On aurait cru que deux hommes se querellaient. Ils devaient même se battre, car il percevait maintenant des chocs sourds. Colin s'arrêta, il hésitait. Qui pouvait se cacher dans cette partie déserte du palais ? Peut-être des serviteurs entrés dans cette aile sans qu'il s'en soit aperçu ? Il arrivait effectivement à certains d'entre eux d'échanger quelques coups, surtout lorsqu'ils avaient abusé de la boisson… D'un pas ferme, il s'approcha de la pièce, et tendait déjà la main vers la porte lorsqu'il vit celle-ci s'entrebâiller lentement. Son cœur fit un bond terrible. Ses yeux s'agrandirent, sa bouche s'ouvrit sur un cri qu'il ne poussa pas et il resta figé sur place.

Devant lui se tenait un petit homme, fort menu, à la chevelure brune et frisée. D'une oreille à l'autre, son cou portait une effroyable blessure : l'homme avait été égorgé ! Un flot de sang s'était répandu sur sa chemise de nuit, car il portait toujours, bien que la matinée fût avancée, sa tenue nocturne. L'homme ne semblait pas respirer, il gardait les yeux clos et il était extrêmement pâle. Le pire cependant, c'était l'odeur, celle douce-amère du sang, qui envahit les narines de Colin. Aucun détail de cette apparition épouvantable ne lui échappa. Il ne la contempla cependant que quelques instants, car un réflexe incontrôlable le poussa à s'enfuir. Il se mit à courir comme un fou dans les enfilades qu'il connaissait si bien, sans prendre la précaution de fermer les portes comme Bryan Nally le lui avait ordonné, et rejoignit bientôt les quartiers habités de Saint James.

Il se précipita droit à la conciergerie, chez Victor Barns, l'ami de son oncle. Celui-ci appartenait à une dynastie de serviteurs de la Couronne comme on en rencontrait beaucoup à l'époque.

Il avait été prénommé ainsi en l'honneur de la reine Victoria, qui régnait lors de sa naissance. Ce septuagénaire avait emmagasiné un nombre extraordinaire d'histoires sur la famille royale, sur la Cour, car pendant ses longues années de service il avait beaucoup vu, beaucoup entendu, et tout retenu. Son travail était plutôt une sinécure, car les *horse-guards* à haut bonnet et manteau gris veillaient devant le palais et les huissiers en filtraient les visiteurs.

Près de l'entrée, Victor Barns disposait d'un chaleureux logis où un bon feu brûlait toujours et où le samovar ne cessait de fumer, prêt du matin au soir à remplir une tasse de thé, dans le placard s'alignaient des bouteilles de gin et de whisky constamment renouvelées. Lorsque, ce matin-là, Colin fit irruption chez son protecteur, celui-ci le dévisagea et lâcha :

— À ta mine, il te faut plutôt un alcool fort que du thé !

Colin, bien que de nature sobre, avala coup sur coup deux whiskies secs. Puis, calé dans le fauteuil du vieux Barns et ayant repris un peu ses couleurs et ses esprits, il put raconter ce qu'il venait de vivre. Victor Barns écouta sans dire un mot. Lorsque Colin se tut, il laissa passer un moment avant de prendre la parole.

Né en 1771, le prince Ernest-Auguste de Grande-Bretagne et d'Irlande, duc de Cumberland, avait trente-neuf ans. Ce fils du roi George III et de la reine Charlotte d'Angleterre était, comme tous les princes de la dynastie régnante des Hanovre, blond, grand, corpulent, avec le teint rougeaud. À moitié borgne, il abritait son regard sous des sourcils broussailleux. Ses énormes favoris, ses moustaches retroussées lui donnaient l'allure d'un croque-mitaine, mais il ne manquait pas d'allure. Il était plus intelligent et aussi plus courageux que ses frères, mais aussi plus direct, plus intrépide, et pour tout dire plus féroce.

Comme tous les princes, il avait fait carrière dans l'armée. Ses qualités y avaient été remarquées. Au lieu de se contenter de riposter aux assauts, il attaquait furieusement, fonçait au cœur des troupes ennemies et faisait un massacre. Or, en cette année 1810, l'Angleterre n'en était pas à attaquer mais plutôt à se défendre. Le pays vivait sous la menace constante de son ennemi mortel, Napoléon. Celui-ci, gagnant sur tous les fronts, avait conquis la moitié du continent. Les alliés de l'Angleterre s'en étaient détachés l'un après l'autre pour rejoindre le camp ennemi. Napoléon avait décrété le blocus continental, qui ruinait le commerce britannique. Seule de toute l'Europe, l'Angleterre continuait à résister. Mais combien de temps pourrait-elle tenir ?

Dans leur désarroi, les Anglais se tournèrent vers leur famille royale, sans aucun succès : le roi George III passait par des crises de démence de plus en plus longues, qui le rendaient incapable de gouverner ; son fils aîné et héritier George, le prince de Galles, assumait le pouvoir, mais ses frasques, sa bigamie, ses dettes le rendaient universellement impopulaire, presque autant que ses frères. Tous étaient détestés pour leurs coûteuses maîtresses, pour leur brutalité, pour leur arrogance et pour leur indifférence aux malheurs du peuple.

Nul d'entre eux n'était autant haï qu'Ernest-Auguste… Il ne cachait pas ses opinions ultraconservatrices ni son intolérance religieuse, qui le rendaient fanatiquement anticatholique. Il était dur avec les petites gens, tatillon et méchant avec ses subordonnés à l'armée. Il se croyait irrésistible auprès des femmes et usait d'elles comme sur le champ de bataille : il emportait avec rapidité et violence, puis il rejetait. Il était de plus saisi de crises de rage incontrôlables et terrifiantes qui le faisaient redouter de tous et qui encourageaient l'opinion à lui attribuer tous les vices. On murmurait même qu'il avait fait un enfant à sa propre sœur, la princesse Sophie.

— C'était le soir du 31 mai 1810, poursuivit Victor Barns à l'intention de Colin, qui, dévoré de curiosité et d'impatience d'en savoir plus, ne bougeait plus. Le duc de Cumberland revint vers les neuf heures du soir au palais. Depuis des années, il en occupait un vaste appartement contigu aux salles d'apparat, qu'il avait fait coûteusement redécorer quelques années plus tôt. Il sonna son premier valet de chambre, Cellis. Ce coiffeur sarde, après des années passées à arranger les cheveux des dames de Cagliari, était allé chercher fortune en Angleterre. Cet Italien, discret et dévoué, était populaire dans la famille royale. La reine Charlotte avait offert plusieurs pièces de mousseline à son épouse, et le duc de Cumberland avait accepté d'être parrain de sa dernière fille.

« Cellis aida le duc à se changer, puis ce dernier le congédia, il n'avait plus besoin de ses services ce soir-là. Le duc se rendit ensuite à l'Opéra, non pas vraiment pour écouter la musique mais pour s'enfermer dans sa loge avec quelques camarades, pour boire, pour discuter de femmes et pour lorgner celles-ci avec leurs jumelles. Il sortit de l'Opéra déjà ivre, et se rendit selon son habitude dans une maison close du quartier de Covent Garden. En compagnie de ses amis, il se livra à l'une de ces crapuleuses orgies qu'il appréciait tant. Il était minuit et demi lorsque son carrosse le déposa à la porte du palais. Laquais et valets de pied l'attendaient dans ses appartements. Il trouva le moyen d'insulter tout le monde, de distribuer des coups de poing à plusieurs d'entre eux avant de claquer sur lui la porte de sa chambre. La plupart se retirèrent alors, ne restèrent dans l'antichambre que les cinq ou six hommes de service cette nuit-là, qui veilleraient jusqu'à l'aube à portée de voix du duc pour exaucer ses moindres souhaits dans la rare éventualité où celui-ci se réveillerait au milieu de la nuit. Ils s'installèrent dans les élégants fauteuils de style Regency qui ornaient la pièce avec l'intention de piquer un somme. Un certain temps s'écoula. Certains flottaient dans un demi-sommeil réparateur, d'autres produisaient des ronflements qui se mêlaient à celui du tic-tac des horloges de bronze doré.

« Soudain, ils furent réveillés par des bruits venant de la chambre. Ils perçurent des jurons, des grognements, les heurts caractéristiques d'une lutte – exactement les mêmes sons que toi-même, Colin, tu as entendus tout à l'heure. Connaissant leur maître, ils se gardèrent bien d'intervenir. Ils savaient que

180

s'ils s'en mêlaient, ils risquaient gros. Le duc, entre l'alcool et la rage, était capable de tout. Pourtant ils étaient inquiets, ne sachant trop quoi faire. Bientôt, ils furent soulagés car le calme revint, quelques instants seulement… Et brusquement, la grosse voix du duc se mit à hurler :

« — Neal ! Neal ! On m'assassine !!!

« Neal, c'était le second valet de chambre du duc, qui habitait un réduit contigu à la chambre de celui-ci. Neal, réveillé en sursaut, frappa d'une main tremblante la porte de communication. "Entrez donc !" grogna le duc. Neal ouvrit la porte, enregistra en une seconde la scène éclairée par la lampe de chevet, et en resta sidéré.

« Au milieu du décor de satin jaune, d'acajou et de miroirs qu'il avait lui-même composé, Ernest-Auguste se tenait debout. Il était très rouge, les yeux exorbités, décoiffé, mais il semblait parfaitement maître de lui, froid et composé. Il avait enlevé sa redingote et son gilet, le devant de sa chemise était maculé de sang, son épée également, qui gisait par terre et sur laquelle Neal buta. Du sang encore couvrait la poignée de la porte qui menait de la chambre aux appartements d'apparat. Neal comprit vite que l'assaillant, quel qu'il fût, avait disparu. Il soutint le duc jusqu'à un fauteuil. Le désordre régnait dans la chambre, les meubles avaient été poussés, les chaises renversées, les bibelots brisés.

« Avant que Neal n'ait eu le temps d'ouvrir la bouche, le duc, d'une voix calme, lui expliqua :

« — À peine étais-je au lit et endormi que je reçus deux coups sur la tête, qui m'ont évidemment réveillé ! Puis deux autres, accompagnés d'une sorte de sifflement qui m'ont fait croire un instant qu'une chauve-souris était entrée par la fenêtre ouverte et se heurtait à moi dans sa course folle. Malgré la lumière répandue par ma lampe de chevet, je n'ai vu personne. Je me suis levé, j'ai voulu aller vers la porte de votre chambre pour vous réveiller. À ce moment, j'ai reçu un coup de sabre sur le haut de la cuisse droite. C'est alors que je vous ai appelé à l'aide. Ordonnez de ma part que l'on ferme les portes du palais et que l'on n'en laisse sortir personne… Allez me trouver sir Henry Halford immédiatement !

« Sir Henry, le médecin personnel du duc, résidait lui aussi au palais. Neal se précipita. Le praticien, qui ne dormait pas, portait encore ses vêtements de soirée. Affolé d'apprendre que le duc avait été blessé, il courut derrière Neal jusqu'à la chambre de son illustre patient. Il s'empressa de l'étendre sur son lit, le déshabilla, le nettoya, l'examina. Les blessures étaient impressionnantes : le crâne était fendu jusqu'à l'os, il saignait profondément du cou, de la cuisse, et le pouce de sa main droite était presque arraché. Cependant, confia le médecin à Neal debout à ses côtés, malgré le sang abondamment répandu, la vie du duc n'était pas en danger. Il appliqua les onguents qu'il avait apportés, banda les blessures, coucha son patient sous sa courtepointe de satin jaune. Les valets de pied qui se tenaient dans l'antichambre, appelés en renfort, remettaient de l'ordre dans la pièce.

« C'est alors que Neal remarqua plusieurs indices qui le frappèrent. La porte qui séparait la chambre du duc des appartements d'apparat, et qui était toujours fermée à clé, ne l'était plus. Dans le cabinet de toilette, Neal trouva une lanterne jetée sur le sol ainsi qu'une paire de pantoufles marquées J. Cellis… Cellis, le valet de chambre italien du duc qui l'avait habillé avant sa soirée. Justement, le duc éructait :

« — Allez me chercher Cellis !

« Les valets de chambre de service s'empressèrent. Ils coururent jusqu'au bout du passage où se trouvait la chambre du premier valet de chambre, ils frappèrent, crièrent : "Réveillez-vous ! Réveillez-vous ! Le duc a été assassiné !" Personne ne répondit. Ils voulurent ouvrir la porte, elle était fermée à clé. Mais les valets savaient que cette chambre possédait une seconde porte, et qu'il fallait pour l'atteindre passer par les appartements d'apparat. Ils firent le tour et atteignirent l'autre porte qui, elle, n'était pas verrouillée. Ils entendirent, venant de la chambre, un son bizarre, une sorte de gargouillis. Ce fut le concierge du palais – mon prédécesseur – qui entra le pre-

182

mier : "Mon Dieu ! s'écria-t-il, Cellis s'est coupé la gorge !" Les gardes furent appelés, ainsi que le sergent qui les commandait.

« Le torse de Cellis était appuyé sur le dos de son lit, sa tête était pratiquement séparée de son corps. Ses draps et ses vêtements de nuit étaient ensanglantés. Exactement tel que tu l'as vu il y a maintenant un peu plus d'une heure, sauf que l'apparition se tenait debout devant toi alors que les valets de pied ont trouvé le malheureux sur son lit. Le sergent des gardes remarqua immédiatement qu'un rasoir ouvert et ensanglanté reposait par terre, non loin de la main de Cellis qui pendait du lit. Le sergent garda son calme, referma la pièce à clé et alla rendre compte au duc. Celui-ci, affaibli par ses blessures, était à moitié endormi. D'un commun accord on décida de remettre toute action au lendemain.

« En fin de matinée, les représentants de la justice se présentèrent au palais et commencèrent leur enquête. Ils examinèrent le cadavre de Cellis et sa chambre, restés en l'état. Ils interrogèrent les serviteurs, posèrent de nombreuses questions à Neal lui-même ainsi qu'au médecin, sir Halford.

« Ils soumirent même à un bref interrogatoire le duc de Cumberland. Par respect pour un personnage royal et en considération de son état de faiblesse, les interrogatoires eurent lieu dans le palais même. Les membres du jury étaient des boutiquiers, des gens simples appartenant à la classe moyenne. Ils détestaient le duc, mais c'était la première fois qu'ils pénétraient dans un palais royal. Lorsque le fils du roi entra dans la salle mise à leur disposition, tous, fort impressionnés, se levèrent.

« — *Your Royal Highness*, commença le juge d'instruction, veuillez nous décrire les événements de la nuit précédente…

« Le duc, fort élégant dans sa redingote sombre sur laquelle était épinglée la plaque de l'ordre de la Jarretière, portait de hautes bottes noires et sa tête émergeait d'un flot de mousseline. Il semblait fortement atteint et s'affala lourdement dans le fauteuil qui lui avait été avancé. Sa déposition reprit le récit qu'il avait fait à Neal de l'attaque dont il avait été l'objet. Nul n'osa poser d'autres questions.

« Après qu'il se fut retiré, les interrogatoires se poursuivirent. Une femme de chambre assura qu'elle avait vu à dix heures et demie ce soir-là Cellis à moitié déshabillé se tenant à la porte de sa chambre, et qu'un peu plus tard, alors qu'elle passait près des appartements d'apparat voisins de la chambre du duc, déserts à cette heure, elle avait entendu quelqu'un qui se déplaçait en prenant toutes les précautions pour ne pas faire de bruit. Le sergent, appelé à faire le premier examen de la chambre du défunt, soutint que le corps de Cellis était encore chaud. Sir Halford déclara sous serment que les blessures qu'il avait examinées sur le corps du duc étaient fort sérieuses et devaient avoir été infligées par un assaillant particulièrement violent, et même vicieux. "Le suicide de Cellis est bien la preuve de sa culpabilité !" ajouta-t-il alors que personne ne lui demandait rien. Ce ne fut qu'à la fin de l'après-midi que les interrogatoires s'achevèrent. Contre la coutume, le jury ne se retira pas dans une pièce voisine pour délibérer. Il n'y avait aucune discussion envisageable : à l'unanimité, les jurés conclurent que Cellis s'était lui-même donné la mort. Le juge rendit donc un verdict de suicide.

« La justice ne chercha pas les raisons pour lesquelles Cellis s'était coupé la gorge ni qui avait sauvagement attaqué le duc et pourquoi. Le duc lui-même partit en convalescence, invité par son frère aîné le prince régent. Silence se fit sur l'affaire, du moins à titre officiel. Car souterrainement, les rumeurs, les soupçons, les allégations se multipliaient. Une lave en fusion montait dans le cône et, deux années plus tard, le volcan explosa, au début modestement.

« En août 1812, un magazine, *The Independant Whig*, publia une lettre ouverte dans laquelle l'enquête sur la mort de Cellis était mise en doute, concluant par cette phrase menaçante : *"Cellis n'a pas été son propre bourreau !"* Un pamphlet anonyme suivit, qui jeta un impressionnant pavé dans la mare : Cellis aurait tenté d'assassiner son maître parce que ce Sarde

184

de mélodrame avait la violence dans le sang, parce qu'il détestait l'ordre établi, la monarchie, et que c'était un voleur ! Il avait donc voulu assassiner un représentant de cette classe qu'il voulait détruire, et en même temps voler dans la caisse. Cellis se serait suicidé parce qu'il n'avait pas réussi à assassiner le duc.

« Là-dessus, le *Political Review* publia une prétendue déclaration du fantôme de Cellis à sa veuve, où celui-ci déclarait : "Je n'avais pas de raison pour tuer. Je n'ai pas de haine à dissimuler et à nourrir. Je possède des preuves qui pourraient renverser le monde."

« L'Angleterre entière chercha à élucider le mystère. Pourquoi Cellis se serait-il suicidé ? Qu'il ait attenté à la vie du duc, les preuves étaient nombreuses : la lanterne et ses pantoufles laissées dans la salle de bains, la porte ouverte donnant sur les appartements d'apparat par lesquels il pouvait rejoindre sa chambre, les bruits de pas entendus par la femme de chambre dans ces mêmes appartements se dirigeant vers la chambre du duc. N'ayant pas réussi son coup, il était retourné dans sa chambre et, se croyant sur le point d'être arrêté, avait mis fin à ses jours au moment même où les valets frappaient à sa porte. Mais pourquoi aurait-il voulu assassiner le duc ?

« Personne ne crut à la version d'un Sarde violent et maniaque du crime. On s'indigna même que les tenants du duc veuillent ainsi salir la mémoire d'un mort ! Alors, quelles raisons avait-il ? Les plus indulgents affirmaient que Cellis, catholique convaincu, avait souhaité punir son maître pour son fanatisme protestant qui empêchait que le Parlement prenne la moindre mesure en faveur des catholiques. Les moins indulgents avaient trois explications autres : Cumberland était devenu l'amant de la femme de Cellis et celui-ci les aurait surpris ensemble... Cumberland aurait été l'amant de la fille de Cellis qui, tombant enceinte de lui, se serait suicidée... Ou encore, le duc aurait été l'amant de Cellis lui-même et, ayant eu à encourir la jalousie amoureuse de son autre valet, Neal, aurait chassé Cellis de son lit, lequel se serait vengé...

« La justice mit longtemps à poursuivre ces publications pour diffamation. Finalement, elle se décida et ce fut une erreur, car le magazine *The Independant Whig*, qui avait déjà provoqué l'explosion, remit ça par un article dont la conclusion était : *"Nous ne connaissons pas le meurtrier. Tout ce que nous avons dit, et nous insistons, c'est que Cellis n'était pas, ne pouvait pas avoir été son propre meurtrier."* La version du suicide du valet était donc remise en cause. Mais si Cellis ne s'était pas suicidé, qui donc l'avait tué ? Eh bien le duc, tout simplement ! Qui avait ensuite simulé une attaque contre lui-même...

« Les preuves ne manquaient pas pour étayer ces soupçons : Cellis était petit et frêle, le duc, un colosse, était doté d'une force exceptionnelle. Comment dans une lutte entre les deux le duc aurait-il eu le dessous ? D'autre part, ses blessures prétendument graves auraient été selon certains témoins tout à fait superficielles, et la convalescence de plusieurs mois passée chez son frère ne lui aurait servi qu'à disparaître le temps pour les rumeurs de se calmer. Enfin et surtout, plusieurs des valets et des gardes ayant pénétré dans la chambre du valet affirmaient que le rasoir qui aurait été l'instrument de son suicide se trouvait jeté par terre à l'autre bout de la pièce, rendant donc le suicide impossible. Ils soulignaient aussi que la tête de Cellis était à peu près détachée du tronc, ce qui supposait une force inouïe dont aurait été bien incapable le "suicidé".

« L'opinion se fit un plaisir de reconstituer le crime... Le duc avait décidé pour une raison ou pour une autre de réduire à jamais Cellis au silence. Ce soir-là, après être revenu de ses débauches, il s'était ostensiblement enfermé dans sa chambre, en était ressorti par la porte arrière, s'était dirigé en catimini vers la chambre du serviteur, l'avait trouvé endormi, avait soulevé sa tête en le prenant par les cheveux et l'avait proprement égorgé. Puis il s'était infligé avec ce même rasoir quelques blessures plus ou moins légères avant de lancer l'arme dans un coin. Ensuite, il était retourné par le même chemin dans sa chambre, avait bousculé des meubles, renversé des chaises, cassé des bibelots, il avait couvert de son propre sang la lame de son sabre qu'il avait jetée sur le sol, puis avait appelé Neal à l'aide. Pour les Anglais, aucun doute ne subsistait. »

Et Victor Barns de conclure : « La Cour fit tout pour étouffer l'affaire. Ce fut inutile. Le duc fut plus encore haï qu'auparavant, au point d'être ouvertement sifflé lorsqu'il paraissait dans les rues ou à l'Opéra. La haine contre lui atteignit un tel point que pendant une longue période il n'osa plus se montrer en public. »

Vingt-cinq ans plus tard, le duc de Cumberland fut appelé à monter sur le trône du Hanovre qui appartenait toujours à sa famille. Il alla consulter le vénérable duc de Wellington, le vainqueur de Waterloo, pour savoir si avant de partir pour l'Allemagne il pouvait rester quelques semaines encore en Angleterre.

— Partez immédiatement, fut la réponse du duc de fer, avant qu'on ne vous jette des pierres !

Car les Anglais conservaient une rancune tenace contre celui qu'ils considéraient comme le duc assassin. Cumberland ne se le fit pas dire deux fois et partit pour l'Allemagne. Il s'y maria, fut heureux en ménage, fonda une dynastie qui existe encore.

Lentement, le souvenir de Cellis s'estompa dans les mémoires, excepté en deux lieux : dans sa ville natale de Carieli, où l'on se souvint pendant des générations du jeune *parrucchiere*, ce coiffeur qui s'en était allé chercher fortune au nord, et l'avait trouvée avant d'être violemment réduit au silence ; et au palais Saint James, où l'impressionnante apparition de son fantôme terrifia de nombreux témoins.

Victor Barns mourut bientôt, emportant dans la tombe tout ce qu'il savait sur la famille royale, ce qu'il en avait dit et ce qu'il avait caché. Colin Thomas ne se remit pas de l'expérience dont il avait été victime. Il éprouvait de grandes difficultés à accomplir son service dans les appartements déserts et son angoisse lui fit multiplier les négligences, ce qui décupla les remontrances de son supérieur, l'abominable Bryan Nally. Ne pouvant plus supporter ce calvaire, il quitta le palais. Il revint au pays de Galles, s'y maria et ouvrit un petit commerce.

Quelques années plus tard, les grands appartements du palais Saint James, longuement inoccupés, s'ouvrirent à nouveau pour recevoir des membres de la famille royale. Le duc de Gloucester, fils du roi George V et nouvellement marié, y habita avec sa femme. Plus récemment, le prince Charles y établit un temps sa résidence... Respectant sans doute l'innocence de ces descendants du duc de Cumberland, le fantôme de Cellis se fit désormais extrêmement discret. Mais on sent toujours sa présence, car il continue de rôder dans les couloirs du palais, et le fera probablement jusqu'à ce que toute la lumière soit faite sur sa mort tragique, et que justice lui soit rendue.

La Sœur introuvable

Depuis Pise, Ugo roule sur la via Aurelia, l'ancienne voie romaine sur laquelle a été plaquée la route moderne, et qui reste l'un des principaux axes de l'Italie. La route étroite, bordée de grands arbres, est comme toujours encombrée, les files de camions s'y agglutinent, empêchant tout dépassement. Depuis Venise, sa résidence, en passant par Bologne et jusqu'à Pise, l'autoroute lui a permis de dépasser les 140 km/h sans qu'il s'en aperçoive, si puissante est sa Ferrari et douce sa conduite. Désormais, il est condamné à une allure de tortue. Beaucoup de ses compatriotes prennent des risques, s'écartent de la ligne blanche, dépassent les camions sans regarder ce qui peut venir en face... Ugo reste prudent, bien qu'il ait hâte d'arriver.

Le beau comte Ugo Borromini se rend en effet au château de San Lorenzo pour être présenté à la famille de sa fiancée, donna Margarita Caraccini. Il fait beau, chaud, il fait même lourd en ce début de week-end de juillet. Le jeune comte sourit à la vie, qu'il apprécie car elle l'a beaucoup gâté. Grand, brun, il attire toutes les femmes. Certes, il se désole un peu d'un début de calvitie, mais cela ne le rend pas moins séduisant... Étrangement, c'est un homme timide, plutôt réservé.

À ce charme évident qui émane de sa personne, il faut ajouter son titre – qui n'est pas sans le rendre plus attirant encore : il appartient à l'une des plus honorables familles de l'aristocratie du nord de l'Italie et possède ainsi une fortune considérable. Ses admiratrices se sont senties 'trahies lorsqu'il s'est fiancé, d'autant qu'elles n'auraient jamais pu imaginer que son choix s'arrêterait sur Margarita. Grande et belle fille, beaucoup d'allure, une sorte d'amazone aux longs cheveux, elle manque cependant de cette grâce qui trouble les hommes. Ugo admire son caractère décidé. Dès l'adolescence, elle a réussi à briser le carcan de la famille, et seule, sans appui, elle a brillamment passé ses examens universitaires pour devenir, malgré son jeune âge, une des expertes d'art les plus renommées d'Italie. Son métier la fait voyager et rencontrer des personnages hauts en couleur.

Son intérêt pour l'occulte est un autre lien entre elle et Ugo. Tous deux possèdent une extrême sensibilité qui leur permet de capter des phénomènes paranormaux. Aussi, malgré leur catholicisme invétéré, sont-ils intimement entraînés vers des domaines qui, selon l'Église, sentent le soufre. Ils s'étaient rencontrés lors d'un grand dîner à Venise. Le hasard les avait placés l'un à côté de l'autre et, au cours de la conversation, Margarita avait déclaré presque agressivement à Ugo :

— Il y a des fantômes dans ce palais. Je les sens !

Elle s'attendait, comme chaque fois qu'elle avait tenté l'expérience avec un garçon, à ce qu'il éclate de rire. Elle avait été stupéfaite d'entendre Ugo lui répondre :

— Je suis d'accord avec vous, car moi aussi je les sens…

Pour la première fois, elle n'avait lu dans le regard de son voisin ni incompréhension ni ironie… Un homme désormais la croyait ! Quant à lui, qui n'avait jamais osé auparavant en parler, désormais il le pouvait. Une femme l'y invitait. Ainsi s'était établie entre eux une vraie complicité, sur laquelle avait grandi leur amour.

Tout en conduisant, Ugo pense à ce qui l'attend. Il brûle de revoir Margarita, qu'il a quittée une semaine auparavant. Mais ce n'est pas sans appréhension qu'il va aborder sa famille… Et puis il connaît mal la Maremma qu'il traverse à présent. Cette région isolée, et peu hospitalière du temps où elle était consti-

190

tuée de marais insalubres, est devenue riche de son agriculture depuis que Mussolini les a asséchés. Malgré sa prospérité, elle est toujours restée à l'écart, repliée sur elle-même, fermée à l'étranger. « Exactement comme ma future belle-famille », pense Ugo. Leur réputation, en effet, ne les rend pas très attrayants.

Les princes Caraccini appartiennent à la plus haute noblesse italienne, bien plus ancienne et plus illustre que les comtes Borromini, beaucoup moins riche aussi, car c'est avec difficulté qu'ils s'accrochent à leur château et aux quelques terres qui l'entourent, le seul bien qui leur reste des territoires immenses qu'ils ont possédés. Ce qui n'empêche pas les Caraccini, pauvres mais vaniteux, de considérer du haut de leur grandeur les Borromini, milliardaires mais de noblesse récente. L'Italie se moque des princes Caraccini, devenus presque des symboles d'un autre âge, vétustes et dépassés ; et les princes Caraccini ignorent superbement l'Italie… Tout ce que Ugo entend sur eux renforce son admiration pour Margarita, si différente d'eux, si ouverte, si moderne.

Ugo n'a pas besoin de regarder la carte, Margarita lui a expliqué le chemin :

— Dès que tu verras, coupant la route, la plus longue avenue de cyprès au monde, tu sauras que tu es tout près. Tu n'auras plus qu'à tourner à gauche.

Ces cyprès font la célébrité de San Lorenzo : sur deux rangées, ils vont du château jusqu'à la mer, distante de trois kilomètres. Les poètes les plus illustres ont chanté cette merveille de la nature. Le château lui-même n'est qu'une grosse bâtisse médiévale qui ne se distingue pas du bourg fortifié accolé à ses murs. L'endroit déborde de charme dans son écrin d'épaisses forêts et de vignes dont le produit permet aux princes Caraccini de conserver San Lorenzo.

Margarita, qui guettait son arrivée, se précipite pour l'accueillir dès qu'elle entend sa voiture rouler sur le gravier. Elle l'emmène directement à sa chambre, empruntant pour le conduire une suite de galeries, d'escaliers et de couloirs sinueux. Cette traversée permet à Ugo de remarquer que le château a bien besoin d'être restauré. Peu de pièces sont aménagées, la plupart semblant servir de garde-meubles avec des tableaux posés contre les murs, des tapis roulés, de grosses armoires Renaissance à touche-touche. Sa chambre, décorée dans le style Empire italien d'un lourd mobilier d'acajou, offre une vue splendide sur la fameuse avenue de cyprès.

— Je sais que tu aimes la lumière... Aussi ai-je tenu à ce qu'on te donne cette chambre, lui dit Margarita. J'ai d'ailleurs dû insister beaucoup. Je ne comprends pas pourquoi mes parents tiennent à la laisser inoccupée, la plus belle de la maison !

Ugo promène son regard sur le papier peint début XIXe siècle représentant un paysage exotique, sur les opalines roses et bleu pâle, sur les rideaux de dentelle. De toute évidence, cette chambre a été celle d'une femme.

Le dîner réunit la famille de Margarita. Ugo connaissait déjà les deux sœurs, presque aussi charmantes qu'elle mais ni libérées ni entreprenantes. Il se demande comment trois filles aussi jolies, aussi sympathiques et aussi douées ont pu naître du couple que forment leurs parents. Fausto, dix-neuvième prince Caraccini, est un petit homme chauve et grognon. Il ne pense qu'à la chasse, plus particulièrement à la chasse aux sangliers qui peuplent ses forêts et dont les innombrables trophées ornent les salons et les galeries du château. « Il leur ressemble... » pense Ugo. Le prince Fausto déteste les intrus, et lorsqu'il part à la chasse il est réputé ne pas faire la distinction entre les sangliers et les touristes sur lesquels il tire avec le même enthousiasme. Son épouse, Emma, se révèle plus intelligente et plus civilisée. Cette grosse dame au regard vif a un humour certain. Elle aime rire, et son mari ne lui en donne pas assez souvent l'occasion.

Le prince Fausto accueille sèchement Ugo – après tout, ces Borromini sont des moins-que-rien comparés aux Caraccini ! – mais il se sent obligé de déployer un semblant de courtoisie traditionnelle due à tout hôte. La princesse Emma se montre nettement plus chaleureuse.

Ugo ne s'attendait pas à rencontrer la mère du prince Fausto, la grand-mère de Margarita, dont celle-ci lui avait rarement parlé, la décrivant comme un personnage énigmatique et redoutable.

La princesse douairière Stefania a dû être une très grande beauté, grande, maigre, une ossature superbe. Elle pose ses yeux violets lourdement cernés sur le jeune comte, et son regard perçant, presque malveillant, le fait frissonner involontairement. Margarita a oublié de lui dire que, paralysée, elle ne quittait pas son fauteuil roulant. Elle aussi a la passion de la chasse, et d'emblée elle interroge Ugo sur son sport favori. Celui-ci n'est que médiocre chasseur, n'ayant participé à ce genre d'activité que par obligation mondaine, et il comprend qu'il baisse considérablement dans l'estime de la princesse douairière. Margarita se croit alors obligée d'expliquer que sa grand-mère sort tous les jours dans le parc, et de son fauteuil s'amuse à tirer les pigeons à la carabine. « Elle n'en rate pas un seul ! »

Dehors, une dernière lueur de jour éclaire un vaste paysage où tout n'est que splendeur. Cruel contraste avec l'atmosphère confinée qui règne dans la salle à manger. Par mesure d'économie, quelques bougies seulement ont été allumées, qui éclairent mal. Les servantes, visiblement des paysannes du village voisin, changent les assiettes avec maladresse et se font réprimander par la princesse Emma. L'argenterie sortie pour impressionner l'hôte est mal astiquée ! Quant aux essais de haute cuisine, ils font regretter à Ugo la nourriture simple et saine de la plus humble trattoria.

Le temps passe, et la conversation devient de plus en plus difficile. Margarita et ses sœurs font tout pour mettre Ugo à l'aise, mais les parents et la grand-mère le traitent de haut – une attitude à laquelle il n'est pas habitué. Bien qu'on ne parle pas encore de fiançailles, même officieuses, avec Margarita, il pressent que la famille n'est pas satisfaite à la perspective de cette union. « Pour qui se prennent-ils, ces croulants d'un autre siècle, se dit-il, piqué, alors qu'ils vont être trop contents de rafistoler leur château lézardé grâce à moi ! » Enfin, Margarita le raccompagne vers sa chambre. Ils bavardent un instant, échangent un long baiser, puis elle le quitte – pas question d'autres privautés sous le toit paternel.

Ugo se retrouve donc seul dans sa chambre alors que dix heures viennent à peine de sonner. Impossible de boire un whisky, la parcimonie régnant dans la maison l'interdit. Impossible de sortir et d'aller se promener (il craint trop de rencontrer les parents, ou la grand-mère qu'il imagine faisant grincer son fauteuil de paralytique toute la nuit dans les galeries du château). Heureusement, il déniche dans la petite bibliothèque de la pièce un roman de Wilkie Collins, traduit en italien dans les années 30. Il s'y plonge, et ce mélange de romance, de passion, d'intrigues policières, d'aventures, conté sur un rythme haletant, le captive jusque très tard dans la nuit.

À trois heures du matin, il est encore plongé dans sa lecture. Seule brille une lampe de chevet de faible intensité, qui laisse le reste de la pièce dans l'ombre. Sans qu'il sache pourquoi, sans que rien n'attire particulièrement son attention, sans qu'il ait entendu le moindre bruit, il lève soudain les yeux et voit la poignée de la porte tourner. La porte s'ouvre lentement, une femme se tient sur le seuil. Dans l'obscurité, sa silhouette demeure plutôt floue et rien ne permet de croire qu'il ne s'agit pas d'un être vivant... Cependant, Ugo, dès le premier instant, sait qu'il est face à un fantôme. Une fois passée la peur que tout être ressent devant l'inconnu, il comprend qu'il n'a rien à redouter de cette apparition.

Celle-ci s'approche du lit, entrant dans le cercle de lumière, ce qui permet à Ugo de la détailler. Elle est très grande, fine, porte des cheveux courts à la mode d'avant-guerre. Ses traits, son ossature lui rappellent instantanément la beauté de la grand-mère de Margarita. Plus tard, quand il cherchera à se souvenir des détails de sa tenue, il verra une robe simple, admirablement coupée, dans une étoffe sombre. Mais c'est surtout le regard de l'apparition qui le fascine, ces grands yeux lourdement cernés qui de nouveau lui rappellent ceux de la princesse Stefania, avec néanmoins une expression totalement différente, chargée de douceur, de mélancolie. Un regard qui

194

ne lui demande rien mais tâche de lui faire entendre quelque chose.

Ugo, le cœur battant, n'ose bouger. Au-delà de cette étrange présence, il perçoit le calme de la nuit, le lourd parfum des cyprès qui montent la garde dehors. Brusquement, il a l'impression de deviner ce que l'apparition est venue lui confier. L'a-t-elle compris ? Aussitôt après, elle disparaît.

Alors Ugo regarde la lampe de chevet qui continue de brûler, le roman de Wilkie Collins étalé sur son lit : il est seul. Pourquoi cette femme a-t-elle voulu le rencontrer ? Il sait que les fantômes ne se manifestent jamais sans intention. Il a cru saisir ce qu'elle voulait, et il doit avoir raison puisque la manifestation a cessé. Il a la gorge sèche et, curieusement, ses yeux sont douloureux. Il se lève, boit un verre d'eau, en profite pour humecter ses paupières. À peine recouché, il trouve immédiatement le sommeil qu'il cherchait depuis des heures, comme si l'apparition, sa mission accomplie, lui permettait de se reposer.

Le lendemain matin, les rayons du soleil entrant par la fenêtre dont il avait négligé de fermer les volets le réveillent brutalement ; il n'est que huit heures et demie. Il aimerait se rendormir un peu, mais pense qu'il n'est pas convenable dans cette maison d'arriver tard au petit déjeuner. Il se redresse pesamment et en bâillant effectue sa toilette. Comme il l'a prévu, toute la famille est déjà réunie autour de la table. Le prince Fausto lève distraitement les yeux de son journal, son épouse lui indique gracieusement sa place, la douairière Stefania jette sur lui son regard lourd et ne dit mot, et les trois filles lui font fête.

Ayant conservé son habituel et robuste appétit, il apprécie comme il se doit le lait provenant des vaches de la propriété, les confitures faites à la maison, les fruits du verger, le pain cuit dans le four du château, et les trois œufs (un peu trop cuits, à son avis) pondus par les poules princières. Il félicite la princesse Emma, qui le remercie et lui demande s'il a passé une bonne nuit. Persuadé que toute la famille a le même « don » que sa chère Margarita, il répond crânement :

— Merci, princesse, j'ai aussi bien dormi que me l'a permis le fantôme !

Silence brutal… Le prince Fausto pose son journal et l'observe, la princesse Emma le fixe presque avec angoisse, la douairière le contemple comme s'il était une bête curieuse. «Raconte vite !» lui intime Margarita. Et les sœurs font chorus : «Surtout n'oublie aucun détail, nous voulons tout savoir !»

Ravi de son succès, Ugo raconte son expérience. Il le fait avec verve, et un certain émoi.

— Si je suis resté éveillé si tard, conclut-il, c'était parce qu'il me fallait attendre le fantôme. Et aussitôt après, c'est le fantôme qui m'a aidé à m'endormir. J'ai cherché à savoir la raison de cette apparition. J'ai compris – peut-être est-ce elle qui me l'a fait comprendre –, en tout cas j'ai compris qu'il fallait à tout prix que je vous en parle. Malgré la complicité de Margarita, j'hésite encore à mentionner mes expériences. Mais dans ce cas précis, j'ai eu l'impression que j'avais le devoir de le faire…

Lorsque Ugo s'arrête de parler, il ne peut s'empêcher d'être surpris par les réactions de son auditoire : la douairière Stefania semble réellement effrayée – ce qui doit être rare chez cette femme réputée indomptable ; la princesse Emma, elle, a fermé les paupières en répétant «Madonna ! Madonna !» ; quant au prince Fausto, il a repris sa lecture, mais Ugo voit que ses mains tremblent. Seules les trois filles, qui n'ont pas l'air d'avoir remarqué la réaction de leurs parents, sont gaiement attentives :

— Dis-nous-en plus ! Tu as certainement oublié des détails ! Qui était-elle ? As-tu eu peur ? À quoi ressemblait-elle ? Comment était-elle habillée ?

— Maintenant que j'y pense, reprend Ugo en se remémorant sa tenue, je me rappelle très nettement un détail : l'apparition portait sur l'épaule une broche très particulière, un gros cabochon vert, peut-être bleu, entouré d'un serpent de diamants. Exactement comme le vôtre, princesse Stefania, sauf que le vôtre est orné d'un cabochon rouge, un très beau rubis par ailleurs…

La douairière fait effectuer une rotation à son fauteuil roulant et sort de la salle à manger sans un mot.

— Papa ! Maman ! Qui est le fantôme ? Vous devez le savoir ! Racontez-nous… intiment les trois sœurs.

La princesse Emma se lève, signifiant que le petit déjeuner est achevé bien que Ugo n'ait pas vidé sa quatrième tasse de café. Le prince Fausto saisit son fusil qui traîne toujours non loin de lui et, la mine particulièrement bourrue, disparaît à la chasse. Ugo, Margarita et ses sœurs restent un long moment à s'interroger, à spéculer, à échafauder des hypothèses qui ne les éclairent en rien. Seul Ugo soupçonne les parents – et surtout la grand-mère – d'en savoir beaucoup plus long.

L'après-midi de ce dimanche a lieu la vente annuelle de charité du village à laquelle les trois filles de la maison rituellement se montrent. Margarita souhaite épargner cette corvée à Ugo. Ses sœurs insistent pour qu'il les accompagne afin, justement, d'alléger la corvée, mais leur mère se range du côté de Margarita :

— Si l'on inflige à ce jeune homme cette obligation, il ne voudra jamais revenir ici ! Pendant que vous y assisterez, mes filles, je lui ferai visiter le château.

Les trois filles s'éloignent, jurant de ne rester à la vente de charité que cinq minutes.

La princesse Emma commence donc le tour du château avec Ugo. Elle marche lentement, avec difficulté, et dès le second salon s'affale dans un canapé. Pendant qu'elle reprend son souffle, le jeune homme regarde autour de lui. La pièce voûtée doit remonter au Moyen Âge, mais on a tenté de l'égayer au XIXe siècle avec des fresques représentant des paysages champêtres aux couleurs désormais fanées. Des tables d'acajou, des guéridons d'ébène du siècle passé se mêlent à un gracile mobilier piémontais du XVIIIe siècle. Le salon manque totalement d'ordre et de goût. Mieux arrangé, il pourrait être ravissant. La princesse Emma ne fait pas mine de se relever, au contraire elle prie Ugo de s'asseoir à côté d'elle, il se doute bien que la visite promise n'a été qu'un prétexte.

Bien qu'ils soient seuls tous les deux, elle se met à parler si bas qu'il doit se pencher pour saisir ses propos.

— Ne méjugez pas mon mari, cher Ugo, et ne vous fiez pas aux apparences. Je sais qu'il paraît grognon, mais c'est un brave homme qui a du cœur. Seulement, il a été élevé sévèrement par un père très dur. J'ai connu mon beau-père, et franchement je ne l'aimais pas. Vous découvrez les Caraccini en notre époque où le communisme est en train de tout détruire. L'État, les syndicats agricoles, les paysans nous volent à qui mieux mieux, et dans quelques années nous ne pourrons même plus tenir ce château...

« Mais avant-guerre, les Caraccini, c'était autre chose ! Ils étaient bien en cour, intimes de la famille royale, ils avaient des propriétés considérables et ils menaient grand train. Mon beau-père était considéré comme l'un des très beaux partis d'Italie... Les mariages dans notre milieu étant toujours arrangés, il fut décidé qu'il épouserait Maria Boscoreale. Vous connaissez peut-être le splendide palais Boscoreale à Naples ? Les Boscoreale étaient les véritables rois de la Romagne, avec des châteaux, des propriétés, des fermes à ne savoir les compter. Le prince Boscoreale autorisa donc mon beau-père à venir faire sa cour à son aînée, Maria. Celui-ci se rendit à Naples, où il fut présenté à la famille princière au complet. Un déjeuner lui suffit pour prendre sa décision : "Ce n'est pas Maria que je veux, c'est Stefania."

« Sa déclaration remplit de stupeur les Boscoreale. Alors que Maria, l'aînée, était une jeune fille accomplie, préparée depuis des années à convoler, Stefania, la cadette, n'avait que dix-sept ans. Considérée encore comme une enfant, il n'était pas question qu'elle fût mise sur le marché matrimonial. Aussi, devant la déclaration d'intention du jeune Caraccini, mon futur beau-père, tout le monde se récria : les Boscoreale, les Caraccini, leurs amis, la reine mère qui avait de l'affection pour lui, et même la redoutable duchesse douairière d'Aoste qui résidait au palais de Capodimonte et qui essaya de le ramener à la raison. Rien n'y fit ! Mon beau-père s'entêta, et il fallut bien en passer par son caprice.

« Aucune difficulté en revanche avec Stefania. Malgré son âge tendre, elle avait acquis une vraie détermination et elle était ravie de devenir la princesse Caraccini. Le problème vint de Maria, qui avait eu le temps de tomber éperdument amoureuse de mon beau-père. En si peu de temps ? me direz-vous. C'est que Maria était romantique. Elle farcissait son esprit de récits héroïques, vivait par l'imagination, et pour tout dire elle était un peu bizarre. On la raisonna, on la calma, et elle parut accepter son sort. Elle fut la plus animée, le plus joyeuse au mariage de sa sœur et félicita chaleureusement les jeunes mariés. Se montrant reconnaissants de ce qu'elle avait accepté si facilement et si gracieusement, mes beaux-parents invitèrent Maria à venir séjourner ici, à San Lorenzo. Elle s'empressa d'accourir.

« On lui donna la plus belle chambre du château, en tout cas celle qui avait la plus belle vue – celle que vous occupez, Ugo. Elle resta une semaine, un mois, deux mois, six mois, un an, elle ne parlait plus de repartir. Elle s'était littéralement incrustée, au début avec une profonde discrétion. Elle se faisait le moins visible possible, elle semblait se fondre dans les murs. Mes beaux-parents n'osaient rien lui dire, retenus par un vague sentiment de culpabilité.

« Puis, petit à petit, elle se mit à les suivre partout. Déjà elle assistait à chaque repas, désormais elle participa à leurs réceptions, les accompagna à la chasse qui devint sa passion, comme celle de toute la famille. Finalement, mes beaux-parents ne connurent plus d'intimité que lorsqu'ils se retrouvaient seuls dans leur chambre à coucher. Stefania fut obligée d'admettre que sa sœur était toujours amoureuse de son mari, et même qu'elle l'était plus que jamais. Mais puisque cet amour demeurait inexprimé, elle éprouvait une sorte de pitié pour Maria. Elle la laissa donc s'insinuer pas à pas dans sa vie.

« Les années passèrent. Mon mari, ses frères et ses sœurs naquirent. Maria était toujours là. Ses parents, le prince et la princesse de Boscoreale, étaient morts, il était évident qu'elle ne voulait pas se marier et qu'elle ne savait où aller. Elle énervait, elle inspirait la pitié, mais aussi elle faisait miroiter son héritage, car elle avait beaucoup reçu à la mort de son père… Je n'ai pas connu la tante Maria, mais d'après ce que j'ai pu recueillir, c'était une femme élégante, racée. Elle semblait toujours perdue dans ses rêves, mais elle gardait l'esprit aiguisé. Tout en s'effaçant, elle parvenait toujours à être incroyablement présente. Elle était enfin totalement insensible à l'effet qu'elle produisait, ne s'apercevant jamais qu'elle exaspérait tout le monde, n'admettant jamais que sa compagnie pût être encombrante. Peut-être en fait s'en rendait-elle parfaitement compte, et le faisait-elle exprès pour se venger de mon beau-père et de sa sœur Stefania ? Peut-être qu'après tout, sous ses airs pieux, était-elle un monstre de perfidie ?

« Survint la Seconde Guerre mondiale. Les années les plus dures se succédèrent. Cependant, dans cette province écartée, on vécut replié sur soi-même et on réussit malgré les inquiétudes et les privations à éviter le pire. Maria se dévoua sans compter à la population des environs qui souffrait de la guerre. Elle en vint même à flirter avec la Résistance, à défier les autorités fascistes. Elle exaspéra ainsi encore plus mes beaux-parents parce qu'elle mettait en danger le château et ses habitants par ses accointances, et aussi parce qu'elle était devenue beaucoup plus populaire qu'eux. La fin de la guerre signifia la libération pour beaucoup, sauf pour mes beaux-parents. Au lieu de leur permettre de respirer, Maria les étouffa encore plus. Depuis treize ans, elle n'avait pas décollé de San Lorenzo, et ils réalisèrent qu'elle comptait y rester jusqu'à sa mort.

« Sa présence leur devint insupportable, mais Stefania n'osait toujours pas brusquer sa sœur aînée. Mon beau-père, lui, avait un caractère abrupt et impatient. Un beau matin, n'en pouvant plus, il alla la trouver dans sa chambre et lui déclara tout de go : "Maria, je pars à la chasse avec Stefania, et lorsque nous reviendrons je veux que tu aies vidé les lieux à tout jamais !" Puis il rejoignit sa femme dans le vestibule, et tous deux, armés de leur fusil, partirent dans les bois. Ils y restèrent beaucoup plus longtemps que d'habitude et n'en revinrent qu'au soir. Aux domestiques venus les débarrasser de leurs armes et de leur tenue de chasse, ils demandèrent où était donna Maria. Il leur fut répondu qu'on ne l'avait pas vue de la journée. Elle n'avait pas déjeuné, et depuis le matin elle était restée invisible. Mon beau-père en conclut qu'elle avait obtempéré et qu'elle avait fait ses malles. Stefania, qui connaissait mieux sa sœur, restait plus méfiante. Elle décida son mari à monter dans sa chambre pour s'assurer de son départ.

« Ils montèrent donc, saisis d'un mélange de soulagement et d'appréhension. Ils arrivèrent devant sa porte. Stefania s'arrêta, hésitante. Mon beau-père, d'un geste brusque, l'ouvrit. Maria était effectivement partie. Mais de quelle façon ?! Son âme s'était envolée… et son corps était toujours là, assis dans le fauteuil où elle avait coutume de passer ses heures de solitude. En calant son fusil de chasse entre ses jambes et en glissant le canon dans sa bouche, elle avait actionné la détente avec son pouce de pied. La tête avait éclaté, le sang avait giclé partout. Bref, un spectacle d'horreur !

« C'était après-guerre, mes beaux-parents gardaient un peu de leur puissance. Aussi fut-il déclaré que Maria, en nettoyant son fusil, s'était accidentellement et involontairement tuée. Version que les autorités, malgré son invraisemblance, acceptèrent sans sourciller ; version que vous verrez écrite dans tous les annuaires de la noblesse italienne : *Princesse Boscoreale Maria, morte accidentellement au château de San Lorenzo le 12 mai 1950.* Mon beau-père se remit rapidement de la tragédie, ma belle-mère, elle, ne l'oublia jamais.

« Plus tard, j'ai épousé Fausto et je vins vivre à San Lorenzo. Bien que je ne sois pas sensible comme Margarita ou vous-même à ce genre de phénomène, je sentis qu'il y avait dans l'atmosphère de cette demeure quelque chose à la fois de triste et de mystérieux… Ce fut l'ancienne nourrice de Fausto qui m'éclaira. Elle détestait Stefania, et se délecta à me raconter l'histoire de sa sœur. Je n'ai jamais voulu en parler à mes enfants, je doute qu'ils sachent que Maria a existé, et je n'ai jamais voulu loger un invité dans la chambre où elle s'est suicidée. J'ai pourtant cédé aux objurgations de Margarita, et vous êtes le premier à l'occuper depuis la tragédie.

« Imaginez l'émotion de Stefania quand ce matin au petit

déjeuner vous lui avez décrit sa sœur morte en partie par sa faute alors que vous ne pouviez en aucun cas connaître son histoire ni encore moins l'avoir rencontrée… Je vous confesse que sa réaction m'a consolée des avanies qu'elle m'a souvent infligées, son désarroi presque palpable m'a fait comprendre que ce tyran domestique n'a jamais été libéré de ses remords. »

La princesse Emma se tait. Le silence tombe sur le salon voûté. Puis Ugo ose une question :

— Pourquoi me racontez-vous tout cela ?

— Je connais votre curiosité et celle de Margarita pour les phénomènes paranormaux. Je ne voulais pas que vous cherchiez à en savoir plus sur l'apparition afin de ne pas réveiller un vieux scandale, afin de préserver la sensibilité de Margarita. Promettez-moi que vous ne discuterez pas avec elle de cette histoire et que vous n'ébruiterez pas l'affaire…

Ugo promet et tient parole. Il réussit à minimiser l'apparition auprès de Margarita et celle-ci l'oublie rapidement.

Peu après, Ugo demande la main de Margarita au prince Fausto. À sa surprise, celui-ci la lui accorde gracieusement, la princesse Emma ayant réussi à convaincre son mari. Ugo et Margarita se marient à San Lorenzo.

Bien que l'on ait pu supposer d'avance que les buffets seraient peu garnis, la noce attire l'aristocratie locale au grand complet. Tout le monde s'étonne que le prince Caraccini ait accepté si facilement ce gendre… On ignore que celui-ci possède désormais un secret que les Caraccini tiennent à tout prix à garder pour eux. Quelle autre façon de le faire que d'inclure dans la famille l'étranger qui l'a découvert ?

Les premiers temps après son mariage, à chacun de ses séjours à San Lorenzo, Ugo s'est rendu dans la chambre qui avait été celle de Maria. Cependant, jamais plus elle ne lui est apparue, jamais plus il n'a ressenti sa présence. Alors il a compris qu'en se manifestant à lui, elle avait voulu lui signifier qu'elle encourageait son union avec Margarita. En eux, elle avait voulu bénir l'amour qu'elle n'avait pu connaître et qui toute sa vie lui avait échappé.

La Reine du vaudou

IL n'est que huit heures et demie du matin, ce 22 février 1950, mais tout le monde est à son poste au quartier général de la police de La Nouvelle-Orléans. Dehors, il fait froid, comme parfois dans ces climats tropicaux. À l'intérieur, le chauffage est allumé à son maximum. Il a été dur de se lever tôt et les employés se pressent maintenant autour des appareils à café.

Le postier entre à l'heure habituelle et dépose la masse quotidienne de courrier sur le comptoir de l'entrée. Un jeune policier s'approche pour effectuer le tri, et brusquement le souffle d'une explosion le fait tomber à la renverse, blessé au bras et à la jambe, sa veste et son pantalon en lambeaux. Bien qu'il saigne fortement, les blessures ne semblent pas profondes. Les autres, un instant paralysés par la surprise et l'horreur, se précipitent. Le chef de la police, tiré de son bureau du premier étage, dévale l'escalier. Une lettre piégée… conclut-il après le premier constat. Et de fabrication artisanale, sinon elle aurait fait plus de victimes. Le reste du courrier a été réduit en cendres. Cependant, une lettre gît sur le comptoir : pas de timbre, pas de tampon. Nul ne comprend qui l'a déposée et comment. Le chef de la police décide de l'ouvrir.

Nous sommes si hauts que vous ne pouvez grimper au-dessus de nous, si bas que vous ne pouvez descendre en dessous de nous, si larges que vous ne pouvez faire le tour de nous, donc vous êtes obligés de passer par nous. Vous devez tenir votre parole. Vous avez reçu toutes sortes d'aides, et maintenant vous fuyez vos promesses. Votre nom nous a été donné comme celui d'un rat et d'un traître. Nous vous donnons dix jours pour revenir dans le droit chemin que vous avez quitté, ou vous en supporterez les conséquences ! Vous pouvez fuir, mais vous ne pouvez pas vous cacher. Nous vous ferons fondre comme un morceau de glace dans un jour très chaud de l'été. Nous vous ferons tout perdre et personne ne sera capable de vous aider...

Marie Laveau III, reine du vaudou.

Le chef de la police comprend que la bombe n'était en fait pas destinée à provoquer un massacre, mais simplement à servir d'avertissement. La Nouvelle-Orléans étant littéralement imprégnée de vaudou, il est suffisamment informé sur ce culte pour reconnaître le style à la fois imagé et menaçant de la lettre. Marie Laveau, il la connaît comme tous les habitants de la ville... Mais ce chiffre trois l'intrigue. Un autre point le déconcerte : la vraie, la seule Marie Laveau ne peut avoir rédigé cette lettre, car elle a vécu un siècle et demi plus tôt. Elle est née en 1794, baptisée et inscrite sur le registre de la paroisse. Ses origines restent, il est vrai, toujours nébuleuses : en elle se mêlaient le sang noir et le sang blanc. On soupçonnait qu'elle avait aussi du sang indien. Certains affirmaient même qu'elle était la fille d'un aristocrate blanc et d'une esclave noire.

D'autres évoquaient une origine quasi royale, ressortant la vieille histoire de la « Négresse de Moret », cette abbesse d'un couvent situé non loin de Paris du temps où régnait Louis XIV. La reine Marie-Thérèse, sa femme, avait, comme tous les grands de l'époque, un négrillon qui lui servait de page. Or le négrillon grandit et, un jour, attenta à la pudeur de la reine sans que celle-ci, élevée dans la sévère cour d'Espagne, comprît très bien ce qui lui arrivait. Elle tomba enceinte et accoucha d'une petite fille à la peau sombre. On escamota l'enfant, et un communiqué de la Cour annonça qu'il était mort-né – phénomène trop habituel alors pour surprendre qui que ce soit. La petite fille grandit à l'abri des regards, elle fut mise au couvent et bénéficia toute sa vie de la bénédiction occulte de la monarchie. Toutes sortes de légendes couraient sur cette religieuse noire, la transformant petit à petit en un personnage fabuleux. Rien d'étonnant donc à ce que Marie Laveau, autre personnage fabuleux, passât pour sa descendante.

En 1819, ainsi que le rappellent les registres de la paroisse, Marie Laveau épousa un menuisier du nom de Jacques Paris, mulâtre comme elle, et comme elle libre, non esclave. Ils menèrent une vie tranquille, respectable, et plutôt discrète. Trois ans plus tard, le mari mourut. Marie Laveau le pleura peut-être, mais ne sembla pas le regretter beaucoup. Elle se mit à fréquenter Congo Square. C'était, à la porte de La Nouvelle-Orléans, un lieu où les esclaves se réunissaient tous les samedis pour chanter, danser, en fait pour retrouver leur identité à travers la culture africaine. Marie Laveau était superbe, ses yeux noirs scintillaient sur son visage à l'ossature parfaite, elle avait la peau soyeuse et plutôt claire pour une mulâtre. Elle se vêtait d'une façon quelque peu ostentatoire, avec de longues jupes très amples, beaucoup de gros bijoux, des fleurs, des plumes. Étant donné sa beauté et son allure de reine, elle pouvait se le permettre... Elle devint vite la vedette des spectacles improvisés de Congo Square. Tous et toutes autour d'elle croyaient au vaudou. Ils le pratiquaient. Marie Laveau s'y intéressa.

Venu d'Afrique, ce culte était arrivé en Amérique avec les conquérants espagnols et leurs esclaves. Il se mêlait au christianisme, ainsi qu'aux anciennes croyances des Indiens d'Amérique. Il en résulta un syncrétisme confus. Le vaudou, assimilé par le grand public à la magie noire, prend effectivement ses racines dans le domaine inépuisable et mystérieux de l'invisible. Certains sorciers l'utilisaient à mauvais escient, pour faire le mal, pour rendre malade, pour annihiler la volonté, pour tuer. D'autres s'en servaient pour faire le bien, pour guérir, pour sauver. De toute façon, ses rites entourés de secret étaient systématiquement impressionnants, voire terrifiants, afin de maintenir à l'écart les indésirables et d'ancrer les adeptes.

Le vaudou restait essentiellement matriarcal, ses officiants étant presque toujours des femmes. Il se fondait sur la fertilité et proclamait la liberté sexuelle. Éduquée par une prêtresse, Marie Laveau monta rapidement les degrés de l'initiation et devint elle-même prêtresse. Incontestablement, elle possédait le don. Elle faisait encore profession de coiffeuse, ce qui lui permettait de recruter les futures adeptes : femmes en mal d'amants, jeunes filles en mal d'amour... bientôt les hommes eux-mêmes vinrent quémander son intercession.

En ce temps-là, un jeune homme de la plus haute société vint la trouver. Il avait des ennuis, il était accusé d'avoir violé une jeune fille de classe modeste, dont le père le traînait en jugement. Ses avocats étaient pessimistes, les preuves étaient irréfutables. Le jeune homme, ne sachant à quel saint se vouer, choisit plutôt le diable et se mit à genoux devant Marie Laveau en la suppliant de l'aider. Il lui assura que si elle le sauvait, elle serait bien récompensée. Marie Laveau promit. La veille du jugement, le jeune homme avoua à son père sa visite à la sorcière. Celui-ci haussa les épaules :

— Tu es ridicule, mais si elle réussit je lui donnerai mon cottage de la rue Sainte-Anne.

Le lendemain, Marie Laveau, dès six heures du matin, se rendit discrètement dans la salle du tribunal et déposa sur le coin droit du bureau du juge une mixture aux parfums exquis qu'elle avait concoctée. Puis elle alla placer un sac de briques pilées devant la résidence de ce dernier, avec un billet qu'elle cloua sur sa porte : « *Le jeune homme est innocent* » – billet qu'elle eut le toupet de signer de son nom, *Marie Laveau*. Le procès commença mal : l'accusateur public soutint que si on laissait libre l'accusé, aucune jeune fille ne serait plus protégée... Marie Laveau saisit un morceau de papier, y plaça quelques-uns de ses cheveux, en fit une boule et la lança vers l'orateur, lequel arrêta aussitôt sa péroraison et annonça qu'il laissait finalement le jury décider. Et le jury, à l'unanimité, rendit un verdict de non-culpabilité ! Fidèle à sa promesse, le père de l'innocenté offrit à Marie Laveau le cottage du 152 rue Sainte-Anne, qui restera sa résidence toute sa vie.

Un bonheur ne venant jamais seul, Marie Laveau rencontra peu de temps après l'homme de sa vie, Christophe Duminy de Glapion. Elle ne put l'épouser, pour la simple raison qu'il était blanc et que la loi interdisait les mariages de ce genre, mais ils eurent de nombreux enfants, quinze selon la légende ! Cinq en tout cas furent inscrits au registre de la paroisse, et deux survécurent, en particulier une fille prénommée comme sa mère. Marie et Christophe vécurent un véritable amour, jusqu'à ce que la mort les sépare. Cet amour, cette chaleur, cette humanité furent le pivot de la vie de Marie et l'essence de son phénoménal succès.

Le vaudou était devenu la rage de La Nouvelle-Orléans. Les esclaves les plus humbles, les mulâtres les plus riches, les Blancs les plus nobles le pratiquaient sans contrainte, et l'Église se voyait forcée de plus ou moins le tolérer. Auparavant, trois cents chapelles vaudoues, chacune présidée par une prêtresse, se concurrençaient. Marie Laveau mit plusieurs années pour supplanter ces trois cents rivales, mais elle y réussit. Elle avait utilisé pour ce faire les moyens les plus avoués comme les moins recommandables, dès lors que ses adversaires lui voulaient vraiment du mal. Désormais, les autres prêtresses devinrent ses disciples. Marie avait engagé nombre de jeunes filles et de jeunes gens comme assistants. Reine, elle présidait une véritable cour.

Le nombre de ses clients et clientes ne se comptait plus, et elle gagnait énormément d'argent, car le vaudou pouvait aussi être lucratif. Dans son salon, elle exhibait un vase magnifique : un cadeau, assurait-elle, du duc d'Orléans, le futur Louis-Philippe, lorsque, passant par La Nouvelle-Orléans, il était venu la consulter. Elle laissait entendre que La Fayette lui-même lui avait demandé son aide ! Ses consultants faisaient sa réputation, car tous chantaient ses prodigieux pouvoirs. Toute la ville racontait la dernière anecdote concernant la reine du vaudou :

Un des citoyens les plus en vue de La Nouvelle-Orléans se trouvait être un vieux milliardaire, encore jeune d'allure et plein d'allant. Il était désespérément amoureux d'une jeune fille, très belle et très pauvre. Le père de la jeune fille, qui s'était ruiné, ne cessait de l'implorer pour qu'elle accorde sa main au vieux beau... en vain ! Le soupirant éconduit en arriva à ce point de frustration qu'il s'en alla consulter Marie Laveau. Il commença par aligner des piles de pièces d'or, puis lui conta son désespoir. La première intervention de la sorcière rata : la belle enfant, une fois de plus pressée par son père, menaçait de se suicider plutôt que d'accepter. Le vieux milliardaire, point découragé, s'en revint chez Marie et déposa devant elle une somme encore plus énorme.

Au bout de plusieurs mois de ce petit jeu, la jeune fille fit tenir un billet au vieil homme : *« Venez me voir tout de suite ! »* Tremblant d'appréhension, il accourut. « C'est oui », lui annonça-t-elle. Il ne put croire à son bonheur. Il organisa une somptueuse réception, toute la société de La Nouvelle-Orléans s'y vit conviée. Au sortir du banquet, les amis du marié l'invitèrent à ouvrir le bal. Bien qu'il se sentît un peu fatigué après ce dîner abondant, l'heureux époux se crut obligé de faire honneur à sa réputation de danseur émérite, il s'élança vers l'heureuse élue qu'il prit dans ses bras et commença à tournoyer au son de l'orchestre. Très vite, il s'empourpra, tituba, tomba sur le sol, foudroyé par une attaque cardiaque. La jeune veuve, qui avait hérité de son immense fortune, se remaria bientôt avec un jeune et fringant officier...

Marie Laveau pratiquait le vaudou le plus classique. On trouvait chez elle le serpent immense dans sa boîte d'albâtre, le chat noir et le coq sacrifié, dont le sang devait se répandre sur les néophytes. Les séances sous sa direction s'accompagnaient d'une consommation effarante de tafia, la liqueur locale, et de danses de plus en plus lascives qui se terminaient en bacchanales. Cependant, il y avait beaucoup plus... Marie Laveau, bien qu'illettrée, était si intelligente, si créative, qu'elle avait étudié à fond le culte depuis ses origines. Non seulement elle en avait codifié les règles, les principes, les cérémonies, mais elle avait osé instituer la Vierge Marie comme figure emblématique, sans pour cela tomber dans le blasphème. D'un magma informe de croyances aux origines diverses, qui remontaient à la plus haute antiquité, elle avait fait un culte ordonné. Il se peut dire qu'elle fut la véritable fondatrice du vaudou moderne, tel qu'il sera pratiqué jusqu'à nos jours.

Et si elle utilisait ses extraordinaires pouvoirs pour prédire l'avenir, pour transformer le destin, elle s'en servait aussi pour guérir. Profondément charitable, les pauvres ne firent jamais appel en vain à sa générosité. Le sort des condamnés à mort l'émouvait particulièrement, et elle avait obtenu la permission de leur rendre visite dans leur cellule afin de les réconforter et de les encourager à se repentir.

Mieux encore, lorsqu'un jour deux Français furent condamnés à la pendaison pour quelque crime, quelques amis proches vinrent prier Marie de les sauver...

— Je vous jure qu'ils ne seront pas pendus ! leur répondit-elle.

Le moment venu de l'exécution, alors que la foule, instruite de la promesse faite par Marie Laveau, s'était rassemblée sur la place publique pour assister au spectacle et que les deux hommes étaient conduits sur le gibet, le jour qui jusqu'alors avait été clair et ensoleillé s'assombrit. Quand le nœud coulant fut passé au cou des condamnés, un violent orage éclata, dispersant les spectateurs apeurés. Le bourreau réussit pourtant à ouvrir la trappe fatale, mais les cordes mouillées permirent aux Français de tomber indemnes sous le gibet. Marie Laveau avait tenu parole : ils n'avaient pas été exécutés... Le destin voulut qu'ils soient rattrapés par la suite, remis en prison et pendus en catimini, mais cela n'entama en rien le prestige qu'elle y avait gagné.

Toute son existence, Marie Laveau garda la même philosophie, laquelle est résumée dans un poème qui plonge ses racines dans la religion animiste, une des origines du vaudou :

Doux sont les emplois de l'adversité
Qui tel le crapaud laid et venimeux
Porte cependant un joyau précieux sur son front.
Et ceci, notre vie, éloignée des lieux publics
Trouve des langues dans les arbres,
Des livres dans les ruisseaux qui courent,
Des sermons dans les pierres,
Et du bon dans chaque chose.

Christophe de Glapion, le fidèle compagnon, l'a quittée en 1855, Marie lui survivra vingt-six ans. Elle meurt le 15 juin 1881 et sera enterrée à ses côtés au cimetière de Saint-Louis. Leur fille lui succède comme reine du vaudou sous le nom de Marie II… Elle « régnera » sur ses adeptes pendant plusieurs décennies, mais sans les pouvoirs inouïs, sans l'aura, sans le charisme de sa mère, unique et irremplaçable. Quant à cette Marie III qui signa la lettre de menace parvenue au poste de police de La Nouvelle-Orléans en 1950, personne n'en saura plus sur elle. Peut-être n'a-t-elle existé que dans l'imagination d'un admirateur de Marie Laveau Ire ?

Frank Mieres en a assez d'être toujours chassé des abris de fortune qu'il invente pour se reposer, que ce soit le portail d'une maison, un banc du jardin public ou la salle d'attente de la gare. Cette nuit-là, il erre depuis longtemps. Il a mal aux jambes à force d'avoir marché, il est épuisé d'avoir faim. Il croit avoir enfin trouvé l'oreiller auquel il aspire, et qui prend la forme d'une marche de perron, mais à peine s'est-il écroulé dans un sommeil fiévreux que des policiers le secouent et l'envoient chercher ailleurs. Alors il reprend sa quête désespérée.

Frank Mieres est une des innombrables victimes de la crise économique qui vient de s'abattre sur les États-Unis, la grande dépression de 1929. Il est né et a été élevé dans un village du Mississippi, toutefois ses parents avaient déjà trop d'enfants pour lui trouver du travail sur leurs misérables terres… Aussi a-t-il dû, ses dix-huit ans atteints, partir pour la ville, la fabuleuse Nouvelle-Orléans, afin d'y chercher du travail. Il paraît honnête, montre un air avenant, un visage ouvert. Il a tout de suite été engagé dans une petite imprimerie. Puis la tempête s'est abattue sur le pays entier, l'imprimerie en faillite a dû fermer ses portes, et Frank s'est échiné à retrouver du travail, frappant à toutes les portes, prêt à accepter n'importe quel emploi. Sans succès. Il est trop honnête pour se mettre à chaparder, et trop fier pour revenir au village la tête basse. Il subsiste donc grâce à la soupe populaire et passe la nuit à éviter les patrouilles qui quadrillent incessamment la ville en cette période d'insécurité.

Heureusement, la belle saison est revenue et Frank ne tremble plus de froid comme les semaines précédentes. Il marche en ce moment sur les berges du Mississippi, le seul endroit où il ne se sent pas traqué. Il aime s'absorber dans la contemplation du fleuve large et paisible. «Bon Dieu, se dit-il, il doit bien y avoir dans cette sacrée ville un endroit où personne ne viendra me déranger et où je pourrai dormir quelques heures!» Soudain, une idée lui traverse l'esprit : l'endroit le plus tranquille de La Nouvelle-Orléans, c'est bien sûr le cimetière de Saint-Louis, le plus ancien de la ville… Tout d'abord les policiers ne patrouillent pas dans un cimetière, ensuite celui-ci a la solide réputation d'être hanté au point d'écarter les plus téméraires. Les fantômes, Frank s'en moque bien dans l'état où il est. Ils ne seront jamais aussi désagréables que les policiers! À la perspective de connaître enfin une nuit de paix, il retrouve un peu de courage et un semblant d'énergie.

D'un pas redevenu vif, il traverse le quartier français, franchit Jackson Square, emprunte la rue de Chartres, tourne autour de la cathédrale Saint-Louis et attcint la grille du cimetière du même nom. Il en pousse le battant. Désormais, il n'est plus tellement pressé. Il s'attarde à cheminer entre les tombes, cherchant celle sur laquelle il pourra s'étendre. La lune, qui éclaire brillamment les lieux, s'est mise de la partie pour l'aider à trouver. Une tombe attire ses regards. Pas de couronnes, aucun des pots ou des bouquets habituels ne la fleurit. En revanche, elle lui semble décorée d'objets inusités.

En se penchant, il distingue des petites pièces de monnaie disposées de façon géométrique, des herbes odoriférantes glissées dans les anfractuosités de la pierre, des briques enrobées de papier d'aluminium, des haricots, des os – probablement de chats ou de chiens, car trop petits pour être humains –, des sacs vides ; on a dessiné des graffitis, particulièrement trois croix. Pourtant, la tombe très sobre d'architecture n'a rien de particulier. Frank ne sait pas qu'elle est bâtie dans un style néoclassique inspiré de la Grèce antique. Elle reste malgré cela modeste. De plus en plus intrigué, il colle presque son nez sur la pierre pour lire le nom de celui ou celle qui y est enterré : *Marie Laveau, 1794-1881*. Frank n'a pas la moindre idée de qui il s'agit.

L'admiration suscitée de son vivant par la reine du vaudou s'est transformée après sa mort en véritable culte. On vient sur sa tombe y déposer de modestes cadeaux et la prier d'exaucer les souhaits les plus variés. Elle est présente chez presque tous les habitants de la ville. Non seulement on croit à son pouvoir post mortem, mais sa maison (le modeste cottage qu'elle a gagné en comblant les vœux d'un père aimant) est devenue un lieu de pèlerinage – comme un haut lieu du tourisme : pas une visite guidée de La Nouvelle-Orléans sans un arrêt dans les différents lieux que le fantôme de Marie Laveau est supposé hanter. Tout cela, Frank l'ignore lorsqu'il s'étend sur une tombe peu éloignée de celle de Marie, et qu'il sombre dans un sommeil réparateur...

Selon son témoignage, il dut s'écouler plusieurs heures avant qu'il ne soit réveillé brutalement, comme par un choc électrique : des battements de tambours et des chants étranges lui vrillent le crâne. Il craint que ce ne soit des voleurs, bien que ceux-ci agissent silencieusement, ou pire des maniaques, des pervers qui, s'ils le découvraient, lui réserveraient un mauvais sort. Aussi, bondissant de sa couche de fortune, commence-t-il à se glisser entre les tombes afin de gagner la sortie – au

212

moins dans les rues éclairées il sera mieux protégé. Tantôt courbé, tantôt rampant à quatre pattes, il s'avance en prenant soin de ne faire aucun bruit. Et brusquement, au détour d'un tombeau particulièrement élevé, le spectacle qu'il découvre le cloue sur place.

Des femmes, des hommes, noirs ou mulâtres, dansent, chantent – les femmes en blanc, beaucoup ayant revêtu des robes de mariée ; les hommes, torse nu, portant des pantalons blancs également. Hommes et femmes ont accroché à leur chevelure épaisse, à leur ceinture, des fleurs magnifiques. Ils tiennent tous à la main des bouteilles de tafia ou de rhum, auxquelles ils font généreusement honneur, buvant de grandes rasades tout en poursuivant leur farandole. Au milieu d'eux, les dominant de sa haute taille, ondule la femme la plus magnifique que Frank ait jamais imaginée. Vêtue de jaune et de rouge, coiffée d'un immense turban, elle a les proportions d'une statue idéale et l'allure d'une souveraine. Elle chante dans une langue que Frank ne saisit pas des mélopées sur un rythme obsédant.

Frank quitte la tombe derrière laquelle il s'était caché pour s'approcher petit à petit du cercle des danseurs. Pour un peu, il serait entré dans leur ronde car il se sent attiré par cette ensorcelante célébration de la sensualité. Un reste de raison l'en empêche. Il n'est plus qu'à quelques mètres d'eux, bien en vue, et pourtant personne ne fait attention à lui… Subitement, la femme extraordinaire qui mène le bal infernal aboie un ordre : instantanément le cercle se resserre, les tambours adoptent un rythme plus lancinant, les danseurs se contorsionnent, tournoyant de plus en plus rapidement. L'une des femmes arrache alors ses vêtements, les autres femmes l'imitent, et les hommes suivent le mouvement. Bientôt, danseurs et danseuses se retrouvent intégralement nus, s'agitant de plus en plus frénétiquement. L'excitation atteint son comble, ils s'étreignent les uns et les autres, emportés par le plaisir.

Ensuite, ils s'approchent l'un après l'autre d'un vaste panier qui se trouve aux pieds de la reine. Celle-ci en soulève le couvercle et la tête d'un gigantesque serpent en émerge. Les danseurs et les danseuses l'encerclent et, sans hésiter, caressent la tête du reptile avant de reprendre leur étrange chorégraphie. Le serpent lentement se glisse hors du panier et va rejoindre la reine, qui l'enroule délicatement autour d'elle de façon que la tête de l'ophidien se trouve à côté de la sienne. Elle continue de scander sa mélopée envoûtante tout en ondulant, la tête du serpent se déplaçant en harmonie avec la sienne, de droite à gauche, de gauche à droite... Ce curieux ballet atteint maintenant un rythme hallucinant, les participants pleurent, s'arrachent les cheveux, prient à voix haute ; d'autres s'écartent pour faire l'amour.

La fascination cloue Frank sur place. Le temps n'existe plus... jusqu'au moment où tout bascule : les danseurs, les danseuses et la reine peu à peu disparaissent, s'éloignent dans la transparence de la nuit... Plus rien. Le son des tambours et des claquements de mains se perpétue dans ses oreilles, mais il sait que le silence est revenu. Le cimetière est à nouveau désert, silencieux, endormi.

Il n'en demande pas plus. Il se sauve, franchit en un éclair la grille du cimetière, court comme un fou le long de la rue de Chartres, traverse la place Jackson et emprunte une avenue au hasard, faisant résonner le sol de ses pas haletants.

Comme il le déclarera plus tard, il fuyait pour sauver « sa vie, sa santé, son âme ». Il ne saura jamais qu'il avait eu le terrifiant privilège de voir Marie Laveau sortir de sa tombe dans toute sa splendeur pour conduire une fois de plus ses fidèles sur la voie de la magie et de l'extase.

La Bague de rubis

E N ce soir de mai 1946, une vedette de la marine italienne se détache un matin du rivage et, fendant les flots, se dirige à vive allure vers le croiseur le *Duc des Abruzzes,* ancré en pleine mer. Sur la banquette arrière est assise une dame, grande, imposante, à côté d'un mari minuscule qui, pour faire oublier sa petite taille, s'est coiffé d'un képi exagérément haut. La dame se retourne, voit le rivage noir de monde venu les saluer, elle et son mari. Alors elle arrache le drapeau italien qui flotte à la poupe de la vedette et l'agite en direction des spectateurs. « L'Italie avant tout, l'Italie toujours, quoi qu'il arrive, dans notre cœur ! », voilà ce que son geste semble signifier. Elle, c'est la reine Hélène d'Italie.

Son mari qui, perdu dans ses pensées, reste impassible, le visage fermé, et ne se retourne même pas, c'est le roi Victor-Emmanuel III. Enfant, il adorait sa mère, la splendide reine Margarita, qui avait honte de la taille minuscule de son fils. Il le sentait, il en souffrait. Alors, il se jeta dans la culture. Lecteur omnivore, il connaissait tout sur tout. Collectionneur averti, il commença à amasser des monnaies dont il constituerait l'ensemble le plus important en Italie. Mais la lecture, la connaissance pouvaient-elles remplacer l'amour dont il était privé ? L'assassinat de son père, le roi Humbert Ier, en 1900, le propulsa brusquement sur le trône.

Après la Première Guerre mondiale, il fut confronté au désordre, à l'anarchie, auxquels mit fin l'arrivée au pouvoir de

Mussolini. Victor-Emmanuel III n'aimait ni le dictateur fasciste ni le fascisme, hélas il permit à l'un et à l'autre de prospérer. Pourtant, ces années où le fascisme triompha, se gonfla de gloriole, furent pour lui des années de frustration. Il y eut l'alliance avec l'Allemagne nazie. Il dut serrer la main à Hitler, qu'il haïssait encore plus que Mussolini. L'Italie entra en guerre sans qu'il puisse rien faire pour l'arrêter. Au début victorieuse, elle fut bientôt battue, envahie, occupée, divisée. Alors, Victor-Emmanuel opéra un coup d'État spectaculaire : il fit arrêter Mussolini, s'enfuit de Rome et s'entendit avec les Alliés. Mais c'était trop tard. La monarchie, trop longtemps liée au fascisme, était condamnée.

Victor-Emmanuel tenta le sort une dernière fois : il décida de se retirer et de laisser sa place à son fils, le beau et populaire prince de Piémont dont l'image n'avait pas été ternie. Il abdiqua donc en sa faveur et choisit de s'exiler. Or, voilà qu'au moment de quitter à tout jamais son pays, le sort le ramenait en cette ville de Naples où, dans sa jeunesse, il avait vécu et où il avait connu une si étrange expérience.

C'est à tout cela qu'il songeait alors qu'il allait s'embarquer pour l'exil. Il regarda la baie de Naples qui s'étalait autour de lui. Le plus beau spectacle du monde ! Combien de fois ne l'avait-il pas contemplée un demi-siècle plus tôt… C'était de Sorrente que la vue lui paraissait la plus complète, la plus somptueuse. Il se rappelait en particulier un soir où il n'avait pas pu en détacher son regard. C'était au cours d'un dîner à la villa Crawford. Cette demeure tenait son nom de son propriétaire de l'époque, Marion Crawford, un écrivain américain à grand succès.

Entourée d'un jardin planté d'orangers et de citronniers, la villa en question, datant du XVIIIe siècle, s'ouvrait sur une terrasse qui allait jusqu'au bord de la falaise et d'où l'on découvrait cette vue qui faisait l'admiration générale. Marion Crawford aimait y dresser le décor de ses soirées, car il recevait souvent et bien la société la plus choisie. Des bougies dans de grandes corolles de cristal coloré illuminaient les tables, artistiquement décorées. Les étoiles et la lune à demi pleine saupoudraient la mer d'argent, éclairaient la presqu'île de Sorrente ainsi que le cap Misène, les îles de Prócida, d'Íschia, de Capri. Elles jetaient une luminosité bleuâtre sur le Vésuve qui lançait en l'air quelques volutes de fumée. Elles relevaient les milliers de lumignons qui signalaient au loin la ville de Naples. Les invités regardaient ébahis la splendeur du spectacle et tendaient l'oreille pour entendre le grondement des flots qui frappaient la falaise en contrebas.

Le XIXᵉ siècle s'achevait, et ce soir les Crawford donnaient un dîner en l'honneur du prince héritier d'Italie, Victor-Emmanuel. Prisonnier de sa timidité, il avait demandé que le dîner ne comportât que peu d'invités. La véritable maîtresse de maison était la sœur du propriétaire, Mrs Hugh Fraser. Mariée à un diplomate écossais, elle avait été en poste dans les principales cours d'Europe. Indépendante, pétillante d'esprit, partout où elle se trouvait elle attirait un cercle autour d'elle et tenait brillamment le dé de la conversation. Les Crawford et les aristocrates napolitains invités ne savaient que faire pour dérider le futur roi, qui restait comme toujours embarrassé en public. Mrs Hugh Fraser s'en chargea. Il faut dire qu'elle le connaissait depuis son adolescence… Elle commença par évoquer leurs rencontres passées, y ajouta quelques anecdotes de son cru, ce qui fit sourire l'héritier.

Environ quarante ans plus tôt, l'Italie s'était unifiée en un tout jeune royaume sous le sceptre de la très vieille dynastie des Savoie. Les troupes du nouveau souverain étaient entrées dans Rome et les Savoie s'étaient installés dans les meubles du pape. Puis l'artisan de ce succès, Victor-Emmanuel II, était mort, laissant le trône à son fils, Humbert Iᵉʳ. Celui-ci voulait montrer aux Italiens que les Savoie régnaient désormais sur toute la péninsule. Aussi inventa-t-il pour son fils et héritier le titre de prince de Naples et l'envoya-t-il en garnison dans cette ville. Les Napolitains, depuis l'aristocratie jusqu'au dernier *lazzarone*, reçurent le prince avec une froide courtoisie, fidèles à leurs anciens rois Bourbons et nostalgiques de leur indépendance, ils lui marquèrent de toutes les façons possibles leur ostracisme. Le jeune homme, profondément sensible sous des apparences réservées, en souffrit.

Depuis dix années, il faisait son métier d'officier à l'École militaire de la Nunziatella, dont les hauts murs se dressaient au-dessus du quartier de Chiaia. Le prince n'avait qu'à emprunter les rues autours du Monte di Dio pour rejoindre de l'autre côté le palais royal où il logeait. Dans l'immense demeure des rois Bourbons, il n'occupait au dernier étage qu'un modeste appartement. Il n'avait pas besoin d'habitation plus vaste car il ne recevait presque jamais. Il se contentait de fréquenter quelques camarades officiers, car les Napolitains n'avaient toujours pas baissé leur garde, et il se sentait très seul.

Or ce soir-là, malgré la présence de plusieurs Napolitains au dîner des Crawford, Victor-Emmanuel, adroitement poussé par Mrs Fraser, se surprit à avouer :

— C'est trop absurde... Je déteste Naples et j'aime Turin. Or, je suis le prince de Naples et je dois y vivre, alors que mon cousin qui adore Naples et déteste Turin, parce qu'il est le comte de Turin, est condamné à y habiter !

Cette déclaration, par sa sincérité, laissa les invités plutôt pantois. Mrs Fraser, elle, en profita :

— Mais, Monseigneur, pour quelles raisons détestez-vous tellement Naples ?

Victor-Emmanuel regarda autour de lui l'admirable paysage nocturne, puis réfléchit avant de répondre :

— Ce n'est pas mon atmosphère ici, je suppose que voilà la raison... Vous savez, j'appartiens au Nord, et je ne peux pas m'habituer aux mœurs, aux façons de faire du Sud.

Il se tut de nouveau, regarda fixement la mer scintillante sous les étoiles, puis d'une voix plus basse ajouta :

— Par ailleurs, j'ai connu à Naples la plus troublante, la plus dérangeante des expériences. À cette occasion, j'ai été paralysé de peur.

Mrs Fraser protesta :

— Mais vous n'avez jamais peur, Monseigneur !

— Pourtant, ce fut une peur véritable... Et ce sentiment, cette émotion que je n'oublierai jamais, m'écarte totalement de cette si belle ville.

Tous les invités, attirés par la curiosité, s'étaient rapprochés de l'héritier. Ce fut bien entendu Mrs Fraser qui le pria de raconter son expérience. Victor-Emmanuel, d'abord, temporisa, se déroba. Mais Mrs Fraser démolit tous ses barrages, et le malheureux, ses défenses enfoncées, n'eut plus qu'à s'exécuter et à raconter. Un silence total s'installa autour de lui.

— Il y a onze ans, je venais d'arriver à Naples et j'y commençais mon service militaire. J'avais alors dix-neuf ans...

... Les nobles napolitains d'alors se sentirent obligés d'inviter l'héritier du trône, même s'ils ne le faisaient pas de bonne grâce. D'ailleurs, avec ou sans lui, ces réceptions manquaient d'entrain. Les nuées de serviteurs qui s'affairaient dans des enfilades de salons brillamment illuminés, les buffets somptueux, la musique entraînante d'orchestres démodés et les toilettes élégantes ne suffisaient pas à animer ces soirées qui semblaient alourdies par les fantômes du passé. Cependant, fidèle aux instructions du roi son père, Victor-Emmanuel s'y rendait régulièrement, pour faire acte de présence et surtout pour tenter de se gagner les Napolitains, tout en sachant que c'était impossible. Ce soir-là, il s'était rendu à un bal au palais Avalos, l'un des plus grands de la ville. Située curieusement sous les combles et haute de trois étages, la salle de bal, décorée en style pompéien vert pistache et blanc, était à moitié pleine.

La plupart du temps, ce grand timide faisait tapisserie en compagnie des douairières. Ce soir-là pourtant, l'œil de Victor-Emmanuel fut attiré par une femme qui faisait son entrée et qu'il n'avait jamais rencontrée jusqu'alors. Elle était d'une grande beauté, mais surtout elle portait sur son visage une mélancolie innée qui frappa le jeune prince. Elle était vêtue d'une robe de coupe sobre, voire austère, que contredisaient une avalanche de bijoux d'une somptuosité extraordinaire, d'énormes topazes roses enchâssées de diamants – bijoux que l'on voyait rarement sur une femme aussi jeune. Enfin, elle était très grande, ce qui attirait inéluctablement l'homme de petite taille qu'était Victor-Emmanuel.

Les douairières, le diadème scintillant et l'œil rivé à leur face-à-main, apprirent à l'héritier qu'il s'agissait de la princesse M., mariée au grand échalas qui se tenait à ses côtés. Elle était de naissance immensément riche, ajoutèrent-elles. Très jeune, elle avait perdu ses parents et avait été élevée par son oncle et sa tante, désignés comme ses tuteurs, et présents à ce bal. D'ailleurs, ils se tenaient tout près du prince et l'une des douairières s'empressa de les lui présenter.

L'oncle était sec et petit, les cheveux probablement teints et gominés, le teint foncé. La tante était grasse, informe, et portait elle aussi des bijoux splendides, moins impressionnants cependant que ceux de sa nièce. Le couple couvrit le prince de compliments et d'amabilités, ce dernier en profita pour demander à être présenté à la nièce... ce qui fut fait. Et aussitôt – ce qui n'était vraiment pas dans ses habitudes ! – l'héritier du trône invita la jeune inconnue à danser.

Que se dirent-ils au cours de cette valse ? Probablement des banalités. Cependant, Victor-Emmanuel s'inscrivit encore pour deux valses sur le carnet de bal de la jeune princesse, et, nouveau changement d'attitude, il ne se retira pas tôt mais attendit qu'elle ait quitté le bal pour s'en aller à son tour.

Ils se revirent dans un autre bal au Cercle de l'Union, le club le plus aristocratique de Naples situé dans une aile du palais royal. Il y eut ensuite d'autres rencontres, d'autres apartés, sans que l'on en connaisse le détail. Peut-être Victor-Emmanuel osa-t-il convier la princesse M. une fois ou deux à prendre le thé dans une des pâtisseries élégantes de la via Toledo ? Plus, il ne pouvait y avoir : elle était mariée, il y avait aussi l'oncle et la tante omniprésents. D'autre part, le prince était le contraire de son grand-père et homonyme qui multipliait les maîtresses, ou même de son père qui ne cachait pas une longue liaison avec la marquise Litta. Néanmoins, sans trop se l'avouer, lui qui fuyait les femmes éprouvait un sentiment confus, imprécis mais profond pour elle. Sans doute parce qu'il avait deviné en elle une désespérante solitude semblable à la sienne…

De son côté, la princesse M. était involontairement séduite par cet homme petit et pas très beau mais doté d'une extraordinaire personnalité et qui, le premier, s'intéressait à elle sans jouer les don Juans. Ainsi, sans qu'ils aient la possibilité de se voir en privé ni de beaucoup dialoguer, un lien se renforçait entre ces deux êtres à part. Et comme tous deux espéraient peu de la vie, ce lien suffisait à leur donner plus de joie qu'ils n'en avaient reçue jusqu'alors.

Là-dessus, l'héritier du trône fut convoqué à Rome pour quelques cérémonies officielles auxquelles toute la famille royale devait assister. D'autres fonctions le retinrent à la Cour, il ne revint à Naples que deux mois plus tard. Ce fut pour apprendre aussitôt de ses camarades de régiment la mort subite de la princesse M. Il réussit tant bien que mal à dissimuler à son entourage combien cette nouvelle le bouleversait. Il lui semblait que la modeste lumière qui s'était allumée dans sa vie s'était éteinte, le replongeant dans l'obscurité. L'image de la jeune femme ne quittait plus son esprit. Il s'enhardit jusqu'à demander des détails sur sa fin. Habituellement, le soir en sortant de l'École militaire, il s'arrêtait dans un très vieux café, le Tora Bono, sis en face du palais royal, avant de rejoindre son appartement pour des soirées la plupart du temps solitaires. Avec quelques amis officiers, les seuls auxquels il montrait une certaine confiance, il dégustait un *sfogliato*, millefeuille napolitain, en s'installant toujours au fond de la salle, dans le coin le plus discret. Les autres clients bien entendu le reconnaissaient mais respectaient sa discrétion.

Ce soir-là, ses camarades parurent embarrassés par ses questions. L'un d'entre eux lui répondit que la princesse M. avait été emportée par une maladie foudroyante contre laquelle les médecins n'avaient rien pu faire. De quelle maladie s'agissait-il ? Comment l'avait-elle attrapée ? Personne ne le savait. Les médecins n'avaient pas été chercher si loin, qui avaient signé le permis d'inhumation. Comme toujours dans un pays chaud, la princesse M. avait été enterrée dès le lendemain de sa mort.

Victor-Emmanuel n'eut pas le courage d'aller présenter ses condoléances au veuf ni à l'oncle et à la tante. Toutefois, il lui prenait une terrible envie de revoir, ne serait-ce que du dehors, la résidence de la jeune femme où plusieurs fois il était venu prendre le thé et où il avait senti se développer, en sa présence, un émoi qu'il n'avait jamais connu auparavant.

Lorsque, des années plus tard, il raconta à Mrs Hugh Fraser lors de la soirée à la villa Crawford que ses pas l'avaient amené par hasard devant le palais de la belle défunte, il commettait là un petit mensonge puisque, en vérité, il avait planifié ce triste pèlerinage.

— Une nuit où j'avais accepté une invitation à dîner, raconta-t-il à son auditoire subjugué, je m'en revenais tout seul comme d'habitude vers mon logement (c'est-à-dire le palais royal). Il pouvait être une heure du matin et la pleine lune illuminait les rues désertes comme en plein jour. Je laissai ma voiture comme c'était mon habitude au bas de la colline de Monte di Dio et je poursuivis à pied. Mon chemin me fit passer devant le palais de la princesse M. J'avais emprunté le trottoir en face du palais. En fait, je ne pensais pas à elle – là, Victor-Emmanuel commettait son deuxième petit mensonge –, j'étais seulement pressé de rentrer chez moi. Je marchais donc d'un pas rapide…

… Troisième mensonge. En fait, le prince s'était arrêté. Il regardait la longue façade baroque du palais M. De nuit, le crépi bordeaux prenait une teinte un peu sinistre, mais la pleine lune lui rendait presque son ton original. Les encadrements de pierre gris pâle des très hautes fenêtres et les sculptures du porche surmontées de gigantesques armoiries, les balustrades des terrasses, l'élégant dessin des balcons prenaient tout leur relief. Justement…

— … J'aperçus du coin de l'œil une femme penchée au balcon central du *piano nobile*[1]. Elle regardait dans la direction de Capri, que de jour on distingue parfaitement grâce à la

---

1. Étage noble, généralement le premier, celui des salons.

pente de la rue ouverte sur la mer et que la pleine lune permettait d'entrevoir cette nuit-là. La femme, dans un halo de rayons lunaires, se détachait nettement sur le fond des volets clos du balcon. Je passai rapidement…

… Quatrième petit mensonge. En fait, Victor-Emmanuel craignit d'être surpris dans ce mélancolique pèlerinage. La pudeur, son manque d'assurance l'empêchèrent de lever à nouveau les yeux vers la femme penchée au balcon. Au contraire, il hâta le pas…

— … Ce ne fut qu'une fois arrivé en haut de la rue que soudain une question me tarauda l'esprit à propos des volets du palais de la princesse. Je venais de les voir hermétiquement clos. Or, ils se fermaient de l'intérieur. Comment était-il possible qu'une femme se trouvât sur le balcon du salon principal si les volets derrière elle n'étaient pas ouverts ? Du coup, je résolus de revenir sur mes pas et de trouver la clé de cette énigme. Je m'arrêtai au milieu de la rue, directement en face du balcon, pour comprendre. Alors mon sang se glaça dans mes veines car, debout sur le balcon, la tête penchée vers moi et me regardant, était ma chère amie la princesse M. Ses traits portaient l'expression la plus triste que j'ai jamais vue sur un visage. Ses yeux étaient fixés sur les miens. Son expression indiquait qu'elle me reconnaissait parfaitement et exprimait une sorte de mélancolique appel que ses lèvres n'avaient pas le droit de prononcer.

« Nous sommes restés plusieurs minutes à nous observer. J'ai eu tout le temps de me convaincre que je n'étais pas le jouet d'une hallucination, et en particulier que les volets derrière elle étaient vraiment fermés. La lumière exceptionnellement claire en cette nuit me permettait d'enregistrer chaque détail de son apparence. Elle était habillée de blanc, il y avait des taches sombres sur sa figure et sur ses mains. Je remarquai en particulier ses mains car les rayons de la lune faisaient miroiter un très gros rubis monté en bague que je ne lui avais jamais vu porter de son vivant. Soudain, alors que je la voyais distinctement, elle disparut et je me retrouvai seul en train de fixer un balcon désert et des volets clos.

« Comme vous avez eu l'amabilité de le souligner, Mrs Fraser, dans ma famille nous ne sommes pas des lâches. Mais à cet instant-là, j'ai découvert ce que la peur pouvait être. Mes genoux tremblaient. Il me fallut faire un effort considérable pour pouvoir repartir et marcher jusqu'à mon logement. Puisse Dieu faire que je ne connaisse jamais une expérience semblable ! »

Quand le jeune prince émergea de la terreur qu'il avait subie et du trouble qui l'avait saisi, il voulut en savoir plus. Mais qui interroger ? La famille de la princesse M. ? Il n'en était pas question. Les membres de l'aristocratie qui le recevaient ? Ils auraient mal interprété ses questions et auraient suscité une cascade de cancans.

Parmi ses camarades officiers, Victor-Emmanuel en appréciait particulièrement deux. Bien qu'appartenant à l'aristocratie napolitaine, adversaire des Savoie, ils avaient mesuré la valeur du prince héritier et s'étaient rapprochés de lui. Un soir, dans le café où il avait ses habitudes, il les retint plus tard que de coutume et leur confia son désarroi. Les deux hommes, loin de se moquer de lui, parurent troublés. Le prince les interrogea sur la bague enchâssée d'un gros rubis que l'apparition portait. Un des deux officiers lui raconta que, pour une raison inconnue, la princesse M. avait été enterrée portant au doigt ce bijou de famille que de son vivant elle ne mettait jamais.

— Mais, mes amis, que penser des taches noires que j'ai remarquées sur son visage et sur ses mains ?

Les deux hommes hésitèrent, se regardèrent en silence, se demandant visiblement que faire. Tous les trois installés à leur table au fond du café Tora Bono sirotaient un verre d'*amaro*[1]. Finalement, l'un des officiers prit son courage à deux mains :

— *Altezza Reale*[2], nous avons compris la peine que vous éprouviez. Aussi avons-nous voulu vous épargner les détails. Mais désormais, après ce que vous venez de subir, qui me paraît

---

1. Liqueur amère, comme son nom l'indique, et digestive.
2. Altesse Royale.

un signe, nous vous devons la vérité. C'est comme si la défunte l'exigeait. Voici toute l'histoire… Comme vous le savez, la princesse M. était immensément riche et elle avait perdu ses deux parents très jeune. Elle grandit sous la tutelle de son oncle et de sa tante, que vous avez connus. Il était entendu que ceux-ci administreraient sa fortune jusqu'à sa majorité. Lorsque la jeune femme approcha de l'âge requis, l'oncle et la tante, emportés par leur rapacité, décidèrent qu'ils n'allaient pas laisser filer une telle richesse, dans laquelle par ailleurs ils s'étaient déjà considérablement servis. Avez-vous remarqué les bijoux toujours somptueux que porte la grosse tante ? Ils cherchèrent une solution, et la trouvèrent sous la forme de ce grand garçon que vous avez aussi rencontré et qu'ils choisirent pour épouser la princesse.

« Personne de nous n'éprouve d'estime pour lui, car nous savons tous qu'il a épousé la riche héritière non par amour mais simplement pour rendre service à l'oncle et à la tante. Il était en effet entendu que le marié ne toucherait pas à la fortune de son épouse, et surtout empêcherait celle-ci de mettre le nez dans leurs affaires et de se mêler de leur administration. Ce que le marié devait obtenir en argent ou en avantage de cet accord, nul de nous ne l'a su exactement, mais ce devait être considérable.

« La princesse M., nous l'avons tous constaté comme vous, *Altezza Reale*, n'a jamais été heureuse pendant sa courte vie maritale. L'oncle et la tante craignirent-ils de la voir un jour s'intéresser de près à leurs manigances ? Eurent-ils peur que le marié les trahisse ? Bref, ils jugèrent que l'accord boiteux qu'ils avaient extirpé au mari n'était plus fiable et qu'il était temps de recourir à des mesures plus extrêmes. Récemment donc, la princesse M. se rendit, à l'invitation de son oncle et de sa tante, dans leur villa de campagne à Porticci. Elle n'y resta que quelques jours et en revint gravement malade. Elle décéda quelques heures après son retour dans des douleurs atroces et portant tous les symptômes d'un empoisonnement, en particulier ces taches noires qui étaient apparues sur ses mains et sur son visage.

« Les médecins ne voulurent pas heurter les sentiments qu'ils imaginaient au veuf en ordonnant une autopsie, pas plus qu'ils n'osèrent défier un couple aussi puissant que l'oncle et la tante. Aussi autorisèrent-ils l'inhumation. Ajoutez la panique des Napolitains devant toute mort mystérieuse et leur terreur d'une contagion née au spectacle du cadavre couvert de taches inquiétantes. La princesse M. fut enterrée à la sauvette, et plus personne ne fit aucune allusion à sa fin. »

Victor-Emmanuel fut plus choqué encore que le jour où il avait appris la mort de la jeune femme. Il se persuada que son apparition au balcon avait eu une signification précise. Comme si la défunte avait voulu lui demander que la vérité fût connue et que justice soit faite. Il ne pouvait évidemment agir directement, mais il avait l'art de faire des allusions, de glisser une suggestion, de parler aux personnages influents. Bref, alors que le couple assassin croyait les preuves de leur crime enterrées avec leur nièce, l'affaire refit brusquement surface. Le testament de la princesse venait d'être publié, dans lequel elle laissait sa fortune entière à ses « bien-aimés oncle et tante », le mari n'étant même pas mentionné.

Devant une telle monstruosité, les rumeurs grossirent jusqu'à former un torrent qui emporta l'immunité du couple. L'indignation publique s'exprima bien haut. La presse s'en mêla. La justice n'eut plus la possibilité de reculer, une enquête fut ordonnée. L'oncle et la tante furent mis en jugement.

Malgré sa peine, Victor-Emmanuel en éprouva une profonde satisfaction. Le seul hommage qu'il avait pu rendre à la princesse M., c'était de la venger. Pourtant, il crut trop tôt avoir obtenu gain de cause, car il connaissait mal Naples. Interrogés sur la mort de la princesse et sur les symptômes qu'ils avaient constatés, les témoins hésitèrent, se contredirent et embrouillèrent tellement l'accusation que rien ne put être retenu. Questionnés sur les relations de la princesse M. avec son oncle et sa tante, ils mentirent carrément, répétant qu'elles n'auraient pu être plus harmonieuses. Ils craignaient tant la vengeance de ce couple puissant de la haute aristocratie qu'aucun ne voulut avouer le moindre détail qui eût pu les incriminer.

Quant au veuf, ce fut encore pire : mutisme absolu. Les deux amis de Victor-Emmanuel en déduisirent que l'oncle et la tante le tenaient par quelque chantage ou lui avaient promis une belle compensation. Ainsi, la justice conclut à l'innocence des assassins, qui désormais purent jouir en paix de l'immense fortune de leur victime.

Devant un aussi monstrueux déni de justice, Victor-Emmanuel se mit à détester Naples. Dans son cœur, l'héritier du trône d'Italie continua à entretenir le culte de la belle et malheureuse princesse M.

Un demi-siècle plus tard, le sort, au bout d'une longue série d'épreuves et de tragédies, le ramenait à Naples en des circonstances dramatiques. Il se demanda si cette femme tant aimée, lorsqu'elle lui était apparue une nuit de pleine lune au balcon de son palais, n'avait pas voulu le mettre en garde contre son propre avenir. En tout cas, sa dernière pensée, en quittant à jamais son pays, fut pour elle.

L'Incendie de l'ambassade

DE l'avis général, le cardinal-prince Frédéric Schwarzenberg, archevêque de Prague, était un personnage
hors du commun et plus grand que nature. D'abord
physiquement. Le colosse atteignait presque les deux mètres.
Puissant et musclé, ce sportif convaincu pouvait marcher des
journées entières dans les bois. Du temps où il était archevêque
de Salzbourg, il avait sillonné à pied les montagnes alentour en
alpiniste professionnel. Musicien dans l'âme, il s'était épanoui
dans la ville de Mozart et avait développé le Mozarteum, une
institution consacrée à la diffusion de sa musique. Très pieux,
il ne méprisait pas néanmoins les plaisirs de la gastronomie, et
sa table au palais archiépiscopal de Prague était renommée
dans tout l'Empire austro-hongrois.

Il était partout populaire, donnant à tous les meilleurs
conseils, toujours disponible. Aussi était-il aimé des plus
humbles comme des papes successifs qu'il avait servis et de
l'empereur régnant François-Joseph dont il était l'intime. Il
avait d'ailleurs réussi de nombreuses missions diplomatiques
importantes et secrètes qui intéressaient l'Empire et le Vati-
can. Il passait pour un esprit fort, se montrait libéral, tolérant,
à une époque – la fin du XIXᵉ siècle – où cette vertu était rare,
surtout parmi les personnages de sa naissance et de son rang.
Il n'en dédaignait pas pour autant les traditions, le passé,
l'Histoire.

En cette année 1884, il avait atteint soixante-quinze ans et, malgré sa santé apparemment florissante et sa haute stature que rien ne pouvait courber, il se sentait intérieurement las. En dépit de l'optimisme de ses médecins, il pressentait que ses jours étaient comptés. Aussi, avant de partir, voulut-il rendre hommage à ses ancêtres. Les Schwarzenberg étaient une très ancienne famille d'origine allemande, qui avait essaimé en Autriche et en Bohême. Ils avaient fidèlement servi les Habsbourg et, au cours des siècles, avaient accumulé les titres, les donations, les châteaux. Après maintes recherches, le cardinal avait déniché dans un arbre généalogique deux ou trois saints plutôt obscurs mais qui avaient appartenu à sa famille et dont il avait décidé de réunir les reliques. Pour cela, il choisit la chapelle baroque de Saint-Adalbert, sise dans Saint-Vital, la cathédrale gothique des anciens rois de Bohême qui se dressait très haute au-dessus de Prague.

L'atavisme du cardinal lui faisait apprécier les pompes ecclésiastiques. Lors de la translation des reliques de ses ancêtres, il se surpassa : c'étaient par dizaines des enfants de chœur en aube de dentelle, des diacres en damaltique surbrodée, des chanoines en chape de drap d'or, des flots d'encens s'élevant d'innombrables encensoirs d'argent. Les grandes orgues relayées par un orchestre composé de centaines de musiciens avec chœur et solistes chantaient Mozart et Haydn. Tous les Schwarzenberg vivants étaient accourus, groupés autour du chef de famille, le Fürst[1], propre neveu du cardinal, ainsi que toute l'aristocratie de l'Empire. Alors qu'il encensait lui-même les reliquaires d'argent, d'or et d'émail qu'il avait fait ciseler pour contenir les reliques, soudain le cardinal-archevêque se mit à penser à sa mère. Elle s'imposa à son esprit avec une force d'autant plus extraordinaire qu'il ne l'avait pas connue.

Frédéric, le futur cardinal, est né en 1809 à Vienne, mais il a été élevé à Krumlov. Ce château était le fleuron de la couronne des Schwarzenberg. Situé au sud de la Bohême, dans une

---

1. « Le Premier », titre porté par le prince chef de famille.

contrée de collines escarpées, de montagnes effilées et d'étroites vallées, il était en fait constitué de deux bâtiments : en bas, une forteresse imposante dominée par un donjon colossal, en haut, une sorte de caserne datant de la Renaissance, avec des façades s'étendant sur des centaines de mètres et plusieurs cours intérieures, les deux domaines étant liés par un pont couvert de plusieurs étages. À l'intérieur, des galeries immenses conduisaient à des appartements confortables et à des cabinets chinois délicieux. Dehors s'étageaient des jardins à l'italienne entourés de forêts sans fin.

Les Schwarzenberg, qui habitent le château en ce début du XIXe siècle, forment une famille unie, respectable et honorée. Le Fürst Joseph, le chef de la famille, a quarante ans. Il a déjà occupé les postes les plus éminents à la cour impériale et dans l'administration de l'Empire. Favorisé par les empereurs successifs, il a reçu la prestigieuse décoration de la Toison d'or.

Il a épousé la princesse Pauline d'Arenberg, issue d'une illustre famille de l'aristocratie internationale. Ses trente-cinq ans affinent une beauté renommée : on admire ses yeux étirés, sa bouche admirablement dessinée, la grâce de son maintien, la perfection de ses bras, de sa gorge, de ses pieds menus. Sa coiffure, une pyramide de bouclettes à la dernière mode, lui sied et met en valeur le dessin charmant du visage. Non seulement elle est populaire dans la société, mais elle est idolâtrée par les humbles envers lesquels elle déploie une vraie générosité. De surcroît, c'est une artiste de talent, elle dessine à merveille et peint mieux encore, à tel point que les amateurs s'arrachent ses toiles. Elle a donné neuf enfants à son mari, elle les adore comme elle en est adorée. En cette époque qui voulait que les parents se tiennent éloignés des enfants, elle a aboli les distances, elle leur donne tout son temps.

Les enfants raffolent de Krumlov. Il y a les jardins pour jouer, les forêts pour galoper des heures durant, il y a surtout le château à explorer, où l'on découvre chaque fois de nouveaux recoins, des couloirs insoupçonnés, des tours qu'on croyait inaccessibles, des souterrains mystérieux.

En ce début de l'été 1810, les deux aînées se trouvent avec les parents à Paris, où leur oncle est ambassadeur d'Autriche. En l'absence des parents, la discipline se relâche et les plus jeunes s'en donnent à cœur joie. Le dernier de la lignée, Frédéric, dort dans son berceau tout en suçant son pouce. Il a quinze mois.

En Bohême, les hivers peuvent connaître des froids excessifs, tout comme l'été, la température monte souvent très haut. En ce premier jour de juillet, on a étouffé toute la journée, ce qui n'a pas empêché les enfants de jouer infatigablement. Grâce à quoi ils s'endorment facilement, à la satisfaction de leur gouvernante, Frau Gerda Neuburg. Elle est la seule à ne pas aimer les séjours à Krumlov. À la splendide sauvagerie de la Bohême du sud, elle préfère la tranquille campagne de son Burgland natal. Par ailleurs, cette Autrichienne se méfie des Tchèques et juge que les assistantes qu'on lui a attribuées, venues de villages voisins, ne sont que des paresseuses et des ignorantes qui ne connaissent rien au travail... Il faut sans cesse les surveiller et on ne peut rien leur confier! La gouvernante n'attend qu'une chose : le moment à la fin de l'automne où l'on quittera Krumlov pour revenir au palais Schwarzenberg à Vienne. Hélas, il lui faudra encore patienter...

Elle regarde l'horloge de bronze sur la cheminée, il est dix heures et demie du soir. À côté d'elle, dans son berceau, le bébé Frédéric dort à poings fermés. Elle se lève et va inspecter les autres chambres de la nurserie : tout le monde est profondément endormi, les enfants comme les trois sous-gouvernantes tchèques, que le sommeil a saisies sur leur chaise. Gerda décide de veiller encore une demi-heure, puis elle réveillera ses assistantes afin qu'elles la remplacent. Peut-on compter sur elles ? N'en profiteront-elles pas pour se rendormir aussitôt, laissant les enfants sans surveillance ? La gouvernante regrette l'absence de la princesse Pauline, son départ pour Paris lui a donné un surcroît de responsabilité.

Elle revient dans la chambre de Frédéric, se rassoit à côté du berceau et reprend son travail de broderie. Il fait si chaud que, contrairement à la règle qui voulait que les fenêtres restent closes dans les chambres à coucher, elle a entrouvert la sienne. Elle n'a gardé à côté d'elle qu'une seule bougie pour pouvoir continuer sa broderie. La nuit est particulièrement claire. Par la fenêtre, la gouvernante distingue les jardins, les forêts, la vallée. Un rayon de lune tombe directement sur le berceau, éclairant la frimousse rose du petit Frédéric.

Autour de Gerda, tout n'est que calme, silence et douceur. Pourtant, elle n'ose s'avouer qu'elle a vaguement peur. Comme chaque fois qu'elle séjourne à Krumlov, elle redoute de rencontrer Julius. De tous les fantômes que l'on dit hanter le château, c'est le plus tenace et le plus effrayant. Il s'agit d'un bâtard de Rodolphe II, l'empereur de la Renaissance si intéressé par l'occulte. Le bâtard, lui, ne pensait qu'à la gaudriole, à tel point que son père l'avait éloigné de la Cour en lui faisant cadeau de Krumlov, avec recommandation de ne pas trop en sortir.

Ivrogne et débauché, Julius s'était livré dans le château à des orgies si crapuleuses que le scandale en était arrivé jusqu'à Prague. Rodolphe II avait admonesté le bâtard, sans résultat. Ce dernier avait fini par engrosser la fille du barbier du village. Furieux de ce cadeau inattendu, il avait précipité la jeune fille par la fenêtre dans le ravin en contrebas. Du coup, son père l'avait fait interner, et un an plus tard Julius était mort fou.

Or chacun savait au château, et Gerda en particulier, que ses années de débauche, Julius les avait passées justement à l'étage des enfants. Ah! si la princesse Pauline était là! Non qu'elle aurait empêché le fantôme de se manifester, mais elle était si rassurante que l'on avait l'impression que rien de désagréable ne pouvait survenir en sa présence.

Justement, Gerda entend derrière elle un léger bruit. Elle se retourne et voit la poignée de la porte tourner lentement. La terreur la transforme instantanément en statue. Julius ou quelque autre fantôme diabolique ont-ils décidé de la faire mourir de peur? La porte s'ouvre silencieusement, et laisse passer... la princesse Pauline!

La gouvernante s'étonne de ne pas avoir été prévenue de son arrivée. Il n'y avait pas eu dans la journée le remue-ménage habituel annonçant le retour des maîtres... Mais ceux-ci l'avaient accoutumée à des déplacements inopinés, ils partaient, revenaient sans cesse. Aussi Gerda, dans sa joie de savoir la princesse de retour, en oublie d'être surprise. Comme elle ne s'étonne pas trop de la voir en tenue de grand soir : robe de satin rose, écharpe de gaze de même couleur, et parure en diamants. Il y a donc réception ce soir à Krumlov ? Elle n'en avait pas été informée...

Au milieu de ces étrangetés, un fait la conforte : fidèle à sa coutume, la mère, comme tous les soirs, vient embrasser ses enfants. Cependant, Gerda se sent heurtée par l'indifférence de la princesse qui non seulement ne la salue pas affectueusement comme elle le fait toujours, mais semble ne pas s'apercevoir de sa présence. Sans doute est-elle fatiguée par son voyage, peut-être n'a-t-elle que très peu de temps avant que la réception ne commence ?

Gerda s'est levée et suit sa maîtresse qui passe de chambre en chambre. Celle-ci contourne les chaises sur lesquelles les sous-gouvernantes tchèques sont endormies, prenant bien soin de ne pas les réveiller. Elle avance lentement. Ses pas ni sa traîne de satin ne font aucun bruit. Avec ses diamants brillant faiblement dans la pénombre, sa svelte silhouette, sa démarche gracieuse, elle ressemble à une apparition féerique. Gerda remarque tout de même que la princesse évite de traverser les taches de lumière dessinées sur le sol par les rayons de lune.

Pauline se penche sur chacun des lits de ses enfants et les regarde tendrement un long moment. Le petit Frédéric est le dernier visité. Celui-là, elle le contemple encore plus longtemps, avec encore plus de tendresse que les autres. Puis elle dépose un baiser léger sur son front. Lorsqu'elle se redresse, Gerda est saisie par son expression. Les yeux de la princesse expriment un amour infini, associé à une surprenante tristesse... De son pas gracieux, elle se dirige toujours sans bruit vers la porte, se retourne une dernière fois pour regarder le berceau, et, sans adresser le moindre signe à Gerda, sort en refermant doucement la porte derrière elle.

Gerda reste songeuse. Il s'est passé dans cette courte scène, pourtant familière, un fait étrange qu'elle n'arrive pas à saisir, qui ne cadre pas avec les habitudes, qui l'inquiète vaguement. Bah ! se dit-elle, il est temps d'aller se coucher. Demain, elle n'aura qu'à questionner la princesse lorsque celle-ci viendra assister au réveil de ses enfants...

« Génisse impériale sacrifiée au Minotaure corse », c'est ainsi qu'on avait décrit l'archiduchesse Marie-Louise d'Autriche lorsqu'on l'avait mariée à Napoléon. Toute l'Europe royale et aristocratique en avait frémi d'horreur et crié son désespoir. Napoléon avait beau avoir conquis les trois quarts de l'Europe, il n'en restait pas moins un aventurier de la plus modeste extraction. Or les Habsbourg étaient renommés pour être impitoyables sur l'origine de ceux et celles qui entraient par mariage dans leur famille. Que l'empereur François Ier ait accepté d'avoir pour gendre l'aventurier corse était tellement monstrueux que cela dépassait l'entendement !

La seule à prendre l'affaire le plus placidement possible fut la victime, la nouvelle Iphigénie, la vierge offerte en sacrifice à l'idole féroce. Le monde, abasourdi devant cette complaisance, murmura d'abord qu'elle n'avait aucune intelligence. Mais puisqu'elle se déclara satisfaite de son sort et heureuse avec cet homme que sa famille et son pays vomissaient, le monde se calma et ne pensa plus qu'à s'amuser...

Car la noce draina à Paris tous ceux qui comptaient en Europe et n'étaient pas en guerre contre le mari. En particulier les nobles autrichiens qui, dans les armées de leur Empereur, avaient défendu pendant des années leur pays attaqué, puis occupé, par Napoléon. La paix revenue, et scellée par le mariage de l'archiduchesse Marie-Louise, ils en profitèrent pour découvrir la cour impériale de ces Bonaparte dont tout le monde se moquait mais auxquels tous avaient envie de se frotter. Ils se réservaient aussi pour faire du tourisme et surtout du lèche-vitrine, car en dépit de tout Paris restait la capitale de la mode !

Le Fürst Joseph et la princesse Pauline avaient suivi le mouvement, emmenant leurs deux filles aînées, Marie-Éléonore et Marie-Pauline, respectivement âgées de quatorze et douze ans. Ils furent d'autant mieux reçus que le frère de Joseph, le prince Karl Philipp Schwarzenberg, se trouvait être l'ambassadeur d'Autriche à Paris. Ils assistèrent aux fêtes que les Français offrirent à Napoléon, énorme réception au palais des Tuileries, audience solennelle du corps diplomatique, parade militaire au Carrousel, chasse dans le parc du château de Saint-Cloud, bal à l'Hôtel de Ville, représentation de *Persée et Andromède* de Méhul à l'Opéra, fête de nuit donnée à Neuilly par la princesse Pauline, sœur de Napoléon, bal encore plus somptueux au ministère de la Guerre offert à sept mille invités. Au bout de plusieurs semaines à ce train, tout le monde était épuisé. Cependant l'excitation allait renaître, car la dernière fête promettait d'être la plus belle : le bal à l'ambassade d'Autriche.

Quelques jours plus tôt, l'ambassadrice, la princesse Marianne Schwarzenberg, belle-sœur de Joseph et de Pauline, s'était rendue en cortège officiel aux Tuileries pour demander à Leurs Majestés quel jour leur serait agréable. Le 1er juillet avait été fixé. L'ambassade occupait le somptueux hôtel de Montesson, ancienne propriété des ducs d'Orléans en la chaussée d'Antin. Les Autrichiens n'avaient pas lésiné. Au fond du jardin, une immense salle de bal avait été édifiée, à laquelle on accédait depuis l'hôtel de l'ambassade par une galerie de bois. Au plafond tendu de papier verni, un gigantesque lustre avait été suspendu, équipé de dizaines de bougies. D'autres demi-lustres furent accrochés aux murs de la salle et dans la galerie qui courait à la hauteur du premier étage, depuis laquelle les spectateurs pourraient admirer les danseurs. La décoration toute légère, de fleurs en gaze et en taffetas, ornait les parois et formait un décor champêtre.

Personne n'aurait voulu manquer la fête. Les frères et sœurs de Napoléon sont tous présents, ces rois et reines de fabrication récente. L'aristocratie de tous les pays « amis » de la France est brillamment représentée : princesses italiennes, ducs espagnols, Fürsten autrichiens, comtes portugais, princes souverains allemands, marquises belges, jonkheers hollandais se mêlent aux maréchaux de l'Empire fraîchement anoblis et à leurs épouses scintillantes de joyaux nouvellement acquis.

Lorsque la princesse Pauline Schwarzenberg paraît, un murmure d'admiration s'élève dans la foule. Sa robe de satin rose maintient sa taille très haute comme le veut la mode. Une légère écharpe recouvre ses bras nus et son grand décolleté. Elle arbore les fameux diamants Schwarzenberg, diadème, peigne, collier, boucles d'oreilles, bracelets et broche. La reine de Vienne est devenue la reine de Paris ! Ce soir-là, mille deux cents invités la contemplent extasiés.

La soirée débute par un admirable concert chargé de faire passer le temps avant l'arrivée de l'Empereur et de l'Impératrice. Ceux-ci, descendus dans la cour des Tuileries, montent dans une voiture de conte de fées à huit chevaux, tout en glaces, avec garnitures de soie blanche galonnées d'or et housses vert et or. Six carrosses à six chevaux suivent la voiture impériale entourée de pages, de chasseurs d'escorte, de grenadiers à cheval. Le cortège roule à folle allure à travers Paris. Les nombreux badauds serrés dans les rues voient passer comme un éclair les voitures de glaces et d'or, les uniformes des gardes sabre au clair, à peine aperçoivent-ils le profil si connu de Napoléon et le haut diadème de rubis et de diamants de Marie-Louise.

Des sonneries de trompette annoncent enfin aux invités l'arrivée du cortège impérial. Le prince Karl Philipp et son frère Joseph se plient en deux. Les deux belles-sœurs, Pauline et Marianne, s'effondrent en révérence de cour. L'œil de Napoléon s'allume d'un bref éclair lorsqu'il découvre la beauté de Pauline…

La soirée commence par la découverte des « surprises » disposées dans les jardins de l'ambassade. Pauline éprouve une admiration enfantine devant les séduisantes inventions des décorateurs français et autrichiens. Dans un temple d'Apollon, un chœur de Muses salue Leurs Majestés. Un tunnel de vigne décoré de fleurs et de miroirs mène au plus somptueux des buffets. Du pavillon impérial, les souverains assistent à un bal champêtre, et un feu d'artifice clôt les attractions.

Tout en se promenant avec les autres invités, la princesse Pauline remarque au-dessus des murs du jardin des rangées de têtes : les curieux ont dû trouver des moyens de fortune pour grimper et regarder la fête. Certains de ces visages lui paraissent inquiétants… Des voleurs à la tire ? se demande-t-elle sans y croire vraiment.

Les invités gagnent maintenant la salle de bal. Napoléon et Marie-Louise prennent place dans deux vastes fauteuils lourds et dorés installés sur une estrade au fond de la salle. Les musiciens de l'orchestre commencent à jouer et les danseurs s'élancent sur la piste. Bientôt, la plus joyeuse animation règne. L'Empereur et l'Impératrice bavardent avec leurs familiers. D'un geste, Marie-Louise fait approcher la princesse Pauline. Elle la connaît depuis l'enfance. Elle l'interroge sur son séjour à Paris, lui demande des nouvelles de ses proches. Puis, d'une légère inclination de la tête, elle signifie que l'entretien est terminé.

Pauline se laisse inviter à danser par de vieilles connaissances et par des militaires français couverts de broderies et de décorations heureux de faire un brin de cour à cette beauté. Pauline, avec courtoisie, reste distante : elle n'aime qu'un homme, son mari, qu'elle voit danser non loin d'elle avec une des sœurs de Napoléon. À ce moment même, elle pense à ses enfants. Elle apprécie ce séjour à Paris, mais que n'aurait-elle donné pour voir ses petits et les embrasser… C'est surtout vers son dernier-né, le petit Frédéric, que sa pensée la ramène. Comme elle aimerait le tenir dans ses bras, le bercer, le caresser…

Subitement, un malencontreux courant d'air soulève un rideau de gaze, qui effleure une bougie et s'enflamme. Trois hommes se précipitent pour l'éteindre. En vain. En quelques minutes, le feu gagne. Un des premiers, le prince Eugène, beau-fils de Napoléon, l'a vu. Il s'approche de l'Empereur qui se promène au milieu des invités, lui glisse quelques mots à l'oreille. Napoléon traverse la salle à grandes enjambées, monte sur l'estrade, prend l'Impératrice par le bras pour l'emmener : « Sortons d'ici, il y a le feu ! » Ils ont déjà gagné le jardin lorsque la plupart des invités se rendent compte du sinistre.

Aussitôt, c'est une ruée vers les issues. Alors que la salle de bal en comporte trois, la foule se précipite vers l'issue principale, car les autres sont déjà bloquées par les flammes. Hommes et femmes se bousculent, se battent, se jettent par terre dans un concert de hurlements de douleur, de cris d'épouvante, dans le fracas des lustres qui s'effondrent. Les rideaux en flammes tombent sur les robes des femmes et les allument comme des torches. Seuls quelques hommes particulièrement courageux tentent d'organiser l'évacuation, mais ils sont piétinés par les autres… Comble d'horreur, les voleurs à la tire qui guettaient du haut des murs et qu'avait remarqués Pauline ont sauté dans le jardin et se précipitent sur les femmes paniquées pour leur arracher des bijoux !

Après avoir conduit Marie-Louise à sa voiture, Napoléon revient pour organiser les secours. Pauline est au bord de la crise de nerfs, elle hurle : « Mes filles ! » en les cherchant du regard dans la foule hagarde qui se presse dans les jardins. S'arrachant des bras de son mari, elle court à contre-courant, pénètre dans la salle aux trois quarts en feu, aperçoit la petite Marie-Pauline. Elle lui prend la main et tente de l'entraîner hors des flammes, mais l'enfant, terrorisée, incapable de faire un mouvement, suffoquée par la fumée, tombe sur le sol, inconsciente. Pauline ignore que Marie-Éléonore a déjà quitté les lieux du sinistre pour se réfugier dans l'hôtel de l'ambassade.

À minuit, un semblant d'ordre est revenu, mais l'horreur demeure. Napoléon, après avoir tout supervisé, est reparti aux Tuileries. Les brigands ont été arrêtés par les officiers. Tous les invités ont pu s'échapper, mais certains sont grièvement blessés, comme la princesse de Leyn ou la femme du consul de Russie, ramenées mourantes chez elles.

Mais où est donc la princesse Pauline ? On l'appelle, on cherche... Elle a disparu. Joseph et sa fille aînée défaillent d'angoisse. La petite Marie-Pauline a finalement été tirée du brasier par des bras secourables, elle est encore commotionnée et le médecin de l'ambassade ne la quitte pas. De la salle de bal, il ne reste plus que des bouts de bois noirs et fumants. On les fouille une première fois, puis une seconde. On ne trouve rien.

L'ambassadeur et sa femme, la princesse Marianne, le cœur tordu d'angoisse, essaient néanmoins de calmer Joseph et ses filles. La princesse Pauline se sera probablement réfugiée chez un voisin... Elle sera partie dans la voiture d'un invité... Les chambellans de l'empereur Napoléon l'auront amenée aux Tuileries...

À quatre heures du matin, une troisième fouille sur l'emplacement de la salle de bal est entreprise à la lueur des torches. On se concentre particulièrement sur les restes de l'estrade où avaient été installés les trônes de Napoléon et de Marie-Louise. Et là, dans une sorte d'éboulement, on découvre un corps. Un corps de femme. Curieusement, la robe de satin rose est à peine brûlée et la fabuleuse parure de diamants n'a subi aucun dommage. L'ambassadeur appelé par la police reconnaît solennellement les restes de sa belle-sœur à sa tenue et à ses bijoux. Puis sa femme Marianne a le terrible devoir d'annoncer la nouvelle au prince Joseph et à ses filles. L'examen du cadavre démontrera que la princesse n'est pas morte brûlée vive mais étouffée par les fumées asphyxiantes de l'incendie. Il révélera aussi qu'elle était enceinte de deux mois. Elle est morte pour avoir voulu sauver ses filles.

Là-bas, au château de Krumlov, Frau Gerda Neuburg, descendue le lendemain matin de la nursery, apprendra avec stupéfaction que la princesse Pauline n'est pas revenue durant la soirée. Elle n'aura pas longtemps à s'interroger sur cet incident troublant, car quarante-huit heures plus tard un courrier apportera la terrible nouvelle.

Gerda demandera inlassablement des détails sur la fin de sa

bien-aimée princesse. Elle saura ainsi que celle-ci est morte alors que l'incendie faisait rage, à dix heures et demie du soir. À cette même heure exactement, durant cette même nuit, elle avait vu la princesse Pauline entrer dans la nursery de Krumlov. Gerda avait cru qu'elle venait leur dire bonsoir, en fait elle était venue leur dire adieu.

Pauline fut enterrée dans un des châteaux de la famille. Selon l'usage de la plus haute aristocratie, son cœur séparé de son corps fut enfermé dans un vase d'argent et ramené à Krumlov pour y être exposé dans la chapelle du château. La princesse Marianne et Gerda Neuburg firent de leur mieux pour entourer les orphelins, mais rien ni personne ne pouvait remplacer Pauline, surtout pour le petit dernier, Frédéric, qui toute sa vie fut obsédé par sa mère qu'il n'avait pas connue. Et alors qu'il célébrait, à la fin de sa vie, la gloire des Schwarzenberg dans la cathédrale Saint-Vital, ce fut la pensée de sa mère qui s'imposa à lui, peu avant qu'il la rejoigne… et la connaisse enfin.

Le Fantôme de la Maison-Blanche

WILHELMINA n'arrive pas à dormir. Voilà des heures qu'elle se tourne et se retourne dans son grand lit. Elle est préoccupée. Elle ne se sent pas à l'aise. À tout prendre, la Maison-Blanche dont on lui a dit monts et merveilles est non seulement beaucoup moins grande mais aussi beaucoup moins confortable que ses palais d'Europe. Cependant, depuis l'indépendance des États-Unis, c'est à partir de cette demeure que se fait et se défait l'Histoire. À la lumière de la lampe de chevet restée allumée, Wilhelmina examine les meubles lourds et sombres de sa chambre, en particulier ce lit énorme et tarabiscoté, encore alourdi par des draperies de brocarts rouges. Et pourtant on l'appelle la Chambre rose, bien qu'elle n'ait rien de pimpant ni de léger comme cette couleur le suggérerait. La nostalgie la prend en pensant à son pays, la Hollande, dont elle est la reine et dont l'invasion allemande l'a chassée. Car nous sommes en 1942, et la vieille souveraine exilée a été invitée par les Roosevelt. L'insomnie lui envoie des images de son passé. Sa mémoire, avec les heures qui s'envolent, remonte de plus en plus loin, jusqu'en 1879.

Cette année-là, son père le roi Guillaume III, la soixantaine dépassée, s'était aperçu qu'il n'avait pas d'héritier. Il avait épousé à la hâte la fraîche Emma et avait réussi à produire une fille unique, en faveur de laquelle la loi salique hollandaise, excluant les femmes de la succession au trône, avait été abolie.

Wilhelmina avait dix ans lorsque son père est mort, et sa mère avait assuré la régence.

Très vite, Wilhelmina avait développé une formidable personnalité. Elle était jeune encore lorsque, aux dernières années du xixe siècle, la guerre avait éclaté en Afrique du Sud. L'impérialisme anglais affrontait les colons de la première vague, les Boers, d'origine hollandaise. Bravant les foudres anglaises, Wilhelmina s'était lancée au secours de ses anciens compatriotes et avait envoyé un navire hollandais récupérer leur chef, le fameux Kruger. Lors de la Première Guerre mondiale, et malgré les pressions de l'Allemagne, elle avait réussi à maintenir son pays dans la neutralité et donc à lui épargner les horreurs qui s'étaient abattues sur ses voisins. Ensuite, avec le régime le plus libéral et une succession de gouvernements, elle avait fait de la Hollande une puissance industrielle. Elle ne s'était d'ailleurs pas oubliée dans cette prospérité toute nouvelle, car avec un génie inné des affaires elle avait investi dans le pétrole. On murmurait que toutes les actions de la Royal Dutch, compagnie exploitant l'or noir, lui appartenaient.

Mais le succès n'apporte pas forcément le bonheur. Ayant dû se marier pour des raisons dynastiques, elle avait épousé un prince allemand qui l'avait abondamment trompée. Cette petite femme courte et épaisse possédait toutes les qualités sauf la beauté, ce dont elle se moquait... Elle avait eu une fille, Juliana, qui à son tour s'était mariée et avait engendré d'autres filles – la succession était assurée.

Puis la Seconde Guerre mondiale avait éclaté, et l'Allemagne nazie avait envahi la Hollande. La colossale armée germanique avait écrasé la vaillante petite armée hollandaise, malgré une défense héroïque. Certains de ses ministres avaient souhaité que Wilhelmina restât en Hollande pour essayer de s'entendre avec les Allemands, elle avait refusé catégoriquement :

— On ne s'entend pas avec l'ennemi, on le combat !

Elle avait quitté le territoire national au dernier moment pour se réfugier à Londres. On lui avait rappelé qu'il y était difficile d'assurer sa sécurité : elle s'en moqua. Elle avait expédié sa fille Juliana et ses petites-filles au Canada, à l'abri, mais elle, elle voulait rester de l'autre côté de la mer du Nord, tout près de sa Hollande. Elle s'était emparée d'un micro à la radio et, tous les jours, elle parlait à l'intention de son pays occupé. Ainsi maintenait-elle l'espoir chez tous ceux, innombrables, qui écoutaient clandestinement sa voix. Ainsi leur redonnait-elle du courage et les encourageait-elle à la résistance.

Le Président des États-Unis Franklin Roosevelt et son épouse Eleanor avaient voulu rendre hommage à ce bel exemple de bravoure et l'avaient invitée à la Maison-Blanche. Elle avait accepté, pour plaider une fois de plus la cause de son pays – elle n'avait pas eu grand mal car les Américains sympathisaient avec les Hollandais et n'éprouvaient que respect et estime pour elle. Ce fut un long et fatigant voyage dans des conditions précaires pour cette dame qui avait plus de soixante ans. Les Roosevelt se prirent de sympathie pour elle, ils promirent de l'aider. Ce qui ne l'empêchait pas de penser nuit et jour à son pays martyrisé. Les nazis devenaient féroces : les arrestations, les camps, les exécutions d'otages, les massacres faisaient partie du quotidien pour la population, de plus affamée, pendant que la communauté juive se voyait impitoyablement exterminée. Les résistants pourchassés et torturés se battaient au nom de leur reine.

Comment apprécier le calme et le luxe qui l'entouraient, se disait-elle, comment se reposer alors que cette Hollande qu'elle adorait était en train de sombrer dans le cauchemar ?

Un bruit la tire de ses sombres pensées, elle tend l'oreille : on vient de frapper à la porte de sa chambre. À cette heure tardive, peut-être un message était-il arrivé de Hollande ? De sa voix forte, elle crie « Entrez », mais la porte reste close. De nouveau on frappe, nettement, fermement. Curieuse, Wilhelmina se lève. Elle ne prend pas la peine de jeter une robe de chambre sur sa chemise de nuit de grosse toile, elle se précipite et ouvre. Dehors, le couloir est resté éclairé, ce qui lui permet de distinguer parfaitement l'homme qui se tient devant elle. Il est grand, maigre, tout de noir vêtu et coiffé d'un haut-de-forme. Son visage long et osseux est prolongé par une barbe noire, son regard est de feu. La reine le dévisage, le reconnaît, et tombe sur le sol, évanouie.

Lorsqu'elle reprend conscience, et se retrouve en chemise de nuit allongée par terre, elle se demande ce qui lui est arrivé... La porte de sa chambre est restée ouverte. Dans le couloir, personne. La lampe de chevet répand toujours une lumière douce dans la pièce, aucun mouvement, aucun bruit, autour d'elle tout n'est que calme. Elle se remet au lit, ferme les yeux, et aussitôt la vision de l'homme lui revient. Plus question de chercher le sommeil! Des heures durant, elle attend, immobile, l'esprit plus aiguisé que jamais. Elle cherche à comprendre ce qu'elle a vu, et dans la paix de la nuit soudain elle tremble.

Le lendemain, quand on lui apporte son petit déjeuner, tôt selon son habitude, elle est parfaitement réveillée et elle a retrouvé son calme. Toute la journée, elle suit le programme prévu : déjeuner avec les Roosevelt, visite à la communauté hollandaise, audience de personnalités politiques, déjeuner au Sénat, thé avec les épouses des membres de la Chambre des représentants. Ce n'est qu'en fin de journée qu'elle réussit à se détendre. Elle rejoint les Roosevelt dans leur petit salon avant de passer à table.

Une certaine intimité s'est établie entre elle et le couple présidentiel, sur la base d'une admiration mutuelle. Wilhelmina mesure parfaitement l'œuvre du Président. Franklin Delano Roosevelt avait à la seule force de ses bras tiré son pays de l'effroyable crise économique de 1929-1930. De sa propre initiative, il avait engagé son pays dans la guerre pour soutenir le monde libre qu'il refusait de voir sombrer dans le fascisme. Il dirigeait tout l'effort de guerre. Mais la fatigue, la maladie creusaient ses traits. Sa femme Eleanor, grande et imposante, était une force de la nature, une personnalité presque aussi dynamique que la reine de Hollande. Ces deux femmes pleines d'initiative et d'énergie s'entendaient à merveille.

Pendant la journée, Wilhelmina est restée fort discrète sur l'incident de la nuit précédente. Elle en a cependant lâché quelques bribes à son entourage, tout en cachant le principal. Malgré la banalité dont elle a volontairement enrobé son récit, Roosevelt en a été informé. À l'heure des cocktails, il s'approche de Wilhelmina et s'enquiert avec sollicitude de l'incident :

— Votre Majesté, j'ai appris que vous ne vous étiez pas sentie bien cette nuit...

Eleanor Roosevelt attend avec anxiété la réponse de son illustre amie. Wilhelmina n'hésite pas – ça ne lui arrive jamais :

— Je sais que cela va vous paraître ridicule, mais lorsque j'ai entendu frapper à ma porte au milieu de la nuit, je me suis levée, j'ai ouvert, et j'ai vu debout devant moi Abraham Lincoln. Quelques instants après, tout est devenu noir autour de moi, j'ai dû perdre conscience. Quand je me suis réveillée plus tard sur le sol de la pièce, il n'y avait plus personne.

Roosevelt et sa femme se regardent, mais ne manifestent aucune surprise en apprenant que la reine de Hollande a rencontré un Président des États-Unis assassiné soixante-dix-sept ans plus tôt.

Pensive, Wilhelmina ajoute :

— Nous avons beaucoup de fantômes en Hollande. Je ne sais pas si j'y crois ou si je n'y crois pas, en tout cas ils ne m'intéressent pas. J'ai bien trop à faire avec les vivants ! Néanmoins, je suis sûre et certaine que je ne rêvais pas lorsque j'ai vu devant moi Abraham Lincoln...

Aucun scepticisme non plus chez les Roosevelt, au contraire :

— Le fait est, explique le Président, que Lincoln a vécu intensément dans ces murs. Il habitait la même chambre que vous, Majesté. Sans oublier qu'il est mort tragiquement...

— Lui-même croyait aux fantômes, rappelle Eleanor Roosevelt, et il était particulièrement réceptif à l'occulte.

Alors qu'il était déjà installé à la Maison-Blanche, Abraham Lincoln avait vu un de ses fils, le petit Willy, mourir du typhus. Le choc, la douleur avaient été effroyables pour les parents. Le Président, depuis, avait toujours ressenti la présence de l'enfant. Quant à l'étrange Mary Lincoln, sur laquelle il y avait tant à dire, elle avait cru devenir folle. Peut-être était-ce pour l'apaiser que son mari avait commencé à tenir des « séances » dans le Salon bleu de la Maison-Blanche. Un médium s'y rendait fréquemment – on disait même à l'époque qu'il y logeait. Le Président et Madame joignaient leurs mains au-dessus d'une table, les esprits se manifestaient et, par l'organe du médium, leur parlaient du petit Willy, ainsi que de son frère mort lui aussi prématurément des années plus tôt. Ces mêmes esprits s'exprimaient également sur la situation politique, indiquaient la voie à suivre, dévoilaient l'avenir.

Le couple présidentiel devint d'autant plus féru de ces séances que Lincoln avait lui-même un extraordinaire don de voyance. Peu après son élection à la présidence des États-Unis, alors qu'il se regardait dans un miroir un matin en faisant sa toilette, il avait vu son double. Deux Lincoln se tenaient l'un à côté de l'autre, l'un très net et vivant, l'autre pâle et plutôt à l'état d'ombre. Or, selon certaines croyances, rencontrer son double est le pire des présages... Lincoln était resté convaincu qu'il lui avait été annoncé ainsi qu'il mourrait durant sa présidence. À de nombreuses reprises, il avait répété qu'il était certain d'aller droit vers une terrible fin.

La tenue de séances médiumniques laisse toujours des traces sur les lieux, assurèrent les Roosevelt à Wilhelmina. Aussi n'est-il pas étonnant qu'elle ait vu, même si elle ne croyait pas aux fantômes, celui de Lincoln. La reine sourit. Elle se garda bien de confier à ses hôtes ce qu'on lui avait murmuré, à savoir que les Roosevelt eux-mêmes, imitant en cela les Lincoln, tenaient des « séances » à la Maison-Blanche. On avait même donné à la souveraine le nom de leur médium. Ces « séances » devaient aussi laisser des traces, il était donc tout à fait naturel que la résidence présidentielle soit devenue au fil des décennies une demeure particulièrement « chargée ».

Un mystique, un esprit singulièrement profond, une énigme, Lincoln était un personnage hors du commun. Ce fils de pionnier à l'enfance difficile avait connu l'Amérique héroïque en combattant les Indiens. Cet autodidacte qui avait exercé tous les métiers était finalement parvenu au barreau. De là, il n'avait fait qu'un saut dans la politique. Il avait gravi les échelons jusqu'à être élu Président à un moment où la situation était déjà singulièrement tendue. Le Sud, en majorité agricole et qui voulait conserver la main-d'œuvre à bas prix, c'est-à-dire les esclaves, en voulait au Nord, industrialisé, qui en avait moins besoin et prônait l'émancipation. L'arrivée au pouvoir en 1860 d'un antiesclavagiste déclaré avait suffi pour mettre le feu aux poudres. Les États du Sud avaient fait sécession, ils avaient déclaré couper tout lien avec le Nord et former leur propre État.

Lincoln, qui avait tout tenté pour empêcher cette fatalité, déclara la guerre au Sud, non pas tellement pour assurer la libération des esclaves que pour garder l'union des États-Unis. S'ensuivit un conflit long, féroce, ruineux. Au début, le Sud avait accumulé les victoires, et le Nord avait frôlé la défaite. Puis la situation, surtout grâce à Lincoln, s'était retournée. Humainement, le coût sera monstrueux. Ce fut en effet la première guerre totale de l'Histoire, où les civils étaient tout autant impliqués que les militaires. Comme toutes les guerres civiles, c'était aussi une guerre de haines sans merci. Le Président, mais aussi sa femme, ayant des accointances avec le Sud, on les avait accusés de trahir la cause. Lincoln recevait des menaces de mort si nombreuses qu'il ne se donnait plus la peine de les lire, les entassant simplement dans un énorme dossier portant de sa main le mot « Assassinat ».

En ce début d'avril 1865, il pouvait enfin respirer. Capitale des Sudistes, la ville de Richmond en Virginie, après un siège interminable, tombait aux mains des Nordistes qui y effectuaient une entrée triomphale. Le commandant en chef des Sudistes, le général Lee, opéra une retraite vers l'ouest. Une semaine plus tard, le 9 avril 1865, il était forcé de se rendre au général Grant, chef d'état-major des armées du Nord. La guerre de Sécession, qui avait sévi pendant quatre ans, s'achevait par la victoire de ceux qui avaient voulu maintenir l'unité.

Au milieu du soulagement général, tout le monde exultait autour de Lincoln. On le félicitait, on lui criait sa reconnaissance. Lui seul restait préoccupé, constamment assombri. À tel point qu'au cours d'un dîner, quelques jours plus tard, sa femme le pressa de dire ce qui l'empêchait de se réjouir. Il n'y avait autour de la table que sa famille, ses proches avec son secrétaire et ami Ward Hill Lamon. Le Président se fit un peu prier ; puis, au bout d'un long silence, il parla :

— Vous avez raison, j'ai été effectivement très perturbé ces jours derniers par un rêve, dont j'ai gardé le souvenir dans le moindre détail. Il y a dix jours à peu près, je me suis retiré fort tard. J'attendais d'importantes nouvelles du front. J'étais au lit depuis peu quand je m'assoupis, tout simplement parce que j'étais épuisé. Bientôt, je rêvai. Il me sembla que j'étais en proie à une immobilité surnaturelle. Puis j'entendis des sanglots contenus, comme si un grand nombre de personnes étaient en train de pleurer. Je quittai mon lit et errai au rez-de-chaussée de la Maison-Blanche. Le silence n'était rompu que par ces sanglots pitoyables, mais les pleureurs demeuraient invisibles. J'allai de pièce et pièce : pas un être vivant en vue. La lumière était allumée dans toutes les salles, dont chaque objet m'était familier. Les mêmes sinistres rumeurs de tristesse m'assaillaient alors que j'avançais. Mais où donc pouvaient être tous ces gens qui se lamentaient comme si leur cœur était brisé ? J'étais profondément troublé. Quelle pouvait être la signification de tout cela ?

« Déterminé à trouver la cause de cette situation mystérieuse et choquante, j'arrivai ainsi à la porte de l'*East Room*[1]. J'y pénétrai. Une surprise me renversa, une image à vous rendre malade. Devant moi se dressait un catafalque sur lequel reposait un corps vêtu d'habits de deuil. Autour, des soldats étaient postés en sentinelles. Une foule d'individus contemplait lugubrement le cadavre dont le visage était couvert, d'autres

---

1. Salle de l'Est.

pleuraient à fendre l'âme. "Qui est mort ?" demandai-je à un des soldats présents. "Le Président, me répondit-il, il a été tué par un assassin." À cet instant, la foule manifesta un chagrin si bruyant que je m'éveillai. Je n'ai pu me rendormir. Et bien qu'il ne s'agisse que d'un rêve, j'en reste encore étrangement dérangé. »

Le 14 avril 1865, le Président Abraham Lincoln se réveille dans sa chambre de la Maison-Blanche, comme à son habitude à sept heures. Cette journée de printemps promet d'être radieuse. Les cornouillers sont en pleine floraison et le parfum de centaines de fleurs différentes emplit l'air. Dans les parcs et les jardins, les lilas embaument, les saules aux lourdes branches ombragent les berges de la rivière Potomac. Avant le petit déjeuner, Lincoln descend dans son bureau et s'attelle à son travail derrière sa table d'acajou. À huit heures, il rejoint sa femme et ses deux fils survivants pour le petit déjeuner. Mary Lincoln, dans la conversation, annonce à son mari qu'elle a pour le soir même des billets pour le théâtre Grover, mais qu'elle préfère de loin aller au théâtre Ford applaudir *Notre cousin américain*, une comédie qui fait rire toute la capitale. Va pour le théâtre Ford et le *Cousin américain* ! décide le Président.

À huit heures du matin, le même jour, le jeune John Wilkes Booth ouvre l'œil dans la chambre numéro 228 de l'hôtel National de Washington. Il est né vingt-sept ans plus tôt, de Julius Booth, l'un des plus fameux acteurs de la scène américaine. Le fils a suivi les traces de son père. Encore adolescent, il est monté sur scène pour jouer *Richard III* de Shakespeare. Son succès s'est confirmé au cours de tournées triomphales à travers tout le pays, avec ce qui en découle logiquement : les femmes et la fortune. Ce beau jeune homme possède un indéniable charisme et un regard qui ne laisse aucune femme indifférente.

À ses débuts, une bohémienne lui avait lu les lignes de la main : « Vous briserez les cœurs, mais vous avez dans votre main une nuée d'ennemis. Pas un ami. Vous ferez une mauvaise fin. Cependant beaucoup vous aimeront ensuite. Vous aurez une vie rapide, courte, mais une grande vie… Je n'ai jamais vu une main plus mauvaise… » La guerre de Sécession avait profondément marqué Booth. Ses sympathies allaient au Sud et il avait même été arrêté pour avoir tenu en public des propos antigouvernementaux. Il avait dû promettre à sa mère de ne jamais s'engager dans l'armée sudiste. Certains affirmaient qu'il avait envoyé malgré tout, et par des moyens tout à fait illégaux, des médicaments aux Sudistes, mais ce n'était que des on-dit. Ces peccadilles n'ont pas compromis sa carrière : deux mois plus tôt, il s'était une fois de plus imposé sur une scène de Washington dans le rôle du duc de Pescara de *L'Apostat*.

À neuf heures, Booth, fin prêt, quitte l'hôtel vêtu d'un costume sombre et d'un chapeau haut de forme de soie, il a enfilé des gants de couleur pâle, jeté par précaution sur son bras un léger manteau, et s'appuie sur une canne élégante. Il rend visite à sa fiancée, Lucy Hale. Il a beau collectionner les maîtresses, il a décidé d'épouser cette fille de sénateur, et peut-être même d'abandonner pour elle sa vie de patachon. Il l'aime.

Quelque temps plus tard, le Président Lincoln reçoit le père de cette même Lucy, le sénateur John Hale, qui vient d'être nommé ambassadeur des États-Unis en Espagne. À onze heures, Lincoln pénètre dans la salle des réunions de la Maison-Blanche et déclare ouvert le Conseil des ministres. La longue séance est consacrée à la situation dans le Sud. Le Président veut aider ces États, ennemis pendant des années, à se relever au plus vite, économiquement, humainement, socialement, car il sait que sa véritable victoire ne sera qu'à ce prix. Malgré les objections de certains de ses ministres, tous finissent par tomber d'accord avec lui. Le Nord vainqueur doit porter assistance au Sud vaincu.

Au même moment, le bel acteur John Wilkes Booth se présente au théâtre Ford pour y ramasser le courrier qu'il s'y fait envoyer. Il rencontre le propriétaire, Henry Clay Ford, qu'il connaît bien. Celui-ci lui apprend que ce soir même le Président et Mrs Lincoln viendront assister à la représentation de *Notre cousin américain*. Du théâtre, Booth se rend aux écuries du 224 C Street. Il loue une jument rouanne[1] et prévient qu'il viendra la chercher à quatre heures. À quatre heures exactement, Booth se présente aux écuries Pumphrey et y prend livraison de la jument.

Un peu après, vers cinq heures, le Président et Mary Lincoln sortent de la Maison-Blanche en voiture pour leur promenade habituelle. Au cours de ce moment de détente, Abraham Lincoln apprend à sa femme que lorsque son second mandat sera terminé, il souhaite visiter l'Europe, et pourquoi pas pousser jusqu'au Moyen-Orient pour faire un pèlerinage à Jérusalem.

Booth, lui, est de retour au théâtre Ford où il invite plusieurs des employés à venir prendre un verre au bar voisin, le *Taltavul's Star*.

À sept heures, le Président Lincoln reçoit le président de la Chambre des représentants, Colfax, et lui annonce qu'il a décidé de ne pas convoquer une session extraordinaire pour discuter de la reconstruction du Sud, mais qu'il agira par décret.

À la même heure, Booth est en train de se changer dans sa chambre d'hôtel. Il revêt un costume noir fraîchement repassé, des bottes à mi-hauteur avec des éperons neufs, saisit un chapeau noir, range dans sa poche son journal intime, un compas et un petit pistolet – un 44 mm à un seul coup –, tout en glissant dans sa ceinture un long couteau de chasse.

Peu après huit heures du soir, Abraham Lincoln achève son labeur. Il est en retard, car il a dû s'occuper d'affaires requérant impérativement son attention. Le Président, redingote noire et gants blancs, et Madame, robe de soirée blanche et

---

1. Dont la robe est mêlée de poils gris, roux et noirs.

noire avec bonnet assorti, sortent par le porche principal et montent dans leur voiture. Depuis la matinée radieuse, le temps a changé. La nuit est tombée, fraîche et brumeuse. Sur le chemin, ils font un détour pour ramasser deux amis, puis arrivent au théâtre. Il est huit heures trente, la représentation est déjà commencée. Le préposé reçoit le Président et le conduit avec sa suite jusqu'à la loge officielle. À son entrée, les acteurs s'arrêtent de jouer et l'orchestre entame *Salut au chef!* Les spectateurs se lèvent et applaudissent. Le Président s'assoit au fond de la loge et les acteurs reprennent leurs rôles. À l'entracte, Lincoln, sa femme et ses amis restent dans la loge, mais le garde du corps, John Parker, en profite pour aller boire un verre au *Taltavul's Star*.

Booth s'est installé dans un bar voisin. Un vieil habitué du théâtre le reconnaît et lui déclare avec insolence : « Tu ne seras jamais l'acteur qu'a été ton père... — Quand je quitterai la scène, je serai l'homme le plus fameux d'Amérique ! » réplique le jeune acteur. À dix heures commence le second acte de *Notre cousin américain*. Mary Lincoln rapproche son fauteuil de celui de son mari et prend sa main dans les siennes. Bien qu'ils soient mariés depuis presque trente ans, ils sont toujours aussi amoureux l'un de l'autre.

À dix heures sept, Booth pénètre dans le foyer du théâtre. Il monte l'escalier jusqu'au cercle du premier étage et aperçoit la porte blanche qu'il cherche : Charles Ford, le valet de pied du Président, y monte la garde. L'acteur lui tend une carte, le valet le laisse passer. Précautionneusement, Booth entrouvre la porte et entre dans le petit salon plongé dans l'obscurité qui se situe derrière la loge. Il referme la porte derrière lui. Encore plus silencieusement, il ouvre celle qui fait communiquer le petit salon avec la loge présidentielle. Il est dix heures quinze. Booth, qui connaît la pièce par cœur, sait qu'à ce moment exact l'acteur Harry Hawk est en train de donner la réplique :
« *Ne connaissez-vous pas les manières de la bonne société ?*

— *Eh bien je suppose que j'en connais assez pour vous mettre sens dessus dessous !* »

Le public éclate de rire, comme l'a prévu Booth. Il sort son revolver de sa poche, le place derrière l'oreille gauche de Lincoln et tire. À cause des rires du public, personne n'entend la détonation. « *Sic semper tyrannis !*[1] », s'écrie-t-il.

Un des amis du Président a tout vu. Il se précipite sur Booth qui, tirant son couteau de chasse, le frappe. Puis l'acteur grimpe sur la balustrade de la loge et saute de cette hauteur sur la scène. Son éperon se prend dans un des drapeaux qui ornent la balustrade, il perd son équilibre et tombe lourdement sur les planches en se cassant le péroné juste au-dessus de la cheville. Il a la force de se lever, de brandir son couteau, puis, tout en boitant, il traverse la scène en courant et sort par la porte arrière du théâtre.

Dans les secondes qui suivent, Lincoln, mortellement atteint, a courbé la tête sur sa poitrine. Sa femme s'est mise à crier. Un médecin qui se trouve dans la salle, le jeune Charles Leale, âgé de vingt-trois ans, se précipite. Un examen superficiel lui permet de conclure : « La blessure est mortelle, il est impossible qu'il survive. » Le Président tombe dans le coma.

On décide de le transporter dans la demeure la plus proche, de l'autre côté de la rue, la maison Petersen. On l'y installe dans une chambre à coucher. Commence alors une longue nuit d'agonie. De nombreux médecins se présentent pour offrir leur aide, car le bruit de l'assassinat s'est répandu aussitôt à travers tout Washington. Une foule de plus en plus grande entoure la maison Petersen… La respiration de Lincoln devient de plus en plus faible. Pourtant le Président survivra pendant neuf heures. Il meurt à 7 h 22 du matin le 15 avril 1865. Il n'a que cinquante-six ans.

Entre-temps, Booth, malgré son péroné cassé, a enfourché la jument louée l'après-midi. Quoique les ponts soient gardés

_____
1. « Ainsi finiront toujours les tyrans ! »

militairement, il réussit à franchir l'un d'entre eux sans que les sentinelles l'arrêtent ou lui posent des questions. Il parvient un peu après minuit à la taverne *Surattsville* qui appartient à des complices. Il s'y ravitaille avant de reprendre sa fuite. À trois heures du matin, chez un autre sympathisant, le docteur Samuel Mudd, il reçoit les premiers soins pour sa jambe cassée, puis il poursuit vers le sud. Il parvient avec un ami qui l'accompagne depuis le début jusqu'à la ferme Garett que tous deux considèrent comme l'asile le plus sûr...

C'est sans compter les détectives lancés à leur poursuite. Ceux-ci retrouvent facilement leurs traces, et à l'aube du 26 avril entourent la ferme avec les soldats qui les accompagnent. Booth, sommé de se rendre, refuse. La soldatesque met le feu aux champs de tabac qui entourent la grange où il s'est réfugié. L'éclat des flammes permet aux soldats de voir clairement Booth se déplacer à l'intérieur du bâtiment, un pistolet et un fusil dans les mains. À cet instant précis, le soldat Boston Corbett pointe son revolver et tire sur Booth. Celui-ci s'effondre. Plusieurs soldats se précipitent et le traînent encore vivant hors de la grange embrasée. La balle est entrée dans le cou de l'acteur. Étendu sous le porche de la ferme, il a encore la force de marmonner :

— Dites à ma mère que je l'ai fait pour mon pays... Inutile... Inutile...

Pendant que ses complices sont arrêtés l'un après l'autre, le cadavre de Booth est ramené à Washington. On peut croire que l'affaire est close. Et pourtant, à ce moment même naît une énigme qui lentement s'épaissira. Certains témoins appelés à voir le corps de l'assassin affirment ne pas le reconnaître. « Ce cadavre n'est pas celui de Booth », répètent-ils. Ce ne serait donc pas lui que les soldats ont tué à la ferme Garett ? Le doute s'installe... Et si le véritable Booth avait réussi à disparaître ? On l'aurait laissé s'échapper afin de cacher la vérité sur l'assassinat du Président. Pourquoi ? Pour brouiller les pistes d'une énorme conspiration politique qui prendrait ses racines parmi les proches collaborateurs de Lincoln.

Les autorités, qui ne veulent rien savoir de ces rumeurs subversives, n'en affirment pas moins avoir réussi à retrouver et à éliminer l'acteur assassin. Quant à ses complices, après un procès à sensation, ils sont tous condamnés à la pendaison, y compris Mary Suratt, la propriétaire de l'auberge où Booth s'était arrêté dans sa fuite, qui sera la première femme exécutée aux États-Unis.

« J'ai marché d'un pas ferme au milieu d'un millier de mes amis », avait griffonné Booth dans son journal quand il est arrivé à la ferme Garett, quelques heures avant l'assaut. « J'ai crié *Sic semper tyrannis !* » avant de tirer. Et en sautant je me suis cassé la jambe. J'ai passé tous les postes de garde, j'ai couvert 60 milles à cheval cette nuit-là avec l'os cassé de ma jambe arrachant ma chair. Je ne pourrai jamais me repentir, bien que je déteste tuer ! Notre pays lui devait tous ses ennuis, et Dieu m'a fait simplement l'instrument de son châtiment... Après avoir été pourchassé comme un chien à travers les marais, les forêts, et avoir été harcelé par des canonnières, j'ai été obligé de revenir mouillé, gelant, mourant de faim, avec tous ces hommes contre moi. Je me trouve ici désespéré. Et pourquoi ? Qui a fait que Brutus fût honoré ? »

Le mystère concernant le sort de l'assassin n'a toujours pas été résolu. Quant à l'assassiné, il n'a jamais trouvé la paix. Que voulait-il signifier en apparaissant à la reine de Hollande ? Sans doute souhaitait-il que justice lui soit rendue, comme il avait tenté de le suggérer à tous ceux ou celles auxquels il était apparu...

— ... Car Votre Majesté n'est pas la première à l'avoir vu, expliquent les Roosevelt à la reine Wilhelmina. De notre temps et bien avant, innombrables sont les habitants de la Maison-Blanche, des présidents jusqu'aux simples domestiques, qui ont juré l'avoir aperçu ou senti sa présence.

— Moi-même, ajoute Eleanor, je l'ai perçu à plusieurs reprises. Figurez-vous qu'il y a quelques jours, ma femme de chambre Mary s'est précipitée dans ma chambre, surexcitée, pour me dire : « Il est là-haut assis au bord du lit. Il enlève ses bottes. — Mais qui donc enlève ses bottes ? lui ai-je demandé. — Mister Lincoln », m'a répondu Mary.

— Croyez-vous aux fantômes, Mister President ? interroge Wilhelmina.

— Je pense qu'il n'est pas sage d'affirmer que l'on ne croit pas en ceci ou en cela quand on n'est pas en mesure de prouver que c'est vraiment faux. Il y a tant de choses en ce monde que nous ne connaissons pas... Je dois avouer qu'à plusieurs reprises, alors que je me trouvais seul, non pas dans la Chambre rose où Votre Majesté loge, mais dans le Salon bleu, j'ai très fortement ressenti sa présence...

Toutefois, ce ne sont pas les locataires de la Maison-Blanche mais les habitants de la modeste ville de Rivertown qui se sentent les plus concernés par le fantôme d'Abraham Lincoln. Rivertown, c'est une minuscule ville de l'Illinois, la dernière avant Springfield dont Lincoln avait été le député et où il avait longtemps résidé avec sa famille. L'année ne change rien, c'est la date qui compte. Entre le 14 et le 15 avril, tous restent tard éveillés. Au cours de cette nuit, les habitants de Rivertown, quel que soit le temps, sortent de chez eux et vont silencieusement se poster le long de la voie ferrée qui mène de Washington à Springfield. Ce n'est pas le bruit qui les avertit, car en vérité il n'y en a aucun, c'est la fumée abondante de la locomotive, une très vieille motrice complètement démodée, une pièce de musée... Lentement, le convoi défile devant eux. Les hommes enlèvent leur chapeau, les femmes se signent. Le dernier wagon n'est qu'un simple plateau sur lequel est dressé un cercueil recouvert du drapeau américain. Ni la locomotive ni les roues des wagons n'émettent le moindre son. Le convoi passe, il n'a plus qu'à rouler sur quelques kilomètres avant d'atteindre Springfield, et pourtant il n'y arrivera jamais. Parce que le train fantôme qui chaque année ramène le cercueil du Président à Springfield ne va nulle part.

Madame Mère reçoit une visite

L E début de l'année 1821 s'annonçait bien. L'Europe revivait, s'épanouissait, tellement soulagée d'avoir vu le cauchemar se terminer. Six ans plus tôt, l'Europe coalisée avait mis un point final à plus de vingt ans de malheur, vingt ans de guerre quasi ininterrompue, initiée par la Révolution française, poursuivie, étendue à tout le continent par Napoléon. Invasions, occupations, pillages, dépeçages, monarchies renversées… les rois transformés en fuyards sur les routes de l'exil, les peuples soumis à un régime impitoyable. Non seulement les palais mais les greniers et les étables avaient été vidés par les réquisitions. Les mères avaient haï cet ogre qui leur prenait l'un après l'autre leurs fils, et l'Empereur avait fini par tomber dans la détestation la plus générale. Même les Français, pourtant vainqueurs, en avaient eu assez de leur héros. Tout le monde se réjouissait donc, sauf…

À Rome, au coin de l'actuel *Corso* et de la place de Venise, se dresse une élégante demeure : le *palazzo* Rinuccini. Comparé aux immenses palais des plus grandes familles de l'aristocratie romaine, ce n'est qu'un *palazzino*, un palais pour rire. À l'époque, dès le portail franchi, la couleur s'affiche, car dans une niche de l'entrée se dresse une grande statue de Napoléon en marbre blanc. Un large degré mène à l'étage noble, composé de neuf pièces. Le pavement est en mosaïque à la vénitienne, les meubles sont de lourdes splendeurs en acajou et bronze doré dues aux plus célèbres ébénistes français ; aux murs s'alignent par les peintres Gérard, Gros, Isabey, les portraits de Napoléon, de ses frères, de ses sœurs. Alors que partout ailleurs en Europe on cache ses effigies dans les greniers – si on ne les a pas détruites ! –, ici on les étale sans complexe.

La pièce d'angle sert de chambre à coucher d'apparat. Encore des portraits de Napoléon, dont un magnifique par David, devant lequel en toutes saisons et chaque jour renouvelé est déposé un grand bouquet de fleurs. Assise dans un vaste fauteuil, une vieille dame est penchée sur son métier à tapisser. À soixante-dix ans passés, on ne peut ignorer qu'elle a été d'une grande beauté : l'ossature du visage reste parfaite, les grands yeux sombres ombrés de longs cils au-dessous des sourcils exquisément arqués gardent tout leur éclat, bien que la cécité approche. Vêtue très simplement d'une robe noire, coiffée d'un bonnet de taffetas pareillement noir, elle a, répandu sur toute sa personne, un air de dignité et de gravité qui ne cache cependant pas une tristesse abyssale. C'est la mère de Napoléon, que celui-ci avait naguère titrée : Son Altesse Impériale Madame Mère.

Letizia Ramolino est corse, et elle est restée avant tout corse, parlant plus volontiers le patois de l'île que le français qu'elle ne fait que baragouiner. Beaucoup de caractère, beaucoup de courage et de tempérament, on a prêté à cette beauté incendiaire plusieurs amants. Elle a épousé un nobliau, Charles *Buonaparte*, un être plutôt inconsistant. C'est elle l'âme de la famille. C'est elle qui a élevé à la dure ses nombreux enfants, au milieu des guerres de clans qui ensanglantaient la Corse, traversant la formidable tempête de la Révolution française qui avait même secoué l'île de Beauté, luttant sans cesse contre la misère qui l'assiégeait. Puis, après d'innombrables aventures, des dangers, des menaces, des soubresauts, des bouleversements, elle a assisté à l'ascension irrésistible de son deuxième fils Napoléon, vainqueur en Italie, en Égypte, en Allemagne, en Hollande. À la vérité, cela ne l'a pas étonnée, car elle avait su dès sa naissance qu'elle avait enfanté un garçon destiné à bouleverser le monde.

Un coup d'État le porte au pouvoir : le voici Premier consul puis Empereur. La France entière se soumet à son nouveau maître, mais pas Madame Mère, qui, décidée à garder son indépendance, se dispute avec lui à tel point qu'elle refuse d'assister à son couronnement, par haine de sa femme, Joséphine. En revanche, elle est bien présente quelques années plus tard lors de la séance où Napoléon annonce son divorce d'avec cette même Joséphine. Elle a de même détesté sa seconde épouse, la grasse et falote impératrice Marie-Louise.

Au milieu des gloires et des fanfares de l'Empire, elle a mené une existence plutôt retirée, préférant aux mondanités l'argent qu'elle amasse. On la dit avare, en fait elle a le réflexe de ceux qui ont longtemps été pauvres et qui économisent en se disant que cela pourra servir un jour. Car, bien que fière de Napoléon, elle est lucide : est-ce que tout cela peut durer ? Letizia a vu les rois des plus anciennes dynasties réduits au rang de vassaux alors que ses propres enfants étaient hissés sur leurs trônes. Ces gamins et ces gamines qu'elle a regardés pousser comme des plantes sauvages et qu'elle giflait à tour de bras quand ils étaient trop indociles sont devenus rois d'Espagne, de Naples, de Hollande, grande-duchesse de Toscane, roi de Westphalie… Certes, voir sa progéniture atteindre les sommets l'a impressionnée, mais elle a gardé les pieds sur terre, inquiète de ce que réserveraient les lendemains. Ce en quoi elle n'a pas eu tort, puisque finalement les armées alliées ont eu raison de Napoléon.

Un jour, un des fidèles de l'Empereur, le général Rapp, lui a raconté une curieuse histoire. Plusieurs années auparavant, alors que celui-ci était entré sans être annoncé dans le cabinet de l'Empereur, il l'avait trouvé plongé dans une rêverie si profonde qu'il ne lui avait prêté aucune attention. Puis, le général faisant remarquer sa présence en maniant quelques dossiers posés çà et là, Napoléon avait paru émerger de cette curieuse torpeur et, saisissant Rapp par le bras, il avait pointé l'index vers le plafond.

— Regardez en haut.

Le général avait levé les yeux.

— Que voyez-vous ? demande Napoléon.

— Mais rien, Sire, que le plafond…

— Comment ! Vous ne la voyez pas ? C'est mon étoile, elle est juste devant vous, scintillante !

L'Empereur semblait en extase :

— Cette étoile ne m'a jamais abandonné, je la contemple dans toutes les grandes occasions de la vie, elle me pousse en avant, c'est le signe infaillible de ma réussite !

Or, peu après la retraite de Russie en 1812, Napoléon n'a plus discerné son étoile. Il l'a cherchée autour de lui, au plafond, dans le ciel, elle s'était éteinte. Et de fait, l'Europe s'est unie, pour se jeter sur lui, envahir la France et le forcer à abdiquer.

Madame Mère a pu dans la débâcle se réfugier à Rome. De là, elle a été la première à accourir en l'île d'Elbe que l'on avait assignée à l'Empereur comme royaume d'opérette. Ensuite, elle avait appris qu'il avait faussé compagnie à ses geôliers, débarqué en France, et qu'il était revenu jusqu'à Paris à la vitesse d'un éclair. Elle savait que l'Europe s'armait, que toutes les puissances, en un instant ressoudées, s'apprêtaient à fondre sur lui. Accourue aux Tuileries, Madame Mère vint le trouver.

Probablement pour rassurer sa mère, Napoléon lui confia avoir aperçu deux jours avant aux Tuileries le «petit homme rouge». C'était le fantôme du palais des rois qui, pour avoir été leur victime, apparaissait toujours pour leur annoncer leur sort tragique. Catherine de Médicis l'avait rencontré peu avant la mort de son fils François II et peu avant celle de son autre fils Charles IX. Il était apparu à Henri IV la veille de son assassinat, et à Marie-Antoinette le jour précédant la chute de la monarchie. Napoléon, qui avait donné un sang nouveau à la monarchie, affirmait que le «petit homme rouge» se manifestait à lui uniquement pour lui annoncer ses victoires. Son apparition peu après son retour triomphal à Paris l'assurait donc de sa victoire sur les armées coalisées qui l'attendaient en Belgique... Et ce fut Waterloo.

Letizia et son fils se revoient une dernière fois à Malmaison, la demeure qui a accueilli les débuts de sa gloire et l'époque heureuse de son mariage avec Joséphine. Puis ils se sont séparés – « Adieu, ma mère. — Adieu, mon fils. » – sans une larme, sans une plainte. Il s'est éloigné pour rejoindre le destin qui l'attendait. Ils étaient restés trois jours ensemble, et nul n'a jamais su ce que la mère et le fils s'étaient dit à ce moment suprême.

Madame Mère retrouve Rome, terre d'asile. Le pape Pie VII, que Napoléon a tellement maltraité, l'y accueille et la traite avec une générosité exemplaire et éminemment chrétienne. Peut-être sait-il que, en chrétienne pieuse et fidèle au Saint-Père, elle avait naguère désapprouvé les traitements indignes que Napoléon lui avait fait subir. Elle avait même affirmé à l'époque que son fils paierait pour avoir enlevé, exilé, emprisonné le pontife. Et dans cet acharnement de l'Histoire contre Napoléon, elle ne peut s'empêcher de croire à la vengeance divine.

Les économies qu'elle a faites se sont révélées alors fort utiles car, seule parmi les Bonaparte noyés par la chute de Napoléon, elle parvient à maintenir la tête hors de l'eau. Au début, elle sort un peu dans la capitale, mais bien vite elle est rebutée : l'Église s'insinue à tous les échelons de la société. En bas, un peuple croupit dans l'ignorance et la misère ; en haut, l'aristocratie survit dans des palais démesurés ; et partout, en haut, en bas, à droite, à gauche, à tous les échelons : le clergé. Sans compter l'espionnage, la police, les arrestations arbitraires qui font partie du quotidien.

Madame Mère devient une recluse. Elle tâche de garder le contact avec ses enfants, non sans mal car ils sont tous exilés, cachés sous de faux noms, ruinés, parfois poursuivis par les polices. Hier le monde entier s'aplatissait devant eux, aujourd'hui ils ne sont plus que des proscrits.

C'est surtout vers Napoléon, déporté dans la lointaine petite île de Sainte-Hélène isolée au milieu de l'Atlantique, que se tournent ses pensées, c'est pour lui qu'elle se démène. Elle s'inquiète car elle en reçoit bien rarement, des nouvelles. Les premières lui sont parvenues par l'entremise d'une ennemie : une Anglaise. Celle-ci, la femme de l'officier britannique qui a reçu Napoléon à Sainte-Hélène, a par charité chrétienne fait le détour par Rome pour informer la mère de la situation du fils. De ce jour, Letizia ne cesse de supplier tous les souverains, à commencer par le pape, de transférer Napoléon dans un endroit plus salubre que cette île. Et s'ils n'y consentent, qu'ils lui accordent au moins, à elle, sa mère, la faveur de pouvoir le rejoindre là-bas, sur ce rocher perdu au milieu de l'Océan.

Aucun ne prend la peine de lui répondre. Alors elle ose s'adresser à sa bru, l'impératrice Marie-Louise, bien qu'elle la méprise de tout son cœur pour avoir abandonné l'Empereur et s'être si vite consolée dans les bras d'un amant borgne. Elle s'humilie jusqu'à lui demander d'intervenir pour améliorer le sort du prisonnier.

Or, depuis quelques semaines, son inquiétude est décuplée. Des nouvelles ont filtré, une lettre est parvenue à sa fille Pauline, qui réside comme elle à Rome : Napoléon est malade, très malade. L'Europe aussi l'a appris. L'Europe ricane ! L'Europe soupçonne encore un de ces tours de passe-passe dont le terrifiant prestidigitateur était coutumier. Napoléon malade ? Impossible, personne n'y croit. Personne, sauf Madame Mère. De nouveau, elle bombarde les puissants de ses lettres : il faut transférer son fils dans un climat plus sain, il faut lui envoyer des médecins, des médicaments, il faut agir vite sinon le pire est à redouter. Le printemps arrive, Letizia n'a reçu aucune réponse. Pis : plus aucune nouvelle ne parvient de Sainte-Hélène. Elle est rongée d'angoisse, nuit et jour.

Ce matin-là, elle est attablée devant son métier à tapisser, mais n'arrive pas à se concentrer sur sa broderie. Elle a fermé les yeux, elle est pâle comme une morte. Elle pense à son fils, tâche d'imaginer ce qui se passe là-bas. Elle a chassé de sa chambre ceux qui lui tiennent généralement compagnie, les rares qui ont accepté de rester auprès d'elle, son chevalier d'honneur, sa demoiselle de compagnie, et même ce témoin du passé, la vieille gouvernante Camille Ilari, qui fut la nourrice de Napoléon. Madame Mère a voulu rester seule. Elle a fait fermer les lourds rideaux de brocart pour empêcher le soleil de mai d'entrer, car la lumière et la joie du printemps ne sont pas pour elle.

Soudain, la cloche d'entrée du palais, rarement tirée, résonne violemment. Le portier, déshabitué à son bruit, saute en l'air. Un visiteur ! Est-ce Dieu possible, alors que personne ne vient plus jamais ? Il ouvre. Un étranger se tient devant lui, un inconnu, un homme engoncé dans un volumineux manteau malgré la chaleur, dont le haut col cache le bas du visage, il porte un chapeau enfoncé très bas sur le front, laissant dans l'ombre le haut du visage. Il demande à voir Madame Mère. Le portier s'enquiert des raisons de sa visite, il affirme apporter des nouvelles de Sainte-Hélène, de l'Empereur. Le portier sait que c'est un bon passeport pour être introduit auprès de sa maîtresse, il conduit l'inconnu au premier étage, le *piano nobile*, et le remet à un valet vêtu de la livrée impériale vert et or aux larges broderies ternies. Celui-ci court jusqu'au salon d'angle avertir Madame qu'un messager de Sainte-Hélène est arrivé.

Au mot « Sainte-Hélène », elle sort de son immobilité. Vite ! qu'on lui amène ce messager… Celui-ci, précédé par le valet, pénètre dans le salon, mais au lieu de s'avancer pour baiser la main de la mère de l'Empereur, il reste dans l'encadrement de la porte. Il ne bouge pas, chapeau rabattu, col relevé. Madame Mère, dont la vue baisse inexorablement, plisse les yeux pour tâcher de découvrir son identité. L'hôte ne fait pas un geste, il attend. Le valet comprend et, sans être congédié, recule, sort de la pièce en rabattant la lourde portière de velours aux armes impériales.

Alors seulement, d'un geste lent, l'inconnu baisse son col et enlève son chapeau. Malgré la pénombre, malgré ses mauvais

yeux, Madame Mère bondit : c'est son fils, c'est son Napoléon !
La joie, la surprise la font haleter. Est-il possible que ce soit
vrai ? Est-ce Dieu possible que les rois d'Europe, écoutant
enfin sa sollicitation, aient relâché son fils adoré ? Mais non, les
rois de l'Europe sont vindicatifs, cruels. Jamais ils n'auraient
libéré celui qui s'était moqué d'eux… Non, il est parvenu à
s'échapper de Sainte-Hélène comme la première fois de l'île
d'Elbe. Il a recommencé et il a encore réussi. Comment ? Elle
va l'apprendre vite, il va le lui dire, c'est chez elle qu'il se réfu-
gie… Il a besoin d'un abri avant de courir vers la France où il
a certainement rendez-vous avec ses partisans ! Il va reprendre
son trône et tout le monde de nouveau sera heureux !…

Elle tend les bras vers son fils, elle veut s'avancer vers lui
pour le serrer dans ses bras, mais étrangement quelque chose
– elle ne sait quoi – la retient. Elle ne peut pas bouger. Elle
sent comme un courant glacé envahir sa poitrine. Seuls ses yeux
vivent. Ils dévorent son enfant bien-aimé. Celui-ci la fixe d'un
regard inhabituellement chargé de mélancolie. D'une voix
solennelle, il prononce ces simples mots :

— 5 mai 1821. Aujourd'hui. 5 mai 1821. Aujourd'hui.

Madame Mère a l'impression que son cerveau est paralysé,
mais les mots cependant s'y impriment comme au fer rouge :
« 5 mai 1821. Aujourd'hui. » Sans pouvoir faire quoi que ce soit,
elle voit son fils reculer doucement. Tout en gardant ses yeux
fixés sur les siens, il soulève la portière, fait quelques pas, disparaît. La portière retombe lourdement.

Au bruit sourd de l'étoffe, Madame Mère sort de sa léthar-
gie. Elle se précipite aussi vite que le lui permettent son âge et
ses rhumatismes. Dans le salon voisin : personne. Elle traverse
ainsi deux, trois salons. Elle atteint l'antichambre du *piano
nobile*, le valet, affalé sur une banquette, se redresse en l'entendant.

— Où est Monsieur ?

Elle a presque hurlé la question.

— Excellentissime Madame, personne n'est passé depuis

que j'ai conduit le monsieur chez Votre Excellence. Et je n'ai pas quitté un instant la pièce.

Madame Mère sent son cœur s'arrêter. Elle n'ajoute rien. Lentement elle retourne dans sa chambre et elle reprend place dans son fauteuil, très droite, très noire, et elle se remet à attendre. À personne elle ne parlera de la visite de Napoléon. Et pas un instant elle ne cherchera à éclaircir le mystère.

L'été est revenu. Juillet fait flamber la Ville éternelle. Un matin, Letizia voit pénétrer dans sa chambre son frère le cardinal Fesch, lui aussi réfugié à Rome et qui lui rend souvent visite. Frère et sœur sont toujours restés étroitement liés. Ce matin-là, son expression parle mieux que tout ce qu'il pourrait dire. D'ailleurs, il n'a pas besoin d'ouvrir la bouche : sa sœur a compris. En fait, elle sait depuis le jour où elle a vu son fils devant elle. Il est mort à Sainte-Hélène, et il est mort exactement en ce 5 mai 1821. Son frère voudrait la consoler, mais elle le prie de se retirer, comme elle refuse de recevoir ceux de ses enfants accourus pour la soutenir. Elle veut rester seule avec son désespoir.

Bientôt, elle n'a plus qu'une idée : ramener le corps de son fils pour pouvoir prier sur sa tombe. « La mère de Napoléon vient réclamer à ses ennemis les cendres de son fils », écrit-elle au Premier ministre britannique. Il jette la lettre. Il lui faudra attendre quinze ans avant que Dieu exauce son vœu le plus ardent et lui permette de rejoindre Napoléon. Entre-temps, elle aura vécu la mort de son petit-fils, l'Aiglon, emportant avec lui l'espoir des bonapartistes, de sa famille, et surtout celui de sa grand-mère. Elle mourra entourée de ses enfants survivants en 1836. Les autorités exigeront les funérailles les plus modestes. Un catafalque sans armoiries, sans aucun signe rappelant la prodigieuse épopée, traversera tristement Rome au beau milieu du carnaval : colombines et arlequins farandolent dans les rues, et les dragées qu'ils se lancent joyeusement tombent sur le cercueil de Madame, mère de l'Empereur.

Aurait-elle vécu quatre ans encore qu'elle aurait pu assister à la réhabilitation tant souhaitée de son fils. Au cours d'une cérémonie inouïe de pompe et de grandeur, la dépouille mortelle de Napoléon, ramenée de Sainte-Hélène, traversera devant un million de spectateurs ce Paris dont il a fait la capitale du monde, et se verra reçue par l'artisan de ce retour, son successeur à la tête de la France, le roi Louis-Philippe Ier.

Le Mahārājah et la danseuse

L E major Patrick Grant était différent de ses camarades de promotion, et d'ailleurs de l'ensemble des officiers de l'armée coloniale britannique, en ce sens qu'il était un des rares à s'intéresser aux indigènes. Il était né dans une très modeste famille de Liverpool. Ses parents n'étant pas assez fortunés pour l'envoyer à l'université, il s'était engagé dans l'armée d'outre-mer, comme tant d'ambitieux jeunes gens attirés par les larges possibilités d'y faire une brillante carrière et de se constituer un confortable pécule. Patrick Grant, qui avait été un enfant malingre et timide, était devenu un colosse, un roux aux yeux pétillants. Il était affable et souriant, mais ses yeux étincelaient d'un dangereux éclat lorsque l'Empire britannique était en jeu. Alors, il ripostait sans hésiter, et au besoin frappait. L'Afrique où il avait été d'abord nommé lui avait donné maintes occasions de prouver son sang-froid et son courage. Ses supérieurs avaient noté non seulement l'ardeur, mais aussi l'intelligence avec laquelle il se battait.

Il ne se tint pas de joie lorsque, ayant gagné ses galons, il fut versé dans l'armée des Indes. C'est ainsi qu'en 1906, il se retrouva, la trentaine atteinte, posté dans la province d'Ajmer. C'était au milieu du Rājasthān qui appartenait toujours aux mahārājahs, une enclave directement rattachée à la Couronne britannique. Ayant de ce fait les coudées franches, les Anglais y avaient posté une très importante armée qui leur permettait de surveiller lesdits mahārājahs, de leur rappeler constamment la puissance anglaise, et au besoin d'intervenir dans leurs affaires. Au fil des ans, ils avaient créé un vaste cantonnement dans l'agglomération de Nusserabad, distante d'une vingtaine de kilomètres d'Ajmer, qui avait rapidement attiré beaucoup d'Européens. Une ville occidentale était née.

Patrick Grant fréquentait le club réservé aux militaires britanniques, il participait aux matchs de polo, se rendait aux soirées données par le général, faisait du bénévolat aux fêtes de charité organisées par les dames britanniques. Il chassait aussi l'antilope avec ses amis dans la savane qui entourait la ville, et participait avec eux à de plus lointaines expéditions pour tuer le tigre, la panthère, et même l'ours.

Bref, il menait l'existence habituelle des officiers affectés sur tout le continent indien mais, contrairement aux militaires, aux administrateurs et aux missionnaires ses compatriotes, il ne considérait pas les Indiens comme des êtres inférieurs. Au contact des cultures étranges et déroutantes de l'Inde, il développa un intérêt que les modestes revenus de ses parents ne lui avaient pas permis d'épanouir. Il apprit les langues locales, il s'intéressa à l'Histoire, aux traditions, aux mœurs, aux cultes. Il faisait parler les soldats indigènes qui constituaient son régiment. Longuement, il les interrogeait dans leur langue sur leur existence, sur leur foi, sur leurs légendes. Ses permissions, il les passait dans la vieille ville d'Ajmer à approfondir ses connaissances dans les infinis domaines du patrimoine indien.

Son cheval l'entraînait volontiers, à travers des défilés étroits où seuls poussaient des cactus sur lesquels apparaissaient de rutilantes fleurs rouges, vers une grande plaine qui embaumait la rose – la production principale de la région dont on faisait le fameux *atar*, l'essence de rose qu'utilisaient les cours des mahārājahs. Ajmer apparaissait alors entourée de ses remparts, hérissée de tours, des minarets de ses mosquées, et dominée par le formidable fort de Teranghur. Il ne rencontrait là aucun de ses compatriotes, car aucun d'eux ne s'y aventurait.

À chacune de ses visites, il dénichait quelque palais abandonné où les sultans du passé avaient vécu, un pavillon de marbre à moitié écroulé au milieu de jardins retournés à l'état sauvage, les ruines fabuleuses d'un monument islamique. Il se laissait fugitivement séduire par le regard appuyé des beautés locales. Car, selon les dires, les femmes d'Ajmer se montraient beaucoup moins timides qu'ailleurs en Inde. Elles ne restaient pas enfermé dans le *purda*[1]. Et si elles se voilaient, elles réussissaient à ne pas cacher entièrement leurs traits... Il les croisait surtout dans le bazar le mieux approvisionné de la province où il s'attardait. Il ne se lassait pas d'observer les joailliers, les bronziers, les marchands de chaussures, les potiers, les vendeurs d'étoffes, les fabricants d'instruments de musique. C'est chez l'un de ces derniers qu'un jour il fit la connaissance de Dipak.

En entrant dans l'échoppe, il fut frappé par ce grand vieillard, qui devait frôler ou avoir dépassé les quatre-vingts ans. Ses vêtements blancs avaient beau être d'une propreté douteuse, lui-même gardait fort grand air. Il remarqua aussitôt qu'il avait dû forcer sur le *pan*[2]. En effet, le vieillard avait les yeux très rouges et son parler semblait englué entre ses dents. Mais son esprit restait vif. Il adressa aussitôt la parole à Patrick, utilisant des formules d'une courtoisie surannée. Patrick apprit que Dipak était un historien et un poète. En fait, c'était le plus grand érudit d'Ajmer.

Dipak Khan – il devait ce titre musulman à l'ancienneté de sa famille, car, s'il était devenu pauvre, il restait fier de son illustre lignage – sentit l'intérêt de Patrick pour tout ce qui était indien et, après quelques questions subtiles, s'étonna de l'étendue de ses connaissances. Il était trop courtois pour lui avouer qu'il était le premier Britannique qu'il rencontrait à en savoir autant sur l'Inde, mais il l'invita chez lui. Ils n'eurent pas à aller

---

1. Harem indien.
2. Stupéfiant équivalant au haschisch, une herbe qu'on mêle à d'autres herbes et qu'on mâchouille inlassablement.

loin car la demeure ancestrale de Dipak se dressait juste derrière le bazar.

C'était une maison très ancienne, très ornementée et très mal entretenue. En admirant la richesse de ses bas-reliefs, Patrick supputa qu'elle avait dû être naguère la résidence d'un opulent marchand. Depuis, le quartier – comme la vieille ville tout entière – s'était appauvri. Dipak Khan le mena dans une pièce plus grande que les autres, ornée de chandeliers en bronze noirci, de gros coussins durs recouverts d'une étoffe qui avait dû être rose, avec des piles de livres ici et là. Il le fit asseoir par terre contre des coussins et lui offrit du *pan* que son visiteur refusa. Dipak eut un petit rire :

— Bien sûr, les Anglais préfèrent le thé !

Il en fit préparer par son unique serviteur, presque aussi âgé que lui, et le fit servir à Patrick accompagné de gâteaux indiens. Puis ils se mirent à bavarder, ou plutôt Dipak parla, Patrick se contentant de l'interroger. L'érudit était une mine inépuisable d'informations sur le passé et les légendes de la région. Le major revint tard au cantonnement. Par la suite, il prit l'habitude de terminer ses journées de permission chez cet homme qui, enchanté d'avoir trouvé un auditoire si empressé, l'accueillait toujours chaleureusement.

Un après-midi, le vieil érudit se fit plus taquin et plus provocant que d'habitude :

— Vous aimez les histoires colorées, les mystères, cher major, mais au lieu de me faire encore raconter mes radotages, pourquoi n'iriez-vous pas vous-même faire un petit tour dans l'étrange ? Vous avez certainement aperçu sur l'une des montagnes qui entourent votre cantonnement le Vieux Fort. Je vous conseille grandement d'y effectuer une visite. L'expérience en vaut la peine et vous m'en remercierez... conclut-il avec un petit sourire ironique.

Effectivement, Patrick avait déjà observé, dominant l'une des collines rocailleuses, désertiques et effilées qui montaient derrière Nusserabad, un fort à moitié en ruine. Comme toujours en Inde, où rien n'est simple, ce fort sortait de l'ordinaire, puisque d'élégants pavillons à colonnes surgissaient de ses remparts.

Patrick en avait déduit qu'il s'agissait sûrement d'un rendez-vous de chasse ou de fête, mais s'étonnait qu'un bâtiment destiné aux plaisirs eût été construit dans une région aussi sauvage. Il avait souvent eu envie de s'y rendre au cours de ses promenades, mais invariablement il en avait été dissuadé par ses ordonnances indiennes : le chemin était trop rocailleux ! Les chevaux n'auraient pu grimper la pente ! Les précipices étaient trop dangereux ! Les panthères et les hyènes y pullulaient ! Ce fort ne présentait aucun intérêt et il y en avait de bien plus beaux non loin... Pourquoi le major Sahib n'irait-il pas plutôt visiter tel temple peu connu, tel petit palais oublié, tel jardin négligé, on serait trop heureux de l'y mener ! Alors Patrick, malgré son opiniâtreté, se laissait faire, comme si l'heure n'était pas venue. Mais il n'avait pas renoncé.

Le conseil de son ami Dipak emporta sa décision. Et quand une fois de plus son ordonnance tenta de le décourager, Patrick lui demanda :

— Mais toi, tu le connais, ce fort ?

— Pour rien au monde, major Sahib, je ne m'en approcherais !

Le cipaye[1] en avait trop dit. Il s'en rendit compte aussitôt et s'en mordit les lèvres.

— C'est donc, insista Patrick, qu'il y a une raison pour laquelle tu ne veux pas y aller...

L'ordonnance nia énergiquement, s'embrouilla dans ses explications, mais le major le tenait et n'allait pas le lâcher. Finalement, l'ordonnance avoua :

— J'ai peur du fort. Nous en avons tous peur !

Il ne voulait pas en dire plus. Mais, alliant l'autorité, la persuasion et le charme, le major réussit finalement à obtenir la raison de cette panique :

— Le fort est hanté, major Sahib, très méchamment hanté.

Du coup, Patrick n'eut de cesse de s'y rendre. Néanmoins, il

---

1. Soldat indien enrôlé dans l'armée britannique.

fut retardé par son service. Puis l'hiver indien en vint à sa seconde moitié, il fit de plus en plus chaud, mars enfin débutait. Un peu plus libre, le major annonça à ses sous-officiers indiens sa décision de visiter le fort. Tous sursautèrent : «Surtout pas en ce moment, major Sahib !» Il voulut savoir pourquoi.

— Le 6 mars est le jour de l'année où il faut le moins s'approcher du fort…

Patrick tressaillit d'excitation : il tenait enfin de quoi entrer en prise directe avec le mystère indien… et rompre la routine d'une vie de garnison. D'un geste, il renvoya ses ordonnances.

Soigneusement, il établit son plan, et le 6 mars arriva. Son service terminé, il se rendit au mess, y trouva le lieutenant Evans, l'invita à déjeuner. Il le faisait souvent car il appréciait cet officier. Celui-ci était plus jeune que lui, n'était encore que lieutenant, mais leur amitié abolissait la différence de rang et d'âge. Evans n'avait pas la curiosité de Grant, mais il aimait l'aventure, il était toujours prêt à se lancer dans quelque expédition périlleuse, génératrice de sensations fortes. On buvait sec au mess, mais ce jour-là Patrick fit boire Evans un peu plus que d'habitude. Au dessert, il lança d'une voix désinvolte : «Et si nous allions passer cette nuit au Vieux Fort ?» en pointant du doigt la lointaine ruine qui se distinguait à peine sur fond de collines escarpées.

— Pourquoi ce fort ?

— Parce qu'il paraît qu'il s'y trouve des fantômes inquiétants.

— Et pourquoi cette nuit particulièrement ?

— Il paraît que c'est le moment où, entre le 6 et le 7 mars, les fantômes se déchaînent…

— Alors j'en suis ! répliqua Evans en éclatant de rire. Je ne crois pas beaucoup aux fantômes mais, s'ils sont dangereux, ils valent la peine qu'on leur rende visite.

— Reposons-nous et partons en fin de journée, proposa le major.

Le lieutenant Evans acquiesça.

Ils avaient l'avantage d'habiter le même bungalow, ce qui d'ailleurs les avait rapprochés. Après une sieste réparatrice, ils se sentirent frais et dispos. Ils avaient convoqué chacun leurs deux ordonnances indiennes, ils se munirent de fusils, car les collines regorgeaient de félins. Ils prirent aussi la précaution d'emporter leurs revolvers – peut-être est-ce une arme plus efficace contre les fantômes ? Ils emmenèrent également les huit chiens, dont deux bull-terriers, qui constituaient leur équipage de chasse, sans oublier le whisky, les sandwichs et autres délicatesses contenus dans un panier de pique-nique. Ils avaient demandé aux ordonnances d'emporter des lampes à pétrole, deux chaises et une table pliante, et ils n'oublièrent pas leur paquet de cartes à jouer.

Ils se mirent en route vers cinq heures de l'après-midi. Ils empruntèrent la rue principale de la ville anglaise bordée de bungalows semblables au leur et dominée par une haute église de pierre, symbole de la nouvelle religion de l'Inde. Ils longèrent les cantonnements. Très vite, ils se retrouvèrent en rase campagne, une savane composée de buissons très élevés et d'arbustes épineux, sillonnée de pistes de sable roux. Ils gagnèrent les contreforts des montagnes. Au début, la pente restait douce et le chemin confortable. Ils voyaient Nusserabad s'éloigner et leur cantonnement ressembler à une sorte de maquette militaire. Le fort qu'ils cherchaient à atteindre apparaissait et disparaissait derrière les collines. Ils traversaient des vallons de plus en plus étroits, empruntaient des sentiers de plus en plus escarpés. À une certaine hauteur, ils durent abandonner leurs montures qui risquaient de glisser et de les précipiter dans un ravin. Ils les attachèrent à l'un des rares arbres qui poussaient encore là.

Le décor était splendide, mais anguleux, austère. Patrick estima qu'ils se trouvaient à peu près à un kilomètre du but. Son instinct lui permettait de sentir chez les quatre ordonnances qui les accompagnaient une peur grandissante. À quatre cents mètres à peu près du fort, le plus jeune des quatre Indiens – qui semblait aussi le plus audacieux – s'arrêta, imité par les trois autres, et, d'une voix qui se voulait ferme, déclara que ni lui ni ses compagnons ne feraient un pas de plus. Patrick feignit d'attribuer leur arrêt à la paresse :

— Vous êtes des mauviettes, vous ne pouvez même pas grimper cette colline de rien du tout !

L'Indien secoua la tête. Il expliqua qu'aucun homme de sa race ne voudrait approcher plus, et il encouragea les deux officiers à renoncer à leur entreprise :

— Les djinns habitent le fort et ils font un mauvais sort à quiconque s'y aventure, particulièrement en cette nuit du 6 mars.

Patrick se fâcha, leur ordonna de poursuivre, tout au moins jusqu'à l'entrée du fort. Ils refusèrent.

— Envoyez-nous en prison, dit le plus jeune, punissez-nous autant que vous voulez, mais ne nous forcez pas à aller plus loin !

Le major leur offrit de l'argent. Les quatre Indiens, bien que pauvres et chargés de famille, repoussèrent la proposition. « Disparaissez ! » cria Patrick, exaspéré. Ils ne demandèrent pas leur reste et, dévalant la pente à toutes jambes, s'évanouirent dans la nature. Les deux Anglais récupèrent leur chargement sur leurs épaules et, traînant la patte, ils reprirent leur ascension en compagnie des chiens.

Malgré leur jeune âge et leur entraînement sportif, Grant et Evans arrivèrent à bout de souffle devant le fort. Une dernière lueur du jour éclairait vaguement le paysage démesuré qui se déroulait à leurs pieds. Très loin scintillaient les lumières de Nusserabad. Au moment où ils pénétrèrent dans cet étrange endroit, peut-être, sans se le dire, chacun éprouva-t-il un regret. Que diable étaient-ils venus faire ici et que n'étaient-ils restés tranquillement en bas, au club, à siroter un whisky avec leurs amis ?

Le fort, construit en granit rose, était en fait plus abandonné que détruit. Les structures, bien que remontant à plusieurs siècles, avaient parfaitement résisté au temps. Ils ne s'attardèrent pas au rez-de-chaussée, qu'ils savaient réservé aux cuisines, aux offices et aux entrepôts, ils empruntèrent le large degré de pierre qui menait au premier étage. Des enfilades de salles s'ouvraient sur la cour intérieure. Ils se dirigèrent droit vers la plus importante, située au-dessus de l'entrée. C'était la seule à posséder une grande fenêtre prolongée par une sorte de véranda en granit. Sur les murs, on pouvait encore admirer des traces de fresques représentant des fleurs, des guirlandes, des arabesques. Dans un temps reculé, quelque mahārājah avait dû y donner des fêtes… Les deux Anglais ne s'étonnèrent pas qu'un bâtiment à destination militaire eût servi aussi à des fins plus frivoles. Lorsqu'un mahārājah s'occupait de construire, cela débouchait irrémédiablement sur des divertissements, des fêtes, des femmes, des danses, même dans les lieux les plus inattendus.

— Ce ne sont pas des djinns qu'il y a ici, c'est de la poussière, ironisa le lieutenant Evans.

De fait, une poussière épaisse, considérable, recouvrait totalement les grandes dalles du sol. Les deux Anglais installèrent leur table, leurs chaises, sortirent le whisky et les sandwichs de leur panier. Ils avaient allumé leurs lampes. La salle n'avait franchement rien de sinistre, elle avait juste perdu, comme le reste du bâtiment, ses portes et ses fenêtres. De temps à autre, l'un d'eux regardait avec plus de curiosité que d'appréhension l'obscurité des enfilades qui se dessinaient dans les ouvertures. La luminosité de la nuit étoilée pénétrant dans la pièce dessinait une tache d'argent sur le sol poussiéreux.

Les huit chiens, après avoir pris leur temps pour renifler les environs, s'étaient détendus. Ils s'étaient couchés chacun dans un coin et somnolaient. Les deux officiers s'étaient lancés dans un jeu de cartes et, pendant plusieurs heures, avaient joué avec animation tout en faisant honneur aux bouteilles apportées. L'heure tournait et le sommeil lentement les gagnait. Ils avaient depuis longtemps achevé leur Thermos de café. Ils arrêtèrent les cartes et se mirent à bavarder. Puis, peu à peu, les paroles du lieutenant Evans se firent rares et incohérentes. Il finit par fermer les yeux, pencha la tête sur sa poitrine et s'endormit comme un bienheureux.

Patrick résista mieux mais se prit à rêver. Des images, des souvenirs venaient en désordre, Liverpool, son enfance, l'Afrique de ses débuts, l'école militaire en Angleterre, son arrivée en Inde, sa perplexité devant ce kaléidoscope de sons, de couleurs, de parfums, sa conviction que jamais il ne viendrait à bout de ce pays prodigieux, immense, varié, insaisissable, infiniment séduisant et fondamentalement mystérieux.

Soudain, il eut froid, ce qui le sortit de sa torpeur. Il savait désormais que les nuits indiennes peuvent présenter de traîtres écarts de température. Il secoua Evans, et tous deux armés de leur lampe à pétrole allèrent chercher dans la cour des morceaux de bois, des débris de portes et de fenêtres qu'ils ramenèrent dans la salle. Ils allumèrent un feu à même le sol pour se réchauffer. Puis Evans se rendormit. Patrick, lui aussi, dut s'assoupir, car ce furent les chiens qui le réveillèrent en sursaut. Le feu était presque éteint. Les huit chiens, le poil raidi, grondaient férocement. En fait, ils avaient peur. Evans se réveilla à son tour.

Croyant à l'approche d'une panthère – certains félins se glissaient parfois la nuit dans les bâtiments ouverts pour attaquer les dormeurs –, les deux hommes sortirent leurs revolvers et les pointèrent vers l'obscurité des enfilades. Mais ils s'aperçurent bientôt que les chiens avançaient en tremblant vers un coin précis de la salle et fixaient avec une terreur palpable quelque chose que les deux hommes ne voyaient pas. Pourtant, la salle était éclairée… Les chiens, regroupés maintenant en demi-cercle, tournaient simultanément la tête de droite à gauche comme s'ils suivaient un mouvement régulier et répété. Les Anglais étaient paralysés par l'angoisse.

Brusquement, Patrick crut apercevoir une sorte de mouvement bizarre sur le sol, et se rendit compte qu'il s'agissait de minuscules tourbillons de poussière qui semblaient agités par une main invisible. Les tourbillons se déplaçaient au milieu des chiens épouvantés, et le rythme s'accéléra, devenant totalement frénétique. Patrick avait la gorge sèche, il éprouvait de la difficulté à respirer. Il ne savait si Evans contemplait lui aussi cet inexplicable manège, mais il le sentait à ses côtés comme lui hypnotisé.

Au bout d'un long moment, les tourbillons diminuèrent, il n'y en eut plus que quelques-uns, puis deux, puis un, et la poussière retomba à nouveau sur le sol. Les chiens, comme les hommes, restèrent figés, avant que Patrick trouve la force de réagir :

— Vous l'avez vue ? Avez-vous vu la poussière bouger ?

La voix blanche, Evans répondit :

— Oui, je l'ai vue. Partons ! Partons tout de suite ! Je ne veux pas en savoir plus.

— Moi non plus, murmura le major.

Ils appelèrent les chiens, qui se retournèrent vers eux, la queue entre les jambes, non pas, se dit Patrick, comme s'ils avaient accompli quelque bêtise et se sentaient honteux, mais comme des animaux proprement terrorisés, tout aussi terrorisés qu'eux. Les deux hommes les caressèrent avec douceur avant de ramasser rapidement leurs affaires et de quitter les lieux tous ensemble.

Ils redescendirent la pente à toute allure, sans réfléchir, l'esprit bloqué. Ils n'avaient qu'une envie, mettre le plus de distance possible entre le fort et eux, vaguement guidés par une nuée d'étoiles et surtout par les chiens. Traînant leur barda et ne s'occupant pas trop de ce qu'ils laissaient tomber derrière eux, ils rejoignirent leurs montures, les enfourchèrent et partirent au galop en faisant rouler la pierraille. Très vite, avec un soulagement indicible, ils entrèrent dans Nusserabad. Parvenus à leur bungalow, ils se séparèrent avec un « Bonne nuit » bref, ne voulant surtout pas épiloguer sur ce qu'ils avaient vécu. Le lendemain matin, de nouveau ils évitèrent de parler de leur soirée, surtout à leurs ordonnances qui les accueillirent avec des regards anxieux et interrogateurs.

Patrick Grant passa deux jours à ronger son frein, attendant impatiemment sa prochaine sortie. Il n'emmena pas le lieutenant Evans, considérant que celui-ci avait eu sa dose de mystère indien. Il pressa autant qu'il put l'allure de son cheval sur la route d'Ajmer. Cet après-midi-là, il ne s'attarda pas dans le bazar mais alla droit chez Dipak Khan.

Le vieil érudit remarqua aussitôt l'embarras de l'officier et en fut presque attendri. Il était en effet habitué de la part des Anglais à une assurance, presque une brutalité, qui l'avait souvent heurté. Or ce géant roux paraissait intimidé. Dipak l'interrogea avec beaucoup de douceur. Encouragé par cette bienveillance, Patrick se lança dans le récit de son aventure nocturne. Dipak Khan l'écouta sans l'interrompre, souriant de temps en temps.

— Vous auriez tout de même pu me prévenir... conclut le jeune major.

— Je vous avais promis que vous ne regretteriez pas l'expérience. Ai-je eu raison ? Regrettez-vous ?

— Pas un instant !

Patrick ajouta que, du moins, il voudrait à présent comprendre ce qui leur était arrivé, à lui et à son camarade Evans. Avaient-ils été le jouet d'une hallucination ? Comment expliquer alors l'attitude des chiens ? Quelle était l'origine de cette impressionnante manifestation ?

L'érudit le scruta longuement de ses yeux délavés.

— Vous voulez donc que je vous parle de Durga.

— La déesse Durga ? reprit le major qui commençait à connaître le panthéon hindou.

— Non, pas la déesse, mais la pauvre *nautch*...

Les *nautch*, le major le savait, étaient les danseuses sacrées qui se produisaient devant les mahārājahs et qui, tout en étant des femmes éminemment éduquées et respectées, étaient aussi des sortes de courtisanes de haut vol, un peu comme les geishas au Japon.

Dipak sentit que Patrick brûlait d'apprendre l'histoire de Durga la *nautch*. Aussi ne se fit-il pas prier et, après avoir offert au major du thé et des gâteaux, commença-t-il son récit :

— Il y a très longtemps, Ajmer était un royaume. Or, l'histoire de ce royaume, comme l'histoire de l'Inde, est bien compliquée. Pendant des siècles, ce petit État s'était vu disputé entre des mahārājahs, souverains hindouistes qui maintenaient son indépendance, et les envahisseurs musulmans venus du nord-ouest qui l'annexaient à leurs États. Ainsi se succédèrent les batailles, les massacres, les apogées mais aussi les décadences de grands empires. Au début du XVIᵉ siècle, Ajmer avait retrouvé une sorte de liberté. Son souverain, le mahārājah Prithirāj, n'était pas plus mauvais qu'un autre. Je le sais d'autant mieux que mes ancêtres servaient à sa cour. J'ai quelque part une miniature le représentant, mais je l'ai égarée, sinon je vous l'aurais montrée…

« Courageux jusqu'à l'héroïsme, magnifique guerrier, il savait, malgré sa corpulence, se battre comme les Rājputs, les grands rois guerriers du Rājasthān. Il avait de gros yeux, d'épaisses moustaches, il était à la fois naïf et cruel. Il régnait comme règnent encore les mahārājahs d'aujourd'hui, avec magnificence et extravagance, laissant libre cours à ses caprices. Tous les jours, il donnait audience à qui voulait le voir. Il assistait à des combats d'éléphants, partait en expédition chasser le tigre et la panthère. Bien souvent, les réunions du conseil privé, les *ghusl khana*, se terminaient très tard en beuveries. Comme tant de ses semblables, il forçait sur l'alcool, peut-être parce qu'il était timide.

« Pour une raison inconnue, il aimait particulièrement séjourner au Vieux Fort de Nusserabad, qui était de loin sa résidence la moins vaste et la moins imposante. La véranda de la salle où vous vous teniez était en fait le *jharokaî dharshan*, le "balcon de l'apparition", où le mahārājah se montrait à ses sujets assemblés sur l'aire devant le fort.

« Le mahārājah Prithirāj avait deux soucis dans l'existence. Tout d'abord le Grand Moghol. Une fois de plus, les envahisseurs musulmans venus du nord-ouest avaient déferlé sur les plaines de l'Inde. Leur chef, qui prétendait descendre de Gengis Khan, avait pris le titre de "Grand Moghol". Les Grands Moghols – je ne le dis pas parce que je suis musulman comme eux ou parce que mes ancêtres les ont servis eux aussi – étaient des gens remarquables, des conquérants de génie, des stratèges hors pair, ils se révélèrent également des administrateurs comme l'Inde n'en avait jamais connus, des organisateurs qui parvinrent à sortir le pays de son chaos habituel, des mécènes qui ont laissé les plus beaux monuments du pays, et enfin des esprits tolérants qui souhaitaient la fusion de toutes les religions. Cela dit, ils grignotaient petit à petit notre territoire, tantôt traitant avec les souverains locaux qui acceptaient leur suzeraineté, tantôt les défiant à la bataille et les gagnant toujours. Le mahārājah Prithirāj savait qu'un jour ou l'autre le Grand Moghol regarderait avec concupiscence son royaume d'Ajmer.

« Son autre souci avait nom Durga. Il était tombé amoureux de la *nautch* dès qu'il avait posé son regard sur elle. Or, celle-ci se refusait à lui. Dans les deux cas, c'était là chose exceptionnelle : jamais on n'avait vu une danseuse sacrée dédaigner les avances d'un mahārājah, ni un mahārājah refusé par une *nautch* s'entêter à la désirer sans songer à la châtier ou à la remplacer. Cette affaire avait au début passionné la cour d'Ajmer, qui en attendait d'infinis développements. Mais rien ne se passa. Prithirāj ne toucha pas à Durga et continua de souffrir en silence ; Durga poursuivit ses danses lors des soirées privées du mahārājah et refusa toujours de céder à ses avances.

« Ce matin-là, Prithirāj apprit deux nouvelles qui le firent sortir de ses gonds. Le Grand Moghol avait quitté Delhi, sa capitale, et se dirigeait à la tête d'une imposante armée droit sur Ajmer. Prithirāj, qui avait eu tout le loisir de prévoir cette éventualité, avait constaté que les résistances héroïques ne servaient à rien et finissaient par l'assujettissement des royaumes tels que le sien. Aussi était-il décidé à traiter avec le Grand Moghol. Néanmoins, dans son orgueil de Rājput, l'humiliation le brûlait comme un fer rouge. D'autre part, son astrologue – qui n'était qu'un vilain intrigant – choisit ce jour-là pour lui apprendre que la *nautch* Durga était devenue la maîtresse de son vizir [1]. Or le mahārājah avait besoin plus que jamais de ce dernier, car il était décidé à négocier, et il n'y avait pas plus habile diplomate, justement, que le vizir. Lui seul saurait obte-

_____
1. Ministre.

nir du Grand Moghol des conditions acceptables… Ce n'était pas le moment de le disgracier, de l'emprisonner ou de le décapiter parce qu'il avait obtenu à la place de son maître les faveurs de Durga. Celle-ci en revanche ne perdait rien pour attendre !

« Prithirāj résidait alors, comme il faisait si souvent, au fort de Nusserabad. Toute la journée, il avait mâché et remâché les désagréments qui s'abattaient sur lui. Et toute la journée, il avait bu. Aussi, le soir venu, était-il pas mal ivre. Il se tenait dans la salle où vous avez passé avec votre ami la nuit de mercredi. L'aspect de cette salle était bien différent à l'époque. Des fresques colorées égayaient ses murs, des tapis précieux recouvraient son dallage, ici et là étaient disposés de gros et durs coussins comme les miens, mais ceux du mahārājah étaient recouverts d'un brocart incrusté de pierres précieuses. Des centaines de bougies disposées dans les niches des murs ou enfoncées dans des chandeliers de bronze éclairaient la pièce.

« L'orchestre privé du mahārājah jouait depuis des heures. Les courtisans avaient remarqué l'humeur sombre de leur souverain, qui, avec l'alcool, ne faisait qu'empirer. Aussi se glissaient-ils l'un après l'autre hors de la pièce et laissaient-ils Prithirāj à ses lugubres pensées. Lui-même était affalé contre les coussins. Il portait ses colliers de grosses émeraudes et de perles. D'autres émeraudes, d'autres perles ornaient ses bras, ses oreilles, son turban. Depuis un bon moment, il se taisait, perdu dans ses pensées et contemplant la coupe en or qu'il tenait à la main, les yeux traversés d'inquiétants éclairs.

« "Faites venir Durga !" ordonna-t-il tout à coup. Durga ne tarda pas. Elle portait le costume classique d'une *nautch*, que vous avez peut-être vu, major Sahib : une lourde jupe de brocart laissant les mollets dégagés, les chevilles et les bras ornés de clochettes en or qui font du bruit au moindre mouvement. Le corsage en mousseline à moitié recouvert d'un boléro de brocart laissait son ventre nu et épousait étroitement la forme de ses seins. Un voile de mousseline rouge transparent, brodé d'or, recouvrait ses longs cheveux noirs.

« Durga avait à peine seize ans, mais c'était déjà une femme aux formes opulentes. L'innocence de sa jeunesse s'était logée dans ses grands yeux sombres. Son front haut disait pourtant la détermination de cette adolescente qui refusait de devenir la favorite du souverain.

« "Danse !" hurla celui-ci à peine apparut-elle. Durga vint se placer dans le coin de la salle où vos chiens se sont assemblés. Elle commença sa danse… Major Sahib, vous paraissez si bien connaître mon pays que vous avez certainement vu chez quelque mahārājah les danses sacrées des *nautch* : tout est dans le mouvement du cou, des bras, des mains, des chevilles, des genoux et des hanches. En fait, la *nautch* se déplace sur un très petit espace. Durga dansait, plus ravissante, plus désirable que jamais, et Prithirāj ne la regardait pas, les yeux fixés sur sa coupe d'or qu'il vidait sans arrêt et que son échanson remplissait aussitôt.

« Au bout d'une heure pendant laquelle le mahārājah n'avait même pas jeté un œil sur elle, Durga, fatiguée, s'arrêta. Prithirāj éructa un ordre. Son bourreau, qui ne le quittait jamais, s'approcha et fouetta Durga dans le dos. Il le fit avec un jonc très fin taillé de façon à infliger une douleur cuisante. Durga poussa un cri de souffrance. "Danse !" hurla encore Prithirāj. Durga reprit sa danse. On n'entendait dans la pièce que les sitars des musiciens et les clochettes de la danseuse. Une demi-heure se passa, puis de nouveau elle s'arrêta. Et de nouveau le bourreau la fouetta dans le dos et derrière les mollets. Durga cria, pleura, et recommença. Par deux fois elle s'arrêta, par deux fois elle fut cruellement fouettée sur les bras, dans le dos, sur les jambes. La fatigue s'appesantissait en elle mais sa conscience professionnelle la poussait à exécuter ses mouvements sans défaut.

« La lassitude eut pourtant raison d'elle, elle s'écroula, vaincue par l'effort. Le bourreau la frappa de plusieurs coups de sa canne alors qu'elle gisait sur le sol. Elle gémit. Les larmes coulaient sans arrêt sur son visage, mais elle se releva. Elle dansait déjà depuis trois heures sans arrêt lorsqu'elle s'écroula pour la seconde fois. Elle fut battue. Elle se remit debout et la terrible soirée se poursuivit. Tous les courtisans avaient désormais quitté la salle. Il n'y avait plus que les musiciens, le bourreau, le mahārājah perdu dans l'alcool, et la *nautch*, dont les membres tremblaient en exécutant les gestes rituels.

« D'après ce que vous m'avez décrit, major Sahib, vos chiens ont suivi des yeux la danse sacrée de Durga, à droite, à gauche, à droite, à gauche... Ils la voyaient clairement, ce qui ne m'étonne pas car les animaux sont beaucoup plus réceptifs aux apparitions de l'au-delà que les humains. Quant à vous, vous ne pouviez la voir, non plus que votre ami, mais vous avez discerné le mouvement de ses pieds sur le sol aux tourbillons de poussière qu'ils soulevaient, sauf que, lors de sa danse tragique, il n'y avait aucune poussière. C'est comme si, il y a trois nuits, son fantôme était revenu exécuter sa danse pour vous, dont la seule manifestation que vous en ayez perçue ait été les minuscules tourbillons de poussière.

« Cette nuit-là paraissait ne devoir jamais se terminer. Deux fois encore Durga s'était écroulée. Férocement fouettée, elle s'était relevée de plus en plus péniblement. Elle avait désormais le dos, les bras, les jambes en sang. L'aube grise et sale commençait à entrer dans la pièce où la plupart des bougies s'étaient éteintes.

« Durga, curieusement, ne tremblait plus. Elle semblait avoir retrouvé toute sa vigueur et dansait avec plus de talent qu'elle n'en avait jamais eu. Le mahārājah Prithirāj dut le subodorer, car il leva les yeux de sa coupe et la regarda. Il ne la quittait plus des yeux. Elle ne le voyait pas, les yeux droit devant elle, exécutant avec la régularité d'un métronome les gestes séculaires. Et puis, sans crier gare, elle s'effondra sur les dalles. Le bourreau s'approcha, la fouetta. Elle ne bougea pas. Le bourreau frappa encore plus rudement son corps inerte. Elle ne cria pas, ne se releva pas. Le bourreau se pencha vers elle et l'examina. Il annonça au mahārājah que Durga était morte. C'était un 6 mars, la date où vous êtes allés passer la nuit dans le fort. Je le sais d'autant mieux que mon ancêtre, qui, je vous le répète, appartenait à la cour du mahārājah, rapporte cet incident dans son journal dont je possède le manuscrit.

285

« La mort de Durga sembla porter malchance à Prithirāj. Le Grand Moghol, lorsqu'il approcha d'Ajmer, lui envoya des offres de paix. Le mahārājah, qui pourtant avait laissé entendre qu'il traiterait, décida d'une résistance à outrance. Bataille fut donc livrée. Pour le combat suprême, Prithirāj avait revêtu sa tenue de gala. Il scintillait d'émeraudes, de diamants, se rendant encore plus visible. La rage, le désespoir, la haine lui donnèrent une énergie insoupçonnée. Il se battit comme jamais, mais il ne pouvait résister. Cent ennemis l'entourèrent. On le vit encore lever son sabre, puis il disparut, percé d'innombrables coups. Ses États furent annexés à l'Empire moghol. Ce fut la fin du royaume d'Ajmer…

« Plus tard, vos compatriotes mirent fin à l'Empire du Grand Moghol et annexèrent à leur tour ses États. Du coup, ma famille restée sans maître à servir se trouva sans emploi. De ce fait, je ne m'occupe plus que du passé et je ne sers plus que l'Histoire. C'est donc indirectement à cause du mahārājah Prithirāj et de Durga la *nautch* que vous vous trouvez ici, dans mon humble demeure, à m'écouter ressasser un passé qui, vous l'avez constaté, refuse de mourir. »

La Fatale Apparition

DEPUIS plusieurs jours, les préparatifs de la noce mettent sens dessus dessous le château de Jedburgh. La joyeuse excitation s'est répandue dans la petite ville voisine et atteint même, à l'autre extrémité de la rue centrale, l'immense abbaye qui fait la célébrité de l'Écosse. Les religieux venus trouver là la sérénité l'ont perdue et ne s'en plaignent pas, car ce n'est pas tous les jours qu'un roi se marie, surtout quand il est le souverain le plus populaire qu'ait connu le pays. Alexandre III s'est trouvé roi à l'âge de sept ans à la mort de son père – en Écosse, les rois ne durent jamais très longtemps, et son père n'y a pas fait exception. À quinze ans, ce jeune monarque envoya promener ses régents et commença le règne le plus prospère, le plus glorieux de l'histoire du pays.

Pendant presque vingt ans de règne, il n'a eu d'autre but que de travailler à l'unité de la nation, une unité qu'elle n'avait jamais connue avant, déchirée entre les clans des Highlands et des Lowlands, déchirée entre ses trop puissants voisins, le royaume viking et surtout l'Angleterre, qui a toujours gardé un œil rivé sur l'Écosse, prête à la dévorer à la moindre faiblesse. Alexandre III a réussi ce miracle de maintenir la paix avec les souverains anglais, qui se sont trouvés être son beau-père et son beau-frère ; il ne s'est jamais laissé intimider et a farouchement maintenu l'indépendance. Unité, indépendance, et donc prospérité : le royaume a connu pour la première fois une expansion économique dont il n'avait jamais osé rêver. Berwick, le grand port du sud-est, est devenu l'un des centres commerciaux les plus importants d'Europe. Jamais les Écossais, habitués à la pauvreté, ne se sont trouvés aussi riches et aussi heureux qu'en vivant sous le sceptre d'Alexandre. Ils se sentent fiers de l'avoir pour roi car lui-même les a rendus fiers d'être écossais, instillant en eux un esprit patriotique qu'ils ignoraient.

Comme tant de ses prédécesseurs, Alexandre avait épousé une princesse anglaise, gage d'une paix si souvent reniée lors des règnes précédents. Hélas, la princesse est morte, et l'unique fils qu'elle lui a donné vient de trépasser. À quarante-quatre ans et après onze ans de veuvage, le voilà obligé de se remarier pour engendrer un nouvel héritier... Sa femme lui avait aussi donné une fille, qu'il a mariée au roi de Norvège, mais il ne veut pas d'un Viking sur le trône d'Écosse, il désire un véritable Écossais pour lui succéder, un fils.

Il est donc allé chercher une fiancée en France, le traditionnel allié de l'Écosse, qui sert de contrepoids à l'Angleterre. Sa mère, la reine Marie, lui a choisi une ravissante jeune fille de dix-neuf ans, Yolande de Dreux, issue d'une branche cadette de la Maison de France. Les Écossais, qui se désolaient de savoir leur roi bien-aimé depuis si longtemps réduit à la solitude, se réjouissent unanimement : le mariage va être heureux, et bientôt naîtra l'héritier qui, un jour, poursuivra l'action bénéfique de son père.

Jedburgh n'a été longtemps qu'un relais de chasse, la région de collines et de vallées abritant un abondant gibier, mais surtout la proximité de l'Angleterre représentait un réel danger pour la monarchie et empêchait qu'elle y résidât régulièrement. Mais la paix qu'Alexandre avait instaurée a permis de négliger cette précaution, Jedburgh est devenue une résidence royale à part entière. Cet automne 1285 dorait les feuilles des arbres, pour une fois la pluie daignait ne pas trop se manifester, le temps se tenait prêt à rehausser la fête qui se préparait.

Le château, malgré sa récente promotion, n'en restait pas

moins principalement une forteresse, avec ses murailles épaisses, ses donjons majestueux, ses fenêtres rares et étroites. Ce décor austère, qui se prêtait peu aux festivités, était néanmoins transfiguré par des accessoires temporaires. Les rois, qui se déplaçaient sans cesse, transportaient avec eux les indispensables éléments du confort et du luxe : gros coffres ornementés, sièges pliants, lits démontables, tapisseries et tapis, coussins, et dans des malles cerclées de fer des objets précieux en or, en pierres dures incrustées de joyaux, crucifix, coupes, reliquaires, livres d'heures. À ces splendeurs qui voyageaient avec leur propriétaire s'ajoutèrent à l'occasion du mariage d'Alexandre III des décorations extravagantes qui ne dureraient que le temps de la noce. Comme si les tapissiers royaux avaient voulu compenser la rudesse du lieu et la sévérité du paysage par les délires de leur imagination débridée. Heureusement, il se trouva un poète inoubliable pour décrire avec encore plus d'imagination cette fête mémorable.

La cérémonie nuptiale avait donc eu lieu en l'église, aussi vaste qu'une cathédrale, de l'abbaye. Les invités se retrouvèrent ensuite pour le bal. La cour d'Écosse n'était pas particulièrement fournie – elle ne devait jamais l'être, d'ailleurs… Quelques dizaines de lords, de chefs de clans, auxquels s'ajoutaient un lot de nobles français qui avaient fait le voyage pour saluer leur compatriote, des représentants des puissances « amies » (l'Angleterre, la Norvège), de riches marchands la plupart du temps étrangers, tous décidés à profiter de l'occasion pour s'amuser tout leur soûl.

« Tableau voluptueux que cette mascarade ! Mais d'abord laissez-moi vous décrire les salles où elle eut lieu. Il y en avait sept – une enfilade impériale. Dans beaucoup de palais, ces séries de salons forment de longues perspectives en ligne droite, quand les battants des portes sont rabattus sur les murs de chaque côté, de sorte que le regard s'enfonce jusqu'au bout sans obstacle. Ici, le cas était fort différent, comme on pouvait s'y attendre de la part du roi et de son goût très vif pour le bizarre.

Les salles étaient si irrégulièrement disposées que l'œil n'en pouvait guère embrasser plus d'une à la fois. Au bout d'un espace de vingt à trente yards[1] il y avait un brusque détour, et à chaque coude un nouvel aspect. À droite et à gauche, au milieu de chaque mur, une haute et étroite fenêtre gothique donnait sur un corridor fermé qui suivait les sinuosités de l'appartement. Chaque fenêtre était faite de verres coloriés en harmonie avec le ton dominant dans les décorations de la salle sur laquelle elle s'ouvrait. Celle qui occupait l'extrémité orientale, par exemple, était tendue de bleu – et les fenêtres étaient d'un bleu profond. La seconde pièce était ornée et tendue de pourpre, et les carreaux étaient pourpres. La troisième, entièrement verte, et vertes les fenêtres. La quatrième, décorée d'orange, était éclairée par une fenêtre orangée, la cinquième, blanche, la sixième, violette.

« La septième salle était rigoureusement ensevelie de tentures de velours noir qui revêtaient tout le plafond et les murs, et retombaient en lourdes nappes sur un tapis de même étoffe et de même couleur. Mais, dans cette chambre seulement, la couleur des fenêtres ne correspondait pas à la décoration. Les carreaux étaient écarlates – d'une couleur intense de sang.

« Or, dans aucune des sept salles, à travers les ornements d'or éparpillés à profusion çà et là ou suspendus aux lambris, on ne voyait de lampe ni de candélabre. Ni lampes ni bougies ; aucune lumière de cette sorte dans cette longue suite de pièces. Mais, dans les corridors qui leur servaient de ceinture, juste en face de chaque fenêtre, se dressait un énorme trépied, avec un brasier éclatant qui projetait ses rayons à travers les carreaux de couleur et illuminait la salle d'une manière éblouissante. Ainsi se produisaient une multitude d'aspects chatoyants et fantastiques. Mais, dans la chambre de l'ouest, la chambre noire, la lumière du brasier qui ruisselait sur les tentures noires à travers les carreaux sanglants était épouvantablement sinistre, et donnait aux physionomies des imprudents qui y entraient un aspect tellement étrange que bien peu de danseurs se sentaient le courage de mettre les pieds dans son enceinte magique.

---

1. 0,914 m.

« *C'est aussi dans cette salle que s'élevait, contre le mur de l'ouest, une gigantesque horloge d'ébène. Son pendule se balançait avec un tic-tac sourd, lourd, monotone ; et quand l'aiguille des minutes avait fait le circuit du cadran et que l'heure allait sonner, il s'élevait des poumons d'airain de la machine un son clair, éclatant, profond et excessivement musical, mais d'une note si particulière et d'une énergie telle que, d'heure en heure, les musiciens de l'orchestre étaient contraints d'interrompre un instant leurs accords pour écouter la musique de l'heure ; les danseurs alors cessaient forcément leurs évolutions ; un trouble momentané courait dans toute la joyeuse compagnie ; et, tant que vibrait le carillon, on remarquait que les plus fous devenaient pâles, et que les plus âgés et les plus rassis passaient leurs mains sur leurs fronts, comme dans une méditation ou une rêverie délirante. Mais, quand l'écho s'était tout à fait évanoui, une légère hilarité circulait par toute l'assemblée ; les musiciens s'entre-regardaient et souriaient de leurs nerfs et de leur folie, et se juraient tout bas, les uns aux autres, que la prochaine sonnerie ne produirait pas en eux la même émotion ; et, après la fuite des soixante minutes qui comprennent les trois mille six cents secondes de l'heure disparue, arrivait une nouvelle sonnerie de la fatale horloge, et c'étaient le même trouble, le même frisson, les mêmes rêveries.*

« *Le roi avait, à l'occasion de cette grande fête, présidé en grande partie à la décoration mobilière des sept salons, et c'était son goût personnel qui avait commandé le style des travestissements. À coup sûr, c'étaient des conceptions grotesques. C'était éblouissant, étincelant ; il y avait du piquant et du fantastique… Il y avait des figures vraiment arabesques, absurdement équipées, incongrûment bâties ; des fantaisies monstrueuses comme la folie ; il y avait du beau, du licencieux, du bizarre en quantité, tant soit peu de terrible… Bref, c'était comme une multitude de rêves qui se pavanaient çà et là dans les sept salons. Et ces rêves se contorsionnaient en tous sens, prenant la couleur des chambres ; et l'on eût dit qu'ils exécutaient la musique avec leurs pieds, et que les airs étranges de l'orchestre étaient l'écho de leurs pas.*

« *Et, de temps en temps, on entend sonner l'horloge d'ébène de la salle de velours… Aucun masque n'ose maintenant s'aven-*

turer; car la nuit avance, et une lumière plus rouge afflue à travers les carreaux couleur de sang; et à l'étourdi qui met le pied sur le tapis funèbre l'horloge d'ébène envoie un carillon plus lourd, plus solennellement énergique que celui qui frappe les oreilles des masques tourbillonnant dans l'insouciance lointaine des autres salles.

« Quant à ces pièces-là, elles fourmillaient de monde, et le cœur de la vie y battait fiévreusement. Et la fête tourbillonnait toujours lorsque s'éleva enfin le son de minuit de l'horloge. Alors, comme je l'ai dit, la musique s'arrêta, le tournoiement des valseurs fut suspendu; il se fit partout, comme naguère, une anxieuse immobilité. Mais le timbre de l'horloge avait cette fois douze coups à sonner; aussi, il se peut bien que plus de pensées se soient glissées dans les méditations de ceux qui pensaient parmi cette foule festoyante. Et ce fut peut-être aussi pour cela que plusieurs personnes parmi cette foule, avant que les derniers échos du dernier coup fussent noyés dans le silence, avaient eu le temps de s'apercevoir de la présence d'un masque qui jusque-là n'avait aucunement attiré l'attention. Et, la nouvelle de cette intrusion s'étant répandue en un chuchotement à la ronde, il s'éleva de toute l'assemblée un bourdonnement, un murmure significatif d'étonnement et de désapprobation – puis, finalement, de terreur, d'horreur et de dégoût...

« La licence carnavalesque de cette nuit était, il est vrai, à peu près illimitée; mais le personnage en question avait dépassé l'extravagance d'un Hérode, et franchi les bornes – cependant complaisantes – du décorum imposé par le roi. Il y a dans les cœurs des plus insouciants des cordes qui ne se laissent pas toucher sans émotion. Même chez les plus dépravés, chez ceux pour qui la vie et la mort sont également un jeu, il y a des choses avec lesquelles on ne peut pas jouer. Toute l'assemblée parut alors sentir profondément le mauvais goût et l'inconvenance de la conduite et du costume de l'étranger. Le personnage était grand et décharné, et enveloppé d'un suaire de la tête aux pieds. Le masque qui cachait le visage représentait si bien la physionomie d'un cadavre raidi, que l'analyse la plus minutieuse aurait difficilement découvert l'artifice...

« *Quand les yeux du roi tombèrent sur cette figure de spectre – qui, d'un mouvement lent, solennel, emphatique, comme pour mieux soutenir son rôle, se promenait çà et là à travers les danseurs – on le vit d'abord convulsé par un violent frisson de terreur ou de dégoût; mais une seconde après, son front s'empourpra de rage.*

« — *Qui ose, demanda-t-il d une voix enrouée aux courtisans debout près de lui, qui ose nous insulter par cette ironie blasphématoire? Emparez-vous de lui, et démasquez-le – que nous sachions qui nous aurons à pendre aux créneaux, au lever du soleil!*

« *C'était dans la chambre de l'est ou chambre bleue que se trouvait le roi quand il prononça ces paroles. Elles retentirent fortement et clairement à travers les sept salons – car le roi était un homme impérieux et robuste, et la musique s'était tue à un signe de sa main.*

« *C'était dans la chambre bleue que se tenait le roi, avec un groupe de pâles courtisans à ses côtés. D'abord, pendant qu'il parlait, il y eut parmi le groupe un léger mouvement en avant dans la direction de l'intrus, qui fut un instant presque à leur portée, et qui maintenant, d'un pas délibéré et majestueux, se rapprochait de plus en plus du roi. Mais, par suite d'une certaine terreur indéfinissable que l'audace insensée du masque avait inspirée à toute la société, il ne se trouva personne pour lui mettre la main dessus; si bien que, ne trouvant aucun obstacle, il passa à deux pas de la personne du roi; et, pendant que l'immense assemblée, comme obéissant à un seul mouvement, reculait du centre de la salle vers les murs, il continua sa route sans interruption, de ce même pas solennel et mesuré qui l'avait tout d'abord caractérisé, de la chambre bleue à la chambre pourpre, de la chambre pourpre à la chambre verte, de la verte à l'orange, de celle-ci à la blanche, et de celle-là à la violette, avant qu'on eût fait un mouvement décisif pour l'arrêter.*

« *Ce fut alors, toutefois, que le roi, exaspéré par la rage et la honte de sa lâcheté d'une minute, s'élança précipitamment à travers les six chambres, où nul ne le suivit; car une terreur mortelle s'était emparée de tout le monde. Il brandissait un poignard nu, et s'était approché impétueusement à une distance de trois ou quatre pieds du fantôme qui battait en retraite, quand ce dernier, arrivé à l'extrémité de la salle de velours, se retourna brusquement et fit face à celui qui le poursuivait. Un cri aigu partit, et le poignard glissa avec un éclair sur le tapis funèbre…*

« Alors, invoquant le courage violent du désespoir, une foule de masques se précipita à la fois dans la chambre noire ; et, saisissant l'inconnu, qui se tenait, comme une grande statue, droit et immobile dans l'ombre de l'horloge d'ébène, ils se sentirent suffoqués par une terreur sans nom en voyant que sous le linceul et le masque cadavéreux qu'ils avaient empoignés avec une si violente énergie, ne logeait aucune forme palpable. »

Ainsi le poète décrivit-il le mariage d'Alexandre III roi d'Écosse et de Yolande de Dreux, troublé par une apparition dans laquelle chacun vit le plus terrifiant des présages…

Six mois se passèrent. Le royaume continua de prospérer. Alexandre III gouvernait toujours avec fermeté et sagesse. À quarante-cinq ans, il se trouvait en parfaite santé, en pleine possession de ses facultés. Il était amoureux de sa nouvelle femme – la jolie Française –, il était encore plus populaire qu'il ne l'avait jamais été, tout lui souriait.

En ce 18 mars 1286, il tenait ses assises au château royal d'Edinburgh, une formidable forteresse piquée sur un piton rocheux au-dessus de la capitale. Le temps était à la neige, les vents violents hurlaient autour des remparts. Dans la salle du trône, Alexandre avait reçu une ambassade anglaise dépêchée par Edouard Ier, qui était aussi le frère de sa première femme. Ce lien familial n'empêchait pas ce monstre de cruauté, de ruse et de perfidie qu'était le roi d'Angleterre d'espérer encore annexer l'Écosse. Alexandre III le savait bien, qui pendant tout son règne avait tenu à l'écart ce danger permanent. Ce matin-là, il était fort satisfait car il semblait qu'il se soit bien tiré de l'entrevue. Il avait réussi à écarter les demandes des Anglais sans les froisser, il les avait couverts d'amabilités et de présents à l'intention de son beau-frère. Ces assurances d'amitié avaient paru convaincre les ambassadeurs.

Ceux-ci repartis, Alexandre s'était donc réjoui avec ses conseillers de cette fructueuse matinée, aussi était-il d'excellente humeur lorsqu'il se fit apporter son déjeuner. Les valets déposèrent les plats sur le buffet auquel les convives se servaient sans façon. Repas plutôt frugal. La reine et ses dames étaient absentes d'Edinburgh, et d'autre part on se trouvait en carême. Néanmoins, la gaieté régnait autour de la table. Le roi recommanda en particulier un plat d'anguilles à un de ses conseillers, en plaisantant :

— Mangez de bon cœur, car vous savez qu'aujourd'hui est le jour du Jugement dernier...

— En ce cas, Sire, lorsque nous nous lèverons de nos tombes, ce sera bien nourris !

À cause de la séance prolongée avec les ambassadeurs anglais, le repas avait été servi plus tard que d'habitude. D'autre part, le roi s'y était attardé. Cependant, il faisait encore plein jour quand lui et ses conseillers se levèrent. Alexandre sembla soudain pressé. Il annonça qu'il partait de ce pas retrouver la reine Yolande dans le château de King Horn, de l'autre côté du bras de mer. C'était l'anniversaire de la reine, et il avait promis de la rejoindre avant que la nuit ne tombât complètement.

Sceptiques, les conseillers regardèrent par les fenêtres : les nuages noirs s'accumulaient, le vent soufflait à tempête et l'obscurité venait plus tôt que d'habitude.

— C'est folie de repartir par un temps pareil ! Sire, restez au moins la nuit ici, au château

— Messieurs, je suis amoureux et je veux retrouver la reine au plus vite.

— Mais, Sire, jamais vous ne pourrez naviguer...

— L'amour me portera, Messieurs. Je vous souhaite le bonsoir. À très bientôt.

D'un pas léger, il descendit à toute vitesse le grand escalier du château. mais lorsqu'il se retrouva dans la cour il ne put s'empêcher de frissonner. Le froid était à couper le souffle ; le vent avait encore forci, il venait du nord et apportait la pluie, la neige. Une nouvelle fois, ses conseillers le supplièrent de renoncer à son entreprise et de ne pas quitter le château. Pour toute réponse, Alexandre sauta en selle et partit au galop, suivi seulement de trois courtisans. Ils descendirent la colline, traversèrent la ville, franchirent les murailles par la porte de l'Ouest et, malgré le ciel en colère, ils atteignirent rapidement le petit port de Queen's Ferry.

Devant eux s'étendaient les eaux noires et démontées du Firth of Forth, ce bras de mer qui s'enfonce profondément à l'intérieur de l'Écosse et qui sépare Edinburgh du nord du pays. Une barque dansait sur les vagues. Mais le nautonier, qui n'attendait plus de passagers, était allé se coucher. On le réveilla, on l'amena, il déclara qu'il était trop dangereux de tenter la traversée.

— As-tu peur de conduire ton roi ? lui demanda Alexandre, visiblement prêt à prendre la barre si l'homme se récusait.

— Peur ? répliqua celui-ci, c'est bien loin de moi, Sire ! Il convient que je partage le sort du fils de ton père...

Et sur cette parole énigmatique, il se mit à la barre.

De nouveau, les trois courtisans qui avaient accompagné le roi essayèrent de l'empêcher de partir.

— Restez ici et retournez tranquillement chez vous, répondit-il.

Les courtisans, malgré leur inquiétude, montèrent dans la barque, bientôt suivis par Alexandre III. Le nautonier leva la voile et la barque s'éloigna du rivage.

Le roi avait souvent franchi la courte distance qui séparait une rive du Firth of Forth de l'autre. Pourtant, au milieu des vents hurlants, des tourbillons qui menaçaient à tout instant de renverser l'esquif, le voyage parut interminable. Le nautonier faisait un effort prodigieux pour garder la bonne direction et éviter d'être pris de plein fouet par les lames les plus hautes. Ils étaient au bord de l'épuisement lorsqu'ils atteignirent leur destination, le minuscule port d'Inverkeithing.

La nuit était complètement tombée. La pluie torrentielle la rendait encore plus épaisse. Guidée par la faible lueur d'un fanal, la barque accosta. On y voyait si peu que le roi crut qu'il n'y avait personne pour l'accueillir.

— Holà ! Vous m'entendez ? Vous dormez ? Êtes-vous calfeutrés chez vous ? Venez m'aider à débarquer !

Une silhouette se matérialisa, c'était le Maître des Douanes. Il aida le roi à prendre pied sur le petit quai de pierre.

— Ce n'est guère qu'à votre voix, Sire, que je vous ai reconnu, car on y voit si peu que je n'avais même pas distingué votre barque. J'étais pourtant prévenu de votre arrivée, mais j'avais cru que vous aviez renoncé à votre projet.

— Tu vois, malgré tous ceux qui ont voulu m'en empêcher, j'ai réussi ! Je suis sur la terre ferme, le pire est derrière moi…

— Vous vous trompez, Sire, le pire est devant vous. Dans cette obscurité, il est facile de se perdre. Votre chemin vous forcera à longer la falaise, or, avec cette pluie, il peut à chaque instant se produire un glissement de terrain. Par ailleurs, le vent peut vous renverser de votre monture. Restez, Sire ! Nous vous offrirons une hospitalité décente et tout ce dont vous pourrez avoir besoin jusqu'à demain matin.

Ce dialogue avait lieu dans la petite cabane de bois du Maître des Douanes où les voyageurs s'étaient réfugiés. Dehors, il semblait que la tempête redoublait de violence, mais le roi ne faiblissait pas :

— Au lieu de radoter, Maître des Douanes, trouve-moi deux guides valeureux et forts qui me mènent à King Horn. J'y serai en quelques heures à peine… La reine m'attend, et rien au monde ne me fera la décevoir.

Le Maître des Douanes dut s'exécuter. Les guides, il les avait déjà convoqués.

— Pour la dernière fois, Sire, renoncez.

— Maître des Douanes, l'amour me protégera !

Alexandre sortit. Tenir la porte ouverte pour le laisser quitter la cabane avait nécessité un réel effort. Il monta à cheval et s'élança sur la route de l'est qui longeait la côte en direction du château de King Horn. Ses guides le suivaient. Les trois courtisans qui l'avaient accompagné jusqu'alors et auxquels il avait interdit d'aller plus loin ne pouvaient détacher leurs yeux de la direction dans laquelle il s'était éloigné alors qu'il avait déjà été happé par l'obscurité.

Alors que le roi montait un élégant étalon qui manquait à chaque pas de glisser dans la boue, les deux guides, habitués à tous les terrains et à tous les temps, chevauchaient des chevaux très petits, presque des poneys, mais aux jambes solides, protégées par de longs poils, et adaptés à la région. Néanmoins, ils avaient peur, le vent les harcelait, la pluie les aveuglait, ils avançaient avec difficulté. Le roi, lui, caracolait gaiement en tête, se tenant très droit sur sa selle, il progressait rapidement. Les guides eurent de plus en plus de mal à le suivre, et bientôt, horrifiés, ils ne le virent plus devant eux. Ils eurent beau accélérer, ils ne parvinrent pas à le rattraper.

Les Écossais, après avoir dû supporter cette terrible nuit, crurent le lendemain matin, 19 mars, avoir rêvé. Le temps était radieux, la mer calme, un soleil éclatant faisait régner une température presque chaude qu'une légère brise adoucissait. Depuis l'aube, le comte de March se tenait en haut du donjon de son château de Dumbar, situé à l'ouest d'Edinburgh. Inlassablement il scrutait le temps. Il ne pouvait en croire ses yeux : alors que la veille la tempête, les chutes de neige les avaient empêchés de mettre le nez dehors, quelques heures plus tard il voyait partout le printemps ! Au fur et à mesure que midi approchait, sa famille, ses serviteurs, ses chevaliers le rejoignirent. Le comte paraissait de plus en plus perplexe, et même troublé.

— Faites venir Thomas le Rimailleur, lança-t-il à son entourage.

Comme s'il avait entendu cet ordre, l'interpellé apparut au sommet des marches. Bien que plus âgé que le septuagénaire comte de March, les ans semblaient n'avoir aucune prise sur lui. De l'avis général, c'était le plus grand poète de l'époque. Aussi lui avait-on donné un surnom inspiré de son véritable patronyme. Il s'appelait Thomas Rymor, qu'il avait été facile de transformer en Thomas *The Rhymer*, le Rimailleur. Il se trouvait aussi être le voyant le plus doué de tout le royaume.

On le respectait, on l'admirait pour ses vers, mais on le redoutait. Que de fois avait-il prédit d'heureux événements, mais beaucoup plus souvent des catastrophes qui s'étaient abattues sur des individus, sur des familles, sans que jamais il se trompât. On aurait pu le brûler, comme on le faisait avec tant de sorciers, mais il était protégé par la beauté de sa poésie, par la puissance de son don et par la faveur des grands, à commencer par celle du roi Alexandre.

Le comte de March le regarda s'approcher d'un pas guilleret, et il s'adressa à lui avec colère :

— Voulez-vous me répéter, Maître Thomas, ce que vous avez annoncé hier au souper ?

Le poète répondit avec la plus grande équanimité :

— Hier, à l'heure du souper, je vous ai dit à vous et à la noble compagnie ce qui suit : « *Demain sera un jour de misère et de calamité, car avant que midi n'ait sonné, il y aura sans aucun doute possible la plus violente tempête que l'Écosse ait jamais connue depuis le fond des âges. L'explosion sera si forte qu'elle fera trembler la nation, rendra muets ceux qui l'entendront, humiliera les grands et rasera jusqu'au sol tout ce qui est debout.* »

— Grâce à quoi, grinça le comte de March, j'ai passé une nuit épouvantable, envahie de cauchemars ! Grâce à quoi, depuis l'aube, je suis sur cette terrasse à scruter le temps, tout cela pour constater que vous vous êtes entièrement trompé, Maître Thomas ! Regardez autour de vous le soleil, la lumière, le calme de cette matinée véritablement printanière, et dites-moi si vous décelez le moindre soupçon de tempête ?

— My Lord, midi n'a pas encore sonné...

Le comte de March haussa les épaules.

— Vous avez semé angoisse et terreur sans aucune raison, Maître Thomas ! Vous avez présumé de votre don. Allons plutôt déjeuner.

Tous quittèrent la terrasse et descendirent dans la salle à manger.

Le couvert avait été dressé sur une longue table de chêne autour de laquelle ils s'installèrent. Thomas le Rimailleur s'assit à sa place habituelle, comme si de rien n'était. Les convives avaient à peine entamé le premier plat lorsque midi sonna à la grande horloge de la tour de l'entrée. À cet instant même, ils entendirent par les fenêtres laissées ouvertes à cause de la chaleur printanière un cheval galoper sur la route, puis les lourdes poternes du château s'ouvrir. L'instant d'après, un messager pénétrait dans la grande salle. Il portait sur son justaucorps les armoiries royales.

— Apportez-vous des nouvelles ? demanda le comte, un peu étonné de cette intrusion.

— En vérité, oui, My Lord, et les pires qui soient, des nouvelles qui feront pleurer le royaume entier. Car hélas notre noble roi a terminé sa vie cette nuit près de King Horn. C'est cela que j'ai été chargé de vous annoncer.

L'épouvante saisit les convives. Tous se levèrent et coururent vers le messager. Seul Thomas le Rimailleur resta assis, immobile, le visage grave.

Le messager raconta que la nuit précédente, les deux guides chargés d'accompagner le roi avaient fini par le perdre dans l'obscurité alors que celui-ci galopait devant eux. Ils s'étaient inquiétés mais point trop, sachant qu'Alexandre connaissait parfaitement le chemin. Eux-mêmes, anxieux de ne pas se perdre, avaient poursuivi leur route jusqu'au château de King Horn, pour apprendre que le roi n'y était jamais arrivé. Aussitôt, accompagnés de quelques gardes, ils avaient rebroussé chemin à sa recherche. Battus par la tempête, aveuglés par la neige qui ne cessait de tomber, ahuris par le vent, incapables de voir quoi que ce soit, ils avaient dû renoncer. Le roi avait certainement dû trouver abri dans quelque chaumière...

À l'aube, alors que la tempête avait cessé, ils avaient repris leurs recherches, cette fois escortés par des gardes de la reine. Tout à coup, ils avaient aperçu le cheval du roi qui errait sans son cavalier. Descendus de leur monture, ils avaient fouillé partout, et n'avaient pas tardé à trouver le roi au bas d'une hauteur. Il était mort. Ils avaient réussi à remonter son corps et à le placer en travers de son cheval pour le ramener au château. La reine, qui attendait avec angoisse des nouvelles de son époux, fut saisie d'un désespoir sans égal. Les guides pensaient que le cheval avait dû glisser dans un trou sablonneux, s'affaisser, réussir à se relever avant de retomber encore, mais cette fois sur le roi. Finalement, le cheval avait réussi à se dégager, et le roi était resté sur le sol, inerte, le cou brisé.

— C'est ce qu'on dit et c'est ce qu'on dira, clama fort et clair Thomas le Rimailleur. Cependant, la mort du roi Alexandre III restera entourée de mystères, qu'il vaut mieux ne pas chercher à percer. En tout cas, la tempête que je vous ai annoncée pour aujourd'hui à midi est arrivée. La dramatique disparition de notre souverain la précède…

Tous en restèrent tellement impressionnés que le comte de March lui-même n'osa pas exiger des explications. Il savait que Thomas le Rimailleur n'en dirait pas plus.

Alexandre III avait prévu sa succession. Il avait décidé qu'après lui monterait sur le trône son unique descendance, la petite Marguerite, fille de sa fille la reine de Norvège. Un conseil de régence l'assisterait jusqu'à sa majorité. Ensuite elle épouserait, ainsi qu'il en avait été convenu avec Edouard Ier, le fils de ce dernier – union qui garantissait l'indépendance de l'Écosse et la neutralité de l'Angleterre. Tout allait donc pour le mieux. La petite Marguerite quitta la Norvège pour rejoindre son nouveau royaume. Son vaisseau fit escale aux îles Orkney… où elle mourut brusquement.

Avec elle s'éteignit la dynastie d'Alexandre. Les chefs de clans et les nobles écossais prirent alors la pire décision. Dans le vain espoir d'acquérir ses bonnes grâces, ils demandèrent à Edouard Ier roi d'Angleterre de leur choisir un nouveau roi. Edouard se frotta les mains de voir offerte devant lui sur un plateau d'argent l'occasion dont il rêvait depuis toujours… Parmi les candidats, il choisit le plus faible, ce qui lui permettrait de faire de l'Écosse ce qu'il voudrait. Cela ne lui suffit pourtant pas, car le faible monarque par lui désigné voulut se révolter. Edouard Ier envahit l'Écosse, la conquit, l'occupa. C'en était fini de l'indépendance ! Bien plus tard, elle devait la retrouver. Sur elle régneraient plusieurs dynasties, jusqu'à ce qu'un roi d'Écosse monte sur le trône d'Angleterre, réalisant pacifiquement l'union des deux royaumes.

Malgré tout, jamais l'Écosse ne retrouva la prospérité, l'unité, le bonheur qu'elle avait connus sous Alexandre III. Aussi les Écossais considèrent-ils son règne comme un véritable âge d'or à jamais perdu, et continuent-ils à fredonner cette ballade anonyme écrite peu après la mort de leur meilleur roi :

> *When Alexander, our King, was dead,*
> *Away was sons of oil and bread,*
> *Of wine and waxe, of gamin and glee,*
> *Our goal was turn into lead.*
> *Christ born into virginity,*
> *Secor Scotland and remed,*
> *That stad is in perplexity* [1].

Thomas le Rimailleur avait eu raison de prédire au comte de March que la mort d'Alexandre III signifierait le soulèvement de « la plus violente tempête que l'Écosse eût jamais connue depuis le fond des âges ». Et la terrifiante apparition qui s'était manifestée six mois plus tôt au mariage de ce même Alexandre III devait par la suite se révéler le sinistre héraut de cette catastrophe.

La description du bal de mariage d'Alexandre III et de la manifestation de l'au-delà qui l'avait marqué est empruntée à... Edgar Allan Poe, le plus grand poète américain du XIXe siècle, traduit ici par Charles Baudelaire. Elle fait partie de l'une de ses Nouvelles Histoires extraordinaires, *intitulée* Le Masque de la mort rouge. *Cette description correspond point par point avec celles beaucoup moins poétiques mais tout aussi précises trouvées par Poe chez les chroniqueurs de l'époque, en particulier John O'Fordun dans son* Histoire de l'Écosse, *et Walter Bower dans son* Supplément et continuation de l'Histoire de John O'Fordun.

---

1. Quand Alexandre, notre roi, est mort, / Finie l'abondance d'huile et de pain, / De vin, de cire, de plaisir et de joie, / Notre ambition devint de plomb. / Ô Christ, né d'une vierge, / Secours l'Écosse et applique ton remède, / Car ce pays traverse une grande perplexité.

La Blanche Sorcière de Rose Hall

— Rose Hall est le plus fameux manoir (en Europe, vous diriez château) de la Jamaïque. Il a été construit en 1770, a coûté trente mille livres – une somme fabuleuse à l'époque ! –, et il était considéré comme la plus belle demeure de l'île. Rose Hall a été endommagé lors de la révolte des esclaves en 1831, au point de rester inhabité par la suite. Dans les années 60, alors qu'il menaçait de tomber en ruine, un milliardaire américain l'a racheté avec les terrains de l'ancienne plantation. On y a bâti un hôtel de luxe que nous vous invitons à visiter. Quant au manoir lui-même, il a été restauré avec le plus grand soin avant d'être ouvert au public…

Elsa Turner n'écoutait plus la femme qui leur servait de guide. Elle observait le paysage par une des fenêtres du grand salon où ils se trouvaient. La pente au sommet de laquelle se dressait le manoir descendait doucement jusqu'à la mer qui scintillait au soleil. Les palmiers se balançaient harmonieusement au gré d'une brise légère. La végétation luxuriante peignait la terre d'un vert cru qui contrastait avec le bleu intense du ciel. On n'aurait pu rêver spectacle plus splendide, plus apaisant. Tout dans cette matinée invitait aux vacances… Et pourtant, Elsa était mal à l'aise.

La Jamaïque est de loin la plus belle des îles des Caraïbes. Elsa Turner rêvait de s'y rendre depuis des années. Aussi avait-elle accepté avec empressement l'invitation de ses amis, les richissimes Whitekar, pour ce séjour qui promettait d'être idyllique. Ils étaient descendus dans l'hôtel le plus luxueux de Montego Bay, le *Moon Point*. Mais depuis qu'elle avait mis les pieds sur l'île, deux jours plus tôt, elle se sentait oppressée sans en connaître la raison.

Il faut avouer qu'elle bénéficiait d'une sensibilité particulière, elle était en effet la voyante la plus fameuse de Londres. Ses «consultants» devaient patienter au minimum six mois avant d'obtenir un rendez-vous! Séduisante et toujours habillée à la dernière mode, elle était de toutes les soirées mondaines. À la voir siroter sa coupe de champagne, rire, et quelquefois flirter, personne n'aurait pu deviner qu'elle possédait ce don de prédiction.

— ... La restauration du manoir a été effectuée avec le plus grand soin. Le but était de lui rendre sa splendeur originelle. Les parquets d'acajou, les boiseries et les plafonds ont été copiés sur les décors d'autrefois; les parois ont été tendues de soie imprimée – comme vous pouvez l'admirer – de palmiers et d'oiseaux. Et les lustres de cristal, ainsi qu'autour de nous les meubles anciens, ont été pour la plupart choisis en Europe. Non seulement le complexe hôtelier qui possède désormais ce manoir n'a reculé devant aucune dépense, mais les experts ont fait des recherches approfondies pour respecter l'authenticité des lieux. Après la visite, je vous recommande de descendre au rez-de-chaussée et de faire un tour par le bar et le restaurant. Vous pouvez prendre un verre, et y déjeuner. Les élaborations de notre chef vous combleront...

Ils étaient parvenus à une vaste chambre à coucher, de toute évidence celle naguère des maîtres de maison, dotée d'un imposant lit à baldaquin doré et d'une vue magnifique sur la mer et la côte. Elsa regarda de nouveau par la fenêtre. Les Whitekar l'observaient avec attention car ils la connaissaient bien. Ils comprirent à son regard fixe qu'elle était malgré elle entraînée vers un étrange ailleurs.

— Depuis que j'ai mis le pied dans cette maison, murmura-t-elle, j'ai un curieux pressentiment. C'est encore très confus. J'attrape des images trop nombreuses, trop rapides... épouvantables. J'ai du mal à comprendre.

Elle se tut quelques instants, alors que des flots de soleil entraient par les grandes baies, illuminant des salles magnifiques qui ne semblaient pas chargées d'un quelconque lourd passé. Puis Elsa parut sortir de sa torpeur et se tourna vers la guide :

— La maison est hantée, n'est-ce pas ?

— Absolument pas ! Pourquoi inventer de telles folies ?

Cette femme, engagée par les Whitekar pour la journée et qui appartenait au personnel de l'hôtel, avait répliqué avec une certaine agressivité. Et Elsa Turner savait qu'elle mentait.

Avec cette facilité de contact qui était sa marque distinctive, Elsa avait déjà bavardé avec les employés du *Moon Point*. Apprenant qu'elle comptait visiter Rose Hall, ils avaient tous sans exception fait la grimace. Et ils ne s'étaient pas fait prier pour lui rapporter ce qu'ils avaient entendu depuis leur plus tendre enfance. Par bribes, elle avait reconstitué l'histoire dont découlait la douteuse réputation du manoir.

Depuis que le manoir de Rose Hall avait été abandonné, voilà bientôt deux siècles, il était demeuré intouché, personne n'aurait osé s'y aventurer de nuit. Même les vandales l'avaient épargné ! Certains affirmaient être passés sur la route voisine et avoir entendu aux alentours de minuit des hurlements provenant de l'endroit. Un des rares gardiens qui le conservaient quelques décennies plus tôt était tombé dans l'escalier qui menait à la cave et s'était brisé le cou. Bref, sa réputation avait préservé Rose Hall bien mieux que tous les systèmes de protection... Jusqu'à ce que le complexe hôtelier achetât ce qui en restait.

À peine les travaux de restauration entrepris, de mystérieux phénomènes survinrent. Les ouvriers se plaignaient du fait que leurs instruments de travail étaient sans cesse déplacés ou, pire, cachés, pour réapparaître plus tard dans des lieux inaccessibles.

D'autres juraient avoir entendu une voix qui les appelait par leur prénom sans qu'ils aient jamais pu découvrir à qui elle appartenait. Sur certains parquets qu'ils venaient de poser, ils découvraient le lendemain des taches qui ressemblaient à du sang. Bientôt, il fut impossible d'engager en Jamaïque même des ouvriers pour y travailler... Il fallut en faire venir des îles voisines.

L'hôtel ouvrit néanmoins. Tout aussitôt, ce fut au tour des clients d'enregistrer de curieux phénomènes. Certains affirmaient avoir entendu au rez-de-chaussée des pas qui couraient à travers le hall. Un groupe de vacanciers, lors de la visite à l'ancienne plantation, avait été terrorisé par des gémissements venant des prisons où dans un autre temps on enfermait les esclaves. Plusieurs membres d'un autre groupe soutinrent même qu'ils avaient été bouleversés par les cris déchirants d'un enfant... Moins terrifiants mais tout aussi impressionnants, des « fantômes » s'amusaient parfois à jouer dans la salle de bal de la musique sur d'invisibles instruments. D'autres, plus taquins, éteignaient sans cesse l'électricité. De nombreux touristes écrivirent à la direction de l'hôtel : ils avaient pris des photos d'intérieur et au développement étaient apparues des silhouettes imprécises, des formes difficiles à décrire mais qui très nettement s'interposaient entre leur objectif et le décor...

Bref, Elsa n'ignorait plus rien des rumeurs qui couraient sur ce célèbre domaine, mais elle n'avait pas imaginé qu'elles auraient quelque lien avec la réalité. Or, dans cette chambre où ils se tenaient, elle se cognait involontairement à l'indicible.

Les Whitekar, et même la guide, remarquèrent tout à coup qu'elle tremblait. Ils l'entendirent énoncer d'une voix haute et claire :

— Une femme a dû mourir ici, à l'aube car je distingue une lueur grise, celle des petites heures du jour, pénétrer par les fenêtres. Je commence à voir cette femme. En fait, elle n'est pas morte... Elle est moins belle qu'on ne l'a dit. Elle doit approcher la cinquantaine, elle possède une abondante chevelure noire et des yeux bleus extraordinairement brillants. Elle me regarde fixement car elle veut me faire admettre quelque chose… J'y suis ! Elle me dit qu'elle a payé bien trop cher pour régner sur cette maison. Elle y revient pour que personne n'y vive après elle. Elle dit aussi qu'elle n'a aucun remords…

— Mais c'est Annie Palmer ! s'exclama Mrs Whitekar qui, avant leur voyage, avait lu tout ce qui concernait la Jamaïque, des guides, mais également des recueils de légendes, des mémoires anciens.

— Qui donc est Annie Palmer ? demanda son mari qui préférait laisser sa femme à ses lectures pour se concentrer sur les matchs de base-ball à la télévision.

— Annie Palmer est le personnage le plus scandaleux et le plus détesté de l'histoire de la Jamaïque, assena la guide.

Elle savait que par cette déclaration elle tenait désormais son public.

— Annie Mae Patterson était jeune et supposée – malgré ce qu'a dit Madame (elle désigna Elsa) – posséder une incroyable beauté. Elle avait passé une partie de son enfance à Haïti, où sa nourrice, devenue plus tard sa gouvernante, l'avait instruite dans le vaudou. Elle réussit à ensorceler le plus riche planteur de la Jamaïque, John Palmer, et le força à l'épouser. Mais très vite il mourut d'étrange façon. Deux maris suivirent, tous les deux très riches, qui très vite décédèrent, eux aussi dans des circonstances inexpliquées. On dit qu'ils ont été tous les trois enterrés sous ces grands palmiers que vous voyez là-bas sur la plage. Détail bizarre : même lors des pires tempêtes, jamais ce coin particulier de la côte n'a été atteint… À croire que le temps se fait complice d'Annie Palmer pour épargner ce lieu où elle a caché les cadavres de ses époux expédiés dans un monde meilleur ! Ainsi s'étoffent les légendes qui entourent cette femme illustre, dont toute l'île continue de parler à mots couverts deux siècles après sa mort.

La guide lâcha ce point d'orgue avant de poursuivre :

— Seulement voilà, Annie Palmer n'a jamais existé !

Du coup, les Whitekar regardèrent la guide comme s'ils la découvraient ; Mrs Whitekar avait réclamé une visite privée, et la réputation de sa fortune avait fait qu'on lui avait réservé la meilleure spécialiste !

Son aspect était pourtant peu inspirant. Cette Jamaïcaine avait la peau pâle, les cheveux courts teints en blond, une car-rure masculine. Elle portait d'épaisses lunettes d'écaille et des vêtements fripés de nonne en civil. Toutefois, elle avait déjà prouvé plusieurs fois durant la visite qu'elle était fine, sensible et fort cultivée. Car elle agrémentait son laïus de réflexions, d'informations qui témoignaient de son profond intérêt pour Rose Hall.

Heureusement, il y avait peu de touristes ce matin-là et ils se trouvaient tous les quatre seuls dans la chambre à coucher des maîtres.

— Un lettré a fait des recherches dans les registres de paroisse, enchaîna la guide. Un honorable John Palmer a existé. Il a hérité de la plantation en se mariant avec Mrs Rosa Palmer, et c'est lui qui effectivement a bâti le manoir en lui donnant le nom de sa femme. Les registres de l'église de la paroisse de Saint-James s'étendent sur les vertus de cette Rosa Palmer, laquelle est morte à soixante-douze ans, son mari lui survivant de quelques années. Il existe certes une Annie Pal-mer, qui a épousé James Palmer, le petit-neveu du précédent et héritier de Rose Hall, mais les archives de l'époque prou-vent qu'elle était une épouse modèle. Il faut donc admettre qu'Annie Palmer, la célébrité la plus redoutée des Caraïbes, n'est que le fruit de l'imagination des Jamaïcains !

Mrs Whitekar parut horriblement déçue, et son mari se prit à penser que la visite s'éternisait quelque peu. Elsa, quant à elle, avait à peine prêté l'oreille à cette intervention. Car elle savait, oui, elle savait, qu'Annie Palmer existait : elle était là, devant elle, en train de les observer à travers ce petit miroir rococo orné d'un cadre doré XVIIIᵉ siècle suspendu entre deux fenêtres.

Totalement obsédée par cette image qu'elle seule pouvait percevoir, Elsa reprit la parole :

— Je vois cette femme... Je la vois grandir dans un envi-ronnement en effet totalement différent de celui où nous sommes. Elle est veuve déjà deux fois lorsqu'elle rencontre le propriétaire des lieux. Je l'aperçois qui se promène d'un air conquérant à travers la maison. Cet homme n'est pas du tout ce qu'on pense. Sa femme ne l'a pas ensorcelé malgré son immense pouvoir de séduction. C'est un homme cruel, violent, envieux, méchant, toujours furieux contre tout et tous. Sa femme, il la hait… Il l'a épousée justement pour mieux la haïr. Il aime haïr !

Les Whitekar, habitués aux voyances d'Elsa, parurent intéressés mais peu surpris. La guide, elle, la contemplait avec une stupéfaction grandissante. Brusquement, elle alla fermer à clé la porte de la chambre à coucher.

— De cette façon, nous ne serons pas dérangés. Tant pis pour les touristes !

Puis elle enleva les cordons qui défendaient les fauteuils et tous les quatre s'assirent confortablement.

Elsa s'adressa alors à la guide :

— Vous l'ignorez sans doute, Mademoiselle, mais vous êtes un excellent médium. Je ne vous connais pas, je ne suis pas habituée à vous, et pourtant votre présence fait que je « vois » encore mieux que d'habitude. Ce n'est pas toujours le cas, croyez-moi ! Des hommes, des femmes que je connais depuis vingt ans, lorsque je suis près d'eux, m'empêchent parfois de « voir ». Vous, Mademoiselle, c'est tout le contraire !

Mrs Whitekar avait la mine réjouie de quelqu'un qui s'attend à assister à un très bon spectacle. Mr Whitekar, moins versé dans les sciences occultes, avait l'air résigné de quelqu'un qui se sait condamné à rester assis pendant un certain temps, mais il voulait faire plaisir à sa femme et souriait benoîtement. Seule la guide dévorait des yeux Elsa, laquelle était retournée observer le miroir. Le soleil entrait encore à flots dans la chambre, mais curieusement la lumière paraissait moins brillante, comme si un filtre limitait son éclat.

— Elle m'examine, continua Elsa, de son regard amusé et provocant. Elle est belle, mais – je vous le dis – beaucoup moins belle que sa réputation ne le laisse supposer. Elle est petite, menue. Enfant déjà, elle était plus petite que les autres. Je la vois dans son enfance : elle est en train de courir dans la campagne. Je vois des prairies, des haies d'arbres, des boqueteaux, des ponts de pierre sur les cours d'eau, un paysage plutôt européen. Elle court, elle joue, mais elle est presque toujours solitaire...

« Elle a grandi maintenant : elle doit avoir quatorze, quinze ans. L'atmosphère a changé : l'environnement est similaire à celui-ci, des palmiers, des forêts tropicales. Des Noirs travaillent les champs et une femme noire s'occupe d'elle, qui l'aime beaucoup. Elle fait un peu de magie, comme tout le monde ici, mais sans plus. Elle se livre à des sortes d'incantations, fait des offrandes aux dieux. Et elle l'initie. Elles vont dans la forêt déposer des fruits et des fleurs. La femme noire chante des mélopées, je l'entends en ce moment même, pour que la petite atteigne gloire et richesse. Cette gloire, cette richesse, la petite les veut à tout prix...

« Je vois près d'elle un premier homme, puis un second. Je distingue à peine leur visage, mais ce sont sans aucun doute des Blancs. Le premier se tient à côté d'elle, puis il disparaît. Le second arrive, toujours dans ce paysage de palmiers, de végétation, d'océan grondant, qui disparaît lui aussi. Cependant, il y avait de l'argent sur eux, leurs vêtements étaient élégants, soignés. Elle est parée de bijoux, elle a choisi un collier d'or et de rubis qui doit valoir une petite fortune. Et elle est de nouveau seule, mais pas très longtemps.

« Je vois à côté d'elle maintenant cet homme que j'ai déjà observé tout à l'heure dans ce miroir. Il est vieux, grand, c'est le maître de cette maison. Il est riche, très riche, ses propriétés sont immenses, des centaines d'esclaves travaillent pour lui. Au début, ils mènent une vie brillante, ce sont les planteurs les plus opulents, les plus en vue de l'île. Ils reçoivent toute la société blanche. La maison retentit de la musique des bals, des centaines de chandelles sont allumées sur les lustres. Des serviteurs en livrée circulent, offrant aux invités des verres d'alcool. On trinque, on danse, il y a de la gaieté.

« Mais très vite, la nature mauvaise du maître de maison refait surface : il boit. Et lorsqu'il boit, il devient féroce. Il maltraite ses esclaves, insulte les gens. Les heurts, les scènes se multiplient dans ces salons élégants remplis de monde. Il titube, hurle, donne des coups de poing, frappe sa femme... Elle tombe à terre, mais pas un instant elle n'a peur ! Elle est là, étendue sur le sol à ses pieds. Lui chancelle, sa bouche est déformée par la rage, il crie et la contemple avec haine... une haine cependant moins puissante, moins implacable que celle avec laquelle elle le fixe. Les yeux de cette femme me font peur...

« À présent, je vois à ses côtés un autre homme, plus jeune que son mari, mais lui ressemblant beaucoup. Ce doit être le fils d'un premier mariage... Elle le contemple avec amour, ils vont se promener sous les arbres, ils s'embrassent passionnément et deviennent amants. Elle sourit... Elle se venge ainsi de son mari en couchant avec son fils. Mais un Noir s'approche d'elle. Ce n'est pas un esclave, il est trop bien vêtu. Il doit être une sorte de contremaître ou d'intendant. Il murmure quelque chose à son oreille... et de nouveau ce regard de haine insoutenable : elle vient d'apprendre que ce beau-fils, son amant, a une autre maîtresse, une esclave, une Noire !

« Elle donne des ordres au contremaître. J'entends des hurlements de douleur : c'est la jeune fille, la maîtresse du beau-fils qu'on torture. Mon Dieu, quelle souffrance ! Quelle cruauté ! Pourtant elle assiste à ce spectacle avec contentement. Elle est ravie pendant que la jeune Noire agonise. Les cris deviennent de plus en plus faibles... quelle horreur ! Je vois aussi le beau-fils, l'amant, qui court : il s'enfuit de la propriété, il s'embarque au port sur un navire qui l'emmène vers l'Europe, il ne reviendra jamais. Mais elle, de ce jour, a appris à infliger la souffrance... Pour un oui ou un non, elle fait arrêter des esclaves, même pour des fautes inventées. Elle les fait fouetter, torturer, et elle y puise une satisfaction totale qui se transforme en désir.

« Ainsi, elle remarque un esclave plus beau, plus grand que les autres. Elle le fait venir dans sa chambre pendant que son mari parcourt la plantation pour inspecter les travaux. L'esclave et elle font l'amour sauvagement. Elle est au comble de l'extase... Ils se revoient quotidiennement. Un jour, le mari revient plus tôt que d'habitude et les surprend au lit. Comme il n'a pas bu, sa rage reste froide. Il chasse sa femme, lui annonce qu'elle ne remettra jamais les pieds dans cette maison : qu'elle aille au diable! Elle sourit, et ce sourire ferait trembler n'importe qui... Je le vois, lui, le mari, dans son lit, dans cette pièce où nous sommes, il se tord de douleur. Il a été empoisonné. Elle est présente, il souffre devant elle, sue à grosses gouttes, se décompose... mais elle décide que la fin ne vient pas assez vite! Elle appelle le fidèle esclave auquel elle donne un ordre : le mari finit étouffé sous les oreillers. L'esclave amant emporte le cadavre non loin d'ici, sur la côte. J'entends le bruit du ressac pendant qu'il enterre le mari.

« Le matin suivant, c'est à l'esclave qu'elle s'en prend : il a selon elle commis une faute grave. Elle le fait attacher à un poteau de torture, puis fouetter. Les bourreaux improvisés sont tellement fatigués qu'il faut les remplacer souvent. L'amant assassin devenu sa victime ne prononce pas une parole, ne la dénonce pas. Il s'affaisse. Il est mort. Ainsi, le seul témoin de l'assassinat de son mari a été supprimé... »

Elsa Parker, épuisée, ferma les yeux. Le souffle court, elle voguait sur des sentiers où plus personne ne pouvait l'atteindre. Mais le miroir n'avait pas tout dit, elle y retourna, comme envoûtée.

— Désormais enviée par toute la Jamaïque, cette femme est l'héritière d'une immense fortune et la propriétaire de la fabuleuse propriété de Rose Hall. Elle a atteint gloire et richesse, comme elle le voulait, mais elle est seule. Dans les salons de Kingston, la capitale, les gens murmurent. Elle envoie des invitations, elle organise des réceptions somptueuses, des bals, des dîners, mais personne ne vient. Sa réputation écarte la bonne société de Rose Hall.

« Je la vois sur un balcon de la maison, ce n'est pas celui de cette chambre car il est situé à l'arrière du bâtiment. Son contremaître se tient debout derrière elle. Elle donne ses ordres pour la journée, questionne, veille à tout, mais elle s'ennuie. Il lui faut un autre esclave, qui entrera cette nuit dans son lit, et ce sera à nouveau l'embrasement, la fureur des sens… Jusqu'au moment où elle sera lassée, une petite semaine au bout de laquelle le contremaître poignardera l'amant qui a cessé de plaire pour l'enterrer ensuite dans un coin perdu de la forêt. Peu après, le même scénario recommencera : il lui faut toujours de nouveaux corps, de nouvelles étreintes. Tous dans la plantation savent ce qui attend celui qu'elle désigne, et pourtant pas un ne résiste, pas un ne tente de fuir !

« Bien que le bruit de ses excès dépasse les limites de son domaine et que toute la Jamaïque ne parle que de cette Messaline assoiffée de beaux Noirs, sa réputation la sert, car personne n'ose contester son pouvoir. Elle le sait. Elle a tout ce qu'elle veut, mais elle continue de haïr. Et comme la haine suscite la haine, ses esclaves, ses serviteurs l'abominent. Mais personne ne proteste.

« Jusqu'au jour où, passant comme à son habitude au milieu de ses esclaves, elle en choisit un ultime. Il n'est pas grand, mais d'une beauté étonnante. Elle le désigne au contremaître. Celui-ci s'incline, cachant comme il peut l'affolement qui le saisit, car l'esclave désigné est le fiancé de sa propre fille… Je les vois tous les trois, le contremaître, sa fille et le fiancé, en train de comploter dans le logement des esclaves. Il est convenu que le fiancé s'exécutera : il deviendra l'amant, et lorsque la femme indiquera au contremaître qu'il est temps de s'en défaire, celui-ci au lieu de l'assassiner l'aidera à s'enfuir. Plus tard, ils trouveront un moyen pour que sa fille le rejoigne…

« La nuit tombée, elle est étendue sur son lit, sa longue chevelure sombre étendue autour d'elle sur les oreillers de dentelle. La porte s'ouvre. L'esclave apparaît, s'approche du lit. Elle se jette sur lui. Mais il ne peut s'exécuter, il pense à sa fiancée. Il tente doucement de se dégager, elle s'accroche à lui avec une telle insistance qu'il se voit forcé de la repousser. Elle sort alors de dessous ses coussins un revolver qui ne la quitte jamais, le vise et l'abat d'une balle en plein cœur. Puis elle appelle le contremaître… Je le vois emporter le cadavre de celui qui aurait dû être son gendre… Je le vois avec sa fille… Tous les deux à la lumière de la lune enterrent le jeune homme dans un coin du parc en sanglotant.

« La nuit suivante, Annie Palmer dort à poings fermés. Elle n'a pas eu le temps de se trouver un autre amant. L'aube va bientôt paraître car je vois le ciel s'éclaircir très légèrement à l'est. Une tempête approche. Le vent mugit dehors, il entre par la fenêtre ouverte, soulève les rideaux. Je vois la poignée de la porte qui s'abaisse, le panneau s'entrouvre à peine. Entre le contremaître. Il s'avance à pas de loup jusqu'au lit, s'arrête un instant pour contempler la femme endormie. Elle semble si confiante, si vulnérable ! Il se jette sur elle, ses mains entourent son cou et commencent à serrer. Brusquement réveillée, elle se débat. Sa main cherche à saisir son revolver, mais le contremaître continue de serrer. Elle retombe inerte. Le contremaître a si peur d'elle qu'il accentue encore sa pression. Elle est bel et bien morte lorsqu'il la lâche, mais ses yeux restent ouverts. Il n'ose pas les fermer, il n'ose plus la toucher. Il va jusqu'à la porte et l'ouvre toute grande.

« Le palier, l'escalier et le hall sont remplis d'esclaves mystérieusement avertis. D'un geste, le contremaître les invite à approcher, et tous, silencieusement, envahissent la chambre, entourent le lit et contemplent la morte, comme s'il s'agissait d'un rituel. Le contremaître prend une bougie, l'allume et l'approche des draps de dentelle. Le lit prend feu, brûlant en quelques minutes le cadavre. Lorsque le feu a rendu le corps méconnaissable, les esclaves l'éteignent. Alors, aussi silencieusement qu'ils sont venus, ils quittent la pièce et s'en retournent chez eux.

« Ce n'est qu'au bout de plusieurs jours que les colons voisins auront connaissance du drame. Ils investissent à leur tour Rose Hall avec leurs propres esclaves, découvrent dans cette chambre les restes carbonisés de la femme, et les rassemblent pour les enterrer. Mais d'un commun accord ils décident qu'ils ne l'inhumeront pas dans le cimetière de leur paroisse de Saint-James. Les péchés qu'elle a commis, la vie qu'elle a menée lui en interdisent l'accès. Ils font creuser un trou particulièrement profond, où le cadavre est jeté, qui sera recouvert d'énormes couches de mortier. Ainsi la morte ne pourra pas sortir de sa tombe pour venir déranger les vivants...

« Et pourtant, toutes ces précautions ne serviront à rien. Annie Palmer a réussi à sortir de son tombeau puisque je la vois, là, devant moi, avec ce sourire à la fois ironique et cruel... »

Lorsque Elsa s'arrêta de parler, un épais silence succéda à son récit. Les Whitekar, pourtant habitués à ses voyances, la contemplaient avec effarement. Quant à la guide, elle la scrutait comme s'il ne s'agissait pas d'Elsa Turner mais du Baron Samdi[1] lui-même. Puis, soumise, vaincue, elle se tourna vers les Whitekar et, d'une voix monocorde, commença à expliquer :

— Les biographies d'Annie Palmer indiquent que son futur mari, John Palmer, hérita de Rose Hall en 1818 et l'épousa en 1820. Elle avait alors dix-huit ans. On disait qu'elle était moitié anglaise, moitié irlandaise. D'autres ont soutenu qu'elle était née en France. En tout cas, l'Europe a vu ses premières années, d'où le paysage qu'a décrit Madame. Effectivement, elle a vécu plusieurs années à Haïti, où elle aurait été initiée au vaudou, bien que Madame ne le mentionne pas. Toute l'histoire que Madame a racontée sur son beau-fils est absolument vraie. On en possède la preuve. Ainsi que l'assassinat de John Palmer par son esclave amant, qu'elle a fait tuer ensuite.

« Les biographes relatent également qu'elle a eu deux autres maris, les uns disent avant, les autres assurent après John Palmer, mais tous sont d'accord pour affirmer qu'Annie les a eux aussi assassinés, certains soutenant qu'elle l'a fait en versant pendant leur sommeil de l'huile bouillante dans leurs oreilles. Toutes les atrocités répandues sur son compte sont authentiques. On l'appelait *The White Witch of Rose Hall* ou *The White Witch of Jamaïca*, et on raconte que le contremaître, lorsqu'il la tua, le fit en utilisant ses pouvoirs de prêtre vaudou. La fin d'Annie Palmer aurait été un duel de pouvoirs psychiques entre elle et ce prêtre... »

---

1. Nom d'un diable vaudou.

Mr Whitekar avait l'esprit logique. Aussi interrogea-t-il la guide :

— N'avez-vous pas insisté auparavant sur le fait qu'Annie Palmer n'était qu'une invention pour attirer les gogos et qu'aucune trace d'elle ne figurait dans les registres de la paroisse ?

Elle prit son temps avant de répondre :

— Vous savez, Monsieur, on fait dire ce que l'on veut aux registres paroissiaux. On croit qu'ils sont précis et qu'on ne peut pas les mettre en doute : c'est faux !

Mr Whitekar insista :

— Alors pourquoi avoir soutenu qu'Annie Palmer n'a jamais existé ?

— La direction le souhaite. Les fantômes, ce n'est pas bon pour l'hôtellerie. Ça écarte les clients...

— Bref, vous avez tous reçu l'ordre d'affirmer qu'Annie Palmer appartenait à la fiction ?

La guide inclina la tête en guise d'acquiescement.

Il était temps de quitter la chambre. Tous se levèrent lorsqu'une voix les interrompit :

« ... *De grâce, je vous en prie, je vous en prie, écoutez-moi !* »

C'était Elsa qui subitement sortait de son mutisme. Les trois autres sursautèrent, légèrement effarés. Pendant tout le discours de la guide, Elsa était restée silencieuse, le regard perdu dans le vague, absente. Et ce n'était pas ce qu'elle venait de dire qui les avait effrayés, c'était sa voix, une voix criarde, discordante, qui ne ressemblait pas du tout à celle d'Elsa.

« ... *De grâce, je vous en prie, écoutez-moi !!!* »

La voix monta d'un cran, toujours aussi criarde mais avec un ton de commandement, comme si elle s'adressait à une foule. Elsa poursuivit, en détachant chaque mot :

« ... *Que personne ne s'aventure à penser que c'en est fini de moi ! Mes hurlements, vous les entendrez longtemps, et ceux qui chercheront à hériter de ces lieux découvriront qu'ils sont maudits... Je suis là pour y veiller. Je reviendrai... !* »

Elsa se tut. Puis elle se secoua, comme si elle s'ébrouait. Ses

yeux reprirent leur éclat habituel. Elle sourit, séduisante, affec-
tueuse.

— Mais qu'est-ce que je viens de dire ?

Les autres continuaient de la fixer, paralysés par la surprise.
Elsa comprit que quelque chose s'était passé qu'elle n'avait pas
contrôlé... Elle ignorait qu'Annie Palmer avait parlé par sa
bouche. Elle se leva un peu brusquement et s'exclama :

— Partons ! Je n'aime pas cette maison.

Il était temps, en effet.

L'Enterrement d'Anne Boleyn

D<small>E</small> nos jours, nul monument de la capitale britannique n'est plus visité que la Tour de Londres. Par millions, les touristes accourent pour voir les joyaux de la Couronne, les *yeomen*[1] dans leur pittoresque uniforme de la Renaissance, et les fameux corbeaux dont la légende affirme que, centenaires, ils ont assisté à maints événements historiques. Sachant qu'avant d'être un musée, la Tour de Londres, malgré son aspect rébarbatif, fut résidence royale, du temps où le souverain éprouvait le besoin légitime de s'abriter derrière ses formidables remparts. Elle fut également prison, et donc lieu d'exécution en un temps où la condamnation à mort était l'issue de la plupart des procès. Que d'heures d'agonie, que de tortures, que de morts violentes entre ces murailles aux gros moellons! Rien d'étonnant à ce que la Tour soit peuplée de fantômes...

Le capitaine Mark Blyth, arrivé le matin même et ayant pris ses fonctions, devait rejoindre le mess pour sa première soirée. Après avoir été envoyé en garnison dans les colonies, en Afrique, en Asie, où il avait maintes fois prouvé son courage et sa détermination lors de révoltes, de soulèvements qui agitaient épisodiquement ces contrées lointaines, il avait pesté lorsqu'il avait reçu cette nouvelle affectation. Il avait soif d'ac-

---

1. Hallebardiers de la garde royale.

tion, or, de loin, la Tour lui paraissait une sorte de tombeau où il ne rencontrerait certainement aucun imprévu, aucun danger. Il fut présenté à ses camarades, qui l'accueillirent chaleureusement. Et tout de suite Blyth prêta l'oreille, car la conversation roulait sur les fantômes. Des histoires de ce genre, il en avait, comme tout Écossais, entendu depuis son enfance. Il était de nature plutôt sceptique, mais il était curieux. Il avait autrefois dévoré les livres d'Histoire et s'était enfiévré pour les héros et les héroïnes du passé. Or, les fantômes de la Tour dont ses compagnons évoquaient les manifestations avaient été des grands personnages historiques.

La salle où avait été installé le mess se prêtait d'ailleurs à l'évocation de ces figures de l'Histoire. Un jour avare pénétrait par de rares et étroites fenêtres dans une pièce haute et voûtée. Aux murs s'alignaient des portraits noircis d'anciens occupants de la Tour, et ceux plus modernes de ses récents gouverneurs. Au-dessus de la cheminée trônait l'effigie du roi George V, alors régnant en ces années 1930. Le grand feu allumé et les confortables fauteuils victoriens parvenaient à peine à réchauffer l'atmosphère lugubre de l'endroit.

Au fur et à mesure que la soirée s'avançait et que les doubles whiskies défilaient, la conversation se concentrait de plus en plus sur les invisibles habitants des lieux.

— Le plus ancien fantôme de la Tour ? Je pense que c'est celui d'un de ses premiers gouverneurs, rappela un spécialiste.

L'homme en question, un don Juan doté de tous les vices, avait longtemps été le compagnon de débauche du roi Henry II Plantagenêt. En reconnaissance, celui-ci l'avait nommé gouverneur de la Tour. Puis l'illumination était venue, l'homme était entré dans les ordres et avait rapidement franchi les échelons de la hiérarchie. Il était devenu archevêque de Canterbury. Il s'était alors opposé aux exactions de son ancien ami le roi, et celui-ci l'avait fait assassiner sur les marches mêmes de l'autel de la cathédrale. Il s'appelait Thomas Becket. Bien que sanctifié, il revenait volontiers sur les lieux de son premier poste.

Cependant, tous les officiers s'accordèrent pour trouver que le fantôme le plus terrifiant était sans conteste celui de la comtesse de Salisbury, dont l'exécution laissa un impérissable souvenir d'horreur parmi les assistants. Elle échappa en effet à ses gardes et courut autour de l'échafaud, poursuivie par le bourreau qui dut s'y reprendre à plusieurs fois pour la décapiter. Certains des plus anciens sergents de la Tour affirmaient avoir plusieurs fois entendu ses hurlements de terreur sur les lieux de sa terrible fin.

Personne en revanche n'avait peur des enfants d'Edouard. Le jeune roi Edouard V et son frère le duc d'York, fils d'Edouard IV et encore enfants, avaient été cruellement emprisonnés par leur oncle et tuteur, ce monstre de Richard III. Rien n'arrêtait ce dernier pour satisfaire ses ambitions ! Après avoir écarté ses neveux et prétendus protégés, il avait acquis le pouvoir absolu, mais cela ne lui suffisait pas : il voulait aussi le titre de roi. Alors, une nuit, ses sbires étaient venus à la Tour, avaient pénétré subrepticement dans la cellule des deux jeunes princes et les avaient étouffés entre deux matelas. Richard s'était fait couronner. Lui aussi devait mal finir, et Shakespeare étalerait avec tout son génie ses innombrables crimes. Ses victimes – les enfants d'Edouard – se montraient volontiers dans *the Bloody Tower*, la bien nommée Tour Sanglante dans laquelle ils avaient trouvé la mort.

On préférait ne pas trop évoquer Guy Fawkes. Sous le règne du bon Jacques Ier, il avait tout simplement projeté de faire sauter le Parlement lors de son ouverture solennelle par le souverain. Arrêté, il avait été torturé dans la salle du Conseil voisine de l'actuel mess des officiers, et ses gémissements de souffrance y étaient entendus un peu trop souvent…

Les récits s'enchaînaient, comme celui de ce garde qui, une nuit lors d'une tempête de neige, avait ouvert la porte du mess et aperçu au milieu des flocons tourbillonnants un personnage qu'il reconnut pour l'avoir souvent vu sur son portrait : c'était sir Walter Raleigh, un merveilleux aventurier. Doté d'un courage indomptable et de toutes les séductions d'un homme d'action, il avait servi avec enthousiasme la reine Elizabeth Ire, et n'avait pas hésité afin de lui plaire à se faire pirate pour arracher aux galions espagnols l'or destiné à guerroyer contre l'Angleterre. La souveraine, qu'enchantaient les récits de ses exploits, l'avait anobli. Puis elle était morte, emportant avec elle les rêves de l'aventurier. Son successeur, Jacques Ier, lui n'avait rien compris à la personnalité explosive de Raleigh, et ce dernier s'était révolté contre un souverain si mesquin, si étroit d'esprit, si différent de l'incomparable Elizabeth. Le roi Jacques n'avait pas hésité à le faire enfermer quelques années dans la Tour, puis l'avait condamné à la décapitation.

Les officiers, pour l'édification de leur nouveau collègue le capitaine Blyth, s'étendirent sur l'aventure survenue plusieurs années plus tôt au soldat Charles High, dont tout le monde à la Tour s'entretenait à répétition.

Un matin d'hiver, une patrouille de la Tour avait trouvé une sentinelle, le susdit Charles High, censé garder la *Queen's House*[1], plongée dans l'inconscient le plus profond. Remis debout quelque peu brutalement, il chancelait, prononçait des paroles incohérentes. Il fut mis aux arrêts de rigueur, et bientôt traduit devant un tribunal constitué d'officiers de la Tour. Il était accusé de s'être endormi alors qu'il était de service, ce qui équivalait à une désertion. Il ne s'était pas endormi, répliqua-t-il, il s'était évanoui. Quelle était la cause de cette faiblesse ? demandèrent les juges. La peur, répliqua Charles High. Serait-il lâche ? Pour toute réponse, Charles High entama son histoire sans fioritures, avec des mots simples.

Désigné pour monter la garde cette nuit-là, il marchait de long en large pour éviter d'être saisi par le froid. Il se réjouissait car, bientôt, la corvée allait s'achever. L'aube déjà avait commencé à poindre. Alentour, une lueur grisâtre se confondait avec la brume légère. Soudain, son instinct le fit se retourner. Derrière lui, une ombre, une femme, était sortie de

1. La Maison de la Reine.

Queen's House et se dirigeait vers lui. Elle portait une robe grise à traîne, mais sa coiffe de forme étrange et ornée de perles... était vide. Pas de visage !

Charles High, épouvanté, témoigna pourtant d'un beau courage car il ne se laissa pas impressionner. Il intima à l'apparition l'ordre de s'arrêter. Une fois. Deux fois. Trois fois. L'apparition n'obtempéra pas et continua d'avancer droit sur lui. Alors, gardant toujours son sang-froid, il obéit au manuel de la parfaite sentinelle : il saisit son fusil à deux mains, pointa la baïonnette et l'enfonça dans le corps qui n'était plus qu'à un mètre de lui. L'arme ne rencontra que le vide... jusqu'à ce que, à la pointe de sa baïonnette, une flamme surgisse. Elle courut le long de l'arme. Du coup, Charles Hugh lâcha le fusil et tomba évanoui. C'en avait été trop pour lui.

Loin de se moquer de lui, ses juges se turent, pensifs. Ces militaires qui, tous, avaient un passé de guerre et de hauts faits, connaissaient les légendes qui circulaient sur la Tour. Ils n'ignoraient rien des récits qui se transmettaient de génération d'officiers en génération de soldats. Ils hésitaient donc, lorsque des témoins demandèrent à faire une déposition. Deux soldats, mais surtout un officier. Tous les trois, entendus séparément, déclaraient s'être trouvés à différents moments du jour et de l'année près de *Bloody Tower* et avoir vu l'apparition, même robe grise, même coiffe, et surtout même absence de visage. Les juges, confortés par cette unanimité, s'empressèrent d'acquitter Charles High.

— L'apparition se manifeste toujours sous la fenêtre de la chambre où Anne Boleyn a passé sa dernière nuit, précisa un officier.

D'instinct, tous se tournèrent vers la paroi où était accroché le portrait de la reine tragique.

Les autres officiers le connaissaient par cœur, mais le capitaine Blyth la dévisageait pour la première fois. Cette soirée, qu'il avait imaginée plutôt ennuyeuse, se révélait la plus passionnante qu'il ait vécue. Les histoires qu'il avait entendues le galvanisaient. Il rêvait désormais de rencontrer le fantôme d'un de ces personnages illustrissimes dont les biographies l'avaient bercé. Il aurait beaucoup donné pour voir de ses yeux un de ces héros ou héroïnes depuis longtemps disparus. Alors qu'il avait craint que son passage à la Tour soit un peu terne, il y découvrait la possibilité de connaître les aventures les plus inattendues...

Sa curiosité ne l'empêcha pourtant pas de grommeler lorsque l'heure de la corvée sonna, celle où il devait effectuer une ronde de routine au milieu de la nuit. Il était plutôt furieux de s'aventurer dehors à deux heures du matin. La neige venait de s'arrêter de tomber, dehors la température restait rébarbative. Des nuages bas cachaient lune et étoiles, mais les lumières de la ville reflétées sur le ciel couvert et le sol blanc suscitaient un éclairage jaunâtre qui assurait une pleine visibilité, même hors de l'aura des réverbères et des lanternes.

Il longeait *the Green Tower*[1], le nez au sol pour éviter de se mouiller les pieds dans les flaques de neige fondue. Brusquement, il remarqua par terre un reflet luisant qui n'aurait pas dû s'y trouver. Il leva les yeux : il se trouvait contre le mur de la chapelle de Saint-Pierre Ad Vincula[2]. Par les hautes fenêtres aux croisillons de plomb, il vit que l'église était faiblement éclairée par une sorte de faisceau mouvant. À quelques pas du capitaine, une sentinelle montait la garde à la porte du sanctuaire, l'esprit anesthésié par le froid et à moitié endormie. Blyth le héla rudement. Le soldat s'ébroua. Blyth lui demanda pourquoi la chapelle était illuminée à cette heure indue. Le soldat, qui n'avait rien remarqué, ne savait pas. Ce flegme énerva Blyth. Il reprocha au soldat de ne pas avoir cherché la cause de ce curieux phénomène et lui demanda la clé de la chapelle.

— C'est le commandant de la Tour qui la détient, et à cette heure-ci il dort à poings fermés.

La placidité, l'absence de curiosité du soldat décidèrent Blyth. N'y avait-il pas quelque part une échelle ? Si, dans un

---

1. La Tour Verte.
2. Saint-Pierre-aux-Liens.

appentis voisin. Le capitaine requit l'aide du soldat, qui répliqua qu'il n'avait pas le droit d'abandonner son poste...

Grommelant, Blyth alla chercher la lourde échelle de bois. Il la traîna en ahanant, enfonçant ses pieds dans des flaques d'eau glaciale et jurant copieusement. Il réussit à appliquer l'échelle contre le mur de la chapelle et grimpa rapidement les échelons, sous le regard indifférent de la sentinelle. Le nez contre la vitre verdâtre de la fenêtre, et plissant les paupières, il distingua une forêt de cierges allumés qui scintillaient sur le maître-autel. Animées par un vent que Blyth ne sentait pas, les flammèches créaient ces lueurs dansantes qui avaient attiré son attention sur la neige de la cour.

Mais une autre source lumineuse irradiait l'intérieur de la chapelle, une sorte de chatoiement venant d'ailleurs, un rayonnement mystérieux qui tirait de l'ombre jusqu'aux recoins les plus obscurs du sanctuaire et mettait en lumière une procession qui marchait vers le maître-autel entre les colonnes gothiques. Des hommes, des femmes cheminaient lentement, silencieusement. Leur tenue fascina le capitaine. Ces robes à longue traîne et à manches amples, ces coiffes cachant les oreilles et retombant dans le dos, ces pantalons bouffants, ces larges bérets de velours, ces pourpoints à crevés appartenaient indiscutablement au temps des Tudor.

Les voyant de dos, Blyth ne distinguait pas leur visage. Il en était involontairement soulagé. Pour rien au monde, il n'aurait voulu rencontrer leur regard. Il était connu pour sa bravoure, aussi était-ce moins de la crainte qu'il éprouvait que l'appréhension involontaire et puissante devant l'inexplicable. Il avait en effet bien compris qu'il était en présence d'une de ces apparitions auxquelles il rêvait d'être confronté. Et ces fantômes assistaient à un enterrement. Funèbre était l'allure solennelle de leur cortège et tous portaient le deuil, sauf la femme qui, en tête, menait la procession. Elle était richement vêtue de damas gris bordé de fourrure rare et sa coiffe noire et blanche s'ornait de perles énormes. Elle marchait gracieusement, glissant à peine sur le sol comme l'aurait fait une reine ou une danseuse.

Blyth, fasciné, la vit atteindre le maître-autel, puis se retourner d'un geste élégant, étalant sa traîne autour d'elle. Il éprouva alors un choc, car ce petit visage triangulaire, ce nez un peu long, cette bouche mutine, ces grands yeux étirés, ce long cou appartenaient indiscutablement à la reine d'Angleterre Anne Boleyn, dont il venait quelques heures auparavant de détailler le portrait après que ses camarades eurent évoqué ses précédentes manifestations. Involontairement, il ferma les yeux devant cette apparition si séduisante. Lorsqu'il les rouvrit moins d'une seconde plus tard, tout avait disparu : Anne Boleyn, les autres fantômes et la lumière irréelle.

Longtemps encore il resta le nez collé à la vitre, espérant il ne savait quoi, peut-être revoir la séduisante souveraine... Puis il redescendit doucement de l'échelle, passa devant la sentinelle qui le salua réglementairement sans ouvrir la bouche, et s'éloigna.

Quatre siècles plus tôt, les relations entre l'Angleterre et la France étaient pour le moins épineuses. Ces frictions étaient principalement dues à une incompatibilité d'humeur entre le roi d'Angleterre Henry VIII et le roi de France François Ier. Le Français méprisait quelque peu l'Anglais, trop gros, trop grossier, trop bruyant, trop brutal. L'autre le sentait, ce qui augmentait ses complexes vis-à-vis du Français, beau, élégant, admiré. Un charmeur auquel nulle femme ne résistait, un souverain qui restait infiniment populaire malgré erreurs et défaites, Henry aurait tout donné pour écraser François et ne manquait aucune occasion de lui faire la guerre.

Il y avait pourtant des moments de détente. Ce fut pendant un de ces entractes que les deux filles du richissime Thomas Boleyn, Mary et Anne, furent envoyées à la cour de France pour parfaire leur éducation. Elles furent nommées filles d'honneur de l'épouse de François Ier, la reine Claude, discrète et trompée, qui devait donner son nom à une prune. Anne bien sûr tomba amoureuse, comme toutes les représentantes de son sexe, de l'irrésistible François. Celui-ci apprécia en connaisseur l'extraordinaire séduction de l'adolescente mais il préférait les femmes plus mûres.

Mary, la sœur aînée, regagna la première l'Angleterre avec une réputation bien établie de légèreté et ne tarda pas à devenir la maîtresse d'Henry VIII. Quelques années après, Anne retrouva à son tour son pays, pour y tomber tout de suite follement amoureuse d'un garçon de son âge, l'héritier de la puissantissime famille des Northumberland, le jeune et charmant Percy. Les jouvenceaux projetaient de se marier. C'était compter sans la politique, car chacun représentait une pièce sur l'échiquier du gouvernement. Percy fut fiancé de force à une autre jeune fille, et Anne se vit promise à un notable irlandais. À la stupéfaction générale, elle refusa carrément d'en entendre parler. Devant cette inconvenable incongruité, elle fut exilée de la Cour et enfermée dans le château de ses ancêtres. Sa famille la laissa méditer sur son impertinence pendant plusieurs mois avant de lui permettre de revenir.

Au début, Henry VIII, furieux de sa rébellion contre l'union qu'il avait projetée pour elle, refusa de la regarder. Lorsqu'un jour il le fit, il ne put s'en détacher. Un coup d'œil, un simple coup d'œil avait suffi pour que plus aucune femme n'existât pour lui… Son épouse, la fidèle mais si peu séduisante Catherine d'Aragon, ses autres maîtresses, et même la sœur d'Anne, Mary, toutes semblaient avoir disparu de son esprit. Il ne voulait plus qu'Anne et il l'aurait, à n'importe quel prix !

Ce fut Anne qui ne voulut pas. Elle restait outragée de la façon dont on l'avait arrachée à son Percy. Elle n'était pas un objet, une esclave qu'on achetait sur un marché. Néanmoins, elle n'était pas sans être attirée par le roi encore jeune, beau à sa manière, athlétique et surtout follement amoureux. Mais pas question de concubinage ni d'adultère ! Si le roi la voulait, il n'avait qu'à l'épouser…

Chaque jour, l'amour d'Henry VIII s'exacerbait un peu plus, d'autant qu'il n'avait jusque-là jamais rencontré de résistance. Il était mûr pour n'importe quelle folie… Et folie il y eut, car, pour pouvoir divorcer de sa première épouse, Catherine, il n'hésita pas à provoquer un schisme, divisant irrémédiablement son pays entre catholiques et protestants, et faisant naître une vague terrible de brutalités et de violences.

Il n'en avait cure puisque, depuis qu'il l'avait épousée, il possédait enfin le rêve nommé Anne. Mais le prix qu'il n'avait pas hésité à payer avait été trop fort, et au moment où il se crut comblé, voilà que le bonheur se retirait. Il désirait à tout prix un héritier pour consolider la dynastie des Tudor, encore bien jeune. L'enfant qu'Anne attendait devait être un garçon, ce fut hélas une fille, la future Elizabeth Ire. D'un seul coup, la passion pâlit, s'affaiblit. Il avait si longtemps attendu pour avoir Anne, il avait consommé tant d'énergie à l'aimer que cet échec le blessa, et les liens conjugaux s'effritèrent. Toutefois, une nouvelle chance se présenta lorsque Anne se retrouva enceinte. Elle accoucha d'un garçon... mais mort-né, qui emporta tout espoir d'autre maternité et les restes de l'amour du roi.

Il avait déjà jeté les yeux sur une candidate pour la remplacer, Jane Seymour, le contraire d'Anne, douce, calme, ne demandant jamais rien, et en extase devant le Tudor. Il ne restait plus qu'une formalité pour l'épouser et avoir d'elle de beaux fils : se débarrasser d'Anne. Il n'était pas nécessaire de provoquer une seconde guerre civile, une fausse accusation suffirait, comme savaient si bien en mitonner les hommes de main d'Henry VIII, les pourvoyeurs de ses échafauds. Anne fut simplement arrêtée et menée à la Tour de Londres.

Sortant du passage qu'avaient emprunté tant de prisonniers tremblants, et débouchant dans la cour, elle demanda au constable qui l'accompagnait :

— Irai-je dans le donjon ?

— Non, Madame, vous irez dans les habitations que vous occupiez lors de votre couronnement.

Ainsi fut-elle enfermée dans la Tour de la Cloche – aujourd'hui nommée la Maison de la Reine – et le contraste entre les deux occasions où elle y demeura ne fit qu'augmenter sa mélancolie.

Bientôt, elle fut traînée dans le grand hall pour entendre les charges relevées contre elle. Trahison, conspiration, usage de magie pour ensorceler le roi, et enfin adultère avec celui-ci, avec celui-là, et même avec son frère... Ce dernier, ainsi que d'autres hommes, ses amants supposés, après avoir été torturés furent jugés avec elle par un tribunal où siégeait son propre père. Elle fut déclarée coupable et condamnée à être brûlée ou décapitée, selon le bon plaisir du roi. L'obligeant époux choisit cette dernière méthode, plus rapide et moins douloureuse. Car elle était toujours sa femme, et reine d'Angleterre. Anne exprima un souhait : elle ne voulait pas être décapitée par la hache ; ce n'était pas qu'elle avait peur de la mort, seulement cet instrument lui faisait horreur. Elle exigea l'épée. Toujours complaisant, le royal époux accéda à cette requête. Or cet instrument d'exécution, ainsi que le bourreau habilité à s'en servir, ne se trouvaient qu'en France. Il fallut donc faire venir et l'homme et l'arme de Calais, ce qui retarda l'exécution de vingt-quatre heures.

Le 19 mai 1536 au matin, Anne sort d'un pas léger de la Maison de la Reine. Elle porte la robe grise bordée de fourrure et la coiffe emperlée que le capitaine Blyth a vues au premier soir de sa venue dans la Tour de Londres.

Les gardes, pertuisane au bras, la conduisent vers la pelouse qui s'étale au pied de la *Green Tower* devant laquelle sont assemblés les courtisans, les seigneurs, les *aldermen*[1]. Elle relève le pan de sa robe et d'un pas ferme escalade l'échafaud. Elle s'agenouille, regarde la croix dressée sur le portail de la chapelle de Saint-Pierre Ad Vincula, puis tend le cou – car lors des exécutions à l'épée, il n'y a pas de billot. Le bourreau de Calais, de noir vêtu, de noir masqué, s'avance d'un pas. Un instant, l'attention d'Anne est distraite par son assistant, Dieu merci ! car elle ne voit pas la flamme de l'acier. Sa tête est séparée au premier coup. Selon la coutume, le bourreau la ramasse et, la tenant très haut, la tend vers les spectateurs.

_____
1. Conseillers municipaux.

Ceux-ci reculent d'horreur car les yeux et les lèvres de la morte continuent de bouger.

Émerveillé par sa constance et son courage, le gouverneur de la Tour qui l'a menée jusqu'au pied de l'échafaud ne peut s'empêcher de commenter :

— Cette dame a certainement éprouvé joie et plaisir dans la mort.

Après cette brève épitaphe, fini les honneurs. Le cadavre décapité de la souveraine, jeté, pressé, coincé dans un vieux coffre, est enterré avec une hâte indécente sous le maître-autel de la chapelle voisine de Saint-Pierre Ad Vincula. Henry VIII avait bien voulu entourer de toute la pompe nécessaire l'exécution de son épouse mais, pressé d'épouser la suivante, il avait bâclé son inhumation.

Tout le monde s'en accommoda... sauf la défunte. Par-delà la mort, la fière Anne protesta contre son enterrement escamoté. Aussi l'interprétait-elle nuitamment devant une assistance et selon les rites dignes de son rang. Ainsi espérait-elle être jusqu'à la fin des temps accompagnée à sa dernière demeure par les nobles seigneurs et les gentes dames, eux aussi sortis de leur tombeau pour l'occasion.

La Vision du roi de Suède

MINUIT avait sonné depuis longtemps à l'horloge du palais royal de Stockholm, mais le roi n'avait visiblement aucune envie de se coucher. Son chambellan, le comte Brahé, et son médecin personnel, le docteur Bumgardener, qui lui tenaient compagnie dans son cabinet, s'en étonnaient, car le souverain avait coutume de se retirer beaucoup plus tôt. Il n'avait pourtant rien à leur dire. Le comte Brahé s'aventura à émettre l'idée qu'il était peut-être temps de prendre quelque repos, le roi d'un geste le fit taire. Alors Brahé pressentit que, pour une raison inconnue et tout à fait inhabituelle, le souverain ne voulait pas rester seul. Il était assis dans un grand fauteuil devant la cheminée et regardait fixement les flammes. Le comte Brahé, un peu désemparé, décida de patienter.

Charles XI de Suède était monté sur le trône à l'âge de cinq ans, après la mort brutale de son père Charles X. Sa mère, la reine Edwige Éléonore, avait assumé la régence, mais le comte Brahé, nommé tuteur du jeune souverain, l'avait élevé. Très tôt, il avait décelé les capacités extraordinaires de l'enfant et s'était occupé de les développer. Âgé maintenant de trente-huit ans, le roi était un formidable personnage. Cet homme grand aux yeux globuleux, au menton fuyant, à la mine revêche, avait déjà prouvé qu'il était une sorte de génie. Pieux, courageux, entreprenant, il avait accompli des réformes que nul autre avant lui n'avait osées, supprimant les privilèges de la noblesse, réformant la justice, l'administration, la flotte, l'armée. Pour cela, il s'était donné les pouvoirs absolus que personne ne se hasarda à lui contester. Cet esprit éclairé, ouvert, ce mécène cultivé était aussi un caractère froid, dur et exigeant. Il n'avait aucun ami, le comte Brahé aurait été celui qui s'en serait le plus approché. Ce dernier n'avait pas peur de dire ce qu'il pensait à son roi et il l'admirait. Cependant, en ce moment même, il aurait bien aimé être dans son lit... Par les fenêtres, il apercevait la nuit brumeuse, il devinait le froid qui s'appesantissait en cet automne de 1693 sur toute la Suède.

Quant au docteur Bumgardener, il avait fini sa consultation du soir depuis longtemps. Le roi l'avait convoqué pour lui parler de ses rhumatismes, il lui avait prescrit quelques potions, quelques onguents, et désormais lui aussi ne pensait qu'à rejoindre sa chambre.

— Les rhumatismes de Votre Majesté ne s'amélioreront pas si elle veille si tard. Le repos est la meilleure cure.

— Je n'ai pas encore envie de dormir ! Restez ! répliqua le roi.

Puis il retomba dans son étrange silence.

Le comte Brahé jeta un œil distrait autour de lui. Il connaissait par cœur le grand cabinet aux murs recouverts de cuir de Cordoue et de tapisseries des Flandres. D'encombrants meubles allemands alourdissaient le décor. Il contempla les portraits qui représentaient les ancêtres de Charles XI, ces rois et ces reines de la maison des Wasa. Comparée aux autres dynasties européennes, elle était bien jeune avec à peine deux siècles d'existence. Ce court laps de temps avait néanmoins suffi aux Wasa pour remplir le monde du bruit de leur gloire.

Le comte s'arrêta sur le portrait du grand-oncle de Charles XI, Gustave Adolphe, un des plus grands capitaines du siècle ; sa fille, la fabuleuse reine Christine ; la mère de Charles XI, la reine Edwige Éléonore, l'ancienne régente qu'il tenait à distance comme tous les membres de sa famille. Il s'attarda plus longuement sur l'effigie de la femme de Charles XI, la reine Ulrike Éléonore. Cette princesse de Danemark avait épousé le roi de Suède pour des raisons strictement politiques, comme il était d'usage à l'époque. Le portrait rendait parfaitement le visage long, mélancolique, le sourire triste. Elle venait de mourir, à trente-sept ans, et la Cour murmurait que l'incroyable dureté de son mari envers elle avait hâté sa fin. Brahé n'y croyait pas trop. Charles XI ne s'entendait pas avec sa femme, certes, mais ce n'était pas un mauvais homme, et d'ailleurs avec qui s'entendait-il ?

Brahé avait bien connu la reine. Il avait, l'un des seuls, décelé chez elle des côtés fantasques, bizarres, qu'il retrouvait chez l'unique fils du couple, le jeune Charles, âgé de onze ans, héritier du trône dont le comte se demandait non sans inquiétude ce qu'il deviendrait. Il savait que le jeune garçon dans le secret pleurait nuit et jour sa mère. Il lui arrivait de soupçonner le roi, malgré son apparence glaciale, de regretter lui aussi la reine Ulrike Éléonore.

De nouveau, il examina le portrait de la défunte :

— Que ce portrait est donc ressemblant ! Je retrouve l'expression de la reine à la fois si majestueuse et si douce…

S'il voulait faire plaisir au veuf, il en fut pour ses frais. Car celui-ci rétorqua avec brusquerie :

— Ce portrait est trop flatteur, la reine était laide.

Est-ce le remords d'avoir brusqué son chambellan, ou l'agacement provoqué par ce rappel de son épouse, le roi se leva si brusquement que son grand fauteuil doré tomba à la renverse avec fracas. Dans sa robe de chambre de brocart, et bien qu'il fût chaussé de pantoufles de velours sans ses talons habituels, il paraissait encore plus grand. Les deux hommes le virent s'approcher de la fenêtre du cabinet qui donnait sur la cour. La nuit s'était encore assombrie, la lune à son premier quart ne parvenait pas à percer les nuages. Une pluie glaciale formée de neige fondue s'était d'ailleurs mise à tomber.

Charles XI, à cette époque, faisait construire par ses architectes, Tessin l'Ancien et son fils, un nouveau et splendide palais d'inspiration italienne qui serait digne de lui. Mais les travaux n'étaient pas assez avancés pour qu'il y habitât, et il résidait toujours dans le vieux palais dit « des Trois Couronnes » où des ailes Renaissance aux magnifiques façades agrémentaient une forteresse médiévale. Édifié, comme le nouveau palais, sur la petite île de Riddar Holmen et contemplant les eaux calmes du lac Moeler, il avait la forme d'un U. Le cabinet du roi se trouvait à une extrémité du U et à l'autre s'étendait la très vaste et très imposante salle des États où les représentants des différentes classes de la société suédoise s'assemblaient lorsque le souverain avait une communication à leur faire.

Soudain, le chambellan et le médecin voient le roi se figer et regarder fixement à travers les carreaux vert bouteille de la fenêtre. Ils se rapprochent et, à leur stupéfaction, s'aperçoivent à leur tour que, de l'autre côté de la cour, la salle des États est illuminée. Or il est trois heures du matin et tout dort dans le palais. Sans doute, se dit le médecin, un garde est-il allé faire une inspection ? Impossible, car l'éclairage de cette salle est beaucoup plus puissant que celui d'une torche tenue par un garde... Peut-être est-ce un début d'incendie ? craint Brahé. Invraisemblable, il n'y a pas de fumée visible ni de mouvements de flammes... La salle des États semble éclairée *a giorno* sans que du cabinet du roi on puisse discerner ce qui s'y passe, les fenêtres gothiques étant très haut situées.

— Il n'y a qu'à envoyer un valet découvrir la raison de ce mystère, décide Brahé qui se dirige déjà vers le cordon de la sonnette, lorsque le roi l'arrête :

— Je veux y aller moi-même, annonce-t-il d'un ton sans réplique.

Brahé le voit pâlir et son visage exprime tout à coup une vraie terreur. Or Charles XI est un homme courageux, rien ne saurait l'impressionner. Que lui arrive-t-il ? Sans un mot, il se précipite hors de son cabinet, bientôt suivi par les deux autres.

Brahé et le docteur Bumgardener ont chacun pris un flambeau d'argent pour éclairer leur chemin. Bumgardener descend au rez-de-chaussée réveiller le concierge du palais qui possède les clés de toutes les salles. Celui-ci, brusquement sorti de son sommeil, s'habille à la hâte, s'étonnant des désirs du souverain.

— Que diable peut bien vouloir faire Sa Majesté à cette heure-ci dans la salle des États ?

Bumgardener élude la question et l'entraîne avec lui. Les deux hommes rejoignent le roi et Brahé, qui ont déjà parcouru une grande partie du premier étage. Le roi les précède, courant plus qu'il ne marche à travers les galeries, les salles, les cabinets. Les ténèbres nocturnes laissent subsister une certaine luminosité qui guide leurs pas mieux que les flambeaux tenus par Brahé et le médecin qui ont du mal à maintenir les bougies allumées. Saisis d'angoisse inexpliquée, les trois hommes tâchent de ne pas se laisser distancer par le roi. Il leur faut tout de même plus d'une demi-heure pour atteindre la porte de la galerie qui sert d'antichambre à la salle des États. Le concierge sort son énorme trousseau et, à la lueur d'un flambeau, cherche la bonne clé. Il la trouve, ouvre la porte de la galerie. Le roi entre le premier, les autres se glissant derrière lui.

La grande galerie est entièrement tendue de noir, comme lors des deuils nationaux. Stupéfaction des quatre visiteurs, mais aussi colère du roi :

— Qui a osé donner sans m'en avertir l'ordre de tendre cette pièce de noir ?

Le concierge vacille un peu mais il est honnête, il n'hésite pas à répondre :

— Sire, personne, que je sache ! J'ai fait balayer la galerie hier, et elle était dans son état habituel. Or il faut bien plus que vingt-quatre heures pour poser ces tentures… Je ne comprends absolument pas ce qui s'est passé.

Il s'approche du mur, palpe les étoffes et paraît encore plus perplexe :

— Ces tentures ne viennent certainement pas du garde-meuble de Votre Majesté.

Charles XI n'a pas écouté. Il a repris sa marche furieuse et se trouve déjà aux trois quarts de la galerie quand le concierge essoufflé le rattrape, tire sur sa robe de chambre de brocart et le force à s'arrêter.

— Pour l'amour de Dieu, Sire, n'allez pas plus loin ! Sur mon âme, il y a de la sorcellerie là-dedans...

Le roi s'est arrêté, et fixe avec soupçon le concierge qui poursuit :

— On dit, Sire, que votre défunte épouse depuis sa mort se promène dans cette galerie. Plusieurs de mes collègues jurent l'avoir aperçue.

Les regards se détournent, chacun se tait, gêné, choqué. Grâce à ce brusque silence, leur parvient tout à coup, venu de la salle des États hermétiquement close, l'écho d'un murmure confus mais puissant.

— Que Dieu nous protège, grommelle le concierge en se signant.

— Arrêtez-vous, Sire !

C'est le comte Brahé qui a parlé.

— N'entendez-vous pas ce bruit qui vient de la salle des États ? Je ne sais s'il y a de la diablerie dedans, mais il est probable qu'il y a du danger. Votre Majesté ne doit pas s'exposer.

Le médecin, lui, n'en mène pas large. Le rationnel, le grand incrédule docteur Bumgardener voudrait bien faire marche arrière mais il craint plus encore de revenir tout seul, d'autant qu'un souffle vient d'éteindre sa bougie. Lui aussi sent qu'il y a du danger, et il supplie le roi :

— Au moins, Sire, permettez-moi avant que nous ne poursuivions d'aller chercher une vingtaine de vos gardes...

Mais le roi, arrachant des mains du concierge le pan de sa robe de chambre et sans écouter les trois hommes, reprend sa marche.

Le voilà arrivé juste devant l'entrée de la salle des États.

— Entrons ! rugit-il presque. Toi, concierge, ouvre au plus vite !

Il donne dans la porte de chêne un violent coup de pied qui retentit comme un coup de tonnerre et fait sursauter ses trois compagnons. Les doigts du concierge tremblent alors qu'il

336

cherche la clé appropriée dans son trousseau. Ils tremblent tellement que, l'ayant trouvée, il ne parvient pas à la glisser dans le trou de la serrure malgré ses efforts. Le roi s'énerve :

— Un vieux soldat qui tremble... Tu fais un beau spectacle, concierge ! Allez, Brahé, prenez-lui la clé des mains et ouvrez-nous cette porte !

Le chambellan recule.

— Sire, si Votre Majesté me commande de marcher droit sur un canon de nos ennemis danois ou allemands, j'obéirai sans hésiter. Mais en me faisant ouvrir cette porte, c'est l'enfer que vous voulez que je défie.

Charles XI est pris d'un mouvement de fureur. Il n'est pas habitué à ce qu'on lui résiste. Il arrache brutalement la clé des mains du concierge et, d'un ton coupant et méprisant, énonce :

— Je vois bien que ceci me regarde seul.

Il enfonce la clé dans la serrure, la tourne, pousse avec rage le battant. « Avec l'aide de Dieu ! » s'écrie-t-il en entrant dans la salle des États. Ses compagnons, poussés par la curiosité, peut-être rendus honteux par ses sarcasmes, l'y suivent.

La salle des États est tendue de tentures noires de deuil semblables à celles de la galerie, recouvrant jusqu'aux immenses tapisseries qui généralement ornent les murs. Elle est éclairée par des centaines de flambeaux accrochés aux anneaux de fer disposés à cette intention sur les parois. Entre les tentures, pendant comme d'habitude, les drapeaux danois, allemands, russes arrachés à l'ennemi lors de guerres passées.

La salle est comble. Des centaines d'hommes sont assis sur les banquettes drapées également de noir. Tous portent le grand deuil de cour. Le roi Charles distingue à leur costume traditionnel les députés des quatre ordres de l'État : la noblesse, le clergé, la bourgeoisie et les paysans. Au fond de la très longue salle, ils aperçoivent le trône royal à son emplacement habituel sous le dais brodé d'or.

Mais devant le trône, sur une espèce de brancard, est allongé un cadavre ensanglanté encore coiffé d'une couronne royale. À côté, un petit garçon porte lui aussi une couronne ciselée à sa taille, dans une main il tient un petit sceptre et dans l'autre le globe royal en or. Près de l'enfant, et négligemment appuyé sur le vaste trône, un homme âgé porte le manteau royal bleu brodé d'or ainsi que la couronne ouverte en or et en pierres précieuses d'un prince royal. Au bas de l'estrade et dans l'emplacement qui la sépare des bancs des députés, plusieurs hommes à la barbe grise, tout de noir vêtus, visiblement des juges, ont pris place derrière une longue table couverte de grimoires et de parchemins. Devant cette table, un billot. Noir. Appuyée sur le billot, sinistre, menaçante, une grande hache d'exécution.

Plusieurs éléments de ce spectacle saisissant frappent les quatre hommes. Pas un des centaines de personnages assemblés ne paraît les voir. D'autre part, eux-mêmes n'identifient aucun député, bien qu'ils en connaissent personnellement des centaines. Tous les quatre comprennent au moins le pourquoi de ce murmure intense entendu dès leur arrivée dans la galerie : il s'agit évidemment des voix de cette foule qui semble vivre en vase clos… En revanche, ils ne parviennent pas à saisir un mot de ce qui est dit, comme si ces hommes parlaient tous une langue inconnue.

Subitement, celui qui doit être le juge principal se lève et par trois fois frappe de sa main la table. Aussitôt, d'une porte latérale surgissent trois jeunes gens. Ils portent de riches vêtements d'aristocrates. Ils gardent la mine hautaine et pourtant ils ont les mains attachées derrière le dos. La corde qui les lie est tenue par un homme très grand, vêtu d'un justaucorps de cuir sans manches qui laisse voir des bras puissamment musclés.

Le jeune homme qui marche en tête du cortège, et qui semble le plus illustre des prisonniers, s'avance jusqu'au billot qu'il contemple sans la moindre peur, plutôt avec un dédain suprême qui surprend le roi. Au même instant, le cadavre ensanglanté étendu sous le dais du trône s'est remis à saigner abondamment. Le jeune homme s'agenouille, pose la tête sur le billot. Le bourreau lève sa hache. De l'entrée de la salle, Charles XI et ses trois compagnons voient parfaitement l'éclair lancé par le tranchant en s'abattant. La tête du jeune homme est sectionnée du premier coup. Un flot de sang en jaillit, qui se mêle sur le sol de marbre à celui répandu par le cadavre couronné. Quant à la tête, elle roule vers l'endroit où se tiennent les quatre hommes, et effleure la pantoufle et le bas de la robe de chambre du souverain suédois.

Celui-ci, qui jusqu'alors était resté pétrifié, comme ses compagnons, semble se réveiller. Avec une énergie que les trois autres lui envient mais n'imitent pas, il ose hardiment s'avancer au milieu de cette assemblée inquiétante vers l'estrade royale dressée au fond. Interpellant le personnage du prince royal appuyé contre le trône, il lui lance cette interjection :

— Si tu es Dieu, parle ; si tu es le Malin, laisse-nous en paix.

Sans tarder, le prince royal se redresse et d'une voix très forte et lente lui répond :

— Charles, Roi, ce sang ne coulera pas sous ton règne...

Alors sa voix se casse et, dans un chuchotement à peine audible, il conclut : « Au cinquième règne, malheur, malheur, malheur au sang des Wasa ! »

Immédiatement, cette foule qui semblait si présente commence à se diluer lentement. Les visages deviennent transparents, les silhouettes s'amenuisent, puis disparaissent. Les innombrables flambeaux s'éteignent, les tentures noires s'effacent, les tapisseries habituelles ont réapparu. Tout le reste s'est évanoui, la tête coupée, les flots de sang sur le sol de marbre, le billot, les cadavres... Seuls se trouvent à leur place habituelle le trône et le dais, ainsi que les bancs des députés recouverts à nouveau de leur damas rouge. Toutefois, les quatre hommes entendent encore pendant un certain temps un son mélodieux qui va en s'affaiblissant, une sorte de mélopée qu'ils assimileront plus tard au chant du vent dans les feuilles des arbres.

Le roi tire de sa poche sa montre en or émaillé, la consulte, et demande à ses compagnons combien de temps ils croient qu'a duré l'apparition. Environ dix minutes, s'accordent-ils à penser. Là-dessus le roi fait demi-tour et, sans commentaire, reprend le chemin de son cabinet après avoir intimé au concierge de les suivre. Revenu dans ce cadre familier et accueillant où brûle toujours un grand feu, Charles XI considère longuement ses trois compagnons d'aventure qui, eux, la mine épouvantée, fixent ses pieds. Il baisse les yeux : sa pantoufle de velours et le bas de sa robe de chambre sont maculés de sang, du sang de la tête coupée qui a roulé jusqu'à lui. « Nous n'avons donc pas rêvé », lâche-t-il avec un mince sourire. Et il insiste :

— Puisqu'il ne s'agit pas d'une illusion ou d'un rêve, je veux que les générations futures se souviennent de ce qui s'est passé ce soir. Aussi vous allez immédiatement écrire, chacun de vous, ici même, la relation exacte et détaillée de ce que nous avons vu.

Le chambellan, le médecin et le concierge se mettent à l'œuvre. Pendant plus d'une heure, on n'entend que le grattement des plumes d'oie sur le papier, pendant que le roi marche silencieusement de long en large, perdu dans ses pensées, sans même paraître se souvenir de leur présence. Lorsque les trois hommes ont achevé leur récit, le roi les lit soigneusement.

— C'est exact, vous avez écrit l'entière vérité. Maintenant, signez ce procès-verbal.

Après qu'ils se sont exécutés, Charles XI prend à son tour la plume et de sa haute écriture penchée il ajoute : « *Et si ce que nous venons de relater n'est pas l'exacte vérité, je renonce à tout espoir d'une meilleure vie, laquelle je puis avoir méritée pour quelques bonnes actions et surtout pour mon zèle à travailler au bonheur de mon peuple et à défendre la religion de mes ancêtres.* » Puis il appose sa signature : « *Carolus Rex*[1]. »

— Et maintenant, allons nous coucher et tâchons de dormir, si jamais nous y parvenons, conclut-il. Le procès-verbal sera déposé dans les archives secrètes de la famille royale…

… où il se trouve toujours.

Quatre ans plus tard, en 1697, le roi Charles XI mourait. Lui succéda son fils, le prodigieux Charles XII. Puis la sœur de

------

1. Charles, Roi.

celui-ci, la reine Ulrike Éléonore. Frédéric Ier monta ensuite sur le trône, auquel succéda le roi Adolphe-Frédéric. À la mort de ce dernier, son fils Gustave III ceignit la couronne. C'était le cinquième règne depuis Charles XI...

En ce 16 mars 1792, l'hiver est loin d'être terminé en Suède. La nuit est tombée avant trois heures de l'après-midi. Le roi a passé la journée dans le ravissant petit château de Haga, à la porte de Stockholm. D'un voyage fait dans sa jeunesse en France, Gustave III a rapporté la passion de tout ce qui est français. Il a construit autour de sa capitale des châteaux plus beaux les uns que les autres, s'inspirant de la France mais aussi donnant une originalité purement suédoise et créant ainsi un style très particulier qui porte son nom, le style *gustavicher*. Ce style, le plus élégant du monde, mêle une simplicité de bon aloi à une somptuosité discrète mais sûre, un peu à l'image de son créateur.

En fin d'après-midi, il monte dans sa voiture, revient dans la capitale distante d'une lieue et se fait conduire au Grand Théâtre. Ce magnifique bâtiment, le roi le connaît bien puisque c'est lui qui l'a fait construire, comme c'est lui qui a fondé la compagnie d'opéra et de ballet qui s'y produit. Il y a fait aménager quelques petits appartements dans lesquels il aime à se retirer, à s'entretenir avec ses amis, à souper, avant de paraître dans sa loge pour la représentation. Ce soir, ce n'est pas le ballet ou l'opéra qui l'attirent, mais le grand bal masqué. Toute la ville s'y prépare depuis des semaines.

Arrivé au Grand Théâtre, il monte dans un de ses petits appartements et se retire dans le cabinet de toilette pour endosser sa tenue de carnaval. Il se regarde dans la glace. À quarante-six ans, Gustave III reste infiniment séduisant avec ses grands yeux sombres et expressifs, ses sourcils bien arqués, son nez aquilin, sa bouche sensuelle. Ce soir, il se sent dans un état inhabituel, à la fois mélancolique et exalté. Il n'a pas envie de se presser. Il a renvoyé ses valets de chambre, il est seul dans son cabinet de toilette, et l'image que lui renvoie le grand miroir encadré de bois doré ressemble à sa vie.

Sa mère, la reine Louise Ulrike de Hohenzollern, une princesse de Prusse, a été la mère abusive par excellence. Dès sa naissance, elle a voulu le dominer. Elle ne lui a jamais pardonné d'être monté sur le trône à la mort de son père. Il avait pourtant vingt-cinq ans, mais elle le traitait encore en petit garçon désobéissant. Elle avait semé la haine autour de lui, l'isolant, le brouillant avec toute sa famille. Il n'avait réussi à maintenir de bonnes relations qu'avec son seul frère Charles, le duc de Sundermanie.

Il avait été abominablement malheureux et en était resté à jamais blessé. Lorsqu'il avait succédé à son père, il avait néanmoins enfoui au fond de lui ses complexes, étouffé sa timidité et sa réserve, et il était devenu un très grand roi. Avec une habileté prodigieuse, il avait su faire la paix avec le Danemark et surtout avec la Russie, son ennemi héréditaire, en flattant sans aucune honte la tsarine Catherine II.

Ses réformes internes avaient été proprement révolutionnaires. Il avait anéanti les pouvoirs abusifs de la noblesse, accordé la liberté de la religion, rendu leurs droits aux juifs, aboli la torture, libéré les petits fermiers de l'emprise des grands propriétaires terriens, établi la sécurité à travers tout le royaume, rendu la justice égale pour tous. Ce philosophe, par ailleurs franc-maçon de longue date, s'était évidemment attiré beaucoup d'ennemis, en particulier parmi les nobles qui se considéraient monstrueusement spoliés par lui. Il n'en avait eu cure. Lui aussi, comme son ancêtre Charles XI, s'était emparé du pouvoir absolu pour imposer ses réformes, grâce à quoi il avait fait de la Suède un État moderne.

Bien qu'il se fût arrogé des pouvoirs exceptionnels dans le seul but de concrétiser ses réformes, c'était un souverain libéral, tolérant, bienveillant. Or son libéralisme s'était trouvé profondément blessé par la Révolution française. Dès le début, il s'en était déclaré l'ennemi. Ce n'est pas en massacrant, en guillotinant qu'on donnerait la liberté au peuple ! Au contraire de tant d'autres souverains, il avait refusé de courber la tête devant les pressions de la France révolutionnaire, devenant même l'un des dirigeants d'une vaste conspiration internationale décidée à renverser le régime de Paris. Ainsi, ce grand érudit avait réussi, bien involontairement, à lier deux extrêmes par la haine qu'il suscitait : les conservateurs suédois, et les gauchistes français. Cette haine inexprimée, cette menace indéterminée, il les percevait mieux que quiconque, ce qui entretenait chez lui une anxiété latente.

Cet homme, qui partout suscitait l'envie ou l'admiration, était seul et malheureux. Dans sa vie privée, le cruel traitement de sa mère avait laissé des traces indélébiles. On l'avait marié, pour raisons politiques, à une princesse de Danemark, Sophie Madeleine. Pendant les neuf premières années de mariage, il ne l'avait pas touchée... Puis tout le monde s'en était mêlé parce qu'il lui fallait une descendance afin d'assurer la succession au trône. Finalement, il avait réussi à ce que sa femme lui donne un fils unique, un autre Gustave. Cette naissance, au lieu de le rapprocher de sa femme, l'en avait éloigné. On ne lui connaissait pas de maîtresse, et une rumeur qui courait les chancelleries assurait qu'il était homosexuel. En fait, personne ne savait rien sur la vie privée de Gustave III.

L'heure passe, et le roi achève de s'habiller dans ses petits appartements du Grand Théâtre. La Cour étant en deuil pour quelque principicule germanique, il a revêtu un costume de soie noire sur lequel tranchent le cordon bleu et la plaque incrustée de diamants de l'ordre des Séraphins. Il drape autour de sa taille une longue écharpe de taffetas noir, puis il rejoint le petit salon où a été dressée la table du souper et où l'attendent son écuyer, le comte de Essen, et l'un de ses amis, le comte de Lowenhein. Ira-t-il au bal de l'Opéra ? Il ne sait pas, il hésite : quelque chose le retient, mais quoi ?

Il s'attarde avec ses deux invités. Des dizaines de bougies dans des flambeaux d'argent éclairent la pièce ornée d'élégants pilastres et de grands miroirs. Les valets servent silencieusement. Le roi se montre particulièrement charmant. On passe d'un sujet à l'autre avec aisance dans ce monde cultivé et affable. Le roi donne la réplique avec esprit et érudition. Il se contrôle parfaitement comme à son habitude, mais ses deux familiers perçoivent sous cette carapace scintillante une réelle angoisse.

Un valet pénètre dans le petit salon et présente au roi sur un plateau d'argent un billet adressé « *Au Roi* ». Gustave III le décachette, le lit, le pose. Il envoie le comte Lowenhein voir où en est le bal masqué. Resté seul avec le comte de Essen, il lui tend le billet. Le comte peut lire, écrit au crayon : « *Je suis encore de vos amis quoique j'aie des raisons pour ne plus l'être. N'allez pas au bal ce soir, il y va de votre vie.* » Évidemment, le billet n'est pas signé.

— Alors, Sire, s'écrie Essen, il ne faut sous aucun prétexte que Votre Majesté aille à ce bal !

Gustave III éclate de rire :

— Voyons, comte, pas un de nos braves Suédois n'oserait…

— Au moins, Sire, mettez une légère cuirasse sous votre chemise.

— Pas davantage !

Puis il reste pensif un long moment avant d'ajouter :

— Que j'y aille ou que je n'y aille pas ne changera en rien ma destinée.

Gustave III a dit cela d'un ton si solennel que le comte de Essen le scrute avec étonnement. Il s'enhardit à lui demander :

— Votre Majesté connaît-elle donc sa destinée ?

Le roi prend une profonde inspiration avant de commencer à raconter :

— Dans ma jeunesse, il y avait à Stockholm une célèbre devineresse. Vous avez peut-être été vous-même la consulter ? Moi-même, je m'y suis rendu à cette époque de nombreuses fois, sous les identités les plus diverses et sous les déguisements les plus variés. Il était impossible qu'elle me reconnût. Et pourtant, chaque fois que je venais, elle me répétait la même chose, à savoir que je mourrais jeune encore et de mort violente. Je crois cependant qu'elle s'est trompée, parce qu'à quarante-six ans on ne peut plus dire que je sois encore jeune ! Donc, si je ne suis pas mort jeune, peut-être ne mourrai-je pas non plus de mort violente…

344

À cet instant, le comte Lowenhein revient annoncer que le bal connaissait une animation extraordinaire.

— Il est temps, murmure Gustave III. Allons au bal de l'Opéra.

Dans l'antichambre, aidés par les valets de pied, ils endossent leur domino. Ils empruntent un escalier de côté pour rejoindre les corridors qui courent derrière les premières loges. S'y dresse un buffet tenu par un vieux soldat français, un ancien du régiment Royal-Suédois. Le roi, selon son habitude, échange quelques plaisanteries avec lui. Puis il ajuste son masque, prend le bras du comte de Essen et annonce d'une voix ferme :

— Maintenant, entrons au bal et allons voir s'ils oseront m'assassiner.

Il est alors onze heures et demie du soir. Lorsque le roi et ses deux amis y pénètrent, la fête bat son plein. Sept à huit cents invités s'y pressent. Les escaliers, les galeries sont envahis de joyeuses farandoles. Les musiciens se sont installés au fond de la scène, les sièges de l'orchestre ont été enlevés pour laisser la place aux danseurs. Dans les loges, tout ce que Stockholm compte de femmes belles et élégantes, de grands seigneurs fortunés, est réuni. Au son des airs les plus entraînants se mêlent ceux des rires, des verres qui s'entrechoquent ; des milliers de bougies sur les lustres de cristal répandent une lumière dorée sur les fêtards.

Le roi avance vers le milieu de la salle. Il a laissé son domino entrouvert, les diamants de sa plaque de l'ordre des Séraphins le rendant immédiatement identifiable… « Voilà le Roi ! » chuchote-t-on autour de lui. Il n'en a cure. Il n'est pas venu chercher l'aventure anonyme, mais simplement se distraire un peu.

Deux groupes de masques, venus de deux directions opposées, s'approchent alors de lui, coupent son chemin, l'enveloppent. L'un des dominos tape sur son épaule et lui lance : « Bonsoir, beau masque ! » Un coup de pistolet part, sans qu'on sache qui a tiré. Le roi s'effondre dans les bras du comte de Essen.

— Je viens d'être blessé par un grand masque noir ! trouve-t-il juste la force d'indiquer.

Personne dans la salle ne s'est aperçu de ce qui vient de se passer. La musique est toujours aussi gaie, comme les rires et les pas rythmés des danseurs qui tournoient. Essen et Lowenhein le portent vers une banquette et l'y étendent. Ils le déshabillent. Il a été atteint au côté gauche. La blessure est horrible, mais Gustave III n'a pas perdu connaissance.

Puis, peu à peu, le bruit commence à se répandre : on a tiré sur le roi ! Essen appelle à l'aide plusieurs courtisans. Un brancard est improvisé, on l'y étend et, en prenant d'infinies précautions pour ne pas le secouer ni lui faire mal, on le monte dans les petits appartements. En bas, ses familiers sont atterrés.

Au même moment, dans la salle, une véritable panique se propage, déclenchée par l'arrivée impromptue de militaires en armes. Une voix hurle : « Au feu ! Au feu ! Dehors ! Il faut sortir ! La salle va s'écrouler… Au feu ! » La foule se précipite vers les sorties, vers les escaliers, toutes les portes du Grand Théâtre sont fermées. En fait, il n'y a pas de feu, mais un témoin a tout vu sur l'attentat dont a été victime le roi, le colonel de Pollet. Il s'est précipité à la caserne, a ramené un régiment de dragons pour encercler le théâtre et bloquer toutes les issues. De même, il envoie des estafettes avec ordre de fermer toutes les portes de la ville. Stockholm est désormais en état de siège. La fête est terminée.

De leur côté, les médecins de la Cour, prévenus, sont accourus et examinent le roi dans ses appartements. Leur premier diagnostic est rassurant, il n'a été que très légèrement touché. Un lieutenant de police, lui aussi prévenu par l'intelligent colonel de Pollet, est déjà sur les lieux. Il fait dresser une table au milieu de la salle, s'y installe avec un greffier et ordonne que toutes les personnes présentes à l'intérieur du Grand Théâtre comparaissent devant lui.

Gustave III, toujours étendu sur son brancard et ne souffrant pas trop, est informé en détail des mesures prises. Il convoque les ambassadeurs des grandes puissances qui se trouvaient au bal et les tient au courant. Il semble aller de mieux en mieux. À deux heures du matin, il est décidé de le ramener au palais royal voisin du Grand Théâtre. On le couvre d'un grand manteau car dehors il gèle à pierre fendre, quatre grenadiers de sa garde personnelle soulèvent le brancard et, à la lueur des torches, le portent jusqu'à la demeure royale, suivis de près par les comtes de Essen et Lowenhein, par ses amis et quelques courtisans.

Pendant ce temps, dans la grande salle, le lieutenant de police poursuit son enquête. Personne n'a rien vu pour la simple raison que tout le monde était masqué. Pourtant, la police trouve sur le sol un pistolet et le lieutenant est certain que c'est celui qui a servi à l'assassin. Il met fin aux interrogatoires qui ne mènent à rien. Dès le lendemain matin, ses hommes montrent le pistolet à tous les marchands d'armes de la ville. L'un d'eux le reconnaît, le comte Anckarström est venu le lui apporter deux semaines plus tôt pour lui demander de le réparer. La police se présente bientôt au domicile dudit Anckarström et l'arrête.

Ce militaire de trente ans avait servi dans le régiment personnel de Gustave III. Il appartenait cependant à cette aristocratie qui se considérait lésée par les réformes du souverain. On l'avait accusé d'avoir répandu d'abominables calomnies contre lui, on l'avait poursuivi, arrêté et jugé pour outrage à la royauté. Faute de preuves, il avait été acquitté, mais il en avait gardé une rancune tenace. À quelque temps de là, une sombre histoire de femme avait transformé cette rancune en haine. Une merveilleuse danseuse, Carlotta Bassi, s'étant produite à Stockholm, avait totalement bouleversé le cœur d'Anckarström, qui avait voulu l'épouser, piétinant ainsi les préjugés de sa famille et de sa classe. Il avait demandé, comme il était d'usage, l'autorisation au roi ; Gustave III, curieusement, avait refusé. Et pour être sûr qu'Anckarström ne passerait pas outre, il avait plus ou moins fait expulser la danseuse de Suède. La propagande antimonarchiste lancée par la Révolution française, ajoutée à cette affaire personnelle, c'en était trop !

Anckarström avoue très vite. La police, certaine qu'il a des complices, arrive rapidement au comte de Ribbing et au comte de Horn – «Bonsoir, beau masque !», c'était lui. Mais les trois nobles jeunes gens n'étaient pas seuls : l'enquête, menée avec une diligence sans pareille, met le doigt sur une quarantaine d'aristocrates et de militaires qui avaient décidé qu'il fallait à tout prix empêcher Gustave III de continuer à nuire, et que pour ce faire, il n'y avait d'autre moyen que de l'assassiner.

Tous sont arrêtés. Dans leur prison où filtrent les nouvelles, ils sont désespérés : le roi se porte comme un charme ! Étendu sur un sofa, le convalescent continue de diriger le pays avec sa fermeté habituelle. Les médecins sont chaque jour plus optimistes : inutile d'opérer le roi, la balle restée dans le corps ne représente plus aucun danger et bientôt le souverain sera rétabli.

Les jours passent... Le chirurgien personnel du roi, le docteur Akrell, le visite quotidiennement afin de retirer des débris d'os et de plomb des plaies qui ne se referment toujours pas. Gustave III souffre de plus en plus, avec une patience exemplaire. Il ne manifeste aucune amertume envers ceux qui ont voulu le tuer. Il console ses amis qui, malgré leur optimisme, ne peuvent s'empêcher de pleurer en voyant son état. Car il leur semble à tous que le roi ne se remettra pas, qu'il est en fait mortellement atteint. Un peu plus de deux semaines se sont écoulées depuis l'attentat quand brusquement son état empire. Les médecins, jusqu'alors confiants, s'affolent mais ne savent que faire. Le roi invite auprès de lui sa famille, en particulier la reine sa femme dont il est séparé depuis des années, et leur fait des adieux touchants. Le 29 mars 1792 à dix heures du matin, sentant que la fin est proche, d'un geste il demande qu'on le laisse seul, il se tourne vers le mur et meurt.

Les conspirateurs bénéficieront d'une extraordinaire indulgence. Ils seront exilés à vie, ou simplement relâchés. Tous sauf le comte Anckarström. Son procès durera un mois, au cours duquel il refusera de nommer ou de dénoncer qui que ce soit. Il sera condamné à mort, et n'accepta pas non plus de demander sa grâce. Pendant trois jours il fut fouetté et promené dans une sorte d'armature de fer à travers tout Stockholm. Il répondait avec froideur et dédain aux huées et aux imprécations de la foule. Le quatrième jour, on l'emmena sur la place des exécutions. Face au billot, on lui demanda s'il avait quelque chose à déclarer.

— Si c'était à recommencer, répondit-il, je le ferais encore !

Le bourreau lui coupa la main avant de le décapiter à la hache.

Le roi Gustave III disparaissait au moment où la Révolution française puis Napoléon allaient plonger l'Europe dans la tourmente pour plus de vingt ans. Lui seul aurait été capable de faire face, mais son élimination intervenait à temps pour l'empêcher de faire obstacle à l'impérialisme français. Il laissait sur le trône un adolescent de quatorze ans, Gustave IV, au caractère faible et instable. Lui aussi se déclara l'adversaire de la France et lui aussi fut éliminé – non pas brutalement comme son père, on se contenta de le détrôner. Il fut remplacé par le prince Charles de Suède, duc de Sundermanie, le frère de Gustave III, le seul membre de la famille avec lequel ce dernier se soit entendu. Charles, devenu le roi Charles XIII, n'eut pas d'enfant.

Alors on se rappela le procès-verbal qu'avait fait rédiger et signer un siècle plus tôt le roi Charles XI. On analysa, détail après détail, la vision prémonitoire qu'il avait eue. Le cadavre ensanglanté et couronné était celui de Gustave III, l'enfant portant les instruments de la royauté à côté de lui était son successeur Gustave IV, le prince royal appuyé sur le trône ne pouvait être que le duc de Sundermanie. Quant à l'aristocrate décapité dont la tête, roulant jusqu'à Charles XI, avait taché de sang sa robe de chambre et sa pantoufle, c'était évidemment l'assassin Anckarström. « *Malheur, malheur, malheur au sang des Wasa !* » s'était écrié le spectre. Effectivement, au cinquième règne après Charles XI était survenu le drame, ce drame qui, avec l'assassinat de Gustave III, devait signifier la fin des Wasa.

En cette année 1859, Giuseppe Verdi a bien des soucis. L'illustre compositeur italien doit se battre contre la censure et contre ses producteurs. Dans un livret d'Eugène Scribe, il a lu la fin tragique du roi Gustave III. Il en a justement conclu que c'était là le meurtre le plus romanesque de l'Histoire, le plus théâtral aussi, et donc le sujet idéal pour un opéra. Tout le monde lui est tombé dessus... Vanter le meurtre d'un roi était une insulte aux rois toujours régnants ! D'autre part, on ne voulait pas envenimer les relations avec la Suède en rappelant cette tragédie. On a donc sommé le musicien d'opérer des transformations dans son œuvre. Et comme tout créateur qui se respecte, il a protesté. On était au bord du procès lorsque Verdi finalement s'inclina. Sa musique était plus importante qu'un livret ! Il se contenta de maquiller un peu l'histoire : Stockholm se transforma en Boston, et le roi Gustave III devint le comte Riccardo. Puis, l'âme en paix, Verdi put terminer l'un de ses meilleurs opéras : *Un ballo in maschera* [1]. Ainsi le génie du musicien fait-il survivre le roi assassiné mieux que son propre fantôme.

---

1. *Un bal masqué.*

L'Abbesse Noire

L A nuit tombait, il pleuvait, et Frederik Rees était fatigué. Fatigué de conduire sur cette route encombrée qui relie Belfast à Dublin, fatigué de sa journée de travail, fatigué de l'Irlande. En bon Anglais, il n'avait pas une sympathie excessive pour la grande île voisine... Et il détestait particulièrement l'Irlande du Nord, où il avait passé la journée à travailler, sans beaucoup de résultat.

Il était voyageur de commerce dans une grande entreprise de produits ménagers. Or les habitants de Belfast s'étaient montrés peu enclins à acheter des casseroles, alors que des bombes éclataient çà et là et que la haine entre catholiques et protestants grandissait sans cesse. Frederik avait préféré ne pas s'attarder et faire la route de nuit pour coucher à Dublin, afin de commencer frais et dispos le lendemain à vendre ses produits. Que ne fallait-il pas dépenser comme salive pour faire acheter une moulinette !

La pluie continue à tomber, de plus en plus drue, et les phares des voitures et des camions venant en sens inverse l'aveuglent presque, quand il s'aperçoit en plus, jetant un œil sur son tableau de bord, que sa batterie est à peu près à plat. Il grommelle les pires jurons de son répertoire, ralentit, parcourt encore quelques centaines de mètres, et n'en croit pas ses yeux : le trafic intense s'est presque tari ! Il a du mal à y croire. Puis il se rend compte qu'avec ce manque de visibilité, il a emprunté sans le vouloir une route de traverse ; peu fréquentée – tant mieux – mais qui certainement ne le mènera ni à Dublin ni vers un garage. Trop fatigué pour réfléchir, il poursuit droit devant lui jusqu'à ce que la voiture s'arrête, la batterie définitivement morte.

Il sort de sa voiture, boucle son imperméable, enfonce sur sa tête un chapeau de pluie informe et regarde autour de lui. L'eau tombe à verse, les ténèbres sont épaisses, mais il avise un chemin qui part à droite. À tout hasard, il l'emprunte. Bientôt, il entend le clapotis de la mer. Le vent est faible, aussi est-elle calme. En avançant lentement dans la pénombre qui l'entoure, il découvre qu'il a atteint le bord d'une pointe rocheuse au sommet de laquelle il distingue des murailles à demi démolies qui doivent appartenir à quelque très vieille forteresse. Il est complètement perdu, sans avoir la moindre idée du lieu où il est parvenu.

La pluie n'a pas cessé, elle gagne même en violence, et la première urgence pour lui, c'est de s'abriter. Il entrevoit non loin une sorte de grotte directement ouverte sur le chemin. Il s'y précipite : au moins, à l'intérieur, il ne pleut pas ! Au bord de l'épuisement total, il s'assoit à même le sol, constitué non pas de roche mais de dalles taillées de main d'homme. Heureusement qu'il a trouvé ce refuge de fortune car dehors l'averse torrentielle se transforme en véritable orage. Un vent glacial se met à souffler ; les grondements du tonnerre ébranlent l'atmosphère et les éclairs embrasent le ciel. Frederik Rees a beau être un homme solide et mûr, il se sent bien petit, bien seul face aux éléments déchaînés.

Du moins, le feu des éclairs illumine son refuge, lui permettant de le détailler. Il remarque que ce qu'il a pris pour une grotte est en fait une chapelle en ruine, avec une voûte gothique en guise de plafond. Le mur extérieur a dû disparaître avec le temps, ses moellons emportés par la mer – d'où la confusion avec une grotte. Au fond de la chapelle, Frederik distingue un autel grossièrement taillé dans le roc, dominé par une cavité où avait dû être placée dans les temps anciens une statue, très certainement de la Sainte Vierge.

L'orage est en train de s'éloigner. On entend encore, au loin, quelques grondements de tonnerre, mais le vent s'est calmé, la mer a retrouvé sa tranquillité, les nuages se sont écartés et la lune est apparue, qui éclaire le paysage. Il est temps pour Frederik de regagner sa voiture, puis de partir à pied chercher du secours. Pourtant, une force contre laquelle il ne veut pas lutter le retient assis sur le sol de la chapelle. Il n'a plus aucune envie de partir. Curieusement, il se sent bien.

Soudain, il discerne un mouvement dans l'ombre opaque qui enveloppe l'autel. Bientôt émerge une silhouette qui, s'approchant de lui, passe sous un rayon de la lune. Il détaille une femme très grande, puissamment bâtie, portant une robe ancienne et un long voile noir. Ses yeux bleus étincellent, elle est mortellement pâle et ses lèvres ne sont qu'un mince filet sans couleur. Frederik la contemple, fasciné. Il ne cherche pas à savoir d'où elle vient ni qui elle est, il n'éprouve aucune peur. Une autre ombre fait sentir sa présence, qui surgit à son tour des ténèbres ; cette fois-ci un homme, lui aussi tout de noir vêtu, portant une espèce de cape qui lui tombe jusqu'aux genoux et coiffé d'une broussaille épaisse de cheveux noirs. Ses traits sont rudement sculptés, creusés de rides profondes, il a une expression cruelle. Et pourtant il est extraordinairement beau.

L'homme et la femme s'approchent l'un de l'autre et semblent se fondre ensemble pour ne plus former qu'une silhouette, sombre et indistincte. En glissant sur le sol, sans faire le moindre bruit, ils passent devant Frederik sans paraître le voir. Ils franchissent les restes du portail de la chapelle et s'évanouissent dans la nuit.

Alors seulement Frederik retrouve ses esprits. Il se relève et quitte la chapelle pour rejoindre sa voiture. Il regarde sa montre : il est minuit passé. Personne ne se trouvera éveillé pour l'aider… Aussi s'installe-t-il le moins inconfortablement possible dans sa voiture pour se reposer. Mais le sommeil ne vient pas, sans cesse il revoit le couple apparu dans la chapelle en ruine. Quand le jour commence à poindre, il n'est vraiment pas dispos. Il attend encore un peu, puis se met en route à pied.

Bientôt, il tombe sur un village, celui de Carlingford. Il comprend qu'il a passé la nuit au bas du château du même nom, une ruine conseillée par toutes les agences de voyages et visitée par des milliers de touristes. Il trouve un garage ouvert et se fait aisément dépanner. Il ne peut s'empêcher de raconter au garagiste son aventure nocturne, et la vision qui l'a marqué. Le garagiste ne semble en rien impressionné :

— Vous avez tout simplement vu l'Abbesse Noire et son amant. Vous n'êtes pas le seul ! Je ne sais combien de fois j'ai entendu des visiteurs me faire le même récit. À la différence près que, généralement, *ils* se font voir sur la plage et non dans l'ancienne chapelle.

Ce n'est pas des morts mais plutôt des vivants que pourrait avoir peur mère Marie-Agnès, l'abbesse du petit couvent de Saint Bonaventure. Elle a elle-même fondé cette communauté religieuse, choisissant les landes désertes de la côte du Northumberland qui borde la mer du Nord, une région éloignée du monde et de ses tentations. Sa foi profonde ne lui fait craindre aucune rencontre avec des créatures venues de l'au-delà. Elle sait que Dieu la protégerait. En revanche, les vivants, c'est une autre affaire ! En cette année 1466, l'Angleterre est déchirée par une guerre civile qui oppose deux branches de la famille royale, les Lancastre et les York, représentées respectivement par une rose rouge et une rose blanche – d'où le nom si poétique de « guerre des Deux-Roses » donné à cette série ininterrompue d'atrocités. Viols, pillages, massacres, destructions n'épargnent même pas le Northumberland pourtant bien écarté.

Mère Marie-Agnès sait que ces landes pourtant éloignées de tout ne sont pas à l'abri de quelque incursion. Aussi, malgré tout son courage, n'a-t-elle pu s'empêcher de sursauter lorsque la sœur tourière est venue la trouver pour l'informer qu'une femme demandait à lui parler. Mais quelle femme ! La sœur en tremblait encore rien qu'en la décrivant. Reprenant son sang-froid, mère Marie-Agnès ordonna à la sœur tourière d'introduire la visiteuse.

Elle vit entrer dans son minuscule bureau une créature dont l'apparence pouvait effectivement faire peur : une femme très grande, très maigre, âgée, comme desséchée mais fortement bâtie, habillée entièrement de noir. Elle n'avait pas quitté sa longue cape ni enlevé le capuchon à grands rabats qui lui cachait une partie du visage. Cependant, mère Marie-Agnès entrevit la bouche qui n'était qu'un fil sans couleur, le menton pointu, les joues creuses, les yeux bleus scintillants. Sa grande connaissance de l'âme humaine lui permit d'y déceler de la bonté, mais également une infinie tristesse.

La visiteuse ne se nomma pas, ne donna aucune explication. Elle espérait seulement pouvoir rester une semaine au couvent de Saint Bonaventure, le temps de réfléchir et de prier. L'abbesse avait fondé ce couvent lointain justement avec l'intention d'accueillir des êtres égarés, elle accepta sans poser de questions. Pendant huit jours, la visiteuse demeura enfermée, sans se manifester autrement qu'aux repas pris en commun et dans le silence.

Au bout de la semaine, ainsi qu'elle l'avait annoncé, elle demanda à voir l'abbesse pour prendre congé. Ce jour-là, il faisait particulièrement froid et mère Marie-Agnès avait allumé un feu dans la cheminée. La visiteuse de nouveau ne fournit aucun éclaircissement et se contenta d'offrir une somme qui parut énorme à l'abbesse pour la remercier de son hospitalité. Dans ce geste, elle dérangea le pan de sa cape noire, qui s'affaissa sur les braises de la cheminée. Elle la tira brusquement pour l'empêcher de prendre feu. Son geste entrouvrit le vêtement et mère Marie-Agnès fut stupéfaite de voir que la visiteuse portait au bout d'une chaîne en or une croix d'une richesse inouïe.

Un instant lui avait suffi pour remarquer que le bijou était enchâssé d'énormes rubis et d'émeraudes. Un tel joyau n'avait pas été ciselé en Angleterre, cela mère Marie-Agnès le savait. Elle avait vu une croix semblable chez un chevalier normand qui l'avait rapportée – c'est-à-dire qui l'avait volée – de

Constantinople. Cette croix était donc byzantine. Mais que faisait-elle au cou de cette austère et grande femme tout de noir vêtue ?

Déjà la visiteuse avait refermé le pan de sa cape sur sa poitrine, cachant la précieuse croix. Elle avait néanmoins surpris le regard de mère Marie-Agnès. Alors ses lèvres pâles s'élargirent sur un maigre sourire. Elle se leva pour partir. Mais auparavant, elle plongea son regard dans les yeux de l'abbesse :

— À cause de votre tenue grise, je me souviendrai de vous comme l'Abbesse Grise des Landes. Et vous – elle désigna sa sombre tenue –, peut-être penserez-vous à moi sous le nom d'Abbesse Noire ? C'est ainsi qu'autrefois j'étais identifiée.

La visiteuse quitta le couvent. Par la fenêtre, mère Marie-Agnès la vit suivre le sentier qui sinuait entre les dunes plantées d'ajoncs vers la plage sans fin. « Quelle femme étrange et impressionnante, pensa-t-elle. Quelle peut être son histoire, car je ne doute pas qu'elle en ait une ? » La silhouette noire avait disparu derrière les dunes. L'abbesse revint vers la cheminée réchauffer ses mains. Puis la voix du devoir l'appela.

Elle convoqua la sœur économe, s'assit à son bureau, prit sa plume d'oie et ouvrit le grand livre de comptes. Elle se mit à examiner les dépenses, mais elle ne parvenait pas à se concentrer. Elle s'adressa alors à la sœur économe, comme si elle se parlait à elle-même :

— Cette femme me hante, murmura-t-elle. Qui peut-elle être ?

Puis elle haussa les épaules et sourit :

— De toute façon, nous sommes un hôpital pour les âmes. Même si nous demeurons à l'écart du monde et à moitié cachées par la lande, toutes sortes d'étrangers arrivent on ne sait comment ici. L'avez-vous remarqué, ma sœur ? Nous avons déjà dû traiter toutes sortes de malheurs… Malgré tout, j'aurais aimé connaître l'histoire de l'Abbesse Noire…

Mère Marie-Agnès ne s'était pas trompée en devinant que l'Abbesse Noire avait une histoire, c'est-à-dire un passé, un lourd, un très lourd passé.

Soixante-treize ans avant la visite de l'Abbesse Noire à l'Abbesse Grise au couvent de Saint Bonaventure, le 9 août 1393, vint au monde Henrietta Anna Tradescant près de Penzace, en Cornouailles. Née sous le signe du Lion, elle devait lui faire honneur. Ses parents, qui habitaient un modeste manoir, étaient plus fermiers qu'aristocrates. Cependant, ils tinrent à ce que leur fille unique reçût une éducation de demoiselle Aussi Henrietta Anna apprit-elle à lire et à écrire – une grande rareté dans la région ! Mais, peut-être parce qu'elle était enfant unique, et donc unique héritière des terres, on la laissa pousser comme un garçon manqué... Elle le devint, au point que bientôt dans toute la région il n'y eut pas de bagarreur plus craint que la fille du manoir !

Alors qu'elle approchait de la trentaine, ses parents décidèrent qu'il était temps pour elle de s'atteler à l'entretien du domaine afin qu'eux-mêmes puissent prendre quelque repos. À cette annonce, elle tapa si fort sur la table qu'elle fit voler les assiettes en étain :

— Jamais je ne serai fermière ! Je veux devenir flibustière !

C'est-à-dire, peu ou prou, pirate. Ce n'était pas une profession inconnue en Cornouailles où la contrebande fleurissait depuis des siècles, au point qu'elle était surnommée l'« art ancien des Cornouans ». De la contrebande à la piraterie, il n'y avait qu'un pas, qu'Henrietta Anna était décidée à franchir le plus rapidement possible. Ses parents poussèrent des cris d'horreur, sans aucun résultat. Alors que le village et ses environs accueillaient sa détermination avec sympathie.

Pour être pirate, il faut avoir un navire. Henrietta Anna se mit en chasse d'un bateau point trop grand, capable d'ancrer dans des eaux peu profondes, mais assez rapide pour échapper à n'importe quel poursuivant. Elle trouva l'oiseau rare – *L'Abbesse Noire* – au port de Bristol, et l'acheta. Elle envoya promener ses robes et ses falbalas, endossa des chausses masculines, enfila de hautes bottes, et la noble Henrietta Anna Tradescant du manoir de Penzace disparut pour faire place au redoutable capitaine Henny. Redoutable car très vite, l'apparition de *L'Abbesse Noire* sema la terreur sur les côtes d'Angleterre, du pays de Galles et d'Écosse. Elle se fit rapidement un nom – et un grand nom – dans la carrière.

Dans sa vie privée aussi, elle réussissait. Car elle avait découvert l'amour de sa vie, Nevin O'Neill, natif de Tyrone. Comment ce renégat irlandais était-il arrivé sur le pont de *L'Abbesse Noire* ? Probablement s'était-il engagé comme pirate, et le capitaine Henny avait-il été séduit par ses qualités professionnelles ! Rien n'arrêtait Nevin, et surtout pas les scrupules. Il était doté, en guise de mains, de deux battoirs qu'il aimait serrer autour du cou de ceux dont il considérait l'existence comme inutile. C'était sa façon préférée de tuer, et il tuait beaucoup. Il devait pourtant posséder d'autres qualités, car le capitaine Henny l'aimait, comme il aimait le capitaine Henny. Au point qu'il lui fit cadeau de la pièce la plus précieuse du butin personnel qu'il avait entassé en récompense de ses bons et loyaux services. C'était une croix en or incrustée de magnifiques émeraudes et rubis, de fabrication byzantine. Le capitaine Henny, qui n'avait jamais porté de bijoux, épingla la croix sous son justaucorps de cuir et ne la quitta plus. Complices, amis, amants, Henny et Nevin étaient tout l'un pour l'autre. La vie souriait donc de toutes les façons au capitaine de *L'Abbesse Noire*...

Jusqu'à ce soir de tempête au large de l'Écosse. La tourmente s'était abattue subitement sur le vaisseau qui tentait maladroitement de combattre le vent déchaîné et les vagues monstrueuses. L'une d'entre elles, plus violente encore que les autres, s'abattit sur Nevin alors qu'il essayait d'enverguer une voile qui venait de se déchirer. Il fut entraîné dans le gouffre grondant des eaux ténébreuses. Impossible pour quiconque de faire la moindre tentative pour lui lancer une bouée ou une corde, moins d'une seconde avait suffi pour le faire disparaître à tout jamais...

L'équipage dut encore lutter plusieurs heures avant de pouvoir gagner l'abri d'une crique isolée, bien connue des contrebandiers. Au matin, la tempête s'apaisa. Le calme revint partout, pour tous, sauf pour Henny. Au moment où elle avait vu Nevin s'enfoncer dans les flots, elle avait senti que la chance qui l'avait jusqu'alors indécemment privilégiée l'abandonnait pour toujours. Elle savait aussi que jamais elle n'oublierait Nevin, et que son amour pour lui brûlerait jusqu'à sa mort et même au-delà.

Son équipage remarqua vite le profond changement qui s'était opéré en Henny. Ces hommes pour qui la violence, le danger, la cruauté composaient le quotidien, qui pillaient et tuaient comme si de rien n'était, ne pouvaient comprendre que leur capitaine, l'indomptable Henny, fût à ce point affecté par la mort d'un seul homme. Elle qui éclatait jusqu'alors de vitalité semblait maintenant haïr la vie.

L'Abbesse Noire avait quitté l'Écosse et, longeant les côtes d'Angleterre, venait d'atteindre une crique tranquille non loin du vieux port de Yarmouth. Ce matin-là, un brouillard épais enserrait le navire, si dense qu'on ne voyait pas même la mer. Le capitaine Henny convoqua son équipage dans sa cabine.

Ces « assemblées », comme elle les nommait, étaient fréquentes, car souvent il s'agissait de discuter de plans, plus audacieux et plus terribles les uns que les autres. Cette fois, tout était différent. Henny s'était lourdement assise dans son large fauteuil, le regard fixe, à moitié dissimulé sous ses paupières. Généralement, elle se montrait l'exubérance personnifiée, et en quelques phrases elle faisait rire aux éclats les membres de l'équipage, même lorsqu'elle leur proposait les programmes les plus sinistres. Mais ce jour-là, ils constatèrent sans oser se l'avouer qu'elle avait pris de l'âge – alors qu'elle n'avait même pas atteint trente-deux ans. D'un ton morne, sans bouger, la tête baissée, elle leur annonça que c'en était fini pour elle de la mer. Elle comptait se débarrasser au plus vite de *L'Abbesse Noire*, recommandant à ses compagnons de l'emmener tout d'abord dans les îles Scilly, le refuge le plus couru par tous les contrebandiers, flibustiers et autres pirates dont la tête était mise à prix ; ensuite, à eux d'en disposer.

Les marins commencèrent par grogner. Henny les fit taire

en sortant du coffre le butin accumulé au fil des ans, qu'elle leur distribua à parts égales, ne se réservant que la croix de rubis et d'émeraudes donnée par Nevin et qu'elle portait sous son corsage, rien d'autre. Puis elle les renvoya.

Les hommes se remirent à leur tâche, c'est-à-dire à l'entretien du navire cruellement blessé par la tempête. Alors qu'ils travaillaient sur le pont, ils virent le capitaine Henny s'y promener de long en large, caressant les mâts, les voiles, les rambardes, regardant avec attendrissement « la plus parfaite petite beauté mâtée sous le ciel », ainsi que Nevin appelait *L'Abbesse Noire*. Puis le capitaine se volatilisa, « … comme si un serpent de mer l'avait brusquement avalé », raconta plus tard l'un d'eux. *L'Abbesse Noire* disparut peu après.

Les marins avaient probablement suivi les instructions de leur capitaine, dirigeant le navire vers les îles Scilly pour lui donner une nouvelle apparence en le repeignant de neuf, lui inventant un nouveau nom, lui assurant peut-être une nouvelle carrière de piraterie, ou alors le vendant au plus offrant… Le capitaine Henny n'avait exercé la flibuste que peu d'années, mais suffisamment pour laisser un souvenir impérissable à tous, devenant la plus célèbre femme pirate du Moyen Âge, la légende confondant le nom de son navire et le surnom que la postérité lui donna. Pour tous, elle était désormais l'Abbesse Noire.

Henny avait trente-deux ans lorsqu'elle abandonna son navire. Pendant quarante et un ans, elle disparut sans que jamais personne ne sache rien de ses activités. Parcourut-elle le vaste monde alors que son cœur n'était plus qu'une pierre racornie par le malheur ? Douteux. Se retira-t-elle dans quelque ermitage pour y entretenir le culte de Nevin et méditer sur son triste sort ? Possible. S'engagea-t-elle dans une armée mercenaire pour y trouver une mort qui s'était pourtant refusée à elle ? Envisageable. En tout cas, on n'entendit plus parler d'elle avant ce soir de 1466, quarante et un ans plus tard, lorsqu'elle frappa à la porte du petit monastère de Saint Bonaventure perdu dans les landes du Northumberland.

L'âge et les épreuves ne l'avaient pas courbée ni n'avaient diminué son énergie. À soixante-treize ans – ce qui à l'époque représentait un record rarement battu –, elle avait encore des projets. La preuve, quelques jours après son départ de Saint Bonaventure, une barque la déposait sur la côte est de l'Irlande, au bas du formidable château de Carlingford. Une volée de marches s'élançait de la mer, qu'elle emprunta d'un pas ferme et rapide. Elle franchit la poterne, pénétra dans la cour extérieure du château et alla frapper à l'aile occupée par le prieuré. Carlingford, tout en servant encore d'ouvrage de défense, était si vaste que, dans une partie inhabitée du château, s'était installée une association de dames nobles, généralement des veuves, qui, voulant se libérer des aléas de l'époque, des pressions, des tensions, des dangers, avaient décidé de se retirer du monde ensemble en ce lieu écarté pour pouvoir connaître enfin une certaine sérénité.

Comment l'Abbesse Noire avait-elle entendu parler de cette communauté ? Comment postula-t-elle ? Surtout, sur quelles recommandations et sur quelles références fut-elle acceptée ? Mystère. Néanmoins, elle fut choisie comme prieure par cette noble confrérie et arrivait à Carlingford tout simplement prendre ses fonctions. Les premiers jours, elle explora les lieux. Pas un recoin du château, pas un entassement de rochers, pas une grotte ne lui échappèrent. Pendant qu'elle arpentait inlassablement le sable de la plage, elle se demanda ce qu'elle était venue faire ici ; la réponse était évidente : elle avait besoin de vivre près de la mer, tout en restant à l'abri des recherches et de la curiosité d'autrui.

La mer était son élément. Elle s'en était servi et en avait fait son instrument de travail. Mais son malheur aussi. La mer, qui lui avait enlevé son amour, se déciderait-elle un jour à le lui rendre ? Elle ne cessait de penser à lui chaque jour et saurait attendre le temps qu'il faudrait… Aussi surveillait-elle cette mer qu'elle haïssait et adorait également. Quand elle ne se promenait pas sur la plage, elle demeurait dans la salle située au sommet de la Tour du Large, ainsi nommée parce qu'elle était orientée vers la haute mer. Assise à côté de la fenêtre, elle contemplait l'horizon marin pendant des heures entières.

Après quelques timides essais, elle avait rapidement abandonné ses devoirs de prieure. D'ailleurs, se disait-elle, la communauté ne s'en portait pas plus mal. Les nobles dames disparaissaient l'une après l'autre, emportées par l'âge. L'Abbesse Noire en avait si peu cure qu'elle le remarquait à peine. Un jour tout de même, force lui fut de constater qu'il ne restait plus de la communauté que deux vieilles quasi impotentes : lady Doneraile, atteinte de sénilité avancée, et la Knappogue, si âgée que personne ne savait quand elle était née. Ces deux antiquités réussissaient encore à faire une sorte de cuisine et à servir leur prieure avec une joyeuse désinvolture. À elles trois, elles étaient désormais les seules habitantes du vaste et silencieux bâtiment.

L'été vint. Cette année-là, il fut particulièrement chaud. La nuit, la température restait oppressante, refusant le sommeil à l'Abbesse Noire qui d'ailleurs dormait peu et mal. Comme d'habitude, elle s'était assise devant la fenêtre de la chambre haute de la Tour du Large, mais le temps lourd la rendait nerveuse, agitée. Elle se leva, descendit dans la cour, sortit par la petite poterne, atteignit l'éperon rocheux et entra dans la minuscule chapelle qu'elle affectionnait. Elle avait été construite par une ancienne prieure quelques décennies plus tôt. Celle-ci l'avait dédiée à la Vierge et avait placé dans la niche une statue de bois de la mère de Dieu, sculptée en Flandre, qui tendait ses mains dans un geste d'accueil et d'amour.

L'Abbesse Noire s'agenouilla devant l'autel de pierre et, à la lueur de la bougie qu'elle avait apportée, contempla le visage souriant de Marie. Aussitôt, elle retrouva une paix qui l'avait désertée. Bientôt, elle entendit venue du dehors une voix qui l'appelait : « Henny ! Henny ! » Cette voix, elle l'aurait reconnue entre toutes, c'était celle de Nevin, l'amant qu'elle pleurait depuis près d'un demi-siècle ! Elle se redressa brusquement et se retourna. « Henny ! Henny ! » Personne. La voix semblait sortir des vagues et pourtant elle était forte et claire. Alors l'Abbesse Noire se jeta de nouveau à genoux et leva les yeux vers la statue. Lentement, elle détacha la chaîne qu'elle portait sous sa robe et sortit de son corsage la croix en or incrustée de rubis et d'émeraudes qu'elle déposa dans les mains tendues de la statue.

Ensuite, joignant ses mains dans un geste d'adoration, elle pria : «Ô Vierge, mère de Dieu, écoutez-moi ! De tout mon cœur, de toute mon âme, je vous prie pour que cela soit vrai, pour que cette voix que j'entends ne soit pas une plaisanterie ni une supercherie du vent. Accordez-moi cette grâce, faites que cela soit lui ! Si je ne reviens pas, alors, dans votre infinie compassion, vous saurez que je l'ai trouvé.»

Elle se releva et sortit avec l'énergie d'une jeune fille. Elle descendit d'un pas léger les marches de pierre qui la menèrent à cette plage qu'elle avait si souvent arpentée. Elle courut sur le sable, et s'arrêta soudain : au loin émergeait une silhouette ; elle reconnut les traits rudement sculptés du visage, la beauté mâle, la sombre tignasse, la carrure imposante, elle vit les deux mains tendues vers elle en un geste d'appel. «Henny ! Henny !» Elle entra dans l'eau et s'avança vers lui qui, au fur et à mesure, reculait sans néanmoins paraître s'enfoncer. C'était elle, c'était Henny qui, sans s'en rendre compte, se laissait engloutir dans les flots. Elle marcha jusqu'à ce qu'elle ne sente plus le sable sous ses pieds. Une simple vaguelette suffit à la recouvrir. Elle avait été happée par la mer, elle avait enfin rejoint Nevin.

Plus d'un siècle s'écoula. En 1601, la fabuleuse Elizabeth régnait sur l'Angleterre. La sexagénaire rousse, ruisselante de joyaux, avait atteint le comble de la gloire. Le peuple l'idolâtrait, ses armées étaient invincibles, ses royaumes prospéraient comme jamais, pourtant elle était profondément malheureuse. Elle aimait sans espoir ce Robert Devereux, qu'elle avait fait comte d'Essex. Le fait qu'il eût presque trente ans de moins qu'elle ne l'avait pas arrêtée. De son côté, il avait affiché une passion délirante, et elle l'avait cru, elle l'avait couvert d'honneurs et de richesses. Puis elle avait voulu lui bâtir un piédestal afin de légitimer sa position de favori.

Les Irlandais s'étant une fois de plus révoltés contre leurs maîtres anglais, la reine, certaine qu'il suffirait d'une promenade militaire pour les mettre au pas, en avait chargé son bel amoureux. Or, il avait lamentablement échoué : non seulement il s'était fait battre par ces gueux, mais il avait négocié avec leurs chefs, félonie impardonnable ! Pour comble, il avait pris langue avec les Écossais, s'enfonçant sans hésiter dans la haute trahison. Il avait été arrêté, jugé, condamné à mort. Elizabeth demeurait nuit et jour déchirée entre la raison d'État et son amour pour le jeune homme.

Elle reçut une lettre de la Tour de Londres où il était emprisonné. Les mains tremblantes, elle la décacheta. Essex jurait qu'il ne l'avait pas trahie. Comment aurait-il pu le faire envers celle qu'il ne cessait d'aimer de toutes ses forces ? Au nom de cet amour, il la suppliait de l'épargner et de lui donner une nouvelle chance. La lettre entourait un objet précieux qu'Elizabeth observa avec curiosité. C'était une croix en or ciselée à l'ancienne, enchâssée de très gros cabochons de rubis et d'émeraudes dont le temps avait quelque peu terni l'éclat. Essex, dans sa lettre, racontait qu'il avait trouvé ce joyau dans les mains d'une statue de la Vierge, à l'intérieur d'une petite chapelle au bas d'une forteresse où il avait passé plusieurs nuits alors qu'il combattait les insurgés irlandais. Elizabeth contempla la croix, lut et relut la lettre de son amant, et laissa exécuter Robert Devereux comte d'Essex. Il avait trente-quatre ans.

Entrée dans le trésor royal, la croix de l'Abbesse Noire y disparut. Peut-être fut-elle fondue avec les autres joyaux de la Couronne sous Cromwell... Le joyaux tangible s'est dissous dans le temps, tandis que l'intangible fantôme de l'Abbesse Noire continue et continuera dans les siècles des siècles à hanter la chapelle où elle attendit si longtemps l'homme qu'elle aima toute sa vie, et par-delà la mort.

La Dame au masque

E N 1936, le magazine *Country Life*, spécialisé dans les reportages sur les châteaux anglais, envoya le capitaine Provand et son assistant, Indre Shaira, effectuer un reportage à Raynham Hall. Cette célèbre demeure du XVIIᵉ siècle figurait, selon les connaisseurs, le triomphe du baroque.

Les deux photographes se trouvaient dans l'escalier considéré comme un tour de force architectural, et le capitaine avait déjà pris un cliché lorsque son assistant lui fit remarquer qu'il lui avait semblé apercevoir une curieuse ombre sur les marches. Le capitaine regarda dans l'objectif, et ne vit rien que l'escalier. Cependant, il tira une seconde photo. Celle-ci, lorsqu'il la développa, fit apparaître une silhouette blanchâtre, assez imprécise mais nettement féminine et portant une robe longue. Les plus grands experts furent convoqués pour décider s'il s'agissait d'un montage, ils furent unanimes pour affirmer que le négatif n'avait été manifestement ni retouché ni falsifié de quelque façon que ce soit. La photo de l'escalier de Raynham Hall avec la silhouette descendant les marches fut publiée dans *Country Life* le 6 décembre 1936. Elle reste l'une des seules photographies de fantôme au monde qui ait été indiscutablement authentifiée. Quant aux amateurs de fantômes, ils s'accordèrent pour identifier l'apparition à la Dame en Brun, la plus célèbre, la plus ancienne résidente des lieux.

En ce Norfolk généralement éventé et frais, cette journée de juillet 1910 a été particulièrement lourde, au point que le soir venant a fait à peine baisser la température. Le prince Christophe regarde l'heure à sa montre-bracelet de Cartier : dix-neuf heures. Il a le temps de lire avant de s'habiller pour le dîner. Il n'a pas envie de se presser ni à vrai dire de bouger. Il y a deux mois à peine est mort le roi Edouard VII d'Angleterre, plongeant dans l'affliction ses royaumes, ses sujets, sa famille, et en particulier sa veuve, la reine Alexandra. Toute sa vie il l'avait trompée, et pourtant un lien profond et solide avait uni le couple. Or la reine Alexandra, sœur de Georges Ier roi de Grèce, était la tante du prince Christophe, et même sa tante préférée. À soixante ans passés, elle gardait le physique et l'allure d'une jeune fille. Fraîche, simple, exquise, tout le monde dans la famille l'adorait, et tous éprouvaient maintenant de la tristesse pour elle. Aussi le prince Christophe avait-il décidé de venir lui tenir compagnie pour l'aider à passer le temps difficile de son deuil.

Il avait demandé à sa sœur la princesse Marie de l'accompagner, comptant sur son esprit et sa gaieté pour détendre l'atmosphère. Le train qui les amenait de Londres avait roulé jusqu'au milieu de l'après-midi avant de les déposer dans la petite gare de Sandringham. Les automobiles de la Cour les y attendaient, qui les avaient conduits au château, propriété privée du roi Edouard et de la reine.

Ils l'avaient fait construire au début de leur mariage. Loin de choisir un style qui rappelât les immenses palais de l'aristocratie britannique, Edouard avait fait bâtir une sorte de villégiature qui s'apparentait plutôt à un hôtel de luxe, comme son Ritz bien-aimé. C'était vaste, bien sûr, mais assez bourgeois d'aspect. Le parc en revanche était digne des plus belles créations des jardiniers britanniques, s'étendant sur des centaines d'hectares et prolongé par d'immenses forêts giboyeuses. Le château restait essentiellement une retraite familiale, loin des pompes et des cérémonies, on s'y sentait à l'aise. On avait d'ailleurs plus insisté sur le confort que sur le faste. Le prince Christophe retrouvait toujours avec plaisir Sandringham où, grâce à la chaleureuse hospitalité de feu son oncle et maintenant de sa tante, il se sentait un peu chez lui.

Fatigué par le voyage et la chaleur, à peine était-il arrivé et l'avait-on mené à sa chambre qu'il était tombé endormi sur son lit. Il ne se réveilla que lorsqu'il entendit frapper à sa porte : son valet venait préparer les vêtements qu'il devait endosser pour le dîner. C'est alors que, regardant sa montre, il constata qu'il avait encore du temps pour poursuivre la lecture du volume de mémoires qu'il avait trouvé sur son bureau parmi d'autres livres offerts à la lecture des invités. Le texte ne devait pas en être passionnant, car il se surprit plusieurs fois à lever les yeux de sa page et à regarder autour de lui. Le soleil couchant entrait à flots par les fenêtres et dorait les meubles modernes, les boiseries de teinte crème, les rideaux de chintz qui rendaient la chambre si attrayante. Exactement en face de son lit, entre les deux fenêtres qui éclairaient la pièce, se dressait une coiffeuse surmontée d'un très grand miroir cerclé d'argent.

Soudain, il eut l'impression à la fois diffuse et nette que quelqu'un l'observait. Il leva les yeux. Le miroir, qui quelques instants auparavant renvoyait l'image de sa chambre et de lui-même étendu sur son lit, reflétait tout à coup un visage et un buste féminins. Les muscles du prince se raidirent, comme si un liquide paralysant lui avait été injecté. Néanmoins, il sut d'instinct qu'il n'avait rien à redouter.

L'image était tellement précise qu'il put la détailler à loisir. La femme était jeune et très belle, avec une bouche sensuelle et charnue, un joli menton à fossettes, un nez droit ; des cheveux bruns et bouclés encadraient son visage. Sa robe était taillée dans un lourd brocart brun brodé d'or, dont le profond décolleté carré bordé d'un col blanc laissait deviner une gorge parfaite. Elle portait un petit masque noir qui ne cachait rien de ses yeux, très grands et magnifiques. Et ces yeux fixaient le prince Christophe avec l'expression d'une infinie douleur.

La première réaction de celui-ci fut de penser qu'une habitante du château était entrée chez lui sans qu'il s'en aperçoive.

Il se retourna pour s'en assurer : il n'y avait personne d'autre dans la pièce que le valet et lui.

Du coup, le prince Christophe se sentit la proie d'un sinistre cauchemar. Il y avait cette chambre d'amis gaiement décorée, éclairée par les rayons du soleil couchant, le valet de chambre indifférent qui allait et venait, le raclement des tiroirs que l'on ouvre et referme, le grondement de l'eau du bain qui coule abondamment, tous ces éléments familiers et rassurants. Mais il y avait cette femme dans le miroir, ce visage, ces yeux qui l'imploraient...

Puis l'image disparut, et le miroir refléta à nouveau la chambre, le lit et le prince Christophe étendu dessus dans sa robe de chambre.

Il lui sembla alors que son esprit se remettait à fonctionner, et il osa questionner le valet :

— Et vous, n'avez-vous rien vu dans ce miroir ?

Surpris, le valet tourna vers lui son bon gros visage rougeaud.

— Mais non, Votre Altesse Royale, rien, absolument rien.

Les yeux du valet exprimaient le plus intense étonnement. Le prince n'eut pas le temps d'approfondir ses impressions, l'heure tournait, il devait s'habiller.

Lorsqu'il descendit, il trouva dans le salon sa sœur Marie et sa cousine Victoria. Cette dernière était la fille non mariée de la reine Alexandra, qui servait en quelque sorte de dame de compagnie à sa mère. Encore bouleversé par ce qui venait de se produire, il s'empressa de le raconter aux deux jeunes femmes. Marie éclata de rire :

— Dis-moi, Christo, tu n'as pas trop abusé de ta flasque de whisky ?

Victoria fut plus indulgente :

— Tu dois être surmené, tu ferais bien de prendre un remontant...

Dépité, Christophe insista. Il décrivit dans ses moindres détails le visage, la tenue et même la forme du masque de la femme vue dans le miroir. Sa sœur ne fit qu'en rire un peu plus, et sa cousine haussa les épaules avec découragement : Christo était vraiment incorrigible !

Là-dessus, parut la reine Alexandra. Le deuil seyait à sa minceur et à sa beauté. Devant cette femme qui venait de perdre son mari aimé, aucun des trois n'osa parler de fantômes ni de morts. La reine comptait sur son neveu pour la distraire, comme il savait si bien le faire. Mais ce soir-là, au grand étonnement de sa tante, il resta plutôt silencieux, perdu dans ses pensées. D'ailleurs, il monta tôt se coucher.

Cette nuit-là, il dormit fort mal. Il n'avait pas voulu éteindre complètement, laissant sa lampe de chevet allumée. À plusieurs reprises, il s'était réveillé et avait fixé le miroir de la coiffeuse : rien ne s'y reflétait que son grand lit et son visage anxieux. Le lendemain matin, il s'éveilla avec difficulté, mais bien décidé à prendre les choses à la légère. Il avait certainement dû être victime d'une hallucination, comme cela lui advenait parfois.

Après le déjeuner, la reine Alexandra, pour distraire son petit monde, suggéra une visite au château voisin de Houghton. Tous acceptèrent avec empressement cette intéressante distraction. La reine et les princesses partirent se préparer et réapparurent emmitouflées dans tant de voiles, de voilettes et d'écharpes, qu'on aurait cru qu'elles s'apprêtaient à partir pour une expédition au pôle Nord ! Tout cela bien entendu dans la chaleur incandescente de ce juillet brûlant... On partit dans d'énormes Rolls-Royce marquées sur la portière du chiffre de la reine. La première emmenait la veuve royale, sa fille, sa nièce et son neveu. Dans les suivantes avaient pris place sa dame d'honneur, ses deux aides de camp et des officiers de la sûreté.

La courte distance fut rapidement couverte. Le château se signala par une grille imposante et ornementée. Le cortège traversa plusieurs kilomètres d'un parc admirablement dessiné et doucement vallonné, semé de cours d'eau et de lacs artificiels. Au détour de la route apparut le gigantesque château de Houghton. Le classicisme du XVIIIe siècle y triomphait, avec ces façades interminables et austères, ces colonnades d'inspiration antique. Le marquis de Cholmondely, propriétaire des lieux, était absent mais son majordome prévenu attendait la reine devant la porte d'entrée.

Houghton était réputé pour être l'un des châteaux des plus somptueux de l'Angleterre, connu pour ses étonnantes collections de meubles, de tableaux et d'objets. Aussi ces royautés érudites se faisaient-elles une fête de le découvrir. Après le hall – parfait exemple d'un baroque exubérant –, on atteignit la chapelle. La reine et les princesses ne s'attardèrent pas, mais le prince colla son nez sur des bas-reliefs en marbre particulièrement délicats et resta en arrière, ébloui par ce tour de force de sculpture. Il s'y trouvait encore lorsque Marie et Victoria firent irruption derrière lui.

— Viens tout de suite !

Et sans lui donner même le temps de répondre, elles le prirent chacune par un bras et l'entraînèrent en courant. Christo se demandait ce qui avait bien pu se produire car elles paraissaient surexcitées. Ils traversèrent à toute vitesse plusieurs salons, plus splendides les uns que les autres, puis atteignirent la célèbre galerie de tableaux où s'étalaient les pièces les plus importantes des marquis de Cholmondely. Les deux princesses l'entraînèrent sans ménagement devant un portrait en pied, celui d'une femme dont le visage, la tenue reproduisaient jusque dans ses moindres détails la description que Christophe avait faite de l'apparition dans le miroir de sa chambre – à un signe près : la femme avait enlevé son masque et elle le tenait à la main. Le peintre avait réussi à rendre avec une justesse inouïe l'expression de tristesse et de supplication de ce regard qui avait tant frappé le prince la veille au soir.

L'émotion de Christophe, l'agitation des princesses étaient telles qu'il fut impossible de cacher plus longtemps la vérité à la reine Alexandra, qui ne comprenait pas ce qui se passait. On lui raconta donc l'histoire de l'apparition dans le miroir de Sandringham. Aussitôt, elle se prit au jeu et demanda au majordome :

— Savez-vous qui est le modèle de ce portrait ?

— Mon Dieu, oui, Votre Majesté. Mais ici jamais on n'en parle...

Le majordome hésitait visiblement à en dire plus. Mais la reine Alexandra avait ce don de mettre à l'aise, elle lui adressa un sourire enchanteur et susurra d'une voix douce :

— Racontez, s'il vous plaît.

— À la vérité, je sais peu de chose, simplement que cette dame est considérée comme le fantôme de la famille de Sa Seigneurie. Longtemps son portrait a été accroché dans une chambre d'amis du château, mais les manifestations de l'au-delà devinrent violentes. Au milieu de la nuit, les meubles étaient tirés sur le parquet, les bibelots étaient renversés, les draps de lit arrachés, les rideaux brusquement écartés. Plus personne ne voulait coucher dans cette chambre. Alors le père de Sa Seigneurie, le marquis de l'époque, a fait déménager le portrait ici, dans la grande galerie. Depuis, le fantôme est resté tranquille. Cela fait bien une soixantaine d'années qu'il ne s'est pas manifesté.

Il s'arrêta, bien décidé à ne plus ouvrir la bouche. Le prince Christophe se pencha sur l'étiquette clouée au bas du cadre et lut : « *Dorothy Walpole, vicomtesse Townshend, 1686-1726.* » Le majordome, soulagé à l'idée de reprendre la visite, s'avança vers les chefs-d'œuvre suivants accrochés à la suite du portrait.

— Si Votre Majesté veut bien s'approcher et regarder ce portrait de femme de Holbein...

Seulement la reine Alexandra, avec toute la gentillesse du monde, était assez entêtée. Lorsqu'elle avait une idée en tête, il était difficile de la lui enlever. Pour toute réponse aux invitations du majordome, elle s'assit sur la banquette à côté du portrait de Dorothy Walpole, releva sa voilette de dentelle noire, croisa ses mains également gantées de dentelle sur le manche en or et rubis, ciselé par Fabergé, de son ombrelle. Elle posa alors sur le majordome décontenancé son regard le plus enjôleur :

— Et maintenant, racontez-nous son histoire.

Les deux princesses s'installèrent à côté d'elle, le prince

Christophe resta debout devant le portrait qu'il ne cessait de contempler avec ébahissement. Le majordome comprit qu'il devait s'exécuter. Il pria simplement le ciel que son maître, le marquis de Cholmondely, n'aille pas apprendre qu'il avait parlé de Dorothy Walpole.

— Dorothy était la fille d'un *squire*[1] du Norfolk et la sœur de Robert Walpole qui allait devenir, comme Votre Majesté le sait, l'un des plus célèbres Premiers ministres du XVIIIe siècle. Elle était très jolie, très séduisante et un peu frivole ; dépensière aussi, elle aimait la toilette, les bijoux. Peut-être était-elle *fast*[2]... Admirée, courtisée, sollicitée, elle ne restait pas forcément farouche. Cependant, elle était amoureuse d'un seul homme : le beau, le riche, le séduisant vicomte Townshend. Tout concourait pour que ces deux-là convolassent et connussent le bonheur. Seulement, le père de Dorothy s'opposa à cette union et ne voulut pas en démordre. La raison ? Il se trouvait être le tuteur légal du vicomte, qui avait perdu ses parents très jeune, et craignait qu'on l'accusât de n'avoir agi que dans son propre intérêt et non pas dans celui de son pupille. Dorothy pria, supplia, pleura : rien n'y fit. De guerre lasse, le vicomte Townshend épousa la fille d'un aristocrate, le baron Telham de Laughton.

« Le cœur endeuillé mais le caractère loin d'être brisé, Dorothy se lança dans la vie mondaine de Londres. La reine Anne régnait alors, sans beaucoup d'autorité, laissant sa favorite, la duchesse de Marlborough, Sarah, gouverner à sa place. Du coup, l'aristocratie en prenait à son aise et faisait ce qu'elle voulait. Ce n'étaient que bals et mascarades, banquets et week-ends à la campagne. On mangeait énormément, on buvait encore plus, on jouait des sommes effarantes aux cartes, et le sexe n'était plus un péché mais plutôt une marque de bienséance.

« Dorothy s'épanouit dans ce milieu. Elle devint la maîtresse de lord Wharton, digne représentant de cette société. Il était

---

1. Propriétaire terrien.
2. « Rapide », une expression anglaise pour signifier qu'elle poussait le flirt un peu loin...

coureur, joueur, ivrogne comme personne et sa réputation n'était plus à faire. Ils eurent une liaison tapageuse, avant que lord Wharton ne soit contraint de s'enfuir sur le continent à la veille d'être arrêté pour dettes, peccadille sur laquelle les créanciers fermaient généralement les yeux mais qui, en ce cas précis, atteignait un montant tellement colossal qu'ils s'en étaient émus.

« Par une coïncidence extraordinaire, le vicomte Townshend, premier amoureux de Dorothy, se retrouva veuf à la même époque. Pendant toutes ces années, il avait vécu à la campagne avec sa femme, à laquelle il était fort attaché et qui lui avait donné cinq beaux enfants. Peu après la mort de celle-ci, il se risqua à Londres, peut-être pour oublier son chagrin. Dès sa première sortie, il tomba sur Dorothy, qui n'avait cessé d'être de toutes les fêtes. Ils se reconnurent, se saluèrent... et l'amour flamba entre eux comme lors de leurs dix-huit ans. Dorothy comprit qu'elle n'avait jamais aimé vraiment lord Wharton, le vicomte réalisa que le devoir plus que la passion avait inspiré son attachement à sa femme. Le père de Dorothy étant mort, il n'y avait plus d'obstacle à leur union. Décidés à rattraper le temps perdu, les deux amoureux se marièrent au plus vite. Tel était l'amour de Dorothy qu'elle renonça sans hésiter à la vie mondaine de la capitale. Elle se laissa emmener par son mari à la campagne. Ils eurent un premier, puis un deuxième, puis un troisième enfant. Dorothy s'épanouissait dans cette existence de mère et de châtelaine. Quant au vicomte Townshend, il découvrait le bonheur.

« Seulement, il y avait la belle-mère, la mère du vicomte. La première femme de son fils, elle l'avait supportée car elle ne l'avait pas considérée comme dangereuse. Par contre, elle haïssait Dorothy depuis le premier jour, depuis qu'elle avait compris que celle-ci lui avait enlevé son fils. Elle n'était plus la première dans le cœur de son fils, et cela, elle ne le pardonnait pas. Or, elle connaissait bien le vicomte, et gardait une arme redoutable en réserve. Agit-elle directement ou par l'entremise d'une amie dévouée ? On ne le sait. En tout cas, le passé de Dorothy fut révélé au vicomte par ses soins. Coupé de la capitale pendant toutes ces années vécues avec sa première femme à la campagne, il avait ignoré les cancans de la société londonienne et n'avait jamais appris ce qu'était devenue Dorothy depuis leur première rupture. En apprenant que sa femme avait été la maîtresse en titre de ce don Juan peu recommandable qu'était lord Wharton, le doux vicomte Townshend se transforma brusquement en tigre !

« La jalousie s'empara de lui, peut-être justement parce qu'il était plus amoureux que jamais de Dorothy. Ne supportant pas qu'elle ait eu un passé, il commença à s'éloigner d'elle, à la traiter avec froideur, avec indifférence. Dorothy n'y comprenait rien. Elle continua pourtant à lui donner des enfants, un quatrième, un cinquième puis un sixième, mais leur relation se dégradait inexorablement. La belle-mère, enchantée, jetait autant d'huile sur le feu qu'elle le pouvait... Lord Townshend, de plus en plus aigri, laissait grandir en lui son ressentiment contre sa belle et triste épouse... Dorothy se désolait, s'étiolait, car elle ne pouvait comprendre que sous le masque glacial que lui opposait son mari sa passion brûlait plus que jamais.

« Un jour, il lui enleva l'éducation de ses enfants pour la confier à sa mère – une injustice qui déchira Dorothy. L'homme qu'elle aimait la traitait maintenant comme une criminelle, sans qu'elle ait jamais reçu la moindre explication et la moindre possibilité de s'expliquer. Déjà il lui avait interdit de se rendre à Londres, bientôt elle fut aux arrêts dans sa propre maison. Après la naissance de leur dernier enfant, la petite Marie, son sort empira : lord Townshend enferma carrément Dorothy dans ses appartements, auxquels n'eurent accès que quelques serviteurs triés sur le volet et aveuglément dévoués à leur maître. Lui-même ne s'y rendit jamais. Dorothy tenta de se rebeller contre ce traitement inhumain, elle supplia de voir son mari... En vain.

« Entre-temps, la reine Anne était morte et son lointain neveu, George Ier, était monté sur le trône. Dorothy s'entêta à lui écrire pour lui exposer sa situation et lui demander d'intervenir auprès de son mari. Ses lettres ne furent jamais remises au souverain. Elle vivait, proprement emmurée, dans une chambre somptueuse, n'ayant que la fenêtre pour communiquer avec le monde extérieur – cette fenêtre à laquelle elle se penchait pour voir au loin jouer dans le parc ses enfants qu'elle n'avait même plus le droit d'approcher. Au bout de quelques années de cette existence effroyable, elle mourut de la petite vérole...

« Mais, poursuivit le majordome, beaucoup disaient à l'époque qu'elle était morte de chagrin. »

Il baissa la voix :

— D'autres racontaient qu'elle aurait réussi à s'échapper de sa chambre et que, dans sa fuite précipitée, elle serait tombée dans l'escalier et se serait brisé le cou...

La princesse Marie, qui avait la langue bien pendue, osa suggérer :

— Peut-être le mari l'a-t-il poussée dans l'escalier pour s'en débarrasser une bonne fois pour toutes ?

La voix du majordome ne fut plus qu'un souffle :

— Effectivement, à l'époque, on l'en a soupçonné.

Les quatre auditeurs royaux restèrent immobiles et silencieux, bouleversés par cette tragédie, troublés aussi par son absurdité. Pourquoi tout cet amour, pourquoi ces promesses de bonheur s'étaient-ils transformés soudain en haine et en violence ? Pourquoi ce cadre somptueux fait pour l'épanouissement de tous les plaisirs était-il devenu la plus terrible des prisons ?

Le prince Christophe scruta de nouveau le portrait de cette femme qu'il avait eu le redoutable privilège de voir dans sa chambre et dont il venait d'apprendre le destin. Il relut l'étiquette au bas du cadre : *Dorothy Walpole, vicomtesse Townshend, 1686-1726.* Il sursauta et se retourna vers le majordome :

— Comment est-il possible que cette femme, morte en 1726, puisse hanter ce château qui a été achevé en 1735 – c'est vous-même qui nous l'avez dit au début de la visite –, et donc qu'elle n'a jamais habité ? Elle n'a donc pas été enfermée ici ? Elle n'est pas morte ici ?

Stupéfaction de la reine et des princesses.

— Votre Altesse Royale a raison. Houghton est la demeure des Walpole, la famille paternelle de Dorothy, tandis que celle-ci, après son mariage avec le vicomte Townshend, est venue habiter Raynham Hall. Elle y a été emprisonnée, elle y est morte.

La reine et sa famille avaient plusieurs fois visité cette splendeur du XVIIᵉ siècle située, comme Houghton et comme Sandringham, dans le Norfolk, et où ils avaient été reçus par l'actuel lord Townshend.

— Comment ! s'écria la reine, la Dame en Brun, c'est Dorothy Walpole ?

— Effectivement, Votre Majesté, répondit le majordome.

Comme toute l'Angleterre aristocratique, la reine et les siens connaissaient l'existence d'un des plus célèbres fantômes de l'Angleterre : la Dame en Brun de Raynham Hall. Constatant que l'intérêt de ses visiteurs se détournait vers Raynham Hall, terrain beaucoup moins épineux pour lui que celui de Houghton, le majordome n'hésita plus à prouver ses vastes connaissances en ce domaine. La reine et lui se firent un plaisir de se réciter les manifestations les plus connues qui avaient terrorisé les visiteurs de Raynham Hall.

— En 1836, le capitaine Marryade qui, revenant dans sa chambre au milieu de la nuit, avait rencontré dans un couloir la Dame en Brun. Tirant son revolver de sa poche, il l'avait enjoint de s'arrêter. Elle avait poursuivi, il avait tiré. La Dame en Brun avait aussitôt disparu, et le capitaine avait retrouvé la balle dans la porte située juste derrière l'apparition.

— En 1849, le major Loftus et l'un de ses amis, au moment où ils se disaient bonsoir, avaient aperçu la Dame en Brun à la porte d'une chambre du corridor. Les deux hommes avaient eu le temps de détailler sa robe de très ancienne mode en lourd brocart brun et or. Puis lentement l'image s'était dissoute dans la pénombre.

— Auparavant, le roi George IV avait accepté de séjourner à Raynham Hall. Installé dans la plus belle chambre du château, il s'était réveillé au milieu de la nuit pour voir la Dame en Brun debout au pied de son lit. Le lendemain matin, il écourta sa visite et partit au plus vite en répétant : «Je ne passerai pas une heure de plus dans cette maison maudite, car cette nuit j'ai vu ce que je supplie Dieu de m'épargner de voir à nouveau ! »

Le prince Christophe revint à son idée première :

— Cela n'explique toujours pas pourquoi Dorothy, qui hante légitimement Raynham Hall, son ancienne demeure où elle a vécu et souffert, hante également Houghton où elle n'a jamais habité...

Le majordome, qui avait eu tout le loisir de songer à ce mystère, en avait trouvé l'explication :

— Son fantôme s'est en quelque sorte dédoublé. Il est venu ici avec son portrait lorsqu'il y a été amené et il y est resté depuis.

Le prince Christophe était perplexe :

— Mais pourquoi est-elle apparue hier à Sandringham, dans un château construit bien après sa mort et qui n'a rien à voir avec elle ? Et surtout, pourquoi m'est-elle apparue à moi ?

Le majordome, ayant désormais perdu toute forme de réticence, révéla à ses visiteurs combien il était sensible aux fantômes et combien il avait approfondi leurs histoires et leurs manifestations.

— Dorothy ne sait pas qu'elle est morte. Elle se croit encore séparée de ses enfants et victime des mauvais traitements de son mari. Elle cherche toujours à approcher le roi pour lui demander sa grâce. Elle vous est apparue parce qu'elle sait que vous êtes un proche parent de ce dernier... Elle voulait vous supplier d'intervenir en sa faveur.

Cette histoire m'a été racontée dans mon enfance par ma mère, car le prince Christophe était mon père.

Remerciements

Je remercie :

— Marie-Thérèse Cuny,
— Frédéric Mocatta,
— Antony Roberts,
— Joseph Simonson,
— Mrs. Sue Turner,
— le Fürst Schwarzenberg,
— Mme Gerda Neudek,
— le prince Alexandre Schwarzenberg,
— le marquis de Cholmondely,
— Jérôme Petit.

Et je remercie de tout cœur Bernard Fixot, Anne Gallimard, Édith Leblond et Catherine de Larouzière, pour l'inspiration qu'il et elles m'ont donnée, pour leur soutien, pour leur aide, pour leur affection.

Table